DROEMER

Über die Autorin:
Rebecca Mascull wurde 1973 geboren, hat einen M. A. von der Universität Sheffield Hallam und lebt mit ihrem Partner und ihrer kleinen Tochter in der Nähe von Grimsby.

Rebecca Mascull

Die sieben Sinne der Adeliza Golding

Roman

Aus dem Englischen übersetzt von Julia Becker

DROEMER

Die englische Originalausgabe erschien 2014 unter dem Titel
»The Visitors« bei Hodder & Stoughton.

Besuchen Sie uns im Internet:
www.droemer.de

FSC
www.fsc.org
MIX
Papier aus verantwortungsvollen Quellen
FSC® C083411

Deutsche Erstausgabe März 2016
Droemer Taschenbuch

Redaktion: Lisette Buchholz
Covergestaltung: Franzi Bucher, München
Coverabbildung: iStock / saiva
Satz: Adobe InDesign im Verlag
Druck und Bindung: CPI books GmbH, Leck
ISBN 978-3-426-30463-1

2 4 5 3 1

Kapitel 1

Mein Name ist Adeliza Golding. Ich komme in einer Steißgeburt zur Welt und bringe meine Mutter fast um. Als ich auf die Welt komme und die Augen öffne, sehe ich graue Schleier, in denen sich Scharen von Gesichtern drängen, bleich und neugierig, flüsternd und nickend. Das ist meine erste Begegnung mit den Besuchern.

Mutter hat vor mir schon fünf Kinder unter dem Herzen getragen, die jedoch alle in ihr gestorben sind. Ich bin das Wunder, das überlebt hat. Doch mit meinen Augen stimmt etwas nicht. Ich kann sehen, was man vor mich hinstellt, aber nicht viel mehr. Ich lerne, zuzuhören und die Dinge zu ertasten, so dass ich Vater, Nanny, Arzt, Mutter und Fremde unterscheiden kann, je nachdem, wie die Tür klickt, wenn sie eintreten, und wie sich ihre Schritte auf dem Teppich anhören. Ich selbst bin eine gute kleine Sprecherin, lerne neue Worte mit einer Leichtigkeit, die meine Eltern erstaunen lässt.

Als ich fast zwei bin, kommt das Fieber. So heiß, als koche man Suppe. Meine Ohren entzünden sich, Eiter rinnt heraus. Vaters Stimme. Vater ist immer da, immer in der Nähe. Auch die Stimme der Nanny und die des Arztes, sie alle werden schwächer, und ich glaube, sie flüstern aus Rücksichtnahme. Doch sie verklingen zu Nichts und Nirgendwo. Sie kehren nie zurück. Mein Gehör ist zerstört. Ich liege monatelang in meinem abgedunkelten Zimmer. Es dauert ein Jahr, bis ich wieder laufen kann, ohne dass mich jemand stützen muss.

In der Stille trachten meine Augen nach Dingen jenseits einer Armlänge, doch auch diese verblassen langsam vor mir. Es bleiben grauen Schemen, die sich vor mir zusammenballen. Bald kann ich kaum noch etwas erkennen. Tagsüber wende ich den Kopf zum Fenster, am Abend zu einer brennenden Kerze, das ist alles. Erst sehr viel später erfahre ich den Namen dieser neuen Krankheit: grauer Star. Ich bin ein Mädchen, das mit schlechten Augen zur Welt kam und durch Scharlach sein Gehör verlor, ehe der graue Star ihm auch noch das Augenlicht nimmt. Mit drei Jahren bin ich taub und blind.

Die Worte, die ich gelernt habe, verkümmern wie Muskeln, die man nicht mehr benutzt. Anfangs sage ich immer wieder dieselben Worte. »Nacht«, rufe ich verwirrt, weil es so dunkel ist. »Nacht, Nacht.« Doch dann spreche ich immer weniger, nur noch ein oder zwei Worte am Tag. Als das Fieber abgeklungen ist und ich mich wieder erhole, trägt Vater mich nach draußen, damit ich den Wind im Haar und die Sonne auf der Haut spüren kann. Er bringt mich in den Hopfengarten. Ich betaste sein Gesicht und finde dort Tränen. Um mich abzulenken, legt er meinen Finger an eine zarte junge Hopfenpflanze, pflückt sie von der Ranke und lässt mich die Hand darum schließen und sie zerdrücken.

»Hopfen«, sage ich. »Hopfen.« Es ist das letzte Mal, dass ich ein verständliches Wort von mir gebe. Danach schweige ich.

Meine Mutter wird wunderlich. Nach all den verlorenen Kindern und der Tragödie meines Lebens zieht sie sich zurück und fristet ein kümmerliches Dasein hinter verschlossenen Vorhängen. Einmal am Tag, vor dem Mittagessen, darf ich sie besuchen. Ich betrete ihr Schlafzimmer zusammen mit meiner Nanny, die mich an Mutters Bett führt, wo ich ihre feuchte, warme Hand halte. Zunächst versuche ich noch, zu ihr ins Bett zu kriechen, doch jedes Mal zieht man mich fort. Ich will mit den Fingern ihren Arm entlangfahren, zu ihrem Hals, durch ihr Haar, das so dicht und lang wie meines ist, will ihr Gesicht streicheln und mich ihrer vergewissern. Doch man hält mich zurück. Ich vergesse, wie Mutter aussieht.

Meine Finger sind meine Augen. Sie suchen und finden, sie sehen. Ich benutze meinen Geruchssinn und sein Geschwister, den Geschmack. Ich weiß Dinge, die deinen Augen und Ohren verborgen bleiben. Wenn ich einen Raum betrete, ist für mich anhand des Parfums oder Rasierwassers, des Geruchs nach Seife oder Talkumpuder offenkundig, welches Geschlecht dort die meiste Zeit verbringt. Die Ausdünstungen eines Mannes sind stark und streng, durchsetzt von üblem Zigarrengeruch, wenn er Raucher ist. Ich merke immer, ob eine Frau gerade jene Monatszeit durchlebt. Dann riecht sie hefeartig, wie trocknender Hopfen. Ich kann das Alter der Bücher in den Regalen ausmachen, je nachdem, wie das Leder riecht, alt und schlaff oder neu und straff. Wenn im Zimmer Blumen stehen, weiß ich, welcher Art sie sind, ob wild oder gezüchtet, wie frisch oder wie lange sie schon welken. Ich kann den Staub in den Vorhängen riechen oder einen toten Maikäfer auf dem Fenstersims. Ich weiß, ob das Hausmädchen beim Putzen nachlässig war, und kann sogar verschimmelnde Krümel von Teegebäck unter dem Sofa erschnuppern. Können deine Augen dir so viel verraten? Schließlich bist du auch nur ein Geist, durch Nerven mit den Augäpfeln vorn an deinem Kopf verbunden, und du empfängst das unsichtbare Gespinst der Klänge durch eine Öffnung an jeder Seite. Dein Gehirn allein reimt sich all dies zusammen. Das nennst du sehen, hören. Mich erreichen die Sinnesreize durch weniger Tore, und dennoch erfindet mein Geist in jedem Augenblick für mich die Wirklichkeit, genau wie bei dir, und wir träumen beide, nicht wahr? Wenn deine Augen und Ohren das Draußen kaum wahrnehmen, sind wir auf dem gleichen Stand. Wir träumen von Orten, die wir noch nie besucht haben, von Anblicken und Klängen, die wir noch nie gesehen oder gehört haben, Menschen, denen wir nie begegnet sind. Wir sind nicht allzu verschieden, du und ich.

Sobald ich ohne fremde Hilfe laufen kann, erkunde ich unermüdlich unser Haus. Ich kenne die Form, das Gewicht, die Dichte und Temperatur jedes Gegenstands, jedes Möbelstück, das Gewebe jedes Teppichs, Kaminvorlegers oder Vorhangs, jede Unebenheit und jede Falte in der Tapete (das Flockenmuster im Esszimmer mag ich am liebsten). Ich tolle von Zimmer zu Zimmer und nehme Gegenstände in die Hand, rieche daran, betaste sie und schlage sie gegen die Wand, um herauszufinden, ob sie zerbrechlich sind. Ich bin auch mit der Beschaffenheit des Gartens vertraut und könnte ihn dem Gedächtnis meiner Finger entsprechend aus Ton formen: den Schwung der Wiese nach Westen und die vier Bodenwellen, die hinauf zum Obstgarten führen, sowie die steile Biegung des zerfurchten Pfades nach Osten zum Hopfengarten. Ich gehe dort hinein, an den Hopfenspalieren entlang, und streiche mit den Fingerspitzen über die klebrigen Stengel oder die jungen Pflänzchen, die so weich wie Wimpern sind. Doch irgendwann schnappt mich einer der Arbeiter, der fürchtet, dass ich die Ernte beschädigen könnte, dann zieht Nanny mich fort und lässt mich vielleicht »Vater, Mutter, Kind« in den Hütten der Hopfenarbeiter spielen oder die unebenen Stufen zum Speicher des Trockenschuppens erklimmen, wo ich mich auf den Trockenboden lege. Der andere Ort, den ich sehr gern aufsuche, ist der Kräutergarten: köstliche Düfte von Rosmarin, Borretsch, Sandthymian, Wasserminze, Ysop und Schnittlauch. Ich erkenne jedes Kraut so eindeutig an seinem Aroma, dass die Köchin mich losschicken könnte, um ein bestimmtes für die Küche zu holen, denn ich finde sie schneller als jeder andere. Oder eine Magd bittet mich, Lavendel für die Wäscheschränke zu besorgen. Oder Nanny schickt mich los, um Kamille zu pflücken für den Tee, der meine entzündeten Augen beruhigt (manchmal nässen sie). Ich liebe es, auf der Wegkreuzung zwischen den dreieckigen Kräuterbeeten zu stehen und Seil zu springen, während die süßen, würzigen Düfte sich nach den Launen des Windes vermischen.

Weiter weg vom Haus gehe ich an Nannys Seite, wenn sie mit mir Schritt halten kann. Doch sie wird langsam alt und müde, und obwohl ich erst drei oder vier bin, bringe ich sie manchmal dazu, sich unter einem Baum niederzulassen, wo ich ihre Hand streichle, bis ich ihr grollendes Schnarchen spüre. Dann ziehe ich schnell Stiefel und Strümpfe aus, weil ich es hasse, meine Füße einzusperren. Ich fühle mit ihnen fast ebenso viel wie mit den Händen. Ich paddle im Bach und plansche mit den Zehen im gurgelnden Wasser. Ich klettere auf Bäume und suche nach kleinen Nestern, schwinge mich von Ästen und renne wild umher, hüpfe durch hohes Gras und Wolken aus Löwenzahnsamen oder hebe einen Stein auf und werfe ihn in die Luft. Mindestens einmal fällt mir das Wurfgeschoss auf den Kopf und verletzt mich. Natürlich fürchte ich den Schmerz, doch ich bin keine Freundin von Vorsicht. Außerdem sind Stöße und Kratzer die Höhepunkte meines faden Lebens. Ich stürze, stoße mich an und falle hin, während Nanny döst. Später betupft sie meine Wunden mit Jod, und das Brennen treibt mir Tränen in die Augen. Ich weiß nicht, wie sie meine Verletzungen erklärt, doch Vater behält sie, also lässt sie sich wohl irgendeine List einfallen.

Mit Menschen gehe ich ebenso grob um. Ich packe eine Küchenmagd, und sie stößt mich weg, so dass ich gegen den harten Stein der Spülküche falle und mein Ohr blutet. Ich tauche den Finger in den Blutstrom und koste. Vaters Hände waschen das Blut wieder ab. Die, die mich lieben, haben Geduld mit mir, doch die, die im Haus meines Vaters arbeiten, finden mich verstörend und wollen nicht mit mir allein sein. Ich schüttle mich und wiege den Kopf hin und her. Ich drücke mir die Finger in die Augen, damit ich Sterne sehe. Ich beiße in meine Kleider und wedle mit den Händen vor meinem Gesicht herum, um mir Luft zuzufächeln. Ich schlage meinen Kopf gegen den Bettpfosten (obwohl ich, wenn ich ruhig bin, gern die Rinnen und Knoten im geschnitzten Holz am Kopfende meines Bettes entlangfahre, die eine ganz eigene Geschichte vom Wald erzählen). Ich bin schwachsinnig. Mägde, Köchinnen und Gärtner kommen und gehen. Nur Nanny bleibt und Mutter in ihrem Zimmer. Und Vater. Doch er hat sein Land, seine wertvolle Ernte, sein Gesinde, seine Arbeit, er kann nicht mein Gefangener sein.

Ich werde für die anderen zu einer solchen Plage, dass man mich oft einfängt und in mein Schlafzimmer schleppt. In der Küche falle ich den Leuten besonders auf die Nerven. Ich mag das Feuer, das dort immer brennt und mich willkommen heißt, aber nicht den feuchten Gestank nasser Wollkleidung, die zum Trocknen davorhängt. Einmal greife ich nach dem Topf, in dem immer die Milch erhitzt wird, weil ich gern die Haut darauf schmecke, und verbrenne mir die Hand. Ich lerne, die Nachmittage in meiner Kammer zu verbringen, eingesperrt, mit Stricken oder anderer Handarbeit, um mich zu beschäftigen, während das Personal die Freiheit genießt, die meine Abwesenheit ihm beschert. Auch ich genieße die Ruhe, bürste mir tausendmal das Haar und flechte mir kunstvolle Zöpfe, die ich später ausschüttle, so dass das Haar sich kräuselt. Oder ich nähe stundenlang gerade Linien und Bögen und beliebige Formen, wobei ich eine Vielzahl von Stichen verwende, die ich alle durch Tasten erkenne: Languettenstich, Kreuzstich, Zickzack, Blümchenstich. Manchmal bastle ich Püppchen aus Wäscheklammern und ziehe ihnen Stoffreste an, oder ich stricke Wollkleider für meine liebste Stoffpuppe. Sie ist so groß wie mein Unterarm und prall mit Sägespänen ausgestopft. Sie hat Knöpfe als Augen, und als ich älter bin und meine Blindheit verstehe, rupfe ich ihr die Knopfaugen heraus, damit wir beide blind sind. Sie hat keinen Namen, weil ich Namen noch nicht verstehe. Nanny ist nicht Nanny, sondern einfach nur die, die immer da ist, mich herumführt und mir Dinge zeigt und mich manchmal auch grob behandelt, Vater ist der Sanfte mit dem stoppeligen Kinn und den liebevollen Armen, der mich zu kurz umarmt und dann zu lange fortgeht, Mutter ist die Hand an dem Körper, der sich niemals regt, im verbotenen Zimmer. Ich bin die mit den heißen Wangen und dem Bäuchlein und dem langen, dichten Haar wie das von Mutter, das mir über den Rücken fällt, und mit den geheimen Stellen und Dutzenden Knöpfen an meiner Unterwäsche und den gestärkten Kleidern, Schicht über Schicht, und den steifen Stiefeln. Die, die man jeden Morgen ankleidet, die, deren Körper ich nicht entkommen kann, wenn ich allein in meinem Zimmer bin, also muss es ich sein.

Doch ich bin nicht vollkommen allein. Denk an die Besucher, die mich seit meiner Geburt begleiten. Sie sind oft bei mir. Sie kommen und gehen. Ich spüre sie, wenn ich die Augen offen habe. Doch sobald ich die Lider schließe, verschwinden sie. Ich habe keine bildliche Erinnerung an sie, um ihren Anblick zu verstehen. Doch die Besucher sind da. Ich kann sie nicht streicheln, wie ich es mit den Menschen in der äußeren Welt tue, doch ich bin mir stets ihrer Gesellschaft bewusst. Die Stimmungen meiner Familienmitglieder erkenne ich durch Berührung, die Anspannung auf Vaters Stirn oder die Ungeduld in Nannys Fingern. Dank eines inneren Gespürs weiß ich, ob ein Besucher trübsinnig, unruhig, gelassen oder freundlich gestimmt ist, eine Schwingung, die sich kaum merklich auf meinen Geist überträgt, wie Wärme oder Kälte durch die Haut dringen. Ich kann mich mit den Besuchern nicht unterhalten, weil ich keine Worte habe. Aber ich weiß, dass sie mir etwas erzählen wollen. Sie warten darauf, dass ich handle, etwas für sie tue, obwohl ich keine Ahnung habe, was das sein könnte. Sie scheinen in meinem Kopf zu wohnen, und mein kindliches Ich glaubt, dass sie tatsächlich in meinem Schädelknochen leben. An meinen abgeschotteten Nachmittagen halte ich mir meine Handarbeiten vor die Stirn, um ihnen eine Freude zu machen, spiele mit meiner Puppe und reibe sie an meinem Haar, damit sie die Hände ausstrecken und sie ebenfalls berühren können. Wenn ich betrübt bin, schließe ich die Augen, um sie verschwinden zu lassen. Manchmal muss man kaltherzig sein.

An manchen Tagen bin ich mein bequemes Gefängnis leid. Ich trete gegen die Tür und schlage jaulend gegen die Wände. Dann blüht mir Ärger wie nur selten. Manchmal kommt Nanny, und ich merke, dass sie eintritt, weil sie grob die Tür aufstößt, und dieser unverwechselbare Ruck sorgt dafür, dass ich hinter zwei Meter lange Samtvorhänge renne, um einer Tracht Prügel mit ihrem Hausschuh zu entgehen. Wenn Vater kommt, behandelt er mich zärtlich und streichelt mein Gesicht. Das ist meine liebste Strafe. Ich liebe Vater mit einer wilden Eifersucht und kämpfe gegen seine Bestrebungen, sich mir zu entziehen. Mutter kommt nie.

Im Laufe der Zeit lerne ich grundlegende Manieren und eigne mir einen Sinn für Höflichkeit an, doch nur, wie man auch einem Schimpansen beibringen kann, eine Gabel zu benutzen, ohne dass er versteht, warum das besser sein soll als seine Finger. Ich trage den kratzigen, gestärkten Spitzenkragen, ohne mich zu winden. Ich nehme ohne Widerstand jede Woche meine Dosis Rizinusöl und esse das Fett an meinem Fleisch. Ich mag die Mahlzeiten und werde gut ernährt, wobei ich besonders gern Gegensätze wie kaltes Fleisch und heiße Sauce oder heißen Marmeladenpudding und kalte Vanillesauce mag. Ich lerne, meine Ellbogen nicht auf den Tisch zu legen, Kakao nicht zu hastig zu trinken und nicht zu grunzen, wenn ich Kümmelkuchen verzehre. Ich darf in der Küche helfen, Kirschen zu entsteinen oder mit der winzigen Schere der Köchin Stachelbeeren zu putzen. Nanny gibt mir einen Klaps auf die Hand oder den Rücken, um mich zu tadeln. Wenn ich brav bin, bekomme ich Johannisbrot, das scheußlich riecht, aber köstlich schmeckt. Wenn ich ungehorsam bin und Nannys Reichweite fliehe, stampft sie auf. Die Erschütterung erreicht meinen Fuß und lässt mich anhalten. Wenn Vater nicht da ist, schlägt und schüttelt mich Nanny. Nicht fest, aber fest genug, um mich zu erschrecken. Nanny ist eine richtige Zuchtmeisterin, doch es ist nur zu meinem Besten. Ich bin ein wildes Tier, das in einem zivilisierten Haus gehalten wird.

Meine Begierden treiben mich an: Hunger und Durst, das Bedürfnis nach Trost und Nähe, der Wunsch, mich zu bewegen und die Welt zu erkunden, ein Forschergeist, der wissen will, was ich fühlen, riechen und schmecken kann, und dessen Wissbegierde niemals gestillt wird. Ich stelle alle Fragen, die mein Geist ohne Worte ersinnen kann, indem ich greife, befühle, rieche und probiere, meine Nase und Zunge verwende oder mich gegen Nanny oder Vater dränge. In meinen gelenkigen Fingern steckt der Drang, Dinge erklärt zu bekommen, zu begreifen. Doch ich habe keine Worte, mit denen ich das ausdrücken könnte, und keinen geistigen Mechanismus, um es aufzunehmen. Ich verstehe, was Routine ist, dass der Essensgeruch aus der Küche bedeutet, dass es bald Mittagessen gibt, oder dass ein Flanelltuch in meiner Hand heißt, dass ich gleich baden werde. Schließlich erfinde ich Zeichen, um meine Bedürfnisse zu befriedigen: Ich tippe mir an die Lippen, wenn ich Hunger habe, oder streiche mir über die Augen, wenn ich erschöpft bin. Doch diese Zeichen sind nicht geplant, sondern nur abbildende Gesten, die Befriedigung bringen, ganz wie eine Katze lernt, ihren Menschen das abzuschmeicheln, was sie haben möchte.

Ich folge meinen Sinnen, weil sie alles sind, was ich habe. Ich muss die Welt auf eigene Faust ergründen. Ein normales Kind wächst auf und lernt, indem es zuhört und zusieht, ausprobiert und Fragen stellt. Seine frühen Laute sind noch keine Worte, doch sein Tonfall ahmt den der Erwachsenen nach, und die, die ihm am Nächsten stehen, verstehen sie. Ich habe keine dieser Möglichkeiten. Mein Geist kämpft darum, seinen Beschränkungen zu entkommen, zu rennen und zu springen, doch die Stille und das Grau ersticken ihn. Mein Ausweg ist der Zorn, klare, eisblaue Wut. Meine Kehle stößt hasserfüllte Rufe aus, und für diese Laute werde ich bestraft, genauer gesagt, für jeden Laut. Ich lerne schnell, dass die Geräusche, die ich von mir gebe – die ich nur als ein Pochen in meiner Kehle erkenne oder als ein Kitzeln in meinem Mund –, anderen Menschen zuwider sind. Indem ich die Lippen und Kehlen der Menschen um mich herum berühre, erfahre ich, dass sie einander Botschaften zuwerfen, die ich nicht empfangen kann. Ich klammere mich an Nannys Rock oder Vaters Ärmel, während sie zielgerichtet durch das Haus und durch den Garten schreiten. Sehr früh schon weiß ich, dass ich ungewöhnlich bin. Ich glaube nicht, dass mein animalischer Geist meine Blindheit und Taubheit erfasst. Es gibt eine Welt, die mich umgibt, sich aber immer knapp meinem Zugriff entzieht. Ich spüre ihre stete Gegenwart anhand der Dinge, die alle außer mir tun können.

Ich entdecke Vater dabei, wie er etwas in der Hand hält, und als ich versuche, es ihm wegzunehmen, zerreißen die Seiten aus Papier, und er hält mich zurück. Später komme ich wieder und merke, dass er den Gegenstand noch immer in der Faust hält. Warum hält er diesen leblosen Gegenstand so lange Zeit in seinem Schoß umklammert? Warum steht Nanny vor einem Rahmen an der Wand und macht ihr Haar zurecht? Sie trägt ein seltsames Gestell auf der Nase, gläserne Kreise, die von Draht umgeben sind, und dann ist da der Kasten – ein heiliger Gegenstand, mit dem ich nur unter Vaters direkter Aufsicht spielen darf –, der Kasten, in dem eine Scheibe mit Rillen liegt. Wenn der Kasten arbeitet, pulsiert er und fühlt sich beinahe lebendig an. Ich lege meine Handfläche daran, um die Schwingungen zu spüren. Doch noch kann mir niemand diese Rätsel erklären: Bücher und Spiegel, Brillen und Grammophone. Oder Gaslampen, Kerzen, Uhren und Gemälde, den Weihnachtsbaum, das Schachbrett, das Klavier oder Vaters Horn, das an einem Nagel an der Wand im Wohnzimmer hängt. Ich weiß nur, dass andere sich diese Dinge auf mir unverständliche Weise zunutze machen, so wie ich es nie können werde.

Als mir klarwird, dass ich mit meiner Art allein bin, habe ich keine Worte, um mein Schicksal zu beklagen. Nur meine Fäuste, mit denen ich mir auf die Nase schlage oder mir büschelweise das Haar ausreiße. Solche Gewalt gegen mich selbst zeigt sehr bemerkenswerte Ergebnisse, vor allem das wundervolle Gefühl, wenn Vater mich mit seinem ganzen Körper auf dem Sofa niederdrückt und mich so fest hält, dass ich kaum atmen kann. Dabei krähe ich jedes Mal vor Freude. Danach ist Vater immer fürchterlich außer Atem und legt eine Hand an die Brust. Dann tut es mir leid, dass ich ihm solche Streiche spiele. Wenn Vater nicht zu Hause ist, fesselt Nanny mich manchmal an einen Stuhl. Das missfällt mir, aber es geschieht nicht jeden Tag. Nur wenn mich der Wahnsinn packt.

Ich kenne Gefühle, so wie du sie kennst: Langeweile, Enttäuschung, Neugier, Stolz. Ich kenne das Haus und den Garten, wo ich lebe. Ich kenne Gemütlichkeit und Routine. Aber ich weiß nicht, was »Zuhause« oder »Familie« bedeutet. Mein tägliches Leben ist kein dicht gewebter Stoff voller Erinnerungen und Verstehen und Verbindungen wie deines, sondern es ist eher dünn und löchrig, unterbrochen an den Stellen, wo das Chaos des Unbekannten eindringt. Ich glaube wirklich, ich weiß nicht, was Glück ist. Ich kann Freude nicht von Traurigkeit abgrenzen, ich begreife nur den Unterschied zwischen Verlust und Gewinn. Ich kenne mich selbst nicht, ebenso wenig wie die Gesellschaft oder meinen Platz darin. Ich kann eine Empfindung genießen oder nicht, aber ich kann ihre Wichtigkeit im Zusammenhang mit anderen Dingen nicht erkennen, wie etwa den Unterschied zwischen einem sauren Apfel oder dem Tod eines Vogels. An Gedanken, wenn ich welche hatte, erinnere ich mich nicht. Ich besitze geistige Werkzeuge, aber mir fehlt die Methode, sie zu benutzen.

Meine kleine Seele wirft einen traurigen Schatten. Das sind die Jahre 1883 bis 1889. Das ist die Zeit ›Davor‹.

Kapitel 2

Ich bin sechs Jahre alt. Es ist Spätsommer, und der süße Duft von Pflaumen, Birnen, Äpfeln und Brombeeren liegt in der Luft. Ich weiß, wenn das Wetter am heißesten und der Hopfen reif ist, kommen viele neue Leute auf Vaters Land und bleiben eine Weile. Die Erde bebt dann unter ihren Karren und Wohnwagen und ihren schweren Schritten. Sie bringen unzählige Gerüche mit: Holzrauch und backende Kartoffeln, Schweiß und Latrinengestank. Jeden Morgen geschieht etwas Bemerkenswertes. Vater kommt mit seinem Horn in der Hand ins Zimmer marschiert, öffnet das Fenster, das zum Hopfengarten hinausgeht, hebt das Instrument und bläst einen Rhythmus übers Land. Ich darf sein Bein umklammern, während er das tut, und spüre den Klang des Horns Dumdidum durch seinen Körper und meinen. Auf dieses Zeichen hin beginnen die Menschen draußen sich zu regen, und bald prasseln ihre Arbeit und ihr Geplauder auf die Erde. An meinen langen Nachmittagen sitze ich am Fenster und schnuppere die Luft, bin mir der Anwesenheit all dieser Menschen bewusst und sehne mich danach, ihnen zu begegnen. Aus dem Trockenschuppen strömt Hitze, die bis zu meinem Fenster weht und meine Haut befeuchtet. Tagelang ist die Luft geschwängert von einer schwindelerregenden Welle von Hefegestank. Wenn Nanny kommt oder Vater, was seltener geschieht, zeige ich hinaus zu unseren Gästen und bin begierig darauf, sie kennenzulernen. Doch die Antwort ist immer nein, nein. Ich darf nicht mit ihnen verkehren. Ich rieche das Mittel gegen Schädlinge, das unsere Hofarbeiter benutzen, um sich vor dem Ungeziefer zu schützen, das mit den Fremden kommt, den Läusen und Flöhen und Wanzen. Doch das verstehe ich noch nicht, und es kümmert mich nicht. Ich möchte sie einfach treffen. Ich zeige immer wieder hinaus, meine Arme werden weggezogen, hinuntergedrückt. Man schlägt mir auf die Hände. Das bringt mich innerlich zum Kochen.

Meine Wutanfälle werden schlimmer. Inzwischen sind es fünf bis sechs Ausbrüche am Tag. Danach bin ich erschöpft, den Tränen nahe und brauche jemanden, der mich in die Arme schließt. Doch je mehr ich wüte, desto seltener sehe ich Vater. Eines Tages im September bin ich den ganzen Nachmittag an meinen Stuhl gebunden. Sobald Nanny mich losmacht, fliehe ich und schieße zur Tür. Nanny war nachlässig und hat sie nicht abgeschlossen. Ich öffne sie ruckartig und eile die Treppe hinunter. Die Hand einer Magd greift nach meiner Bluse, doch ich reiße mich los und krache gegen den Schirmständer, dessen Inhalt sich auf dem Boden verteilt. Ich krabble über die spitzen Schirme hinweg und erreiche die Haustür. Draußen springe ich eine, zwei, drei, vier Stufen hinunter und weiter zur Einfahrt. Ich stolpere über einen Stein, der am Rande einer ringförmigen Begrenzung liegt, und der Kies heißt mich willkommen und zerkratzt mir das Gesicht. Haut, Blut und Steine vermischen sich. Doch ich halte nicht an. Ich stehe wieder auf und renne stolpernd weiter gen Osten, den gewundenen Pfad entlang. Ich folge meiner Nase zum leisen Stimmengewirr der Fremden, die sich zwischen den Hopfenspalieren versammelt haben. Meine wild um sich schlagenden Arme treffen auf Widerstand, als ich vorbeikomme, feste, fremde Körper links und rechts von mir. Ich erreiche das Ende eines Weges und bleibe stehen, außer Atem. Dann spüre ich, wie eine Hand die meine berührt. Ich ziehe sie weg und will schreien, doch es ist eine neue Hand: rissig und mit Schnitten bedeckt, körperliche Arbeit gewohnt, aber schlank, beweglich und weiblich. Sie berührt mich wieder. Dieses Mal schrecke ich nicht zurück. Sie fängt an, sich zu bewegen und Formen zu malen. Zwei Finger liegen flach an meiner Handfläche, einer berührt die Spitze meines vierten Fingers, eine Hand umfasst meine ausgestreckten Finger. So geht es immer weiter mit diesen seltsamen Formen. Jetzt zieht ein Finger eine Linie von meiner Daumenspitze die Wölbung des Daumens entlang bis hin zur Spitze meines Zeigefingers, berührt dann dessen Spitze und legt einen Finger flach an meine Handfläche, dann drei Finger nebeneinander. Ich bin vollkommen still.

Die nächste Hand gehört Vater, auf meiner Schulter. Ich drehe mich um und benutze meine freie rechte Hand, um auf die Formen zu zeigen. Doch die Hand zieht sich zurück. Ich schreie auf, strecke den Arm ins Leere nach der neuen Hand aus. Sie kommt wieder, und ich entspanne mich. Ich will diese Hand haben. Vater gibt mir einen Stups gegen den Rücken, und wir gehen langsam zurück zum Haus, während die neue Hand noch immer da ist, noch immer die Formen malt. Wir gehen in mein Schlafzimmer und setzen uns auf mein Bett. Ich weiß nicht, wo Vater ist, und es ist mir gleich. Ich untersuche die Hand, dann taste ich den Arm hoch bis zum Kopf. Dünne Arme. Haar, das ordentlich zu einem festen Knoten zusammengebunden ist. Lockig, nicht zu bändigen, wenn man es freilässt, stelle ich mir vor. Warme Haut, ausgeprägte Wangenknochen. Volle Lippen. Sie lächeln. Ein so erfreuliches Gesicht, dass ich sie auf die Wange küsse. Ihre Haut strömt einen starken Geruch nach Hopfen, Schweiß und Seife aus.

Wieder ergreift ihre Hand die meine. Sie malt weitere Formen, neue, immer rascher. Jetzt liebe ich diese Hand. Ich will, dass sie niemals wieder fortgeht. Nanny klopft mir fest auf den Rücken, und ich fahre zornig herum, will sie packen und von mir schleudern. Ich will nichts anderes als die neue Gefährtin an meiner Seite, die nun mein Gesicht antippt. Mir fällt ein, dass ich mir die Wange aufgeschürft habe. Vor lauter Bezauberung habe ich den Schmerz vergessen. Ich lasse zu, dass Nanny meine Wunde säubert, doch dabei halte ich weiterhin die Hand meiner Gefährtin umklammert. Ich will sie noch mehr erforschen, deshalb lasse ich meine Hand wandern, strecke den Arm nach unten aus, zu ihren schlammverkrusteten Schnürstiefeln, und nehme ihren Rock aus grober Baumwolle zwischen meine Finger. Er ist mit einer Schürze bedeckt, die vor Dreck starrt und am Saum zerfranst und löchrig ist. Ich stehe auf und hole meinen Nähkasten. Ich werde die Schürze für sie stopfen und alles tadellos in Ordnung bringen, damit sie mich liebt. Ich fühle, wie jemand das Zimmer verlässt, doch ich nehme an, dass es Vater ist, so dass es mich nicht kümmert, solange meine Gefährtin noch da ist.

Als ich zum Bett zurückkomme und mich daraufsetze, merke ich an der ebenen Matratze, dass ich allein bin. Nun, da ich mich beruhigt habe, haben sie meine Gefährtin fortgeholt. Ich gehe zur Tür, sie ist abgeschlossen. Ich schreie und schlage gegen die Wände. In mir tobt eine brennende Wut. Noch nie habe ich eine solche Sehnsucht und einen solchen Verlust gespürt wie den meiner Gefährtin, ihrer Hand und dieser Formen. Ich werde nicht mehr essen und trinken, ich werde nicht aufgeben, bis ich diese Hand wiederhabe. Die Zeit beobachtet mich ungerührt. Ich spüre, dass die Besucher kommen. Sie leiden mit mir, fast fühle ich ihre Berührung wie einen kaum merklichen Atemhauch. Sie wollen mich trösten. Doch sie können rein gar nichts für mich tun, können nicht für mich handeln, die ich so machtlos bin. Ich verabscheue sie, weil sie mir keine Hilfe sind und so nutzlos.

Ich schließe die Augen und schüttle den Kopf, bis ich nichts mehr spüre und von ihrem sinnlosen Mitgefühl befreit bin. Dann lasse ich mich auf das leere Bett fallen, schluchze und keuche. Irgendwann wische ich mir das Gesicht ab und nehme meine Puppe. Ich bringe ihr Haar und ihre Kleidung in Ordnung. Ich sitze auf der Bettkante und wiege sie in meinem Schoß. Sie schläft.

Stunden später habe ich mich noch immer nicht gerührt. Ich verstehe nicht, was Geduld ist, doch ich weiß, dass nichts geschehen wird, solange ich schreie. Deshalb sitze ich still und warte. Dann ein Ruck, als jemand die Tür aufschließt und sie öffnet. Am Luftzug und an den Schritten merke ich, wie sich zwei Gestalten nähern. Die eine ist Vater, die andere folgt ihm: wie auf Zehenspitzen, zögernd. Vater tätschelt mir die Wange, auf der die Tränen getrocknet sind. Ich greife nach seiner Hand, weiß nicht, wie man üblicherweise um etwas fleht, doch ich tue mein Bestes, versuche ihn gewissermaßen zu meinem Herzen zu ziehen, während ich den Kopf hin und her wiege, die Augen fest zugekniffen. Bitte, bitte. Bring sie mir wieder – und da ist sie, ihre Hand wieder in meiner. Ich öffne sofort die Hand und bin bereit für die Formen. Sie fangen wieder von vorn an. Wenn ich herumzappele, hören sie auf, deshalb bleibe ich regungslos. Dann taucht ein Gegenstand in meiner Hand auf. Ich kenne ihn gut, es ist ein Schlüssel. Jeden Tag lässt Vater mich die große Uhr in der Eingangshalle aufschließen und aufziehen. Sie nimmt den Schlüssel weg und malt sieben Formen. Dann ist die Hand wieder verschwunden. Der Schlüssel ist wieder da. Erneut die sieben Formen. Der Schlüssel. Die Formen. Und so weiter.

Sie hält inne. Sie legt ihre Finger auf meine. Sie nimmt meinen Zeigefinger und formt ihn zu einem Haken in ihrer Handfläche. Dann streckt sie meinen Finger wieder und zeigt damit auf die Spitze ihres Zeigefingers. Als Nächstes zeige ich auf ihren Daumenballen. Nun habe ich den Schlüssel wieder in der Hand. Dann ist er wieder fort. Ich muss selbst die Formen malen. Sie hilft mir. Ich erinnere mich genau daran. Die sieben Formen, dann der Schlüssel. Die sieben Formen, immer wieder dieselben sieben Formen in derselben Reihenfolge. Sie legt meine rechte Hand auf ihre, damit ich erkenne, wie die Formen aus ihrer Warte aussehen. Das hilft mir, meinen Stil zu verfeinern, und schon bald bin ich sehr geübt. Ich kann diesen Trick sehr gut. Er ist neu, und er ist hochspannend. Mir gefällt die Komplexität des Ganzen, das Gefühl, dass das alles einen Zweck hat.

Ich erinnere mich an Vater und rudere mit dem Arm, um ihn zu finden. Er sitzt neben mir. Ich nehme seine Hand, lege den Schlüssel hinein, nehme ihn wieder heraus und male die sieben Formen. Er ergreift meine Hand und schüttelt sie wie zur Begrüßung. Ich glaube, er versteht nicht, wie wundervoll mein neuer Trick ist, deshalb führe ich ihn immer wieder aus. Seine Hand ist angespannt, während er sich konzentriert. Er unterbricht mich und umarmt mich stürmisch, hebt mich hoch und schwenkt mich durchs Zimmer. Deshalb mache ich es immer wieder, da es ihn aufmuntert und bewirkt, dass er mich liebt. Er setzt mich wieder zu ihr, und dieses Mal habe ich plötzlich meine Puppe in den Händen. Ich lerne neue Formen und halte dann meine Puppe. Dieses Mal sind es fünf Formen, und bis auf eine sind sie anders als die vorherigen. Am Anfang und in der Mitte wiederholt sich eine Form.

An diesem Tag nehmen wir viele Gegenstände in meinem Zimmer in die Hand und malen die Formen dazu auf: Bett, Stuhl, Bürste, Nadel, Schuh. Dann Körperteile: Ohr, Nase, Mund, Auge, Haar. Während sie mir die neuen Muster zeigt, ist mein Gesicht verzerrt, weil ich mich so sehr bemühe, sie genau zu erfassen und richtig wiederzugeben. Ich bin entzückt, wenn ich es richtig mache. Ich will mehr Dinge in die Hand nehmen und noch mehr Formen malen, immer mehr. Alle. Doch sie wählt genau aus, beachtet einige meiner Bitten nicht, während sie andere selbst anregt. Ich lerne mindestens zwanzig Formen und male sie mehrmals. Schon bald sind meine Finger erschöpft. Nicht von den Bewegungen; meine Hände sind es gewohnt, stundenlange Feinarbeit zu verrichten. Doch mein Geist ist müde. Eine so anstrengende, eigenartige Tätigkeit ist er nicht gewohnt. Ich will mich hinlegen, aber ich möchte nicht, dass sie mich verlässt. Ich nehme ihre Hände und ziehe sie zum Bett. Ich streiche mir über die Augen, um ihr zu zeigen, dass ich schlafen muss. Sie malt neue Formen für mich, diesmal sind es vier, von denen ich einige bereits von anderen Mustern kenne. Sie streicht mir ebenfalls über die Augen und malt dann die vier Formen. Ich ziehe ihre Finger an meine Brust. Ich habe große Angst, dass sie fortgehen wird. Doch das tut sie nicht. Sie liegt neben mir und lässt zu, dass ich ihre Hände drücke. Ehe mir die Augen zufallen, kommen die Besucher und sind sehr aufgeregt. Sie beglückwünschen mich. Frohen Herzens schlafe ich ein. Ich träume von ihr. In meinen Träumen vermischt sich die Wirklichkeit mit dem, was unmöglich ist, ganz wie in deinen. Ich kann ungehindert rennen, hüpfen und schweben, meine Füße sind über dem Erdboden. Aber sehen und hören kann ich auch im Traum nicht. Stattdessen erlebe ich mit meinem ganzen Körper Freuden und Ängste wie im Wachzustand. Dieser Traum handelt von den Händen meiner Gefährtin, von ihren Händen in meinen. Sie bewegen sich rätselhaft und erwecken in mir eine vage Hoffnung, an die ich nur zu gern glaube.

Sie verlässt mich nie. Sie ist da, wenn ich morgens die Augen aufschlage und wenn ich sie nachts schließe. In meinem Zimmer gibt es kein zweites Bett, also schläft sie woanders, doch sie kommt herein, ehe ich aufwache, um bei mir zu sein, und bleibt, bis ich eingeschlafen bin. Einmal bin ich nachts aufgewacht und fand sie nicht, so dass ich nach ihr gerufen habe. Nanny kommt, und ich schiebe ihr dummes altes Gesicht weg, heule und strecke den Arm nach der anderen aus, der Gefährtin mit den Händen. Nanny schlägt mich auf den Mund, doch dann sind plötzlich Vaters Hände auf meinem Haar. Im Zimmer herrscht Aufruhr. Die Menschen stampfen und springen durch den Raum. Ich strecke den Arm nach Vater aus. Stattdessen kommt sie, die ich will. Sie hilft mir, mich wieder hinzulegen. Sie streichelt meine Lider und hilft mir, wieder einzuschlafen. Nanny kommt nicht wieder, nicht in dieser Nacht und auch sonst nicht mehr. Nanny ist fort.

Anfangs wache ich jede Nacht auf und rufe nach meiner Gefährtin. Ich fürchte, sie könnte meiner überdrüssig werden und mich aus ihrer Gegenwart verbannen. Doch das tut sie nicht, und bald beunruhigt es mich nicht mehr, wenn sie mich verlässt, während ich noch wach bin. Ich weiß, dass sie am Morgen immer für mich da ist. Ich schlafe gern allein, weil ich weiß, dass ihre Anwesenheit meine Tage füllen wird. Ich muss den Nachmittag nicht mehr eingesperrt in meinem Zimmer verbringen. Den ganzen Tag habe ich sie um mich, und wir spielen zusammen und lernen neue Formen. Sie riecht nun anders, nach sauberer Wäsche und Mutters Seife.

Noch nie war ich so zufrieden mit mir und meinem Schicksal. Es ist das herrlichste Geschenk, eine Gefährtin zu haben, die immer bei mir bleibt. Ich umarme und küsse sie oft, löse ihr Haar und bürste es, aber ich hatte recht, es ist kaum zu bändigen. Ich finde heraus, dass es weicher wird und glatter am Kopf anliegt, wenn ich es mit Wasser aus der Schale auf dem Waschtisch benetze. So bürste ich es und flechte es oder knote über Nacht Stofffetzen hinein, damit sie am nächsten Morgen Löckchen hat, wenn sie kommt, um mich aufzuwecken. Jeden Tag spielen wir neue Spiele. Ich ahme ihre Bewegungen nach, wenn sie meine Hände schüttelt und sanft auf meine Finger tippt, wir nicken einander zu, und wenn wir einander besonders nah sind, fühle ich, wie ihr Atem meine Haut kitzelt. Wir erkunden noch mehr Zimmer, mehr Gegenstände und mehr Formen. Zwei Wochen vergehen, und ich lerne Dutzende neue Formen. Noch immer ist alles neu für mich, und ich genieße es sehr. Doch ich habe keine Ahnung, wofür es gut sein soll. Mein Verstand stellt keine Verbindung her zwischen den Formen, die ich lerne, den Mustern, die sie darstellen, und den Gegenständen, die sie mir reicht. Ich kann sie wiederholen, doch sie bedeuten mir nichts. Ich male die Formen nie, wenn die Gegenstände nicht da sind, nur wenn ich sie in der Hand halte. Ich weiß nicht, dass diese Muster über sich selbst hinausweisen. Ich bin wie ein Papagei. Doch in mir entwickelt sich etwas, der Keim eines Gedankens, dass dahinter eine Absicht steckt, dass es kein Zeitvertreib ist wie unsere anderen Spiele. Das hier ist wichtig. Doch ich kann nicht erfassen, warum, und meine Gefährtin kann es mir nicht vermitteln. Bis sie mich in den Hopfengarten mitnimmt.

Von früher weiß ich, dass auch die Ranken fort sind, wenn die Menschen Vaters Land verlassen haben. Die Pflanzen kehren nicht zurück, bis die Kälte da war und wieder vergangen ist und die warmen Tage wiederkommen. Meine Gefährtin lässt mich die leeren Stangen anfassen. Die meisten Pflanzen sind gepflückt worden. Doch ich finde eine einzelne Hopfendolde, die sich an einer vergessenen, stachligen Ranke festhält, die noch aus einem Erdhügel wächst.

Ich mache ihr die Blume zum Geschenk. Sie nimmt sie an, legt ihre rechte Hand in meine linke und malt sechs Formen. Dann legt sie mir die Hopfenblüte in die Hand. Wieder die sechs Formen. Dann der Hopfen. Sechs Formen. Der Hopfen. Formen, Hopfen. Formen, H-O-P-F-E-N. Ich halte ihre Hand auf. Ich erstarre in der Bewegung. Ich denke nach. Ich halte die Hopfenblüte, umschließe sie mit meiner linken Hand und zerdrücke sie. Ich greife nach ihrer Hand. Ich male die Formen, H-O-P-F-E-N. Ich gebe ihr die Blüte. H-O-P-F-E-N, wieder und wieder. Die Formen bilden ein Wort. Das Wort ist ein Zeichen. Ein Zeichen, das etwas aussagt. Die Blume, die ich in der Hand halte, hat einen Namen, und dieser Name lautet H-O-P-F-E-N. Ich buchstabiere ihn.

»H-O-P-F-E-N.«

Ich lasse mich zu Boden fallen, krieche umher, bis ich das harte, runde Ding finde, das ich gern werfe. Ich lege es meiner Gefährtin in die Hand; sie gibt mir vier Formen. S-T-E-I-N. Es heißt Stein. Ich buchstabiere es.

»S-T-E-I-N.«

Ich lache, hüpfe und springe und packe meine Gefährtin an den Schultern, die sich ebenfalls vor Lachen schütteln. Mehr, ich will mehr. Wir purzeln durch den Garten und finden G-R-A-S, ein B-L-A-T-T und einen B-A-U-M, sogar ein N-E-S-T. Ich strecke die Hand aus und berühre das Gesicht meiner Gefährtin. Tippe sie mit der Handfläche an, lege die Hand auf ihre Brust. Was ist das Wort für sie? Wer ist sie? Sie buchstabiert es für mich. L-O-T-T-I-E. Lottie. Ich buchstabiere es ebenfalls.

»Lottie«, buchstabiere ich in ihre Hand. »Lottie.«

Wir sprechen mit unseren Fingern.

Doch was ist das Wort für mich? Habe ich einen Namen? Ich tätschle meine Brust und tippe mich mit der Hand an.

Was ist mein Name? Lottie nimmt meine Hand und malt vier Formen. L-I-Z-A.

»Liza«, sagt Lottie.

»Liza«, sage ich.

Ich heiße Liza.

Kapitel 3

Ich lerne Hunderte neue Wörter. Wir gehen in jedes Zimmer, und Lottie zeigt mir die Namen aller Dinge, die ich anfassen kann. Ich kenne nun das richtige Wort für jeden Gegenstand in unserem Haus, angefangen vom einfachen »Kessel« in der Küche bis hin zur kunstvollen »Marcella-Tagesdecke« in meinem Schlafzimmer. Zuerst Substantive, dann Verben und Adjektive. Ich kann Eigenschaften erklären: heiß, kalt; jung, alt. Ich kann Empfindungen ausdrücken: mögen, nicht mögen. Ich verbinde Wörter und bilde Pidgin-Sätze: Liza rennen. Liza trinken Milch. Liza haben lieb Lottie und Vater. Ich verliere jegliches Interesse an den Menschen, die nicht die Fingersprache können. Vater braucht einen Tag, um sie zu lernen, doch er ist nicht so schnell wie Lottie und ich. Ich will ihm Dinge erzählen, aber wenn er antwortet, muss ich lange auf seine Wörter warten, und manchmal stoße ich ihn mitten im Satz weg, weil ich mich langweile. Er fängt offenbar an zu üben, denn er ist schon bald besser, und wir unterhalten uns jeden Tag. Er geht mit mir spazieren und benennt für mich Blumen und Kräuter, sagt mir, wie alle Teile der Hopfenpflanze heißen und die Geräte im Trockenschuppen. Er zeigt mir wertvolle Gegenstände in seinem Arbeitszimmer: eine Muschelschale, ein Marmorei, einen Rosenquarzkristall. Ich lerne die Namen aller Schachfiguren aus Speckstein. Er baut mir ein besonderes Schachbrett aus Holz, dessen Linien gewölbt sind, damit ich erfühlen kann, wie ich den König ein Feld vorsetze, den Läufer zwei Felder diagonal, den Springer zwei hoch und eins zur Seite. Er bringt mir das Spiel bei und schüttelt mir herzlich die Hand, wenn ich einen guten Zug mache. Ich weiß, dass er mich auch in der Zeit ›Davor‹ liebgehabt hat, aber ich habe das Gefühl, dass er mich jetzt noch mehr liebt.

Als Nächstes lerne ich, was Namen sind. Ich entdecke, dass Vater Vater ist und Mutter Mutter. Ich weiß, dass Köchin Köchin ist, aber noch einen anderen Namen hat, Martha. Das ist verwirrend, deshalb nenne ich sie Köchin Martha. Dann gibt es noch die Magd Edith und die Magd Florrie, und die Magd Alice ist die Zofe von Mutter. Noch immer besuche ich Mutter jeden Tag, und ich darf Lavendelwasser auf ihr Taschentuch träufeln und ihr damit über die Stirn wischen. Sie lässt mich ihre Hand berühren, und jetzt male ich Formen für sie. Sie lässt sie mich in ihre ausgestreckte Hand malen, doch sie antwortet mir nie.

Nachher erzähle ich Lottie: »Mutter malt keine Formen.«

Lottie sagt: »Eines Tages.«

Ich weiß, dass ich Adeliza Golding bin, dass Vater Edwin Golding ist und Mutter Evangeline Golding. Lottie ist Charlotte Crowe.

Ich frage: »Warum Lottie nicht Golding?«

Sie sagt: »Andere Mutter und Vater.«

»Wo schlafen?«

»Nicht dieses Haus.«

»Welches Haus?«

»Am Meer.«

»Was ist Meer?«

»Großes Wasser.«

»Wie Teich.«

»Nein. Sehr groß. Salzig.«

»Liza gehen jetzt zu Meer und treffen Lottie Mutter und Vater.«

»Eines Tages«, sagt Lottie.

Bald höre ich auf, mich Liza zu nennen, und verwende das Wort »ich«. Später vermute ich, dass die zwei Jahre, die ich hören konnte, ehe ich das Fieber bekam, geholfen haben, dass sich eine Fülle an Ideen in meinem Geist ansammeln konnte, die ich über mein Gehör empfangen habe und die in irgendeiner verstaubten Schublade in meinem Hinterkopf weggeschlossen gewesen sein müssen. Lottie hat den Schlüssel. Sie bringt mir nicht nur die Namen der Gegenstände, der Gefühle und Ideen bei, sondern tut noch etwas anderes: Sie spricht die ganze Zeit mit mir. Sie sitzt bei mir oder geht mit mir spazieren und schreibt mir in der Fingersprache lange Sätze in die Hand. Viele Wörter kenne ich nicht, aber andere sind mir ein Begriff, und so kann ich einige Bedeutungen aus dem Zusammenhang erschließen. Sie behandelt mich, als sei ich ein hörfähiges Kind, das zwar noch nicht alle Wörter versteht, die die Erwachsenen benutzen, das aber durch Zuhören und den ständigen Kontakt mit Sprache lernt. Sie bedient sich keiner Säuglingssprache. Zum ersten Mal in meinem Leben habe ich einen Menschen gefunden, der mich nicht wie ein Kleinkind, ein bemitleidenswertes Wesen oder wie ein Tier behandelt. Sie behandelt mich wie eine Person.

Ich werde sehr geschickt in der Fingersprache. Ich will sie den ganzen Tag verwenden und auch die ganze Nacht. Wann immer ich allein bin, wenn Lottie sich einen Augenblick entfernen muss, spreche ich zu mir selbst, indem ich Fingerzeichen in meine linke Hand male. Lottie und ich halten unsere Handflächen nicht mehr aneinander, um uns zu unterhalten. Wenn wir miteinander sprechen, halte ich meine Hand vor mich, nach unten gebogen, als würde ich eine unsichtbare Pflaume halten, während Lottie schnell die Zeichen in meine Handschale malt. Ich tue dasselbe. Meine rechte Hand ist inzwischen so biegsam, dass die linke im Vergleich dazu steif erscheint, weil sie niemals spricht. Unser Verstand und unsere Hände denken in Worten, nicht in einzelnen Buchstaben. Wenn du einer Person beim Reden zuhörst, bemerkst du auch nicht jeden Laut, noch liest du jeden Buchstaben einzeln, wenn du Schrift betrachtest. Für unsere Gespräche gilt das Gleiche. Unsere Finger bewegen sich so rasch, wenn wir Wörter formen, dass ich jeden herausfordere, der glaubt, unseren wieselflinken Unterhaltungen folgen zu können.

Ich frage Lottie: »Warum kannst du die Fingersprache? Warum nur du?«

»Ein Mann hat sie mir vor langer Zeit beigebracht.«

»Warum?«

»Ich hatte einmal eine Schwester. Sie war wie du. Sie konnte weder sehen noch hören.«

»Hast du mit ihr gesprochen?«

»Ja. Der Mann, der es mir beigebracht hat, war Pfarrer, ein Mann der Kirche. Er war weit gereist und wusste vieles. Er war einst in einer großen Schule auf der anderen Seite des Ozeans gewesen und hatte dort die Fingersprache gelernt. Als er erfuhr, dass wir eine kleine Schwester hatten, die blind und taub war, kam er zu uns und brachte sie uns bei.«

»Er hat sie dir, deiner Mutter und deinem Vater beigebracht?«

»Ja, und meinem Bruder. Wir haben sie ihr beigebracht, und sie hat sie schnell gelernt, wie du. Wir hatten eine glücklich Zeit zusammen. Sie war ein wunderbares Mädchen.«

»Wo ist sie jetzt? Kann ich sie treffen?«

»Nein, Liza. Sie ist leider gestorben.«

»Wie ist sie gestorben?«

»Sie hatte ein schlimmes Fieber, als sie ungefähr in deinem Alter war.«

»Ein Fieber wie das, das ich hatte, das meine Ohren verletzt hat, als ich ein Säugling war?«

»Ja, aber es war zu stark für sie und hat sie umgebracht.«
»Wie hieß sie?«
»Constance.«
»Constance Crowe.«
»Ja.«
»Du hast sie sehr liebgehabt.«
»Ja.«
»Es tut mir leid.«
»Danke, Liza.«

Ich küsse Lotties Hand. Ein Besucher fragt: *Warum bist du traurig, Adeliza?*

Jetzt sprechen die Besucher mit mir. Es begann an dem Tag, als ich »Hopfen« buchstabierte. In dem Moment, als mein Geist sich der Sprache öffnete, kamen sie hereingeströmt und sehnten sich verzweifelt danach, mit mir zu kommunizieren. Wie Lotties lange Reden habe ich auch sie zuerst nicht verstanden, doch ich lernte nach und nach, mich mit ihnen zu unterhalten, während ich lernte, mit Lottie und Vater die Fingersprache zu sprechen. Doch sie malen mir keine Formen in die Hand, weil sie nicht dasselbe Reich bewohnen wie meine Familie und die Dienerschaft. Ich höre sie in meinem Kopf. Ich weiß, dass du ebenfalls Worte im Kopf hören kannst, sie machen bloß kein Geräusch. Irgendwie erschaffen deine Gedanken die Stimme in deinem Geist, ohne Schallwellen, die sie wirklich werden lassen könnten. Dennoch hörst du sie. Genauso ist es bei mir und den Besuchern. Sie entsprechen meinen Gedanken, auch wenn ich weiß, dass sie nicht mir gehören. Sie sind etwas anderes, aber sie entscheiden sich dafür, bei mir zu bleiben, und sprechen jetzt mit mir, allerdings nur, wenn meine Augen offen sind. Manche haben Namen. Andere haben ihren Namen vergessen. Sie sprechen auch nicht miteinander. Sie scheinen nicht zu wissen, dass andere ihrer Art oder sonst jemand existiert. Sie sprechen mit mir und erzählen mir Dinge. Manchmal muss ich sie zur Ordnung rufen und sagen: *Pst! Wartet, bis ihr an der Reihe seid.* Ansonsten reden sie alle durcheinander, wenn mehr als einer da ist, und das Stimmengewirr in meinem Kopf treibt mich in den Wahnsinn.

Nachts, wenn Lottie sich in ihr Bett zurückgezogen hat, weil es sie erschöpft hat, dass ich sie ständig brauche, bleibe ich wach und lausche den Besuchern. In Gedanken spreche ich mit ihnen. Diese Gespräche mit den Besuchern sind seltsam, nicht wie die mit Lottie oder Vater. Sie sind recht unhöflich. Sie hören mir nicht wirklich zu, sondern warten nur, bis ich einen Satz beendet habe, damit sie sagen können, was sie wollen. Am meisten wollen sie über sich selbst sprechen. Oder besser gesagt, immer wieder über eine bestimmte Sache. Sie diskutieren nicht, sondern reden die ganze Zeit nur über diese eine Sache. Bei jedem ist es eine andere. Es geht um eine Bootsfahrt oder um einen Hund, den sie einmal hatten, einen Sturz von einem Baum oder einen Kratzer von einem Rosendorn. Ich versuche, sie nach anderen Dingen zu fragen, wer und was sie sind, woher sie kommen und warum sie hier sind, doch solche Erkundigungen scheinen sie nicht zu verstehen, und stattdessen erzählen sie mir erneut von dem, wovon sie besessen sind. Es ist, als steckten sie in einer Spur fest und könnten dieses eine Ereignis nicht hinter sich lassen. Einer von ihnen ist ganz reizend und erzählt mir, wie er einen Tag lang mit seinem Sohn eine Trockenmauer gebaut hat. Doch ein anderer ist zornig und verrennt sich in seiner Wut, während er einen Mann dafür verflucht, dass er sein Pferd erschreckt hat, wodurch er hinunterfiel und sich eine Platzwunde am Kopf zuzog. Ich bitte diesen Besucher, sich zu beruhigen, und meist tut er das auch. Ich mag ihn nicht. Ich bin besser mit ihnen ausgekommen, ehe ich sprechen gelernt habe, ehe sie reden konnten.

Ich beschließe, Lottie von ihnen zu erzählen. Ich kenne sie und bin mit ihnen vertraut, doch ich fürchte, sie wird sie merkwürdig finden. Sie hat sie mir gegenüber nie erwähnt und Vater ebenso wenig. Ich fürchte, dass sie Vater und Lottie nicht besuchen. Das ist der Moment, in dem ich ihnen einen Namen gebe: Besucher. Ich erkläre Lottie, was sie sind. Zunächst gibt sie dazu keine Bemerkung ab. Ich frage sie, ob sie ebenfalls die Besucher in ihrem Geist hört.

Sie sagt: »Nein. Das sind meine Gedanken. Du kannst sie Besucher nennen, wenn du möchtest.«

»Nein«, sage ich. »Die Besucher sind anders. Sie waren schon bei mir, ehe du kamst, ehe ich Worte lernte.«

»Dann waren sie damals auch deine Gedanken. Du hattest immer einen Geist. Nur keine Sprache. Jetzt sprechen sie mit dir, weil du Worte kennst.«

Ich schüttle den Kopf. Ich bin sicher, dass sie sich irrt, doch ich fürchte, dass sie mich für verwirrt hält, ein wenig verrückt, weil ich jahrelang von der Außenwelt abgeschottet war. Und ich will nicht, dass auch nur ein winziger Schatten auf unserer Freundschaft liegt. Oft frage ich sie: »Hast du mich sehr gern?«, und immer antwortet sie: »Ja.« Ich möchte nicht, dass sie von mir denkt, wie Fremde es tun. Deshalb spreche ich nicht mehr über die Besucher. Alles, was ich weiß, ist, dass ich anders bin als Lottie, als Vater, als alle anderen. Nicht nur wegen meines zerstörten Gehörs und meines verlorenen Augenlichts, sondern noch auf eine andere Weise, die ich nicht erklären kann. Ich lebe in einem anderen Land. Mit Hilfe der Sprache kann ich aus dem Abgrund berichten. Ich kann nicht behaupten, dass ich dort glücklich wäre. Er war immer ein Gefängnis. Doch zumindest ist er vertraut. Das Gebiet jenseits meiner Fingerspitzen ist größer als ich. Es ist wundervoll, aber auch beängstigend. Ich frage mich, ob ich mich in dieser anderen Welt, deiner Welt, je zu Hause fühlen werde.

Dann fängt Lottie an, mir mehr als nur Sprache beizubringen. Ich lerne die Naturgesetze, indem ich die Gärten erforsche, Blumen pflücke und Beeren sammle, Rinde abschäle oder nach Würmern grabe, eine Regentonne aufstelle und Schneebälle ins Haus bringe, um zu spüren, wie sie in meinen warmen Händen schmelzen. Ich begreife, dass Tiere nicht mit den Fingern sprechen können. Das enttäuscht mich schrecklich, und ich denke, dass sie sehr geistesschwach sein müssen. Ich lerne Biologie, indem ich einen toten Vogel finde und seine Flügel anhebe, um zu verstehen, wie er fliegt. Physik, indem ich auf Bäume klettere und Äpfel hinunterfallen lasse. Geographie, indem ich einen Stock in den Bach halte, so dass ich das fließende Wasser fühlen und Strömungen verstehen kann. Ich weiß, dass das Wasser von Vaters Land in einen Fluss fließt, der das große, weite Meer speist, wo die Familie Crowe lebt. Noch weiter entfernt gibt es andere Länder, wo viele Menschen leben und andere hingereist sind. Unser Planet besteht aus Land und Meer, Bergen und Tälern, die sich von meinem kleinen Leben aus über den ganzen Globus erstrecken und Jahrtausende in der Zeit zurückreichen und in die Zukunft weit über meine kurze Lebensdauer hinaus. Ich kann nicht fassen, wie groß die Erde ist.

Eines Tages nimmt Lottie mich bei der Hand und führt mich in Vaters Arbeitszimmer. Er hat mir etwas Neues gekauft. Sie lässt mich herausfinden, was es ist. Es ist halb so groß wie ich und doppelt so dick. Rund, gewölbt, ich taste es ab und fasse darunter. Es hat Spitzen und Mulden, rauhe Gegenden und glattes Meer. Ich habe es erraten. Es ist die Erde. Ein Globus. Wir sprechen über Länder, über unser kleines

England und die Gebiete, die jenseits davon liegen, alle vom selben Himmel umschlossen. Lottie ist verblüfft, wie schnell meine Finger über den Globus huschen und wie schnell mein Geist ihn auswendig kennt. Durch meine Berührungen verfüge ich über ein besonderes Wissen darüber, das ein sehendes Kind möglicherweise nicht aus einer flachen Landkarte gewinnen würde. Innerhalb eines Morgens lerne ich die Kontinente, die Meere und einige Länder. Europa fällt mir schwer, so viele kleine Staaten auf einer einzigen Landmasse.

»Streiten sie sich in Europa denn nicht«, frage ich Lottie, »wenn sie so beengt leben?«

Ich mag Gebirge, weil sie so schöne Furchen unter meinen Fingernägeln bilden. Das Erste, das ich lerne, sind die Alpen. Es fühlt sich an, als wären sie nicht weit von England entfernt. Ich frage Lottie, ob wir morgen die Alpen besuchen können. Sie erklärt mir, der Globus sei eine Nachbildung der Erde in anderem Maßstab, so dass ich die Entfernungen, die ich fühle, Hunderte und Tausende Male vervielfachen muss. Dass die Entfernung von hier bis nach Australien fast das Vorstellungsvermögen übersteigt. Das bereitet mir beinahe Kopfschmerzen. Doch eines Tages werde ich in der Lage sein, es zu verstehen. Nun verleiht der Globus erst einmal unserem Dasein eine Form.

Doch was liegt jenseits des Globus? Der Himmel. Und dahinter? Die Sterne. Und dahinter?

Lottie sagt: »Das möchte dein Vater mit dir besprechen.«

»Warum nicht du?«

»Dein Vater will nicht, dass ich mit dir über solche Angelegenheiten spreche.«

»Über den Himmel?«

»Nein, über Gott.«

»Was ist Gott?«

»Frag deinen Vater.«

Also frage ich ihn: »Was ist Gott?«

Vater erzählt mir, Gott habe die Welt und das Universum mit allem, was darin ist, erschaffen. Er ist allmächtig und allwissend. Gott will, dass ich ein liebes Mädchen bin, gut zu anderen und immer auf das höre, was meine Eltern und meine Lehrerin mir sagen. Gott weiß, wann ich böse war. Er sieht mich immer und kennt jeden meiner Gedanken.

»Wohnt er in unserem Haus?«

»Nein, unser Herr weilt im Paradies.«

»Ist das am Meer?«

»Nein, das ist über der Erde, sogar weit über dem Himmel.«

»Wenn du nach oben schaust, Vater, kannst du dann das Paradies sehen?«

»Nein. Es liegt nicht in unserer Sphäre.«

»Wie kann Gott mich dann sehen?«

»Er hat ein allsehendes Auge.«

»Wie kann er meine Gedanken hören?«

»Er kann alles tun, was er möchte. Er kann in deinen Geist eintreten und dich belauschen.«

»Wie die Besucher?«

»Wer?«

Hier breche ich ab. Ich bin noch nicht bereit, Vater von den Besuchern zu erzählen. Ich will nicht, dass er mich für eine Irre hält.

Nun weiß ich über die Welt und über Gott Bescheid und kann darüber sprechen. Ich glaube, ich weiß alles, meine Bildung ist abgeschlossen. Was gibt es noch zu lernen?

Kapitel 4

Lottie bringt mir etwas Neues. Papierstreifen mit Vertiefungen. Sie lässt sie mich abtasten. Ich fühle Linien und Bögen, Verzierungen wie am Kopfende meines Bettes. Sie stellt einen Topf mit Klebstoff neben mich und gibt mir eine Tasse. Sie hilft mir, das Papier an der Tasse zu befestigen. Dann schreibt sie T-A-S-S-E in meine Hand und bedeutet mir, die Vertiefungen im Papier zu betasten. Nun, da mein Verstand arbeitet, dauert es nicht lange, bis ich erkenne, dass es Buchstaben sind. Zusammengesetzt ergeben sie Wörter. Nicht in der Hand, sondern auf dem Papier, das man jemand weitergeben kann, der die Worte hört, indem er sie fühlt, und der das Papier noch einem anderen geben kann, der die Worte auch versteht, ohne im gleichen Raum zu sein wie du. Ich begreife, dass es eine Art tragbares Fingeralphabet ist. Lottie erklärt mir außerdem, dass andere diese buchstabenförmigen Vertiefungen mit den Augen erkennen können, während ich sie fühle. Später weiß ich, dass man das lesen und schreiben nennt.

Wir kleben viele Etiketten auf Dinge, und ich beginne, die Abfolgen der Formen zu lernen, indem ich sie mit meinem Fingeralphabet verknüpfe. Auf meine Daumenspitze zu zeigen steht für die Form A auf dem Papier und so weiter. Dann bekomme ich die einzelnen Buchstaben des Alphabets auf Papier und reihe sie selbst aneinander, um Wörter wie Tasse, Schlüssel und Apfel zu bilden. Ich bringe die Wörter zusammen, um daraus Sätze zu machen: Wasser in Tasse, Apfel auf Tisch, Schlüssel in Tür. Ich verwende die Buchstaben, um mehr Wörter zu formen, diejenigen, die keine Dinge bezeichnen, die man festhalten, oder Handlungen, die man vorführen kann, die nützlichen Wörter, die die Sprache zusammenhalten: der, die, das, ist, wie, es, ihr und alle anderen. Ich bilde lange Sätze. Lottie und Vater lesen sie und tätscheln mir den Kopf, um zu zeigen, dass sie stolz auf mich sind.

Eines Morgens frage ich Lottie: »Können nur du und Vater lesen?«

»Nein. Viele Menschen können lesen.«

»Kann Mutter lesen?«

»Ja.«

Ich mache mich sofort an die Arbeit. Mit großer Sorgfalt reihe ich meine Buchstaben aneinander. Sie erstrecken sich über den Tisch im Speisezimmer, das zu unserem Schulzimmer geworden ist. Lottie möchte helfen, aber ich sage ihr, dass sie nicht hinschauen soll. Es ist persönlich.

»Wird Mutter hierherkommen?«, frage ich Lottie.

»Das glaube ich nicht.«

Also hilft sie mir, alles auf ein Blatt Papier zu kleben. Wir sammeln einige übrig gebliebene Buchstaben ein und stecken sie in einen Briefumschlag. Bis zur Mittagszeit müssen wir warten, ehe wir Mutter sehen können. Ich gehe zu ihr und nehme ihre Hand, wie immer. Ich gebe ihr das Papier und den Umschlag. Ich warte, während sie liest. Dort steht: »Mutter. Bitte rede mit mir. Ich liebe dich.«

Ich warte. Zuerst rührt sich gar nichts. Ich frage mich, ob sie schläft. Dann spüre ich, wie das Bett wackelt. Ich greife nach ihrer Hand und merke, dass sie nass ist. Sie hebt meine Hand an ihre Wange, und dort fließen Tränen. Sie umschließt meinen Kopf mit beiden Händen, hält ihn fest und sieht mich an. Ich lächle und nicke, um ihr zu zeigen, dass alles gut ist. Sie nimmt mich in den Arm und hält mich sehr fest. Ich bin fast acht Jahre alt, und das ist die erste Umarmung, die ich mit meiner Mutter teile. Ich weine auch, und wir halten einander lange fest. Als wir uns beruhigt haben, nimmt sie den Umschlag und legt Buchstaben aufs Bett. Es ist weich und uneben, nicht besonders für Nachrichten geeignet, aber ich nehme jeden Buchstaben, fühle ihn und lese dabei langsam. Sie hat nur ein Wort geschrieben: »Entschuldigung.«

Am nächsten Tag darf ich Mutter länger sehen. Wir nehmen den Umschlag und ein Teetablett mit, um darauf die Buchstaben auszulegen. Ich fange an. Es ist eine Frage, die ich schon sehr lange stellen möchte.

»Liebst du mich?«

»Ja.«

»Warum keine Fingersprache?«

»Krank.«

»Wo krank?«

»Körper. Geist.«

»Wann ist es wieder gut?«

»Heute besser.«

»Warum?«

»Du.«

Unsere erste Unterhaltung. Es ist mühsam, die richtigen Papierbuchstaben zu finden, sie auf das Tablett zu legen, nur um dann zu merken, dass sie verrutschen. Damit es nicht so lange dauert, müssen wir einfache Sätze bilden, die dem nicht gerecht werden, was ich sagen will. Danach erzähle ich Lottie, dass die Papierbuchstaben mich ganz kribbelig machen. Sie sind hauchdünn und zerknittert, werden von der ständigen Benutzung fettig und bekommen Eselsohren. Sie teilt mir mit, dass ein Drucker in Maidstone sie gemacht hat, ein Experte für Papierprägung. Doch Vater arbeite an etwas viel Besserem. Ich müsse Geduld haben. Bald ist es so weit. Vater hat Buchstaben aus Metall angefertigt und Löcher in ein Holzbrett gemacht. Man kann die Buchstaben einsetzen und wieder herausnehmen, um immer neue Wörter zu legen. Ich bin überglücklich und verbringe Stunden damit, Sätze zu bilden. Zu anderen Übungen und zum Unterricht muss man mich regelrecht zerren.

Lottie bringt mir Bücher. Als ich eines öffne, merke ich, dass die Seiten voller erhöhter Buchstaben sind. Ich kann ganze Sätze lesen, ohne sie selbst legen zu müssen. Ich erinnere mich, dass ich in der Zeit ›Davor‹ aus Unwissenheit und Mutwillen versucht habe, Vaters Bücher kaputt zu machen. Nun, da ich meine eigenen Bücher habe, die ich ganz ohne Hilfe lesen kann, ohne dass die, die mich lieben, sie mir erklären oder eine Vorauswahl treffen, kann ich mich von Vater und Lottie entfernen und auf meinem Bett sitzen. Ich lese vom Alphabet, von Zahlen und Tieren, Picknicks, Dschungeln und den Sternen. Ich verlange mehr, und man gibt mir Märchen, gefährliche Abenteuer, Höhlen voller Schätze, eine Kinderbibel. Ich bin vernarrt in meine Bücher und halte sie eng umschlungen in meinem Bett, wofür ich eine Weile die Puppen vernachlässige. Die Bücher sind meine neuen Freunde. Ich möchte mehr, doch man sagt mir, dass es bisher nur wenige Bücher mit erhöhten Buchstaben gibt und ich die meisten davon bereits besitze. Trotzdem sehne ich mich nach mehr. Dann erlerne ich eine neue Art des Lesens, ohne erhöhte Buchstaben, stattdessen mit erhöhten Punktmustern, die für Buchstaben stehen. Lottie und ich lernen die Punkte, und ich übe sie stundenlang mit den neuen Büchern, die Vater für mich gefunden hat. Die Muster haben einen Namen: Braille. Lottie erklärt mir, dass die Blinden Braille nutzen, um schnell zu lesen, dass es wichtig war, zuerst das Alphabet zu lernen, da ich es eines Tages auf eine andere Weise verwenden werde. Braille wird von nun an mein Lesen beschleunigen, und es gibt viel mehr Bücher, die sich dieser Punktmuster bedienen. Wenn man es erst einmal gelernt hat, geht das Lesen viel schneller als mit dem erhöhten Alphabet, und bald sauge ich immer längere Bücher förmlich auf.

Vater macht mir eines Tages ein besonderes Geschenk: ein Buch, das er gern mag. Ich setze mich und lese den ersten Satz: *Marley war tot, das sei gleich zu Anfang gesagt.* Ich lese *Eine Weihnachtsgeschichte* von Charles Dickens. Ich wusste vorher nicht, dass es Stimmen wie diese gibt. Ich hätte nie gedacht, dass man im Leben auf andere Geister und Körper stoßen kann, die alle ihrer Wege gehen und ihre eigenen Geschichten leben, bis der Tod sie holt und andere sich für immer und ewig an sie erinnern. Die Punkte auf dem Papier zu fühlen befreit mich auf eine Art aus meiner Gefangenschaft, wie es nicht einmal Gespräche vermögen. Erst jetzt verstehe ich, warum Vater so viel Zeit mit Büchern verbringt. Er ist ein Zeitreisender, so wie ich nun auch. Etwas ist merkwürdig: Beim Lesen stören mich die Besucher kein einziges Mal. In meinem Geist scheint kein Platz für sie zu sein, wenn er mit einem Buch beschäftigt ist. Das ist befreiend. Ich liebe meine Besucher und rede oft mit ihnen. Doch ihre Abwesenheit ist eine Erlösung. Ich lese das Buch an einem Tag durch.

Ich habe viele Fragen zu dem Buch. Zuerst richte ich sie an Vater: »Gibt es Geister?«

»Nein, ich glaube nicht.«

»Mr Dickens schreibt aber über sie.«

»Es ist eine Geschichte, und in Geschichten kann man schreiben, was man möchte.«

»Ist das keine Lüge?«

»Geschichten sind keine Lügen. Sie tun so, als ob etwas wahr ist, um uns zu unterhalten.«

»Kann Mr Dickens mich sehen?«

»Natürlich nicht!«

»Aber er spricht mit mir, während ich das Buch lese, und

ich glaube, er kennt mich. Er kann sehen, wenn ich etwas Falsches mache.«

»Nein, Adeliza. Das ist Gott.«

Ich bin unzufrieden und spreche mit Lottie: »Es gibt Geister in diesem Buch. Vater sagt, sie sind nicht echt.«

»Manche Leute glauben an sie.«

»Du?«

»Ich bin nicht sicher. Vielleicht.«

»Hat Gott die Geister erschaffen?«

»Das glaube ich nicht.«

»Aber Gott hat alles erschaffen.«

»Manche denken das.«

»Du auch?«

»Dein Vater würde nicht wollen, dass ich mit dir darüber spreche.«

»Vater ist nicht da.«

Lottie möchte jedoch nicht weiter darüber sprechen, und ich kann sie nicht überreden. Stattdessen sagt sie, dass sie ein Geschenk für mich hat. Ich nehme es in die Hand und erkenne es. Es ist ein Füllfederhalter. Die Sehenden nutzen ihn zum Schreiben, so wie ich meine Buchstaben aus Metall. Nichts für mich. Doch sie zeigt mir, wie man ihn hält, legt ein Blatt Papier unter den Füllfederhalter und fordert mich auf, ein Zeichen zu hinterlassen. Ich kritzle wild einen Strich und berühre ihn danach. Ich spüre die nasse Tinte, die schnell auf meiner Haut und dem Blatt trocknet. Jetzt verstehe ich, warum ich die Buchstaben des Alphabets kennen muss, denn von nun an werde ich sie mit der Hand formen.

»Aber ich kann es nicht lesen.«

»Nein, aber andere können das, und diesen wirst du schreiben können. Schreib Briefe, gib sie in die Post, und die Kutsche wird sie zu anderen Menschen bringen, die sie Hunderte Kilometer von hier lesen können. Sie werden lesen, was du geschrieben hast.«

»Ich kenne aber niemanden, der weit entfernt lebt, außer deiner Familie, und die kennt mich nicht.«

»Dann lerne zu schreiben, und du kannst ihr einen Brief schicken und dich vorstellen.«

»Bei alten Menschen bin ich schüchtern. Denen kann ich nicht schreiben.«

»Dann schreib meinem Bruder Caleb. Das würde ihn freuen.«

Im Winter zieht der Geruch brennender Hopfenranken an meinen Tisch, während ich mich mit dem Schreiben abmühe. Im neuen Jahr verzichte ich darauf, wie sonst dabei zu helfen, das erste Loch für die Hopfenstangen zu graben, um stattdessen das Schreiben zu üben. Es dauert Monate, bis ich jeden einzelnen Buchstaben deutlich und Wörter getrennt voneinander zu Papier bringen kann. Bis Ende März befestigen die Stelzengänger das neue Kokosgarn, an dem die Hopfenranken hinaufwachsen sollen, oben an den Drähten, und ich lerne Interpunktion. Im Mai wickeln die Arbeiter die Ranken, die stets im Uhrzeigersinn wachsen, um die Schnüre. Sie geizen die rispigen Ranken aus, die hohe Stengel, jedoch keine Dolden verheißen. Ich schreibe mittlerweile so deutlich, dass andere es entziffern können. Es ist ein langer und beschwerlicher Weg, zumal ich das Geschriebene nicht selbst auf Fehler überprüfen kann. Doch ich halte durch und denke über das Fingeralphabet nach, meine erste Sprache. Eigentlich, so wird mir klar, ist es gar keine Sprache, sondern eine Schrift, bei der meine Handfläche das Papier ist und mein Finger der Stift. Tinte zu benutzen ist lediglich meine nächste Form, mich mitzuteilen.

Der Hopfen wächst und gedeiht, Vaters Arbeiter sind vollauf damit beschäftigt, unsere wertvolle Ernte zu beschützen. Sie setzen Marienkäfer auf die Blätter, damit sie die Blattläuse fressen und den Befall eindämmen. Später ziehen sie den Pflanzenwäscher durch die Hopfengassen und sprühen Schmierseife auf den Hopfen, um die Schädlinge zu töten. In der Zwischenzeit vollende ich meinen ersten ganz allein geschriebenen Brief:

Werter Caleb Crowe Liza schreibt Brief an dich Liza wird ans Meer kommen und Puppe mitbringen Liza wird mit Caleb sprechen Liza wird lieb zu Caleb sein Liza wird heimkehren

Nicht gerade ein Meisterwerk, doch für ein zehnjähriges, taubblindes Mädchen, das die ersten sechs Jahre im Land der Toten verbracht hat, ist es ein großer Sprung. Das Holzbrett mit den Metallbuchstaben wird zu einem Spielzeug, das mir gelegentlich die Zeit vertreibt, verstaubt dann zunehmend und wird schließlich weggeräumt. Mutter hat das Fingeralphabet erlernt. Sie kommt die Treppe herunter und unternimmt sogar kurze Spaziergänge mit mir, bei denen wir uns gegenseitig unterhaken und ich über den Stoff ihrer Keulenärmel streiche. Während wir unterwegs sind, frage ich sie mit der anderen Hand: »Was siehst du?«, und sie beschreibt es mir. Sie hat eine besondere Art zu sprechen, drückt sich auf eine Weise aus, die mir gefällt, bei der sie immer den Kern der Dinge trifft. Noch immer schläft sie jeden Nachmittag. Man sagt mir, sie wird immer schwach sein. Doch nun habe ich eine Mutter, Vater und Lottie. Ich habe meine Hände zum Sprechen, kann meine Bücher lesen und mit dem Stift meine Gedanken aufschreiben. Jetzt bin ich ein Mensch.

Einige Wochen später bringt Lottie mir etwas Wundervolles. Es ist ein Brief von Caleb. Sie liest ihn mir vor:

Werte Miss Golding,
über Ihren Brief habe ich mich gefreut. Ich halte es für eine feine Idee, dass Sie uns in Whitstable besuchen möchten. Bringen Sie Ihre Puppe mit, und ich werde Sie beide aufs Meer hinausfahren. Ich werde Ihnen die Austernbänke zeigen. Sie können eine Auster in den Händen halten, und ich werde für Sie die Schale aufknacken. Dann können Sie sie essen. Haben Sie jemals Austern probiert? Es gibt nichts Besseres.
Hochachtungsvoll,
Caleb Crowe

Das ist sogar besser als Mr Dickens. Doch wegen der Auster bin ich besorgt.

Ich frage Lottie: »Ist es nicht sehr grausam, die Schale einer Auster zu knacken? Schreit sie dann laut?« Sie versichert mir, dass das nicht geschieht und dass Austern wahrlich köstlich schmecken.

Von diesem Moment bitte und bettle ich, dass Vater mich nach Whitstable gehen lässt.

Er sagt: »Du bist noch nicht bereit, in die Welt zu gehen.«

»Warum nicht?«

»Du musst noch einige Dinge lernen. Über den Umgang mit Menschen.«

»Welche Dinge?«

»Die Laute, die du von dir gibst.«

»Aber ich habe eine Stimme. Warum kann ich sie nicht benutzen?«

»Die Hörenden finden sie unangenehm, weißt du.«

»Ich möchte aber üben, um mit dem Mund sprechen zu können.«

»Wir glauben nicht, dass du je mit dem Mund sprechen wirst, Adeliza.«

Ich denke darüber nach. »Stimmt das? Sagt Lottie, dass das stimmt?«

»Wir sind uns einig. Du wirst niemals mit deinem Mund sprechen.«

»Du hast mir erzählt, dass ich sehen und hören kann, wenn ich zu Gott in den Himmel komme. Also werde ich im Himmel mit meinem Mund sprechen.«

»Aber nicht in dieser Welt, Liza. Da bist du am besten still.«

»Ich werde versuchen, still zu sein, Vater.«

»Noch etwas. Manchmal ist dein Gesicht … ein wenig eigenartig.«

»Bin ich hässlich?«

»Nicht im Geringsten. Du bist ein wunderhübsches Mädchen, nur finden es die anderen möglicherweise seltsam, wie du manchmal dein Gesicht verziehst. Auch, dass du an Dingen und sogar Menschen schnupperst.«

»Du glaubst, die Welt ist nicht bereit, mich zu treffen.«

»Du weißt, dass ich dich über alles liebe. Doch andere Menschen sind nicht an dich gewöhnt so wie wir hier.«

»Ich werde hart an mir arbeiten, Vater.«

Ich halte mein Versprechen. Natürlich tue ich immer, was Vater möchte. Doch was mich am meisten anspornt, ist dies: Jedes Mal, wenn ich das Gesicht verziehe oder schreie, denke ich an das Treffen mit Caleb Crowe. Ich stelle mir seinen Abscheu vor, wenn er das absonderliche, taubblinde Mädchen sieht. Von nun an beherrsche ich mich. Kein Laut entweicht meiner Kehle, mein Gesicht bleibt starr. Ich weiß, dass ich einen seltsamen Anblick bieten muss. Zwar bin ich nicht das wilde Tier, das ich in meiner frühen Kindheit war, doch ich neige zu großen Gefühlsausbrüchen. Nun bemühe ich mich, ein Engel zu sein. Ich bitte Lottie, mich jedes Mal zu schlagen, wenn ich einen schrecklichen Laut von mir gebe oder eine abstoßende Grimasse schneide, doch sie sagt, das werde sie niemals tun. Wenn ich etwas falsch mache, wird sie mir auf den Rücken klopfen, und wenn ich mich gut benehme, meinen Kopf tätscheln. Lottie und ich treffen eine heimliche Vereinbarung: Ich unterdrücke meine Triebe den ganzen Morgen lang, aber wenn Vater am Nachmittag aus dem Haus ist, kann ich in mein Zimmer gehen und nach Herzenslust schreien. Gelegentlich falle ich in mein altes, wildes Verhalten zurück, tobe in meinem Zimmer, knalle Türen, um die Erschütterung beim Aufprall zu spüren, und springe so lange auf meinem Bett herum, bis die Federn nachgeben.

Es ist wieder Erntezeit, ehe ich nach Whitstable oder an einen anderen Ort reisen kann, und Familie Crowe kommt zu ihrem jährlichen Besuch. Lottie verschwindet einen ganzen Tag lang. Ich gönne ihr die Zeit mit ihrer Familie, vermisse sie aber schrecklich. Mutter geht am Morgen kurz mit mir spazieren, und ich sitze den ganzen Nachmittag im Haus und blase Trübsal, lese meine Bücher, stricke und laufe in der Spülküche auf und ab, wo ich darauf warte, dass sich die Tür öffnet, durch die meine Lottie stets das Haus betritt und verlässt. Doch sie kehrt nicht zurück, und als ich an diesem Abend in mein Zimmer gehe, hilft mir Vater beim Zubettgehen und meinem einzigen Gebet: dass Lottie bald genug von ihrer Familie hat und zu mir zurückkommt. Am nächsten Morgen weckt sie mich, und ich schlinge die Arme um sie und weine. Ich möchte sie festbinden, damit sie mich nicht mehr verlassen kann.

»Geh nie wieder fort«, bettle ich.

»Manchmal muss ich das, mein Liebling. Du bist mir sehr teuer, aber auch andere lieben mich, und auch ich liebe sie sehr.«

»Ich weiß. Es tut mir leid. Ich bin egoistisch.«

»Komm mit und lerne sie kennen.«

Ich mache mich hübsch, bestehe darauf, mir selbst das Haar zurechtzumachen, lasse es aber von Lottie sorgsam überprüfen. Wir gehen in den Hopfengarten und finden die Familie Crowe um ihren Hopfenbottich versammelt. Sie können sich nicht allzu lange unterhalten, denn ihr Verdienst richtet sich nach dem Gewicht der gepflückten Blüten. Ich weiß, dass Lottie von dem Lohn, den Vater ihr zahlt, etwas nach Hause zu ihrer Mutter schickt. Doch man sagt mir, dass sie mehr brauchen und dass das Hopfenpflücken sehr hilft. Davon können sie sich wenigstens Kleidung für den Winter kaufen. Mr Crowe erntet nicht mit, sondern bleibt am Meer, um sich um die Austernbänke zu kümmern.

Wir treffen Mrs Crowe und drei Jungen, die alle jünger sind als Lottie. Sie heißen Clarence und Claude – fünfjährige Zwillinge – und Christopher. Er ist drei Jahre alt. Auch Caleb ist da. Er und seine Mutter beherrschen das Fingeralphabet noch immer, auch wenn sie es lange nicht verwendet haben und eingerostet sind. Die Kinder können überhaupt nicht mit den Fingern sprechen.

Mrs Crowe sagt: »Hübsches Mädchen.«

Ich antworte: »Danke.«

»Sehr erwachsen.«

»Ich bin schon elf.«

Mrs Crowe berührt meine Wange, und ihre Hände sind so rauh wie Rinde. Aber freundlich. Wir machen eine Pause, und ich glaube, sie hat mir im Moment nichts mehr zu erzählen. Ich strecke die Hand aus, und Lottie weiß, wen ich als nächstes kennenlernen möchte.

Caleb sagt: »Hallo.«

Ich erwidere: »Danke für den Brief.«

»Gern geschehen.«

»Lottie sagt, ihr seid Zwillinge. Wart ihr zusammen im Bauch eurer Mutter?«

»Ja.«

»Lottie ist zweiundzwanzig. Bist du genauso alt?«

»Ja. Am gleichen Tag geboren.«

»Seht ihr gleich aus?«

Er nimmt meine Hand und legt sie auf seine Wange. Sein Schnurrbart kitzelt meine Handkante, als ich darüberstreiche. Mit zitternden Fingern betaste ich sein Gesicht. Er hat die gleichen markanten Wangenknochen wie seine Schwester, die gleiche lange Nase, die vollen Lippen. Sein Haar ist weniger wild, wellig und dick, hinten lang und vorne zur Seite gestrichen. Ich berühre seine Lider, seine Augen sind so groß wie Lotties. Ich denke an meine Augen. Vater sagt, die Linsen sind trüb und sehen gespenstisch aus. Während ich Calebs Gesicht befühle, lasse ich die Augen geschlossen. Ich will nicht, dass er Angst vor ihnen hat.

Da sie weiterarbeiten müssen, führt Lottie mich fort. Ich möchte sie jeden Tag sehen, aber Vater verbietet es. Ich glaube, Lottie verbringt die Abende mit ihrer Familie, wenn ich schlafe. In der Erntezeit ist sie jeden Tag sehr erschöpft. Ihre Finger bewegen sich langsamer als sonst. Ich darf ihre Familie noch ein weiteres Mal treffen, am Abend vor ihrer Abreise, an dem die Erntehelfer ein Fest feiern. Vater sagt, ich darf eine Stunde bleiben, muss danach aber unverzüglich ins Bett. Tanzende Füße und ein rhythmisches Pochen lassen den Boden beben. Ich versuche, mit Lottie zu tanzen, trete ihr aber so oft auf die Füße, dass ich mich beschämt an den Rand stelle. Wenn Paare an mir vorbeiwirbeln, spüre ich den Luftzug. Ich klopfe mit dem Fuß den stampfenden Takt der Musik und klatsche in die Hände. Lottie führt mich zu den Musikanten. Eine Frau spielt mit einem Schlegel eine dumpfe Trommel, die mit glatter Haut bespannt ist. Sie lässt sie mich halten, während sie einen Rhythmus schlägt, und ich spüre die Vibration in meinen Armen. Sie kommt wohl aus Irland. Von meinem Globus weiß ich, dass man mit dem Schiff in westlicher Richtung über das Meer fahren muss, um dorthin zu gelangen.

Es gibt zudem eine Geige, und ich berühre die Hand, die sie hält. Es ist Caleb, das erkenne ich gleich. Er steht hinter mir und lässt mich das Instrument in der linken Hand halten. Meine Finger umschließen das Griffbrett, während er die Schnecke stützt. Ich klemme mir die Geige unter das Kinn. Er legt mir den Bogen in die rechte Hand und biegt sie so, dass ich ihn richtig halten kann. Wir legen den Bogen auf die Saite, und er führt meine Hand nach oben und zieht sie behutsam zurück, worauf die Saite zu schwingen beginnt und mich in einen Glückszustand versetzt, als die Klangwellen durch den hölzernen Leib der Geige hindurch in meinen Körper strömen. Ich spüre, wie die Musik lebendig wird, als wir den langen Ton immer wieder spielen, hoch, runter. Er nimmt die Geige und kniet sich neben mich, lässt mich die Hand darauflegen und spielt mir ein Lied, eine Jig, einen Reel oder einen ähnlichen Tanz, und ich spüre den Druck des Bogens und die ruckartigen, kurzen Striche, die er vollführt, um mir das Lied zu erzählen. Der Rhythmus klopft sich durch meine Hand in meine Knochen, und ich klopfe die Melodie den ganzen Abend bis zum Zubettgehen und dann wieder in der Nacht auf dem Kopfende meines Bettes. Ich werde sie nie vergessen.

Ich begreife, dass ich eine Art Prüfung bestanden habe. Nachdem mich die Hopfenpflücker getroffen haben, ist Vater der Ansicht, dass ich mich sehen lassen kann.

Neue Freunde kommen ins Haus. Die Leute haben von dem kleinen taubblinden Mädchen gehört, das mit den Fingern sprechen kann. Ich lasse mich von Dutzenden neuer

Hände anfassen – Freunde Vaters, örtliche Würdenträger, Gelehrte und Professoren, die sich mit Blinden und Tauben befassen, Neugierige und Naseweise, Sentimentale und Habgierige –, sie alle wollen Adeliza Golding sehen. Manche kommen mehr als einmal, und ich erkenne sie im Nu am Händedruck. Manchmal siehst du vielleicht eine Person ein Mal und dann über einen Monat lang nicht mehr. Erkennst du sie wieder, wenn ihr euch das nächste Mal begegnet? Ich schon, wenn auch durch Körperkontakt. Der Händedruck eines Menschen ist unverkennbar, hier ein leichter Druck des Zeigefingers, dort ständige Feuchtigkeit. Meine neuen Bekannten sind erstaunt, dass ich sie an der Berührung ihrer Hand erkenne. Ich nenne sie Bekannte, weil sie keine Freunde sind, keine richtigen. Sie kommen aus vielerlei Gründen, meist aus selbstsüchtigen – um mich zu studieren, um ihre Neugier zu stillen, um zu gaffen, um sich fromm zu fühlen oder dankbar zu sein, dass es ihnen nicht so geht –, aber nicht, um meine Freunde zu sein. Ich lasse sie vor, weil es Vater zu gefallen scheint. Er kann jetzt stolz auf mich sein. Für diese Besucher trägt er seinen Cut, einen hohen, steifen Kragen und einen Krawattenschal. Auch ich bin elegant gekleidet. Seit ich meine »Blindismen« unter Kontrolle habe, bin ich anscheinend ein ziemlich hübsches Mädchen. Er zeigt mich vor, mein dichtes Haar und meine geschickten Finger, und es macht auch mich stolz. Doch ich muss mir die Augen mit einem Tuch verbinden, um die Damen nicht zu erschrecken. Ich hasse das Tuch, aber ich tue es für Vater. Auch meine Puppe hat verbundene Augen.

Wir treffen die Leute und betasten ihre kupfergestochenen Visitenkarten, von denen keine ist wie die andere. Ich lächle für sie, erzähle ihnen durch Lottie von den Dingen, die ich mit meinen Händen vermag. Ich würde ihnen auch gerne von den Besuchern erzählen, doch ich weiß, das geht nicht. Ich stelle ihnen viele Fragen, um etwas über das Leben außerhalb unseres Hauses zu erfahren. Doch sie wollen nicht viel von sich erzählen, weil sie ihr Leben kennen und es deshalb langweilig finden. Sie wollen nur über mich reden. Von dem taubblinden Mädchen haben sie seltsame Vorstellungen: dass ich mit den Fingern Farben sehen kann oder ihre Gedanken zu lesen und die Zukunft vorherzusehen vermag. Ich bin müde und bitte um eine Pause. Eine alberne Frau bemerkt, wie klug ich sei, und vergleicht mich mit einem Papagei. Als mir Lottie das in die Hand buchstabiert hat – denn sie hält nichts davon, mich vor dem Geschwätz der Leute abzuschirmen –, stehe ich auf, stelle mich auf Zehenspitzen, strecke mit einem Gesichtsausdruck reinen Ekels den Arm nach Lottie aus und buchstabiere: N-Ä-R-R-I-N. Nein, das sind nicht meine Freunde.

Sie sind Mittel zum Zweck. Sobald ich unter Beweis gestellt habe, dass ich mich sehen und hören lassen kann, darf ich endlich aus dem Haus gehen. Ich will direkt ans Meer. Aber Vater sagt nein. Stattdessen soll ich mit ihm zusammen im Zug nach London reisen. Lottie kommt auch mit. Vater erzählt, dass ich berühmt bin. Sie schreiben in den Zeitungen über mich. Ein wichtiger Mann hat von mir durch die Londoner Zeitung *The Times* erfahren. Er ist Arzt und hat Vater in einem Brief viele Fragen über mich gestellt. Er möchte mich treffen. Er weiß mehr über ein bestimmtes Thema als jeder andere Mann in England.

Über Augen.

Kapitel 5

Es ist 1895. Ich bin elf Jahre alt. Das Grundstück meines Vaters habe ich noch nie verlassen. An diesem Morgen bringt Mutter mir meine neue Reisegarnitur: Wolljacke und Rock, bestickte Bluse mit Spitzenborte, Kragen und Rüschenjabot. Das Haar trage ich offen, darüber einen adretten Strohhut. Ich kann die großen Hüte nicht ausstehen, die Mutter so gefallen, weil sie mich aus dem Gleichgewicht bringen. Ich möchte einen guten Eindruck auf den Arzt machen, aber ich muss mich wohl fühlen, um die Reise zu Fuß und mit dem Zug zu bewältigen. Ich mache mir schon die ganze Zeit Sorgen wegen meiner Augen.

Ich bitte Vater: »Können wir das Band zu Hause lassen? Ich bin sicher, dass die Menschen, denen wir begegnen, keine Angst haben werden. Ich glaube, sie starren viel eher, wenn ich das Band trage.«

Vater stimmt zu, und ich küsse und umarme ihn dankbar.

Nach dem Frühstück machen sich Lottie, Vater und ich auf den Weg. Wir gehen den Kiesweg entlang bis zur kleinen Straße, die nach Edenbridge und zum Bahnhof führt. Da es ein angenehmer Tag im März und der Weg nicht weit ist, brauchen wir dafür keine Kutsche. Der Duft frühblühender Schlehen liegt in der Luft, als wir die Mündung unserer Zufahrt erreichen. Weiter war ich noch nie von zu Hause fort. In dem Augenblick, in dem wir die Straße überqueren und den Weg in Richtung Dorf einschlagen, habe ich das Gefühl, dass jemand Neues angekommen ist. Beim Gehen entdecke ich einen neuen Besucher, einen Greis, der mir erzählt, dass er seine Frau nirgendwo finden kann. Er ist äußerst beunruhigt und fragt immerfort nach ihr. Ich teile ihm mit, dass ich ihm nicht helfen kann. Ein weiterer Besucher kommt hinzu, ein Mädchen, das sich darüber beklagt, dass es vollkommen durchnässt ist und friert. Sie sprechen gleichzeitig und bereiten mir Kopfschmerzen. *Geht jetzt*, schimpfe ich, *ich bin beschäftigt*. Sie gehorchen, wie immer. Dann stolpere ich.

Vater nimmt meine Hand und fragt: »Sollen wir umkehren? Wir können die Kutsche nehmen.«

»Nein«, antworte ich. »Es geht mir gut. Lass uns bitte gehen. Ich bin sehr glücklich.«

Im Weitergehen erzählt mir Lottie mit Hilfe des Fingeralphabets von den Reisenden auf den Straßen, ihren Pferden und Wagen, ihrer Kleidung und ihren Hüten, wer winkt und wer mich anstarrt. Ich spüre das dumpfe Rattern der Wagenräder, wenn sie vorbeifahren, und die Schritte der Reisenden, rieche die Duftwolken, die sie hinter sich herziehen, Pfeifenrauch oder Kohlenstaub. Sie wissen um meine Blindheit, aber vielleicht nicht, dass ich taub bin. Ich hoffe, dass sie ein wenig gaffen, denn Vater hat mir erzählt, dass ich heute hübsch aussehe. Wenn ich die Augen schließe, kommen keine Besucher zu mir. Ich weiß, dass eine ganze Menge neue auf mich warten, doch meine Augen bleiben geschlossen, und das hält sie fern.

Wir erreichen den Bahnhof und stellen uns an, um Fahrkarten zu kaufen. Vater reicht mir ein wenig Geld und erlaubt mir, den Mann am Schalter zu bezahlen. Der schüttelt mir höflich die Hand. Er riecht nach gekochten Eiern und etwas anderem, rauchig-bitter. Als wir den Bahnsteig betreten, ist dieser Geruch allgegenwärtig. Ich spüre ein gewaltiges Donnern unter meinen Füßen, und Lottie erklärt mir, dass der Zug in den Bahnhof einfährt. Die Luft ist erfüllt von Dampf, sein beißender Geruch reizt meine Nase. Wir steigen in einen Waggon, und Vater führt uns zu unseren Sitzplätzen. Auch im Zug gibt es Besucher, ich spüre, dass sie warten, mich beobachten. In unserem Waggon sitzen noch zwei weitere Menschen, und ich werde ihnen vorgestellt. Eine Dame mit Lederhandschuhen, die Lehrerin ist, und ein Herr mit Haaren auf dem Handrücken, der seinen Enkel in London besucht. Sie möchten von mir mehr über mich erfahren, und Lottie vermittelt. Solche Befragungen bin ich von Vaters Bekannten schon gewohnt. Doch diese Leute kommen mir netter vor, und wenn man zufällig einem taubblinden Mädchen in einem Zug begegnet, ist es ganz normal, neugierig zu sein, und hat nicht viel mit den Examinierungen zu Hause gemein.

Am meisten freue ich mich auf unser Picknick, das Köchin Martha für uns vorbereitet hat. Gleich nachdem wir uns hingesetzt haben, frage ich Lottie, ob wir essen können. Es gibt Käsecreme, Gewürzgurken, Sandwiches mit Kresse und kalte Zunge, dazu Ingwerlimonade, um alles hinunterzuspülen. Ich stelle mir vor, dass die anderen Reisenden neidisch sind, und bitte Lottie daher, ihnen etwas anzubieten, doch sie sagt, dass sie ablehnen. Ich kann nicht verstehen, warum. Vielleicht haben sie ihre eigenen Proviantpakete.

Einer öffnet das Fenster, und ich flehe Vater an, den Kopf hinausstrecken zu dürfen. Er erlaubt es, mahnt mich aber, den Kopf nicht zu weit aus dem Fenster zu halten, nur bis zu meinen rosigen Wangen. Er hält mich an der Taille fest. Ich kann mir nicht vorstellen, dass die Tür auffliegt, aber er ist sehr vorsichtig, immerhin ist es das erste Mal, dass ich von zu Hause fort bin. Ich spüre das Fenster nach unten gleiten und möchte es weiter aufmachen, da ich bis jetzt nur die Nase hinausstrecken kann. Vater zeigt mir den Lederriemen, mit dem man es öffnet, und nun kann ich mich nach vorn beugen. Der Wind saust über mein Gesicht und treibt mir

Tränen in die Augen. Ich kneife sie fest zusammen. Als ich sie wieder öffne, sind da drei neue Besucher, die alle gleichzeitig reden. Einer sagt, er arbeite bei der Eisenbahn, könne aber seinen Zug nicht finden. Eine gigantische Druckwelle vom vorderen Ende des Zuges trifft mich, und die Strecke hat nun eine andere Neigung, der rauschende Wind ist verschwunden, ich fühle mich eingeengt. Ein Besucher ruft: *Pass auf, Miss!* Ich weiche zurück ins Innere, und Vater sagt, der Zug sei in einen Tunnel gefahren. Als wir am anderen Ende wieder herausfahren, stecke ich erneut den Kopf aus dem Fenster. Der Zug nimmt nun eine scharfe Kurve, und ich gerate in die Dampfwolke, die von der Lokomotive zu uns weht. Winzige Partikel werden in meine Augen geschleudert. Ich balle die Fäuste, um sie mir zu reiben. Vater zieht mich ins Innere und sagt, mein Gesicht sei voller Ruß. Ich wusste nicht, dass Dampf so dreckig ist. Lottie wird ausgesandt, Wasser und einen Lappen zu holen, um mich zu säubern. Für den Arzt muss ich gut aussehen.

Ich setze mich und werde eins mit dem Zug. Ich rase durch das Land. Ich bin eine Reisende. Ich spüre einen neuen Besucher, der sagt, er habe den ganzen Tag auf der Brücke gestanden und die Züge beobachtet.

Ich frage ihn: *Was siehst du von der Brücke aus?*

Alle Züge. Donnerwetter, sind die schnell. Das Schnellste, was es an Land gibt.

Ein weiterer kommt dazu. Der Eisenbahner. Er war im Tunnel und fährt nun mit mir Zug.

Warum warst du im Tunnel?

Ich bin der Weichensteller, Miss. Ein Schaf hat sich verirrt, und ich kam runter, um es zu verscheuchen. Wir wollen doch kein Blut auf den Gleisen, oder?

Wo ist das Schaf?

Fort, Miss. Fort.

Lottie berührt meine Hand. »Es dauert nicht mehr lang. Der Schaffner sagt, wir kommen bald in London an.«

Ich schüttle dem Schaffner die Hand. Er hat einen Lochstanzer für die Fahrkarten und lässt mich damit spielen. Er gibt mir ein Stück Papier, und ich mache viele Löcher hintereinander, die Kreise und Rauten bilden. Ich schenke es ihm. Lottie sagt, er strahle über beide Ohren. Auf dieser Reise habe ich viele Freunde gewonnen. Der Zug gerät ins Wanken und rüttelt, weil der Lokführer die Bremse betätigt. Wir nähern uns dem Bahnhof. Auf dem Gang gehen Leute auf und ab. Ich spüre, wie sie unter den ruckartigen Bremsbewegungen des Zuges ins Stolpern geraten. Als wir in den Bahnhof einfahren, hält mich Vater am Arm fest und hilft mir, die Tür zum Bahnsteig zu finden. Meine erste Zugfahrt ist vorüber, und ich habe sie geliebt.

Als wir am Bahnhof Victoria aussteigen, umhüllt mich eine Wolke, in der es viel zu sehr nach Mensch riecht. Nie zuvor habe ich so viele Menschen auf einmal gespürt, wie sie umhereilen, sich anrempeln, sich die drückende Luft und den begrenzten Platz teilen. Als wir losgehen, werde ich ein weiteres Mal neuer Besucher gewahr, Dutzende, die mit mir sprechen möchten, doch ich schließe die Augen, um sie abzuweisen. Es ist merkwürdig, dass neue Besucher kommen, wenn ich reise. Etwas in mir sagt mir, dass ich diese hier zurücklassen werde, wenn ich später wieder in den Zug nach Hause steige. Ich verstehe nicht, warum, aber ich weiß es.

Es kommt zu einer ruckartigen Eruption, als der Zug den Dampf ablässt, und ich spüre, wie der Boden bebt. Die Hörenden müssen leiden. Lottie teilt mir mit, dass ein Träger Vater fragt, ob er unser Gepäck nehmen soll, aber wir haben nur einen Picknickkorb, und so schüttelt Vater den Kopf und sagt zu Lottie, dass er kein Geld für das Tragen eines Picknickkorbs rausschmeißen will, wenn er ihn genauso gut selbst tragen kann. Lottie sagt, dass es einen Schokoladenautomaten von Nestlé gibt, dass wir aber einen Groschen von Vater dafür brauchen. Ich weiß, dass sie zu schüchtern ist, um ihn zu fragen, also bleibe ich stehen und nehme seine Hand.

»Können wir Schokolade aus dem Automaten haben?«

»Woher weißt du davon?«, fragt Vater.

»Ich konnte sie riechen.« Es ist eine Notlüge. Lottie und ich verschlingen die Schokolade, Vater möchte keine.

Ich schnappe mir seine Hand. »Nimm, Vater, bitte!« Doch er will nicht. Daran, wie schnell er die Handgelenke bewegt, merke ich, dass er angespannt ist. Ich erinnere mich an den Grund für unsere Reise nach London – wir sind nicht wegen des Picknicks, der Schokolade oder der Abenteuer hier –, sondern um den Arzt aufzusuchen. Ich schiebe die schmelzende Masse in meinem Mund hin und her und denke darüber nach, was dieser Arzt wohl möchte und warum Vater so aufgeregt ist.

Vor dem Victoria-Bahnhof ist es weniger stickig, und die ersten Eindrücke, die ich vom polternden Wirrwar einer Großstadtstraße erhalte, überfluten meine Sinne. Vater hält nach einem Fahrzeug Ausschau, das uns zum Arzt bringt. Ich bin überwältigt davon, wie die riesigen Wagenräder den Boden zum Schwingen bringen, über den sie rollen, vom Geklapper Tausender Pferdehufe, dem Hämmern der Maschinen überall um uns herum, dem rhythmischen Fußgetrappel auf den Gehwegen. Du denkst vielleicht, dass ein taubblinder Mensch für das Gewimmel und Getöse der Straße nicht empfänglich ist, aber das stimmt nicht. All das überfällt unsere Sinne auf dieselbe misstönende Weise. Es ist berauschend und erschreckend, nervenaufreibend und mitreißend. Staub und Schrot prickeln auf meiner Haut, ich atme Rauch, Schmutz, Pferdemist und allerlei andere Gerüche ein.

»Erzähl mir alles«, dränge ich Lottie.

Sie sagt, die breite, in jede Richtung dreispurige Straße ist voll von Pferdewagen und -kutschen aller Art, dazu Straßenbahnen und Oberleitungsbusse, die aneinander vorbeiklappern, und in jeder Sekunde kommt es beinahe zu Zusammenstößen. In den Straßenbahnen und Bussen drängen sich die Passagiere, auf dem Oberdeck, das man über eine Wendeltreppe mit Geländer erreicht, sitzt ein bunter Haufen Männer mit Melonen und Segeltuchmützen, Schnauzern und Backenbärten, Frauen mit hochgestecktem Haar unter breitkrempigen Hüten, die mit Stoffblumen, künstlichen Früchten und haufenweise Federn verziert sind. Die Gespanne werden von Männern und Jungen in staubigen Mänteln und schmutzigen Stiefeln gelenkt, einige haben Decken auf dem Schoß, und ihre Waren sind mit Planen und Seilen gesichert. Die Kutsche eines wohlhabenden Paars wird von einem Kutscher und einem Knecht gesteuert, die einen Zylinder mit Hutfeder aufhaben, während die Männer auf den Droschken Melonen und Peitschen tragen. Zwei Männer rollen am Straßenrand, auf dem Werbung für Tee zu sehen ist. Der Verkehr staut sich an Abbiegungen, wo zweirädrige Hansoms und vierrädrige Broughams vergleichsweise geduldig eine Warteschlange bilden. In der Nähe ist es zum Stillstand gekommen, weil ein Pferd auf dem Pflaster ausgerutscht ist und Männer ringsherum Säcke niederlegen, damit das Tier wieder Halt auf dem Boden findet. Fußgänger passieren die Straßen auf eigenes Risiko, huschen durch das geschäftige Treiben des Verkehrs: ältere Herren mit Gehstöcken und Zylindern, kleine Botenjungen mit zerschlissenen Hosen und Arbeiterfrauen mit eng geschnürten Mänteln. Laut Lottie hat es jedoch Methode, denn ein jeder scheint genau zu wissen, was er tut. Wo zum Himmel eilen sie alle hin? All diese Lebenslinien, die gleichzeitig durch das

Getümmel der Stadt verlaufen, genau wie bei Dickens. Ich traue mich nicht, die Augen zu öffnen, denn ich weiß, dass Hunderte Besucher durch den Sturm nach mir rufen, mit mir sprechen wollen, und dass ich den Lärm nicht ertrage.

Vater findet eine Droschke und hilft mir die Stufe hoch, auf den gefederten Sitz im Inneren. Ich sitze zwischen Lottie und Vater, und wir fahren los, bewegen uns mit dem Strom und schaukeln im Rhythmus der Pferdehufe hin und her. Ich werde vom Ruckeln der Räder durchgeschüttelt und stoße immer wieder gegen meine Gefährten.

Vater nimmt meine Hand und fragt: »Wie findest du London?«

»Laut!«, scherze ich.

Wir steigen in einer ruhigeren Straße aus. Hier ist es leiser, ich fühle mich viel wohler, auch wenn gelegentlich eine Kutsche oder ein Wagen zu spüren ist. Lottie sagt, dass sie Wigmore Place heißt. Ich wusste nicht, dass Straßen Namen haben. Sie erzählt mir, dass die Häuser hier sehr gepflegt aussehen und dass am Ende der Straße sogar ein Auto abgestellt ist, das erste, das sie in ihrem Leben sieht.

»Einer der Anwohner muss krank sein«, sagt Lottie, »denn die Straße ist mit Stroh bedeckt, um seine Ohren zu schonen.«

Wir warten darauf, die Straße überqueren zu können. Lottie beschreibt einen alten Mann mit einem langen Bart, der Straßenfeger genannt wird. Sie sagt, der Bordstein sei voller dicht aneinandergedrängter Pferde und Kutschen, und unser Mann müsse eine Stelle finden, an der wir uns durchzwängen und auf den Gehsteig gelangen können. Lottie sagt, dass weiter oben zwei kleine Jungen unter einem Pferd hindurchkrabbeln, um hinüberzukommen.

Wir steigen dann fünf Stufen hinauf, und ich spüre, wie Vater den Türklopfer betätigt. Die Tür öffnet sich mit einem

Kratzen, und wir treten auf dicken Teppich. Als wir dem Flur folgen, lasse ich die Finger an der Wand entlanggleiten. Dicke Tapete und schwere Vorhänge mildern die Erschütterungen von außen. Wir befinden uns an einer Stätte des Friedens inmitten des stürmischen Meers London.

Wir betreten ein Zimmer, in dem es nach Metallpolitur riecht, und eine Hand berührt mich. Es ist die eines Mannes: warme, dicke, gutmütige Finger umschließen meine eigenen in einem vertrauenerweckenden Händedruck, und ich fühle mich wohl. Lottie erklärt, dass dies Dr. Knapp ist. Er riecht nach Medizin mit einer Beimischung von Minze, ein klarer, angenehmer Duft. Er lässt mich sein volles Gesicht befühlen, die Hängebacken, den weichen Bart und das freundliche Lächeln. Ich werde zu einem Stuhl mit Lehne geführt, und Lottie sagt, ich solle mich hinsetzen und es mir bequem machen. Sie teilt mir mit, dass der Arzt meine Augen untersuchen möchte, und ich daher ganz stillsitzen und sie offen lassen muss. Es gefällt mir, wie seine Fingerspitzen über meine Augenbrauen streichen. Lottie sagt, dass er meine Augen mit mehreren Instrumenten untersuchen wird. Zwischendurch bedeutet sie mir, nach oben zu blicken, nach links, rechts, unten und geradeaus. Dann ändert sich etwas.

»Ich sehe etwas«, sage ich zu Lottie.

Er hat mir in die Augen geleuchtet. Ich habe es ebenso wahrgenommen wie die Sonne, wenn sie mir am Mittag direkt ins Gesicht scheint.

Lottie sagt: »Das sind gute Neuigkeiten.«

Die Untersuchung geht noch eine Weile weiter, dann übermittelt mir Lottie den Dank des Arztes für meine Geduld.

Ich setze mich auf einen Stuhl, der aussieht wie die, die wir zu Hause im Esszimmer haben, und Lottie und Vater nehmen links und rechts von mir Platz. Der Arzt setzt sich mir gegenüber und nimmt meine Hand. Er legt ein seltsames Ding hinein. Ich taste es gründlich ab. Es ist eine Kugel, ähnlich dem Globus, mit Dellen und Erhebungen. Man kann sie auseinandernehmen. Während ich das merkwürdige Objekt in meinem Schoß mit der rechten Hand erforsche, klärt Lottie mich über die linke auf, dass es ein Modellauge ist. Sie sagt mir, wie die einzelnen Teile heißen, und es sind schöne Namen: Iris, Cornea, Linse, Retina. Dann schickt man mich nach draußen, damit Vater mit dem Arzt sprechen kann. Ich möchte aber nicht gehen, sondern alles wissen, und nehme Vaters Hand.

»Ich möchte, dass der Arzt es mir erklärt. Bitte. Ich möchte es verstehen.«

Vater willigt ein.

Dr. Knapp spricht über meine Augen, und Lottie übersetzt: »Licht fällt in dein Auge. Es wandert durch die Linse. Dadurch wird es hinten im Auge gebündelt, und das hilft dir, scharf zu sehen. Als du geboren wurdest, warst du ausgesprochen kurzsichtig. Wir nennen das ausgeprägte Myopie. Deine Augäpfel waren zu lang. Wenn das Licht eintrat, konnte es nicht vollständig durch deine Augen dringen. Dein Sehvermögen entwickelte sich gut, da Babys Dinge meist nur aus der Nähe sehen müssen, etwa das Gesicht ihrer Mutter. Doch als du älter wurdest, verschlimmerte sich deine Myopie. Dann bekamst du in beiden Augen den grauen Star. Dabei trüben sich die Linsen ein. So hast du dein Sehvermögen komplett verloren. Deine Probleme liegen bei deinen Linsen, die dir fokussieren helfen. Ich kann dieses Problem operativ beheben. Ich kann deine Linsen entfernen. So wirst du den grauen Star los, und das wird den Lichteinfall in deinen Augenhintergrund verändern. Andere Teile des Auges werden weiterhin das Licht für dich fokussieren können. Wenn die Operation gelingt, wirst du sehen können. Du wirst eine recht gute Fernsicht haben. Zum Lesen und für Handarbeiten wirst du eine Brille brauchen. Aber du wirst zum ersten Mal sehen können. Dir sollte klar sein, dass mit dieser Operation Risiken verbunden sind. Es könnte zu Infektionen kommen, die deinen Augen schaden oder sie gar zerstören könnten. Du könntest dadurch auch schwer erkranken. Im schlimmsten Fall können Infektionen tödlich sein. Aber wir werden alles tun, um das zu verhindern. Du musst dich dieser Operation nicht unterziehen, Adeliza. Aber sie ist deine beste Chance, sehen zu können.«

Ich kann nicht glauben, was ich soeben gehört habe. Ich hatte ja keine Ahnung, dass wir deswegen gekommen waren. Ich dachte, wir würden einen Geschäftspartner von Vater treffen, einen weiteren Besserwisser, der mich aus purer Neugier stupsen, schubsen und untersuchen will.

Ich nehme Vaters Hand. »Warum hat mir niemand gesagt, dass der Doktor mich sehen machen kann?«

»Wir waren nicht sicher. Der Arzt musste dich erst untersuchen. Wir wollten keine Hoffnungen in dir wecken, die wir dann wieder zerstören.«

»Ist es wirklich wahr? Kann er machen, dass ich sehe?«

»Es ist nicht ohne Risiken. Das macht mir Sorgen. Du könntest deine Augen verlieren oder sehr krank werden. Du könntest sogar sterben, und diesen Gedanken könnte ich nicht ertragen.«

»Ich möchte nicht sterben.«

»Ich weiß. Ich würde dich auch niemals einer Gefahr aussetzen. Aber ich glaube, du bist jetzt alt genug, um die Risiken zu verstehen, die damit verbunden sind, und ich glaube weiterhin, du hast das Recht, selbst über deine Zukunft zu entscheiden. Wenn du das Risiko eingehen und dich dieser Operation unterziehen willst, werde ich diese Entscheidung unterstützen. Mutter sieht das genauso, und ich glaube, Gott will, dass du die Wunder seiner Schöpfung siehst, und wird dich beschützen.«

»Frag den Arzt, was bei der Operation passiert.«

Lottie berichtet: »Er sagt, du bekommst eine spezielle Medizin, die deine Augen betäubt, dann wird er mit einem sehr scharfen Messer einen kleinen Schnitt in jedes Auge machen und deine Linsen entfernen. Danach wirst du viele Tage einen Verband tragen und in einem abgedunkelten Raum im Bett liegen müssen. Die Augen sollten von allein heilen. Wenn die Verbände abgenommen werden, werden wir wissen, ob die Operation geklappt hat.«

Ich frage Lottie: »Was soll ich tun?«

»Es ist deine Entscheidung.«

»Aber was würdest du tun?«

»Meine Meinung spielt keine Rolle.«

»Doch, doch!«

»Was meinst du denn, Liza?«

Ein Besucher sagt plötzlich: *Wo ist die Schwester? Sie wollte mir Medikamente bringen, und es tut weh, es tut so weh.*

Eine schleichende Furcht setzt sich in mir fest. Ich ringe die Hände. Ich weiß nicht, was ich tun soll. Nie zuvor habe ich so dringend einen Rat gebraucht. Ich überlege hin und her. Ich denke an die Operation, die Medizin, das Messer. An die Zeit danach in dem dunklen Raum, an Infektionen und Zerstörung, an das schreckliche Fieber, das ich hatte, als ich zwei war, und wie ich darunter gelitten habe. All das durchzustehen und es damit möglicherweise nur schlimmer zu machen, vielleicht so krank zu werden, vielleicht zu sterben, zu sterben, zu sterben. Aber zu sehen, zu sehen, zu sehen …

Ich sage: »Tun Sie es.«

Kapitel 6

Ich muss auf die Operation warten. Dr. Knapp ist sehr beschäftigt und hat viele Patienten. Es quält mich, zu warten, und all diese Tage schlummert die Trauer in meinen Augen. Legionen von Hoffnung und Furcht bestürmen mich.

Ich versuche mir vorzustellen, wie es sein wird, zu sehen. Ich wende das Gesicht dem Licht zu und spüre seine wohltuende Wärme, versuche mich immer weiter zurückzuerinnern, an die Zeit vor dem ›Davor‹, als ich ein glückliches Kind ohne grauen Star war. Damals war meine Sehkraft wegen der ausgeprägten Myopie, wie es der Arzt nennt, schlecht. Doch alles, was nah war, konnte ich sehen: die Gesichter meiner Eltern, die Brust, meine Hände und Füße, die Decke, die Flasche, den Löffel, die Puppe und die Windel, die unzähligen kleinen Dinge im Leben eines Säuglings. Ihren Anblick verwahrte ich irgendwo in meinem kindlichen Geist, doch sie verblassten, weil ich sie mir nie ins Gedächtnis rief. Ich begreife nicht, wie diese Dinge aussahen, wie es war, etwas zu betrachten. Mit Lottie habe ich oft über Farbe gesprochen und verstehe noch immer nicht, was das ist. Sie hilft mir, indem sie Farben mit Dingen verbindet, die ich kenne, daher weiß ich, dass weiß sauber ist und schwarz schmutzig. Es fällt mir jedoch sehr schwer, nachzuvollziehen, dass ein weißes Hemd dreckig wird, wenn es in den Matsch gerät, oder dass die Flügel einer Amsel makellos rein sein können. Ich taste etwas ab, halte es vor meine Augen, versuche mir vorzustellen, wie ich es ansehe, aber ein Objekt zu begreifen, ohne es zu befühlen, seine Form, sein Gewicht, seine Beschaffenheit und seine Ausmaße zu kennen, wie soll das gehen? Kommt das auch mit dem Sehvermögen, oder ist es so anders, dass man es nicht in Worte fassen kann, wie den Unterschied zwischen fühlen und riechen? Ein anderes Land, eine andere Sprache, ein andere Wahrnehmung? Ich sehne mich danach und öffne die Augen weit, ich bemühe mich zu sehen, um von selbst sehend zu werden. Immer wieder packt mich die Angst, dass das nie geschehen wird, dass sich die Hoffnung wie ein Tropfen auf einem heißen Bügeleisen in Luft auflösen, einfach verpuffen wird.

Vater bringt mir eines Tages einen Brief vom Arzt. Er liest ihn mir vor: »Adeliza Golding wird gebeten, die Londoner Praxis von Dr. Lucius Knapp am sechzehnten Oktober 1895 aufzusuchen, um sich einer Operation zur Entfernung des grauen Stars zu unterziehen.«

»Bis dahin bin ich zwölf.«

»Alt genug«, sagt Vater.

Mutter packt meine Tasche. Sie legt all meine Nachtgewänder hinein, da ich die ersten zwei oder drei Wochen nach der Operation im Haus des Arztes verbringen werde, bis ich in der Lage bin zu reisen. Dann werde ich in einer Kutsche nach Hause gebracht und erhole mich in meinem eigenen Bett.

»Der Arzt verlangt doch ein Honorar, und die Kutsche wird sehr teuer«, sage ich zu Mutter. »Woher haben wir das Geld, beides zu bezahlen?«

Ich weiß, dass wir ziemlich wohlhabend sind, viel reicher als Lotties Familie, und dass wir ein großes Haus haben, schöne Dinge besitzen und Land. Wir sind jedoch keine Adeligen, und Vater sagt immer, mit dem Hopfen mache oder verliere man ein Vermögen.

»Mach dir keine Sorgen«, sagt Mutter. »Für alles ist gesorgt.«

Mutter weiß jedoch nichts über solche Dinge.

Ich frage Vater: »Woher kommt das Geld für den Arzt und die Kutsche? Verkaufen wir genug Hopfen? Werden wir Hunger leiden?«

»Es geht uns sehr gut. In den letzten Jahren hatten wir hohe Erträge und weder Schimmel noch Läusebefall. Außerdem stehen die Preise im Moment gut. Wir können die Kutsche bezahlen, und Dr. Knapp hat freundlicherweise angeboten, dich gratis zu operieren.«

»Warum?«

»Weil er weiß, dass du die Operation brauchst und er ein guter Mensch ist. Manche würden ihn einen Philanthropen nennen, das ist jemand, der andere freundlich behandelt, ohne etwas dafür zu bekommen.«

»Solche Menschen gibt es?«

»Ja, und Dr. Knapp ist so einer. Zudem interessiert er sich sehr für deine Augen und deine Taubheit. Er möchte dich eingehend studieren. Also bekommt er auch etwas von dir, das sein wissenschaftliches Interesse befriedigt.«

»Ich bin eine sehr interessante Person«, stelle ich fest, und dabei belassen wir es.

Wie zuvor nehmen wir den Zug. Auf den Straßen Londons ruft eine Unmenge Besucher nach mir: ein weinender, verirrter Junge, eine Frau mit einem Säugling, der nicht trinken mag, eine ältere Dame, die ihren Hut mit Vogeldekor nicht finden kann, und ein Mann, der sagt, die Omnibusgesellschaft müsse bezahlen, die Fahrt sei nicht sicher. Mir wird bewusst, dass meine Augen nach der Operation wochenlang verbunden sein werden, so dass ich die Besucher dann nicht wahrnehmen kann. Ich frage mich, ob ich sie vermissen werde.

Nach meiner Ankunft bringt man mich in ein Zimmer im Obergeschoss des Hauses von Dr. Knapp, und Lottie hilft mir, mein Nachthemd anzuziehen. Eine Schwester kommt, um uns den Operationssaal zu zeigen. Wir treffen Vater auf dem Gang.

»Mein tapferes Mädchen«, sagt er. Ich strecke die Hände aus, um sein Gesicht anzufassen, doch er hält mich zurück. Ich bestehe darauf und betaste seine nassen Wangen.

»Es wird mir gutgehen.«

Er erzählt mir, dass er draußen warten muss, da nicht zu viele Menschen mit im Zimmer sein dürfen. Sie haben Lottie aber erlaubt, dabei zu sein, damit sie meine Hand halten und mir berichten kann, was geschieht. Ich verabschiede mich von Vater und gehe in den Operationssaal. Es riecht nach Desinfektionsmittel und Metall. Ich soll mich auf einer harten Liege niederlassen. Sie legen mir einen gefalteten Lappen über Mund und Kinn, dann noch einen auf die Stirn. Meine Nase wird frei gelassen, damit ich gut Luft bekomme, und natürlich bedecken sie auch meine Augen nicht.

Mehrere Besucher sind hier. Sie alle haben Angst.

Sie sagten, es sei jetzt vorbei. Warum bin ich noch hier?

Wo ist die Schwester?

Meine Wunde, wie sie pocht.

Jetzt habe ich große Angst. Ich möchte sagen, dass ich meine Meinung geändert habe, doch ich will niemanden enttäuschen. Das Leben derer, die ich liebe, wäre viel leichter, wenn ich sehen könnte. Vielleicht lieben sie mich inniger, wenn ich nicht mehr blind bin. Ich weiß, dass ich es tun muss, für uns alle. Lottie nimmt meine Hand und hält sie ganz fest. Sie fragt, ob ich wissen möchte, was der Arzt tut.

»Ja, ich möchte alles erzählt bekommen.«

Sie schreibt in meine rechte Hand, dann hört sie auf, damit ich Fragen stellen kann. Der Arzt spricht mit ihr, und sie berichtet mir alles.

»Er wird dir etwas ins Auge tröpfeln. Es ist eine Mischung aus Wasser und einer Substanz namens Kokain. Sie ist ein sogenanntes Anästhetikum und wird dein Auge betäuben. Wenn der Arzt mit dem Messer dein Auge berührt, wirst du keinen Schmerz empfinden.«

»Woher weiß er das? Woher weiß er, dass die Tropfen gewirkt haben, bevor er mit dem Messer mein Auge berührt?«

Lottie fragt den Arzt. Er klopft mir behutsam auf den Arm.

»Er wird es zuerst mit etwas Weichem testen. Mach dir keine Sorgen. Dir wird nichts weh tun.«

Wir warten, während der Arzt sich und sein Operationsbesteck bereitmacht.

»Gleich wird er dir die Tropfen geben.«

Ich spüre die Flüssigkeit in einem Auge, dann im anderen. Ich blinzle. Sie läuft mir die Wange hinunter und wird rasch von jemandem weggewischt. Sie kühlt die Augen, sticht oder brennt nicht. Ich warte.

»Pass auf, Liza, das ist sehr wichtig. Du darfst dich während der Operation nicht bewegen. Du musst ruhig daliegen, wie ein Stein. Wenn du den Kopf bewegst, könnte der Arzt die richtige Stelle verfehlen oder deinen Augen Schaden zufügen.«

Ich spüre Druck im rechten Auge, doch das Medikament hat gewirkt, und nichts drückt direkt gegen den Augapfel.

»Berührt er schon mein Auge?«

»Ja.«

»Womit?«

»Mach dir keine Sorgen. Alles verläuft gut.«

»Sag es mir!«

»Nicht aufregen, Liza. Dadurch wirst du unruhig.«

»Sag es mir!«

»Er sticht mit einer winzigen Nadel in dein Augenlid, um es offen zu halten … Jetzt macht er mit einem sehr dünnen Messer einen Schnitt … Er verwendet einen scharfen Haken … Er nimmt eine Pinzette in die eine und einen kleinen Löffel in die andere Hand … Die Linse ist draußen! Er hat die Linse aus deinem Auge entfernt und sie in eine Schale gelegt. Er sagt, dieser Teil der Operation sei nun abgeschlossen. Gut gemacht, Liza! Nicht bewegen.«

»Ist dir schlecht?«, frage ich Lottie. Sie muss dabei zusehen können, wie das Messer mein Auge schneidet. Ich frage mich, ob das nicht scheußlich ist.

»Nein, es ist sehr interessant.«

Als Nächstes ist mein linkes Auge an der Reihe. Wieder ein Erfolg. Lottie sagt, dass die Operation an jedem Auge nur fünfzehn Minuten gedauert hat. Mir kam es aber so vor, als vergingen Stunden. In dem Augenblick, in dem Lottie mir sagt, dass es vorbei ist, werde ich ohnmächtig.

Ich erwache im Bett. Mir sind die Augen verbunden. Sie tun weh. Weil ich sie nicht öffnen kann, nehme ich auch keine Besucher wahr.

Lottie ist da. Sie nimmt meine Hand und fragt: »Wie fühlst du dich?«

»Es tut weh.«

»Warte.«

Ich halte ihre Hand ganz fest. Sie löst meine Finger und schreibt: »Ich muss dem Arzt Bescheid sagen, dass du wach bist. Es dauert nur eine Minute.«

Meine Augäpfel pochen.

Der Arzt kommt und befühlt meine Stirn. Ich soll versuchen zu schlafen, denn ich brauche viel Ruhe. Bis zu drei Wochen muss ich im Bett bleiben, damit ich wieder gesund werde.

In den ersten Tagen gleite ich immer wieder in den Schlaf und leide unter verwirrenden, heftigen Träumen, die mich förmlich erdrücken. Zwischendurch trinke ich nur ein wenig warme Milch. Bald fühle ich mich lebendiger. Ich esse

Eier, Toast und sehr süßes Apfelkompott. Nach sechzehn Tagen setze ich mich im Bett auf, und mir ist langweilig. Nun wissen sie, dass es Zeit für mich ist, nach Hause zu gehen. Lottie hilft mir beim Anziehen. Vater kommt, und ich weiß, dass er mich gerne herzlich in den Arm nehmen möchte, doch er ist vorsichtig, als wäre ich aus Porzellan. Ich werde zur Tür gebracht, wo ich nach Dr. Knapp frage. Er ist da, schüttelt mir die Hand.

Ich weise Lottie an, ihm von mir zu danken.

»Er sagt, es ist gern geschehen.«

»Sag, dass er gut daran getan hat, so gewissenhaft mit dem Messer umzugehen.«

Lottie legt ihre Handkante auf meine Handfläche und wackelt. Das ist unser Zeichen für Gelächter. Ich glaube, ich habe den Arzt amüsiert.

Vater geleitet mich zur Kutsche. Sie ist viel bequemer als die Londoner Droschken, hat weichere Sitze und schaukelt weniger. Mir wird eine dicke Decke um die Beine gewickelt, und unsere Reise nach Hause beginnt. Die Kutsche schwenkt nach Süden, als wir die Hauptstadt hinter uns gelassen haben, fährt durch Surrey nach Kent. Ich habe den Großteil des Weges verschlafen und bin missmutig, als ich erwache. Ich vergrabe den Kopf in Vaters Armbeuge.

Da spüre ich Mutters Hand. Sie ist zur Begrüßung gekommen.

»Du solltest im Bett sein«, sage ich, während es unter der Nachmittagssonne langsam kühl wird.

»Nicht ich, sondern du. Komm, ruh dich aus«, antwortet Mutter.

Ich kann allein gehen, aber viele Hände wollen mir helfen. Man sorgt sich um mich. Ich werde in mein Zimmer gebracht, wo ich erschöpft in einen tiefen Schlaf falle. Ich muss noch eine Woche in meinem Zimmer bleiben, das mit schwarzen Fensterläden und schweren Vorhängen abgedunkelt ist. Hinter dem Verband kann ich rein gar nichts erkennen. Vorher habe ich wenigstens das Licht wahrgenommen, und ich vermisse seine Wärme. Es ist dunkler als je zuvor.

Die Heilung verläuft gut. Alle sind froh, dass sich nichts entzündet hat und dass ich nach ein paar Tagen keine Schmerzen mehr habe. Ich bin wohlauf. Bald langweile ich mich in meinem Zimmer, habe keine Lust mehr, zu sticken oder zu stricken, sondern möchte wieder von Lottie unterrichtet werden. Wir üben mit einem Metallrahmen rechnen, der extra für Blinde gemacht wurde. Damit kann ich leichter zählen und addieren. Wir lesen ein Buch, das *Kopfrechnen* heißt, und darin stehen Aufgaben wie »Wenn ein Junge fünf Äpfel kauft und sechs Freunde hat …« und so weiter. Ich frage Lottie: »Warum kauft der Junge die Äpfel? Warum stiehlt er sie nicht einfach mit seinen Freunden? Und warum kauft er nicht genug Äpfel? Ist er nicht ein schlechter Junge, wenn er einfach einen Freund vergisst?« Lottie lacht über meine Fragen, was mich sehr ärgert. Rechnen zu lernen ermüdet mich. Ich vergesse Dinge und verzettle mich. Ich runzle die Stirn so sehr, dass mein Kopf schmerzt. Ich frage Lottie: »Macht es dich nicht sehr müde, zu leben? Wird dein Herz nicht erschöpft vom Schlagen oder dein Kopf vom Denken?«

Lottie sagt: »Lass uns den Unterricht für heute beenden. Du kannst jetzt aufhören, zu denken.«

»Wie geht das? Kann ich das Denken wie meine Augen schließen?«

»Ich erkläre es dir«, setzt Lottie an.

Ich sage: »Schluss für heute. Mein Denken ist müde.«

Wenn Lottie nicht da ist, möchte ich mit den Besuchern sprechen. Doch da ich die Augen nicht aufmachen kann, geht das nicht. Ich will sie fragen: *Warum bleibt ihr hier? Warum seid ihr nicht mit mir nach London gekommen? Ich habe auf der Reise andere Besucher getroffen. Kennt ihr sie? Seid ihr sicher, dass ihr eure Namen nicht kennt? Warum besucht ihr Lottie oder Vater nicht? Was wollt ihr von mir?*

Ich gehe nicht davon aus, dass sie je meine Fragen beantworten, sie werden weiterhin nur unaufhörlich über das plappern, wovon sie besessen sind. Zurzeit kann ich das ein bisschen besser nachvollziehen. Auch ich bin nun von etwas besessen: meinen Augen. Jeden Tag rechne ich mit Hilfe des Zahlenrahmens aus, wie lange es noch dauert, bis der Verband abgenommen wird. Dr. Knapp kommt den ganzen weiten Weg von London hierher. Wenn ich es mir aussuchen könnte, würde ich allein in eine ruhige Ecke des Gartens gehen, um ihn abzunehmen. Ich möchte keine Zuschauer. Wenn die Operation missglückt ist, möchte ich das allein herausfinden und nicht bemitleidet werden. Doch Vater erlaubt es nicht. Die Abnahme muss vorsichtig geschehen und der Arzt einige Tests durchführen.

Der Tag ist gekommen. Vater, Mutter und Dr. Knapp versammeln sich in meinem Zimmer. Die Luft ist erfüllt von ihrem Atem und ihren Erwartungen. Die schwarzen Fensterläden werden entfernt, die Vorhänge beiseitegeschoben. Ich sitze auf dem Stuhl mit der harten Lehne, an den Nanny mich immer gebunden hat. Jetzt warte ich hier auf den wichtigsten Augenblick meines Lebens. Lottie kniet neben mir und hält meine Hand. Ich spüre, wie der Arzt den Knoten an meinem Hinterkopf löst. Zu merken, wie der Druck nachlässt, ist eine Erleichterung, und ich möchte mein platt gedrücktes Haar aufschütteln. Doch dann ergreift mich eine schreckliche Furcht. Ich drücke Lotties Hand so fest, dass sie sich vor Schmerzen krümmt, dann schreibe ich schnell auf ihre Handfläche: »Nein, sag ihm, er soll aufhören.«

»Warum?«

»Ich habe Angst.«

Ich war mein ganzes Leben lang blind. Erst vor wenigen Wochen machte man mir Hoffnung darauf, sehen zu können. Nun, da der Augenblick gekommen ist, ertrage ich ihn nicht. Die Enttäuschung würde mir das Herz brechen.

»Sei tapfer«, sagt Lottie. »Wir sind alle bei dir.«

Ich spüre, wie mir unter dem Verband die Tränen kommen. Als er gelöst wird, rinnen sie mir über die Wange. Lottie streichelt meine Hand, um mir Mut zu machen, Vater und Mutter fassen meinen Arm. Dr. Knapp befreit erst das eine, dann das andere Auge. Ich halte die Lider fest geschlossen. Ich werde sie nicht öffnen.

»Es ist an der Zeit«, sagt Lottie.

Meine Lider flattern, Tränen bahnen sich ihren Weg nach draußen. Ich umklammere Lotties Hand. Ich öffne die Augen.

Vor mir erscheinen flimmernde, verschwommene Flecken. Ich möchte laut schreien, dass es schiefgegangen ist, dass meine Augen noch immer beschädigt sind. Doch als ich sie weit aufmache, erkenne ich, dass es meine Tränen sind, und blinzle sie weg. Das Licht schlägt förmlich in mich ein. Die Helligkeit überfällt mich wie eine grelle, weiß glühende Explosion, und ich zucke zusammen. Ich halte mir die Hand vor die Augen, finde aber die Dunkelheit unerträglich. Ich nehme die Hand wieder weg, und die Farben strömen auf mich ein. Noch kenne ich ihre Namen nicht, aber sie sind unwiderstehlich, und diese Formen: die weißen Ovale mit den dunkleren Rändern, die mir entgegenkommen. Ich erinnere mich, dass das Gesichter sind, als Auge, Nase, Mund und Haare Gestalt annehmen und daraus ein Bild wird, das einen Namen hat – Gesicht. Ich bin von Gesichtern umgeben, die lachen und weinen, hebe die Hände und kann meine gestreckten Finger sehen. Ich berühre Vaters Wange und sein graumeliertes Haar. Das von Mutter neben ihm sieht aus wie verblasstes Gold. Das große runde Gesicht mit dem weißen Haarschopf und dem Bart muss Dr. Knapp gehören. Dann drehe ich mich um und entdecke Lottie. Ihr Gesicht ist das schönste, mit herrlichen blauen Augen, groß und rund. Leuchtend rote Locken kringeln sich um ihr rosiges, lächelndes Gesicht. In ihren Augen glitzern Tränen – wie sie glitzern! –, und ich schlinge die Arme um sie und ich weine, weine vor Freude.

Ich stehe auf und stolpere zum Fenster. Draußen ist alles grün. Später weiß ich, das sind Rasen und Büsche. Es ist November, an vielen Bäumen hängen keine Blätter mehr, und die dicken schwarzen Striche der nackten Äste stehen in einem so starken Kontrast zum weißen Himmel, dass ich mich vor Schreck beinahe abwende, doch stattdessen starre ich weiter fasziniert auf dieses scharfkantige Bild. Dann drehe ich mich um. Ich greife nach Lotties Hand. Oh, wie ihr Haar lodert. Vater und Mutter lassen ihre Hände auf meinen Schultern, und der Arzt nickt. Lottie hält vor mir ihre Hand hoch. Doch hinter ihr sind noch andere. Andere Gesichter. Zuerst glaube ich, es seien Bedienstete, die gekommen sind, um sich mit uns zu freuen. Doch diese Gesichter sind anders: Sie scheinen von innen heraus zu strahlen. Ein bläulich weißes Glühen geht von ihren Augen, ihren Wangen und ihrem Haar aus. Das ist nicht meine Familie, das sind keine Angestellten. Es sind die Besucher. Sie sind echt. Ich kann sie sehen.

Dicht hinter Lottie steht eine Frau mit schwarzem Haar und schwarzen Augen. Ihre Haut leuchtet violett und weiß, und ich sehe sie gestochen scharf. Sie scheint aus einem besonderen Stoff zu sein. Daran, wie die Menschen sprechen, mich ansehen und sich bewegen, erkenne ich, dass niemand außer mir diese Besucher sehen kann.

Ich frage die dunkle Frau: *Bist du echt?* Ich denke es einfach, wie immer. Sie kann mich hören. Obwohl sie beim Antworten die Lippen bewegt, erklingen die Worte in meinem Geist.

Ich bin nur gekommen, um Lavendel zu verkaufen. Jetzt finde ich den Weg nach Hause nicht mehr.

Ihre dunklen Augen wirken wie Löcher in ihrem Kopf. Ich bewege mich auf sie zu. Lottie denkt, ich möchte zu ihr, und tritt vor. Doch ich strecke die Hand nach der Besucherin aus und berühre ihr Gesicht. Es ist kaum zu erfühlen, da ist nur ein Hauch von Stofflichkeit, als ob man in eine Wolke fasste. Die Frau macht einen Schritt auf mich zu. Ihr Dunst lässt meine Hand erkalten. Ich ziehe sie zurück, fröstle. Eine dunkle Vorahnung überkommt mich, eine schreckliche Vorstellung davon, wer die Besucher sind und warum sie hier sind.

Geh weg, sage ich.

Sie dreht sich um. Das blauweiße Glühen flackert einen kurzen Moment hell auf, um dann zu verblassen. Ich schaudere, als würde mir eiskaltes Wasser in den Nacken tropfen.

Lottie schreibt mir etwas in die Hand. Zum ersten Mal erkenne ich, dass sie dabei auf meine Hand sieht. Ich dachte immer, sie hätte die Augen geschlossen, um so zu sein wie ich.

»Geht es dir gut?«, fragt sie.

»Besser als je zuvor«, antworte ich, und wir lächeln beide. Wie weiß ihre Zähne sind!

»Was siehst du?«, fragt Lottie.

Ich schaue hinauf in ihr Gesicht. Es ist so schön, dass ich nicht genug davon bekommen kann. Ich sauge es in mich auf.

»Alles!«, antworte ich. Ich sehe, wie sie den Kopf zu Vater, Mutter und Dr. Knapp dreht, schaue zu, wie sich ihre Lippen bewegen. Das also ist sprechen. Sie erzählt ihnen, was ich gesagt habe.

Ich wende mich Vater zu und berührte erneut sein Gesicht. Sein liebenswertes altes Gesicht. Es ist voller Tränen. Ich schaue auch Mutter an. Ihre Augen sind dunkelbraun und traurig. Vaters sind hellgrün und funkeln. Ich schreibe in seine Handfläche: »Bring mir einen Spiegel.«

In meinem Zimmer gibt es keinen, da es nie Verwendung dafür gab. Lottie geht hinaus und kehrt mit einem kleinen runden Ding zurück. Ich will danach greifen, verfehle es aber um Längen. Meine Hand schließt sich um Luft. Ich muss das Sehen erst noch mit meinen Bewegungen verbinden. Fast möchte ich die Augen schließen, um danach zu greifen, da das leichter scheint. Ich möchte jedoch nie wieder die Augen schließen. Lottie gibt mir den Spiegel, und ich halte ihn mir vors Gesicht. Das Bild ist verschwommen, da ich zu dicht dran bin, also strecke ich die Hand aus, bis es scharf wird.

Da bin ich. Mein Haar ist gelb, so gelb, dass ich denke, es muss heiß wie Feuer sein. Meine Augen sind so dunkel wie Mutters, sie sehen genau gleich aus. Ich habe nie geahnt, dass ich Mutter so ähnlich sehe. Ich fasse mein Haar an, spiele damit, weil ich weiß, dass Damen das vor dem Spiegel tun. Ich decke ein Ohr auf. Es ist lächerlich! So ein riesiges, flatterndes Ding, das sich in gräulichen Knoten und Bahnen windet und mir unsagbar weit hinter den Kopf zu reichen scheint. Ich schaue nach, ob das andere auch so grässlich aussieht. Entsetzt von meinem hässlichen Aussehen schaue ich auf, doch dann sehe ich, dass diese Anhängsel bei allen seitlich aus dem Kopf sprießen, und bei den Männern mit kurzen Haaren und den Frauen mit Hochsteckfrisuren kann ich die Ohren ganz sehen. Sie kommen mir lächerlich groß vor. Die Nase ragt wie ein Berg aus dem Gesicht, der es in zwei Hälften unterteilt, die Augen sind dreiste kleine Räder, und der Mund ist ein riesiger Schlund, der sich beim Sprechen öffnet und schließt. Die Proportionen, die ich vom Tasten her kenne, scheinen nicht mit dem Gesehenen übereinzustimmen. Es wird eine Weile dauern, bis ich mich daran gewöhnt habe. Doch all diese Entdeckungen sind einfach atemberaubend. Aus der Tatsache, dass diese Wirklichkeit meinen Fingern entgehen konnte, dass sie sie nicht erspüren konnten, folgere ich, dass sie mir keinen guten Dienst erwiesen haben. Mir tun die Blinden leid. Es kommt mir vor wie ein Verbrechen, dass nicht jeder diese wunderbare Welt sehen kann. Ich möchte, dass Dr. Knapp sie alle heilt.

Er will, dass ich mich setze, damit er mich untersuchen kann. Er sieht mir mit merkwürdigen Geräten in die Augen. Ihre Nähe schockiert mich, sie fühlt sich seltsam an, und ich zittere, habe Angst, dass er mir damit ins Auge sticht. Mir wird jedoch klar, dass ich Entfernungen noch nicht so gut einschätzen kann, und so vertraue ich ihm.

Er untersucht meine Augen gründlich und erzählt Lottie, dass er sehr zufrieden ist. Sie sind vollkommen verheilt, und mein Sehvermögen ist gut, obgleich ich noch einmal nach London werde kommen müssen, damit mir für die Nahsicht eine Brille angefertigt wird. Ich halte mir eine Hand dicht vor die Augen und wackele mit den Fingern. Ich sehe so verschwommen wie in dem Augenblick, als ich die Augen öffnete und Tränen meine Sicht trübten. Ich fürchte, dass meine Sehkraft mich bereits wieder verlässt, um schnell festzustellen, dass es die nahen Dinge sind, die meine Augen schlecht erkennen können. Bei mittleren Entfernungen funktionieren sie gut, am besten aber, wenn etwas weit weg ist, jenseits des Zimmers und der wogenden Baumwipfel bis hin zu den imposanten Regenwolken. Nur die Besucher sind immer gestochen scharf, ganz egal, wo sie stehen. Ich weiß nicht, was ich mit ihnen anfangen soll, also schicke ich sie fort. Einer nach dem anderen verblassen sie und verschwinden. Ich kümmere mich morgen um sie. Nun gilt es, eine ganze Welt kennenzulernen. Ich habe die Augen geöffnet und Licht und Farbe geschaffen. Ich habe die Welt neu erfunden. Ich kann sehen.

Kapitel 7

An diesem meinem ersten Tag als Sehende erkunde ich zunächst das Haus. Ich darf ohne meine Eltern und den Arzt über den Korridor und die Treppe hinuntergehen. Lottie ist die ganze Zeit bei mir, damit ich nicht stolpere und um dies und das zu erklären. Der Versuch, meine brandneuen optischen Eindrücke mit dem zuvor durch Berührung oder Beschreibung gewonnenen Wissen in Einklang zu bringen, ist eine äußerst seltsame Erfahrung. Manche Gegenstände erkenne ich sofort, andere erst, wenn ich sie berühre. Ich sehe auf dem Treppenabsatz ein Gemälde, das etwas Grünes, Rüschiges zeigt, mit geschichteten Formen und einem langen Strich in der Mitte. Ich starre es an und kann mir keinen Reim darauf machen. Ist es etwas zum Anziehen?

Ich frage Lottie: »Was ist das?«

»Hopfen. Ein Gemälde, das Hopfenblüten, die Blätter und den Stengel zeigt.«

Ich bin bestürzt. Ich habe diesen Gegenstand schon tausendmal berührt, aber seine Abbildung sagt mir nichts. Das nächste Gemälde erkenne ich dagegen sofort. Ich war nie dort, doch ich weiß, dass diese graue Weite, begrenzt von einer flachen gelben Fläche unter einem dräuenden Himmel, das Meer ist. Irgendwie hatten die Beschreibungen, die ich so oft in Büchern gelesen oder mit Lottie erörtert hatte, vor meinem geistigen Auge ein eindrücklicheres Bild erzeugt als das von Vaters geliebtem Hopfen, den ich unzählige Male in der Hand hatte.

Ich gehe weiter durchs Haus, erstaunt, wie viel mehr es

noch zu sehen gibt. Die Tapete und alle gestrichenen Wände haben verschiedene Farben, und die Polster sind mit Blättern, Blumen und Vögeln in allen erdenklichen Schattierungen gemustert. Mutters und Lotties Kleidung ist kariert, gepunktet, gestreift oder zeigt Wellenmuster, sogar Vaters Westen und seine polierten Schuhe und Knöpfe. Ich bin bezaubert von den Myriaden Farbtönen innerhalb ein und desselben Dings, etwa Lotties Augen: Die Pupille ist schwarz, ihr Rand dunkelblau, während die Iris hellblau mit grünen Sprenkeln ist. So stelle ich mir das Mittelmeer vor. Selbst meine eigenen Augen – nicht so faszinierend wie Lotties – sind zweifarbig, dunkelbraun in der Mitte und am Rand heller.

Wir gehen von Zimmer zu Zimmer, ständig steht mir etwas im Weg. Aber kaum sind wir draußen, ist mein erster Instinkt zu rennen, und ich stürze mich von der untersten Stufe und sause über die Kiesauffahrt zum Rasen. Keuchend bleibe ich stehen, dann gehe ich weiter, wobei sich mir die senkrechten Bäume und der horizontale Boden in rasendem Tempo entgegenwerfen und meine Augen verwirren. Lottie holt mich ein, und ich lasse mich ins Gras fallen. Ich schaue ihr ins Gesicht und sehe eine gerunzelte Stirn, einen eindringlichen Blick, leicht geschürzte Lippen. Ich kenne diese Formen, meine Finger haben sie berührt. Ihr Gesichtsausdruck bedeutet Sorge um mich. Ich werde eine ganz neue Sprache lernen müssen, um die Mienen und die Körpersprache anderer zu lesen, indem ich mein aus Berührungen und Schwingungen gewonnenes Wissen mit dem, was ich sehe, in Beziehung setze.

»Geh langsam«, rät sie.

Ich habe die Schwelle in ein neues Land überschritten, das Land der Sehenden, und dort gelten eigene Gesetze, die ich nicht kenne. Ich stehe wieder auf und gehe weiter, diesmal vorsichtig. Meine Umgebung bewegt sich recht schnell, aber ich gewöhne mich daran. Vielleicht wäre es besser, mit geschlossenen Augen zu gehen, aber das ertrage ich nicht. Ich schaue zum Himmel auf, wo die Wolken dahinrasen. Ich sehe, wie sie die Sonne freigeben, und starre in das heiße Weiß. Keuchend bedecke ich meine Augen. Es tut weh, direkt in die Sonne zu schauen – geht das nur mir so oder allen? Lottie erklärt mir, sie sei ein lodernder Feuerball, natürlich tut es weh, hineinzuschauen, es geht allen so.

Ich sehe meine ersten Tiere, Vögelchen, die von Baum zu Baum flattern oder über das Weiß des Himmels ziehen. Wie die Vögel sich bewegen, rührt mich zu Tränen. Vogelfedern habe ich oft erspürt, im Gras oder an einem Zweig. Ich habe einen Vogelkörper in der Hand gehalten, den wundersamen Flügel abgespreizt und die verschiedenen Federarten daran benannt. Im Wohnzimmer gibt es ausgestopfte Vögel in Vitrinen, und Lottie hat manchmal welche für mich herausgeholt und sie mich berühren lassen. Eine Weile hatte ich einen Vogel in einem Käfig. Ich öffnete oft das Türchen und steckte die Hand in den Käfig. Ich tastete nach dem lebhaften Flattern und hielt diese kleine Maschine von einem Körper in der Hand, spürte, wie das Herz wie wild in der winzigen Brust raste. Eines Tages fand ich ihn reglos, er lag auf dem Rücken in der Streu am Boden seines Käfigs. Da weinte ich um ihn. Doch die Vögel jetzt zu sehen, wie sie von Ast zu Ast flattern und über die Pflastersteine hüpfen, hüpfen, hüpfen, fast schneller, als das Auge ihrer Bewegung zu folgen vermag, picken, picken, picken, und dann das Wunder, wenn sie sich in die Lüfte schwingen und fliegen, kleine schwarze Silhouetten gegen das Helle, die mit ihren Schwingen über den Himmel gleiten, diese vollkommene Freiheit! Ich habe nicht gewusst, was für glückliche Lebewesen Vögel sind. Ich nehme an, dass sie glücklich sind, auch wenn ich sie nicht lächeln sehe. Allein die Vorstellung, dass ich einmal zuließ, dass man eine so selbstbestimmte Kreatur in meinem Zuhause in einen Käfig sperrte! Zu meiner Verteidigung kann ich vorbringen, dass ich selbst von den Freuden der Freiheit nichts wusste, nichts wissen konnte. Wir neiden den Vögeln die ihre und sperren sie ein. Ich will jeden Käfig öffnen und sie befreien, wie man mich befreit hat.

Die Eleganz von Wasser. Lottie bringt mich zum Bach, und ich sehe das Wasser schimmernd über Kiesel gleiten, funkeln und glitzern, stets in Bewegung. Wasser fühlt sich herrlich an, wenn es durch die Finger gleitet, die Haut bedeckt und die Kehle kühlt. Aber wer hätte ahnen können, wie rein es sein Leben verdeutlicht, indem es sich endlos bachabwärts bewegt? Als ich blind war und meine Hand durchs Wasser zog, dachte ich, ich schnitte es wie ein Messer die Butter. Ich bin erstaunt, dass es weiterfließt, zwischen meinen Fingern hindurch und darüber hinweg. Als mich der launische Bach nass spritzt, denke ich an Regentropfen und schaue auf, fordere mit meinen Blicken jene donnergesäumten Regenwolken dort auf, ihre Last abzuladen und mir Regen zu zeigen. Ich will, dass es schneit, hagelt, neblig ist, blitzt – und ach, einen Regenbogen! –, damit ich alle Wetter gleichzeitig sehen kann.

Wo ist der Wind? Können wir ihn nicht sehen? Erstaunt stelle ich fest, dass der Wind unsichtbar ist. In all unseren Übungsstunden haben wir darüber nie gesprochen. Der Wind bewegt die Bäume und tanzt tausend Tänze auf jedem Grashalm, jeder Astgabel und jedem Blatt, er zerzaust mein Haar und weht es mir schmerzhaft in die neuen Augen – doch er ist vollkommen unsichtbar. Man kann seine Auswirkungen sehen, doch nie ihn selbst. Woraus ist der Wind? Aus Luft. Woraus ist Luft? Lottie erzählt mir von Mikroskopen und sagt, Vater müsse mir eins kaufen. Auch ein Teleskop.

Dann würde ich das Universum jenseits unseres Sehvermögens verstehen, das Reich des sehr Kleinen, des sehr Großen und des sehr Fernen, und dass selbst unsere erstaunlichen Augen ihre Grenzen haben. Doch unsere brillanten Gehirne haben Werkzeuge ersonnen, mit denen wir diese Grenzen überwinden können. Erst jetzt, als meine Augen die enorme Komplexität der Welt aufsaugen, denke ich an Gott. Ist wenigstens sein Geist groß genug, diese endlose Vielfalt zu erfassen? Ich halte das für unmöglich: Diese unbegrenzten Möglichkeiten können nicht von einem Geist allein ersonnen worden sein.

Durch die Spülküche kehren wir ins Haus zurück. Unsere Köchin und drei Dienstmädchen sind da, um mich zu begrüßen. Sie alle lächeln, und dass sie Personal sind und ich die junge Herrin des Hauses bin, ist mir in diesem Augenblick egal, und ich umarme sie.

Ich sage zu Lottie: »Bitte sag Martha, Edith, Florrie und Alice, ich möchte sie kennenlernen, wenn sie nichts dagegenhaben und es auch wollen.«

»Das brauchst du nicht zu sagen«, schreibt Lottie stirnrunzelnd.

»Ich weiß, aber ich will es. Ich will alle Menschen kennen, die es gibt, und ich will hier anfangen, mit diesen netten Damen.«

Ich sehe Lottie meine Wörter sagen. Edith sagt etwas zu Lottie, die mir übermittelt: »Edith sagt, von heute an sind wir alle Freundinnen.«

Edith streckt mir die Hand hin, und ich schüttle sie. Alle lachen, manche sagen etwas, und es wird wieder gelächelt. Ich begreife, wie viel mir entgangen ist, das ständige Hin und Her der Kommunikation, das Sprache und Sehen ermöglichen, die kleinen Gesten und Blicke, eine Handbewegung, ein schiefgelegter Kopf oder das Zucken einer Nase, eine hochgezogene Braue und die Hand vor dem Mund. All dies hat stattgefunden, während ich mich mühsam mit den Fingern durch die letzten Jahre buchstabiert habe, mich für wer weiß wie großartig im Umgang mit anderen hielt und einen festen Platz im Mittelpunkt meines Universums hatte. Wie viel ist sonst noch um mich herum vorgegangen, wovon ich keine Ahnung hatte? Was für ein riesiger Dummkopf ich doch bin.

Während sie plaudern, beobachte ich ihre Münder und werde neidisch.

»Lottie, ich weiß, ich kann nicht sprechen, denn ohne Gehör und Erinnerungen an Laute wäre das sehr schwierig. Aber kann ich lernen zu lesen, was die Leute sagen? Kann ich die Bewegungen erlernen, die die Leute mit ihren Mündern machen, und so vielleicht ein oder zwei Wörter sehen?«

»Ja, das kannst du«, sagt Lottie. »Das nennt man Lippenlesen. Das wirst du ab morgen lernen. Ich habe darüber gelesen – und ich habe noch eine Überraschung für dich. Während du dich erholtest, habe ich meine Abende damit zugebracht, eine weitere Sprache für dich zu erlernen, die dir mehr Freiheit beim Sprechen und eine größere Reichweite geben wird. Es ist eine Sprache, bei der man mit beiden Händen Zeichen in die Luft vor seinem Körper schreibt. Sie heißt Gebärdensprache, und ich werde heute Nachmittag anfangen, sie dir beizubringen.«

»Warum hast du das gelernt, während ich mich erholte? Du wusstest doch gar nicht, dass ich würde sehen können. Es hätte völlige Zeitverschwendung sein können.«

»Ich wusste einfach, dass es so sein wird.«

»Hast du darum gebetet?«

»Nein.«

»Warum nicht?«

»Seit Constances Tod habe ich nicht mehr gebetet.«

Zum ersten Mal sehe ich echte Trauer im Gesicht eines Menschen, und da es Lotties Trauer ist, bricht sie mir fast das Herz.

»Oh, Lottie. Es war grausam von Gott, sie dir wegzunehmen. Wie konntest du das ertragen?«

Lottie entzieht mir ihre Hand und zeichnet ein paar seltsame Formen in die Luft zwischen uns.

Ich nehme wieder ihre Hand. »Was ist das?«, frage ich.

»Zeichen. Ich habe mit ihrer Hilfe zu dir gesprochen.«

»Was hast du gesagt?«

»Ich habe dich gefunden.«

Köchin Martha bittet uns zu Tisch. Während unserer Unterhaltung hat sie mein Mittagessen serviert. Ich sitze an dem breiten Eichentisch mit seinen Knoten, seinen Rissen und seiner Textur, berühre die Oberfläche mit den Fingern und sehe mit den Augen, wie kunstvoll selbst dieser alltäglichste aller Gegenstände ist – ein Küchentisch.

»Sind alle Tische so?«, frage ich. »So schön, mit all den Formen und Farbtönen?«

Lottie übermittelt meine Frage. Köchin Martha lacht und schüttelt den Kopf. Menschliche Gesichter sind eigenartig, wenn sie lachen, die Zähne sind dann so breit und füllen ihre Münder, die zu klein für all die Zähne zu sein scheinen.

Mein Mittagessen ist eine dicke, saftige, rosa Schinkenscheibe mit goldener Honigkruste, ein Stück rein weißes Brot mit brauner Kruste, gewärmt von der Herdplatte, Apfelscheiben mit blassgelbem Fruchtfleisch und hellroter Schale sowie knallorange Karottenstäbchen. Ich kann nicht glauben, wie bunt gewöhnliche Nahrungsmittel sind! Die Mädchen sehen mir lächelnd zu, und Lottie sitzt neben mir, aber wo ist ihr Mittagessen?

»Wir essen später«, teilt mir Lottie mit.

»Habt ihr keinen Hunger?«, frage ich.

Sie werfen einander Blicke zu, und ich nehme etwas wahr, mit dem ich bisher keinerlei Erfahrung hatte, unterschwellige Botschaften und Geheimnisse, die nur durch Blicke ausgetauscht werden.

»Bitte esst alle mit mir«, bitte ich Lottie zu übermitteln. Köchin Martha nickt und stellt noch fünf Teller auf den schönen alten Tisch, und wir essen alle zusammen. Es ist die beste Mahlzeit meines ganzen Lebens.

Beim Essen sehe ich mich um. Die Kacheln an den Wänden bilden ein blau-weißes Karomuster, und um den Herd herum befindet sich eine Mischung aus roten und braunen Erdtönen. Ich liebe die Küche mit all ihrem Krimskrams, den Töpfen und Pfannen und Utensilien. Sie ist mit Schätzen angefüllt wie Aladins Höhle. Auf den Regalen befinden sich Dutzende Pakete mit Nahrungsmitteln und anderen Dingen, von denen ich nicht weiß, was sie sind. Darauf sehe ich Bilder von Menschen und Gegenständen und Schriftzüge in verschiedenen Farben. Menschen verwahren diese Gegenstände in Schränken und werfen die Verpackung weg, wenn sie den Inhalt aufgebraucht haben. Sie sehen die Schönheit darin nicht so wie ich mit meinen neuen Augen. Ich bitte Lottie, mir einige zu geben, und untersuche eine blau-weiß-rot-gemusterte Packung *Reckitt's Bag Blue* – sie ist so bunt und schön. Außerdem betrachte ich *Nixey's Black Lead*, das, wie man mir sagt, zum Putzen des Küchenherdes da ist, auch wenn das Bild auf der Vorderseite so unheimlich ist, dass mich fröstelt; es zeigt eine Frau in ihrer Küche und eine Gestalt, die die Hand nach ihr ausgestreckt hat, um ihr das *Nixey's Black Lead* zu geben. Die Gestalt trägt einen schwarzen Hut und ist von einem Schimmern umgeben.

Ich frage Lottie: »Ist das ein Besucher?«

»Unsinn«, sagt sie und räumt meinen leeren Teller ab.

Darüber muss ich später mit ihr reden.

Wir verbringen den Nachmittag damit, neue Zeichen zu lernen. Die Gebärdensprache ist faszinierend. Sie erlaubt mir, mich dreidimensional auszudrücken; es besteht eine Beziehung zwischen einem selbst, den Händen, dem Gesicht und der Bewegung der Hände und des Körpers. Diese Gebärde mag ich am liebsten: Man kneift die Finger zusammen und hält sie sich an die Schläfe, dann nimmt man sie weg und tut, als fange man etwas. Sie bedeutet »erinnern«. Wenn man es nicht fängt, die Hand öffnet und es entkommen lässt, ist es die Gebärde für »vergessen«. Die Gebärdensprache hat etwas Spielerisches, das dem mechanischen Buchstabieren mit den Fingern fehlt. Ich liebe sie sogar noch mehr als das mir sehr ans Herz gewachsene Handalphabet, das mich aus der Zeit ›Davor‹ befreite. Ich spüre, wie ich die Welt immer schneller begreife, während Lottie und ich uns den ganzen Nachmittag über bemühen, die Grundbegriffe der neuen Sprache aus ihrem großartigen Buch zu lernen, in dem jede Seite mit Zeichnungen von Händen, die Gebärden machen, angefüllt ist. Doch wie der Arzt sagte, werde ich für die Nahsicht eine Brille brauchen. Im Augenblick sehe ich das Buch ziemlich verschwommen, was mich irritiert. Wenn ich erst einmal meine Brille habe, werde ich mir eigene Bücher kaufen, die Bilder betrachten und die Wörter lesen können. Ich weiß, da habe ich noch einen weiteren sehr hohen Berg zu ersteigen.

»Werde ich Wörter lesen lernen?«

»Natürlich«, sagt Lottie. »Ich werde es dir beibringen.«

»Wann? Jetzt?«

»Geduld! Wir fangen morgen an. Jetzt musst du dich zum Abendessen umziehen.«

Vor meinem ersten Diner mit Vater und Mutter bin ich aufgeregt. Als besondere Belohnung darf ich mit ihnen am großen Esstisch sitzen. Vater spricht das Tischgebet. Ich wusste gar nicht, dass man zum Beten die Augen schließen muss. Erst als das Gebet fertig ist und wir darüber nachgedacht haben, dürfen wir essen. Aber für Leute, die gerade sehen gelernt haben, ist das Essen gar nicht so einfach. Ich versuche, Messer und Gabel mit Essen und Mund zu koordinieren. Wie das Gehen wäre es vielleicht leichter, wenn ich die Augen schlösse, aber ich bin entschlossen, das nicht zu tun, und lasse mir nicht helfen. Das Schlimmste ist die Tomatensuppe, die ein Blutbad auf der Serviette anrichtet. Bis ich damit fertig bin, ist mein Essen ziemlich kalt. Aber es ist schön, bei meinen Eltern zu sitzen und ihre Freude zu teilen, während ich mich in dem prachtvollen Esszimmer umschaue und endlich meine Lieblingstapete sehen kann, die mit dem Flockenmuster, die sich immer so luxuriös anfühlte. Ich erkenne, dass sie ein scharlachrotes Muster auf perlmuttfarbenem Hintergrund hat, und ich mag sie umso lieber. Ich sehe meinen Eltern gern beim Essen zu, wie sie ihre Gabeln anmutig in die von Sauce glitzernden Kartoffeln stechen und diese geschickt schneiden, um dann das Stück genau in den Mund zu stecken und zu kauen. Die Sache mit dem Speisen hier im Esszimmer ist eine ernste Angelegenheit. Jetzt verstehe ich, warum Köchin Martha mir zum Mittagessen etwas gab, das ich mit den Fingern essen und leicht in den Mund stecken konnte. Dafür liebe ich sie.

Für den Fisch gibt es ein speziell geformtes Messer, in das zwei Lachse eingraviert sind, die aus einem Fluss springen. Unsere Dessertgabeln sind mit Blumen verziert, und Blätter ranken sich um den Stiel. Wie kann man etwas so Kunstvolles nur dafür verwenden, um sich Essen in den Mund zu stopfen? Selbst das Krümelblech, das das Dienstmädchen Florrie benutzt, hat einen Elfenbeingriff, der mit Vögeln aus Heliotrop verziert ist. Nach dem Dessert gibt es drei Sorten

Käse: Cheddar, Stilton und einen französischen. Der französische schmeckt mir am besten, und das missfällt Vater. Er nimmt ein Messer aus der Tasche und schneidet ein Stück Cheddar heraus. Als er fertig ist, reicht er es mir. Ich glaube, er hat ein Tier geschnitzt: lange Ohren, große Füße, Schnurrhaare. Ich strecke die Hand nach ihm aus und buchstabiere mit den Fingern: »Kaninchen!« Er nickt und lächelt mich an, dann sagt er, ich solle es essen, doch ich kann nicht. Ich will es behalten. Ich lege es auf meinen Teller und starre es an.

Als es Zeit für mein Bad ist, sehe ich meinen nackten Körper zum ersten Mal. Ich betrachte meine Haut, meine Brust und die Stelle zwischen meinen Beinen, verstört von den absurden Formen. Mein Körper wirkt völlig unproportioniert, die Arme zu kurz, die Beine zu dick. Ich bitte Lottie um einen Ganzkörperspiegel, aber sie sagt, das gehöre sich nicht und ich solle mich nie selbst nackt betrachten. Ich weiß natürlich, dass in der gehobenen Gesellschaft Nacktheit verboten ist und nur Wilde unbekleidet herumlaufen. Ich muss zugeben, dass Kleidung so schön aussieht, dass das Auge viel lieber sie betrachten möchte. Aber auch Haut ist faszinierend, die Schatten in den Kurven und die subtilen Nuancen des Teints, die dem Auge schmeicheln, wie Haut sich ja auch angenehm anfühlt. Während ich in der Badewanne sitze und sehe, wie das Wasser meine Haut umspielt, will ich meinen Körper berühren, doch ich weiß, dass Lottie wie immer sagen wird, das dürfe ich nicht. Ich glaube, nun, da ich sehen kann, werde ich Lottie zum Baden nicht mehr brauchen. Mir wird klar, dass das Sehen Freiheit bringt, und mein Herz lacht ob all der Möglichkeiten.

Es ist Zeit, zu Bett zu gehen, und Mutter küsst mich auf Wangen und Lider.

»Heute war der erste Tag deines neuen Lebens«, sagte sie.

Vater kommt mit einem seltsamen Gegenstand. Es ist ein geschwungenes Stück Leder, das man sich über die Augen legt und aus dem ein Rahmen ragt, in dem sich zwei Bilder befinden, die genau gleich aussehen. Vater erklärt mir, das sei ein Stereoskop, und heißt mich durch das Okular schauen. Ich erwarte, die beiden Bilder zu sehen, sehe aber nur eins, eine formlose, weißgraue Masse, aber seltsam tief, sie beugt sich zu mir, als könne ich die Hand ausstrecken und sie mit den Fingerspitzen berühren.

»Was ist das?«, schreibe ich mit der freien Hand in seine.

»Das ist ein berühmter Wasserfall, die sogenannten Niagarafälle. Die beiden Fotografien wurden von zwei dicht beieinanderliegenden Orten aufgenommen, die linke zeigt, was das linke Auge sehen würde, und die rechte, was das rechte Auge sehen würde. So wirkt das eine Bild ganz real. Sieht es für dich real aus?«

Ich starre unablässig das verschwommene Bild vor meinen Augen an, kann mir aber nichts darunter vorstellen. Ich möchte ihn nicht enttäuschen, doch es kommt mir wie ein billiger Trick vor.

Ich senke dass Stereoskop und buchstabiere: »Ich weiß nicht, wie ein Wasserfall aussieht, Vater, also weiß ich nicht, ob es real aussieht.«

»Natürlich nicht«, erwidert Vater, eine kleine Falte erscheint auf seiner Stirn. »Du musst noch viel lernen. Doch was für eine Freude wird es für dich sein, Gottes Schöpfung mit all ihren Wundern zu sehen! Zu Beginn gab er dir Charlotte, um dir das Wort zu bringen. Dann war Dr. Knapp sein Werkzeug, das dir das Licht brachte. Lass uns beten.«

Er kniet sich neben mich und schließt die Augen. Ich sehe seine Lippen sich bewegen und versuche, ein Wort aufzufangen. Ich unterbreche ihn, indem ich seine Hände auseinanderfalte und frage: »Worum betest du, Vater?«

»Ich danke dem Herrn für das Wunder, dass du sehen kannst. Du nicht?«

»Doch, Vater.« Das ist gelogen. Ich habe nichts dergleichen getan. Ich denke an das, was Lottie zuvor gesagt hat, und will Vater fragen, warum Gott mir das Augenlicht gab, ihr aber Constance nahm. Doch das könnte ihn ärgern, also schließe ich die Augen, falte die Hände und danke stattdessen Dr. Knapp für mein Wunder, meinen Eltern für ihre Güte, Köchin Martha und den Dienstmädchen für das gemeinsame Mittagessen und Lottie dafür, dass sie Lottie ist und mir alles bedeutet. Aber Gott will ich nicht danken, weil ich nicht sehe, was er mit alldem zu tun hat. Außerdem sprechen die Besucher nie von Gott oder vom Himmel. Die Bibel ist eine schöne Geschichte, aber für real halten kann ich sie nicht. Vater deckt mich zu, und ich glaube, zwei Dinge in seinem Gesicht lesen zu können: Glück und Erschöpfung. Seine Augen funkeln, doch die Falten um sie herum lassen ihn uralt aussehen. Als er sich über mich beugt, um mir einen Gutenachtkuss zu geben, presst er die Hand an die Brust und scheidet eine Grimasse. Vielleicht war der Tag sehr anstrengend für ihn.

»Schlaf gut«, sage ich.

»Das werde ich – zum ersten Mal in zehn Jahren.«

Ich kuschle mich ins Bett und warte auf Lottie. Im Kopf gehe ich meinen ersten Tag noch einmal durch, der jetzt mit neuen, optischen Erinnerungen angefüllt ist. Augen faszinieren mich. Es scheint mir eine sehr intime Sache zu sein, jemandem in die Augen zu starren, es ist vielleicht noch unhöflicher, als sich auszuziehen. Ich habe beschlossen, dass ich Rosa nicht mag. Wenn es hell ist, ist es fade, und wenn es dunkel ist, ist es vulgär. Schade, denn wie ich entdecke, ist eine meiner Lieblingsblusen rosa. Ich frage Mutter, wie sie je hat zulassen können, dass ich ein so lächerliches Kleidungsstück trage, und werfe es quer durch den Raum. Rosa Blumen machen mir nicht so viel aus, denn sie sind natürlich und können nicht anders. Ich habe Mitleid mit ihnen, weil sie nicht sonnengelb oder blutrot sind, sondern stattdessen diese sinnlose Halbfarbe haben. Ich liebe Kleidungsstücke. Als ich blind war, bevorzugte ich Stoffe mit einer bestimmten Textur, und ich mochte die am liebsten, die sich am besten anfühlten – Samt, Voile, Seide. Jetzt liebe ich Muster, vor allem solche, die nicht zu wild sind, denn die scheinen meine Augen zu reizen. Ziemlich gern habe ich auch Naturdarstellungen: Blumen und Blätter, Tiere und Wolken, Regenbögen und Wasserfälle. Ich sehe diese Formen in bestimmten Schnörkeln und Verzierungen. Ich sehe Gesichter in Mustern auf den Kacheln im Badezimmer, in den Verdickungen von Baumstämmen, in den Vorhängen meines Schlafzimmers. Ich sehe überall Gesichter. Es ist, als hätten sie mein ganzes Leben lang darauf gewartet, dass ich sie sehe, diese verborgenen Gesichter, die sich nur denen zeigen, die wirklich hinsehen, denen, die von dem, was sie sehen, so besessen sind wie ich. Ich zeige sie Lottie, nur um sicherzugehen, dass ich nicht, wie man so schön sagt, »das zweite Gesicht habe«. Doch sie kann sie auch sehen und hat Spaß daran, sie mit mir zu teilen. Ich spüre, dass meine Operation auch ihr eine Last von den Schultern genommen hat. Sie hat mich, das taubblinde Mädchen, tatsächlich genauso geliebt wie Constance. Jetzt können wir mehr Spaß zusammen haben.

Ich sehe mich in meinem Zimmer um. Nicht ein Bild hängt an den Wänden. Ich schätze, ich habe nie welche gebraucht, und beschließe, Vater am nächsten Tag zu fragen, ob ich mir welche kaufen kann. Dann fällt mir jäh ein, dass ich zeichnen und malen lernen und mir meine eigenen Bilder machen könnte. Ich freue mich über all die wunderbaren Dinge, die am nächsten Tag und an dem darauf und dem darauf und dem ganzen Rest meines Lebens als Sehende auf mich warten, über dieses neue Leben, dieses neue Abenteuer. Beschwingt verschränke ich die Hände über dem Kopf und lasse mich gegen das Kopfende meines Bettes sinken.

Am Fußende erscheint schimmernd ein blauweißes, phosphoreszierendes Licht, und da steht die Besucherin mit den schwarzen Augen. Sie beobachtet mich, ohne zu lächeln. Neben ihr steht ein Kind mit einer karmesinroten Schärpe um die Hüfte, das eine Puppe umschlungen hält und deren Knopfnase küsst.

Ist das deine Tochter?, frage ich die Frau.

Aber Lottie kommt herein, setzt sich neben mich und nimmt meine Hand.

»Was für ein Tag!«, sagt Lottie.

»Ich kann die Besucher sehen«, vertraue ich ihr an.

Ihr Gesichtsausdruck verändert sich. Sie zieht die Augenbrauen zusammen. Ja, das ist ein Stirnrunzeln. Sie hält nichts davon.

Ich fahre fort: »Ein seltsames Licht umgibt sie, und sie sind immer ganz scharf zu erkennen, nie verschwommen.«

Während ich das erklärte, habe ich zwischen Lottie und ihnen hin und her gesehen. Lottie kann nicht anders, sie wendet sich um und blickt zum Fußende des Bettes. Ich finde es schwierig, ihren Gesichtsausdruck zu deuten, aber daran, wie ihre Hand in meiner liegt, spüre ich, dass sie verärgert ist.

»Ich weiß, du kannst sie nicht sehen. Das kann nur ich. Was sind sie, Lottie?«

Lottie nimmt fest meine Hand. Ich schaue wieder zu den Besuchern. Sie warten, bis ich fertig bin. Sie wollen mit mir reden.

»Sieh mich an«, drängt Lottie.

Lasst uns allein, befehle ich ihnen. Sie verblassen, verschwinden. Ich finde das immer noch gruselig.

»Liza, du bist jetzt normaler, du musst deine Blindismen hinter dir lassen. Die Besucher gehören dazu, und es ist Zeit, dich von ihnen zu verabschieden.«

»Aber sie sind real.«

»Nein. Ich glaube, du hast dich noch nicht an deine neuen Augen gewöhnt. Alles kommt dir seltsam vor. Du irrst dich.«

»Ich weiß, wie ein Mensch aussieht, und sie sind so real wie du und ich. Glaubst du mir nicht?«

»Ich kann nicht etwas glauben, das ich nicht mit eigenen Augen sehe.«

»Früher war ich blind und konnte die Welt nicht sehen. Aber ich habe an sie geglaubt.«

»Das ist nicht dasselbe. Du konntest sie anfassen. Du hattest physische Beweise. Kannst du die Besucher anfassen?«

»Nicht wirklich. Aber ich kann sie sehen und in meinem Inneren hören.«

»Es gibt optische Täuschungen, der Geist kann einem Streiche spielen. Ich brauche schon einen besseren Beweis.«

Den bekommst du eines Tages, nehme ich mir vor. Ich bin fest entschlossen.

»Bis dahin redest du besser nicht über die Besucher, sonst denken andere, du bist verrückt, und sperren dich ein.«

»Vater würde mir das nie antun.«

»Mag sein. Aber ich befürchte es.«

Ich umarme Lottie und sage ihr, sie soll sich keine Sorgen machen. Ich weiß, dass ich über die Besucher weder mit ihr noch mit sonst jemandem je wieder sprechen kann. Ich muss allein klarkommen. Lottie zieht sich zurück und schließt die Tür. Ich bleibe im Dunkeln zurück, einem neuen Dunkel, dem Dunkel der Sehenden. Es ist nicht furchterregend, obwohl ich gelesen habe, manche Kinder hätten Angst im Dunkeln. Ich finde es tröstlich. Fasziniert starre ich hinein. Ich nehme wahr, wie es sich immer stärker verändert, je länger man hineinschaut. Umrisse werden erkennbar, Dinge nehmen Gestalt an, und das Dunkel weicht. Es gibt keine Farben in der Nacht. Ich weiß nicht, ob das normal ist oder an mir oder der Magie der Besucher liegt. Ich gehe an mein Regal. Ich ertaste meine alte Ausgabe der *Weihnachtsgeschichte*. Nun, da ich sehen kann, erscheinen mir die hochgeprägten Buchstaben lächerlich, doch bis ich sie mit den Augen erkennen kann, lese ich weiterhin wie eine Blinde, und das vermag ich im Dunkeln zu tun, ohne eine Kerze zu brauchen.

Ich finde den Teil, wo der Geist der vergangenen Weihnacht auftaucht. Ich lese: *Von seinem Scheitel schoss ein heller Lichtstrahl in die Höhe.* Das stimmt nicht ganz mit meinen Erlebnissen überein, aber Mr Dickens hat es gut erraten. Vermutlich hat er nie einen Geist gesehen. Vielleicht, weil man ihm nicht die Linsen entfernt hat – vielleicht liegt in der Leere meiner Augen ein Reich, in dem es violettes Licht gibt, und dort leben die Besucher. Deshalb kann ich sie sehen.

Geister.

Ich kann nicht schlafen, also gehe ich ans Fenster, öffne die Vorhänge und sehe hinaus. Der Garten schimmert in einem aschenen Licht. Ich weiß, die Lichtquelle muss der Mond sein, und schaue im verzweifelten Wunsch, ihn zu sehen, zum Himmel – und da ist er, strahlend weiß und prachtvoll; er gefällt mir besser als die Sonne, da es nicht weh tut, ihn anzuschauen. Ein stahlgrauer Wolkenfetzen zieht vor ihm vorbei, und dieses silbrige Etwas scheint mir mein bisher schönster Anblick zu sein. Dann sehe ich andere Lichter am Himmel, weiße Punkte, hier und da. Je länger ich hinschaue, desto mehr finde ich. Das sind also Sterne. Ich frage mich, warum sie so winzig sind und der Mond so groß, und erinnere mich, dass Lottie mir erklärt hat, dass ferne Dinge kleiner und die nahen größer scheinen. Die Sterne müssen unendlich weit weg sein. Ich sollte mir etwas wünschen; schließlich habe ich in dieser Nacht meinen allerersten Stern gesehen. Aber was bleibt mir noch zu wünschen übrig?

Kapitel 8

Es ist ein stürmischer Nachmittag im April, und die Damen kämpfen allesamt damit, ihr Haar in Ordnung und ihre Hüte an Ort und Stelle zu halten. Meine erste Zugfahrt mit neuen Augen führt mich nach Whitstable, wo ich die Familie Crowe besuche. Als die frisch gestrichene, polierte Lok dampfend in den Bahnhof von Edenbridge einfährt, ist meine Begeisterung ob der großartigen Eindrücke um ein Vielfaches größer als bei der letzten Reise nach London. Wir steigen in den Zug, finden unser Abteil, das Lottie und ich zunächst für uns allein haben, und lassen uns auf den sauberen, weichen Polstern nieder. Ich sehe den Schaffner mit seiner Fahne und der Pfeife, er zwinkert mir zu. Ich werde rot und drehe mich zu Lottie. Sie sieht unbeschwert aus. Für sie geht die Reise ja nach Hause.

Unterwegs essen wir Torte und spielen Beruferaten, ein neuer Zeitvertreib, den Lottie mir zur Verbesserung meiner Beobachtungsgabe beigebracht hat.

Sie sagt: »Ich bin gekommen, um einen Beruf zu lernen.«

»Welchen Beruf? Mach dich an die Arbeit und zeig ihn mir.«

Sie führt den Beruf pantomimisch vor, und ich muss ihn erraten. Dann bin ich an der Reihe. Den Apotheker gewinne ich, sie den Knecht und das Klageweib. Über die Menschen, die wir an den Stationen sehen, erfinden wir Geschichten. Wir kommunizieren nun über Gebärden. Das geht schneller als das Fingeralphabet, und man hat mehr Möglichkeiten, sich auszudrücken. Ich nutze manchmal aber noch immer unsere erste Sprache, weil ich sie vermisse. Meine Träume beinhalten meistens das Gesehene, doch manchmal sind sie ganz dunkel und handeln nur von dem, was ich mit meinen Fingern ertastet habe. Es ist meine Muttersprache, und ich kann mich nicht endgültig von ihr lösen. Lottie erzählt, dass ihre Mutter, ihr Vater und ihr Bruder das Fingeralphabet noch immer beherrschen, jedoch nie einen Grund hatten, die Gebärdensprache zu lernen. Also werde ich mich mit ihnen auf die alte Art unterhalten und dazu ihre Lippen lesen.

Ich bin mittlerweile ganz gut darin. Im Winter habe ich intensiv geübt. Jetzt habe ich eine Brille, kann gut lesen und recht ordentlich schreiben. Da ich bereits in der Lage war, Briefe zu verfassen, war das Lesen kein ganz unbekanntes Terrain. Ich musste lediglich die Formen, die ich vom häufigen Schreiben mit dem Füllfederhalter kannte, mit den Bildern der Buchstaben verbinden. Dadurch lernte ich schnell, mit den Augen zu lesen, und wieder öffnete sich eine ganz neue Welt, denn nun hatte ich Zugang zu Vaters Bibliothek, konnte Bücher aus Katalogen bestellen und lesen, wonach mir der Sinn stand, ohne dabei auf die spärliche Sammlung an Braille-Ausgaben beschränkt zu sein. Das erste Buch, das ich bestellte, war eines über Geister. Es enthielt jedoch keine Bilder, und es kam mir so vor, als hätte der Autor keine Ahnung davon, wie die Besucher erscheinen. Ich liebe es, Bilder in Büchern zu betrachten, strenge mich dabei sehr an, das flache zweidimensionale Ding mit der abgebildeten Realität zu verknüpfen, und staune darüber, dass es für das Auge echt aussieht.

Alles in allem kann ich nun neben lesen und schreiben auch von den Lippen lesen und mich mit Hilfe von Gebärden verständlich machen. Wenn ich mit anderen Menschen kommuniziere, verwende ich eine Mischung aus all diesen Formen. Natürlich ist es leichter für mich, Worte zu erfassen, als sie selbst zu produzieren. Die meisten Leute kennen die Gebärden nicht, also muss meine liebe Lottie diese für sie in gesprochene Sprache übersetzen. Es frustriert mich, dass die Welt meiner Sprache nicht mächtig ist und sich nicht die Mühe macht, sie zu lernen. Ich komme mir vor wie ein Engländer, der verdrossen und mutterseelenallein im fernen Osten festsitzt, wo niemand sich um das British Empire und seine Sprache schert. Er muss sich mit Gesten behelfen und mit einem Einheimischen anfreunden, wenn er sich auf komplexere Weise mitteilen möchte. Doch sosehr er auch hadert und sich beschwert, er wird seine Begleiter nie so weit bringen, dass sie lernen, seine Sprache fließend zu sprechen.

Am meisten stört mich, dass ich mich nie ganz werde integrieren können. Einige taube Menschen haben ihr Gehör erst im Laufe ihres Lebens verloren und vor dieser Tragödie sprechen gelernt. Sie können sich mit Hilfe von gesprochenen Worten ausdrücken und die Lippen der anderen lesen. Wie ich sie beneide. Wenn man das Gehör schon früh im Leben verliert wie ich oder möglicherweise nie eines besaß, ist es außerordentlich schwer, hinlänglich zu sprechen. Man hat mir erzählt, dass es einigen taub geborenen Menschen tatsächlich gelungen ist, doch ich habe auch erfahren, dass es ein schwieriger, zeitaufwendiger Prozess ist, der über Jahre täglicher Übung bedarf. Offen gestanden möchte ich meine Jugend nicht damit verschwenden, mich in einem Klassenzimmer mit einem Spiegel und einem Sprachlehrer abzumühen, um diesen weit hergeholten Traum wahr werden zu lassen. Es bliebe nur ganz wenig Zeit für andere Übungen. Welche Opfer müsste man diesem alles verzehrenden Altar der Sprache bringen? Außerdem erzählt man sich auch, dass das Ergebnis sich oft sehr bizarr anhört, dass nur die engsten Vertrauten in der Lage sind, die erlernten Geräusche zu verstehen. Was nutzt es also?

Lottie macht ein Nickerchen. Als wir uns auf dem Weg zur Küste an Schaf- und Rinderweiden, Obstplantagen und Hopfengärten vorbeischlängeln, blicke ich auf das satte Grün und die in Reih und Glied stehenden Zäune, die jenseits des Fensters an uns vorbeirauschen. Ein mäandernder Fluss fließt gemächlich neben uns her, die hohen Gräser an seinen Ufern wanken im unsichtbaren Wind, winken mir zu, Vögel huschen von den Bäumen zur Böschung, Schmetterlinge – wie sehr ich Schmetterlinge liebe. Ehe ich sehen konnte, habe ich einmal einen toten gefunden und seine hauchdünnen Flügel berührt. Doch ein totes Lebewesen ist nichts im Vergleich zum Anblick des lebendigen. Man sagt, dass man einen Schmetterling tötet, wenn man seine Flügel berührt, und das kommt mir schrecklich vor. Fliegende Wesen sollten frei sein, man kann sie mit den Augen berühren. Das ist mehr als genug.

Während Lottie döst, rede ich mit den Besuchern im Zug. Es befinden sich zwei in unserem Abteil. Einer sitzt mir gegenüber, der andere steht an der Tür. Wie immer weiß der eine nicht um die Anwesenheit des anderen, und bisweilen sprechen sie gleichzeitig. Die sitzende Dame ist vollkommen darin vertieft, in ihrer Handtasche zu wühlen.

Es muss hier irgendwo sein.

Was suchst du?

Meine Medizin. Sie vertreibt den furchtbaren Schmerz in meinem Arm. Er macht mich wahnsinnig. Manchmal nehme ich zu viel davon und werde ein bisschen wirr. Dann kann ich ganz schön angsteinflößend sein, wenn ich so herumstolpere und gegen Dinge laufe. Das wird eines Tages noch ein schlimmes Ende mit mir nehmen, wenn ich nicht aufpasse.

Ich möchte ihr vermitteln, dass ihr Leben bereits ein schlimmes Ende genommen hat, dass sie tot ist. Doch das habe ich bereits ausprobiert – als Erstes mit der dunkeläugigen Zigeunerin in meinem Zimmer. Sie hat mir Angst gemacht, und ich dachte, wenn ich ihr mitteile, dass sie tot ist, würde sie vielleicht verschwinden und mich in Ruhe lassen.

Ich sagte zu ihr: *Es tut mir sehr leid, aber du bist gestorben. Du bist ein Geist.*

Pass auf, wen du verfluchst, meine Liebe. Ich kenne die besten Flüche.

Ihre Augen sahen aus wie schwarze Gruben.

Ich verfluche dich nicht, das kann ich dir versichern. Doch ich muss dir sagen, dass du tot bist. Bitte glaube mir.

Bedrohlich machte sie einen Schritt auf mich zu, aber ich wich nicht zurück. Ich bin ziemlich sicher, dass die Besucher nicht stofflich genug sind, um mir weh zu tun.

Bist du eine Hexe, oder was? Ich werde dich aufhängen!

Verschwinde für immer und komm nie mehr wieder!

Weißt du was? Es hat geklappt. Ich habe den Geist der Zigeunerin seither nicht gesehen. Dasselbe habe ich mit dem Wütenden gemacht, der, wie ich mittlerweile glaube, von seinem Pferd gefallen und auf diese Weise gestorben sein muss. Ich mochte sein zornverzerrtes Gesicht und seine Anschuldigungen nicht. Ich hatte zu große Angst, um ihm zu sagen, dass er tot ist. Stattdessen befahl ich ihm, für immer zu verschwinden und nie mehr zurückzukehren. Auch ihn habe ich seitdem nicht wieder gesehen. Ich weiß nicht, ob die Befehle dauerhaft Wirkung zeigen, aber immerhin habe ich ein gewisses Maß an Kontrolle über die Situation.

Man kann mit den Besuchern nicht diskutieren. Was die Wahrheit angeht, so scheinen sie unter einer besonderen Form von Taub- und Blindheit zu leiden. Ich wollte jedem Besucher, den ich sah, erklären, was wirklich mit ihm geschehen war. Daraufhin weinte ein Kind unaufhörlich, ein gutmütiger Mann wurde wütend und schrie mich an. Andere redeten einfach unermüdlich weiter. Ich habe es aufgegeben, sie von der Wahrheit überzeugen zu wollen. Das endet nie gut. Nun betrachte ich sie als Dummköpfe, die bei Laune gehalten werden müssen. Wenn ich mich langweile, unterhalten sie mich. Ich mag es, ihre Geschichten zu hören, aber manchmal macht mich ihr Anblick einfach nur traurig. So ergeht es mir auch mit Familienmitgliedern. Ich bin Vaters Verwandten schon häufig begegnet, doch bevor ich sehen konnte, hatte ich keinen Vergleich. Als ich später merkte, wie sehr sie Vater und mir ähneln, schloss ich daraus, dass sie unsere Vorfahren sein müssen. Ich glaube, ich habe seine Eltern, Großeltern und einige Cousins und Geschwister als Besucher getroffen. Sie streifen durch das Haus und über das Gelände. Einer von ihnen hat die Steinmauer gebaut – er könnte Vaters Onkel sein. Ich kann aber nicht nachfragen, ob es so ist, da ich Vater noch immer nicht von den Besuchern erzählt habe. Ich möchte mit ihnen über ihr Leben sprechen, über Vater als kleinen Jungen, doch sie sind starr auf etwas fixiert, und man kann sich mit ihnen kaum über andere Dinge unterhalten. Sie erfreuen sich an meiner Gesellschaft, denn ich bin ihre einzige Freundin. Manchmal stellen sie mir Fragen, beginnen ein Gespräch, aber zumeist führt dieses wieder nur auf das, wovon sie besessen sind. Ich habe herausgefunden, was es ist: der Tag, an dem sie starben. Die Besucher erinnern sich nie an den Augenblick, in dem sie zu Tode kamen, dafür aber minutiös an die Stunden davor, an kleine Details aus ihren Leben, die ihnen nun wichtig scheinen. Ihr Blick zeugt davon, dass sie etwas Entscheidendes vergessen haben: Ein verlorener Gedanke verfolgt sie, den sie um Haaresbreite nicht fassen können, ein blinder Fleck. Sie sind verwirrt und unruhig, dann klart ihre Miene auf – Erkenntnis zeichnet sich auf den Gesichtern ab, wenn sie ein anderes Ereignis fälschlicherweise für das vergessene halten.

Der Mann an der Tür scheint Marinesoldat gewesen zu sein. Er trägt die Kleidung eines Arbeiters, und sein Gesicht ist dreckverschmiert. Er raucht eine langstielige Pfeife und spricht kein Wort. Ich lächle ihn an und nicke, um ihm das Gefühl zu geben, dass alles in Ordnung ist. Manchmal sind sie aufgewühlt, und man muss sie ein wenig beruhigen.

Dann erhebt er das Wort: *Entschuldigen Sie, Miss. Mir sind die Scheinchen ausgegangen. Könnten Sie mir'n bisschen Kleingeld leihen, damit ich etwas zu essen kaufen kann? Ich habe so hart gearbeitet und bin sehr hungrig, Miss.*

Er ist ausgesprochen höflich. Ich sage, ich könne ihm nicht helfen. In Wirklichkeit könnte ich schlichtweg gar kein Geld in seine transparenten Hände legen.

Er sagt: *Ich wurde schon einmal eingesperrt, weil ich gebettelt habe. Ich weiß, dass es falsch ist. Aber es ist für Essen, verstehen Sie? Nicht für Alkohol. Ich möchte nur eine Suppe.*

Ich frage mich, wie er ums Leben kam. Er stört mich nicht. Häufig verlieren sie sich in ihren Gedanken und vergessen, dass ich da bin. Ich weiß nicht, warum nur ich sie sehen und hören kann oder warum sie zu mir kommen, obwohl ich ihnen nicht helfen kann. Vielleicht finde ich eines Tages heraus, was es damit auf sich hat. Ich betrachte sie einstweilen als etwas, das einfach zu meinem Leben gehört, wie Hunger und Durst.

Auf der Suche nach dem Meer inspiziere ich die hügelige Küstenlandschaft. Auf Bildern habe ich es bereits gesehen, doch das echte Meer, seine Größe, die Masse an Wasser und wie es sich in Raum und Zeit bewegt, kann ich mir nicht vorstellen. Seinen Geruch. Wird es wie alles andere nach etwas riechen? Der Schaffner geht an uns vorbei, und die Passagiere eilen durch den Zug. Bald muss es so weit sein. Dann sehe ich es. Jenseits des breiten Streifens Land erscheint ein graues, flaches und unbewegtes Dreieck am Horizont. Ich kenne keine grauen Felder, das muss das Meer sein! Die Sonne lässt es glitzern und blau erstrahlen, ebenso die unterschiedlichsten Schattierungen der Gischt. Ich stupse Lottie an, die erst verdutzt dreinblickt, dann die Landschaft ihrer Heimat sieht und grinst. Wir nehmen unser Gepäck, richten die Hüte und merken, wie der Zug nach und nach langsamer wird. Er zögert, möchte seine fröhliche Fahrt durch das Land fortsetzen, doch das geht nicht, denn jenseits des Bahnhofs von Whitstable liegt bis zur Küste Frankreichs nur das weite Meer. Es ist das Ende der Bahnstrecke.

Mein erster Eindruck von Whitstable ist der einer Industriestadt. Der Bahnhof ist schmutzig und stinkt, dennoch herrscht geschäftiges Treiben. Er befindet sich neben dem Hafenbecken, und Kohlestaub liegt in der Luft. In der Nähe werden Boote gebaut, deshalb stinkt es auf dem Vorplatz nach Harz, Farbe und Teer. Trotzdem fasziniert mich das Gewusel hier mit all seinen kleinen Details: den Pferden und den Gütern, die von einem handbetriebenen Kran auf Wagen verladen oder von kräftigen, dreckverkrusteten Männern auf den Rücken gehievt werden. Aufgrund meines Zustands und meines Geschlechts bin ich noch behüteter aufgewachsen, als es normalerweise der Fall ist, und auch nicht viel herumgekommen. Es ist ein Privileg, dass ich Einblick in all diese Leben mitsamt den schmutzigen Details bekomme. Ich wäre vollkommen glücklich, den ganzen Tag lang den Hafen zu erkunden; ich würde die Männer in Gespräche verwickeln, um herauszufinden, was sie machen, wohin ihre Waren reisen, wie es ihnen mit ihrem Leben ergeht, wenn ich nicht so schnell wie möglich die Crowes sehen wollte. Ich möchte mit jedem einzelnen Menschen auf der Welt sprechen, ungeachtet seines Alters, Geschlechts, welcher Schicht er angehört oder aus welchem Land er kommt. Und wenn ich die Zeitmaschine von Mr Wells besäße, würde ich mit jedem Menschen sprechen, der je gelebt hat. Wie soll ich mir sonst ein Bild von der Welt machen?

Der ans Meer grenzende Stadtteil ist nicht glamourös, wie man es bei einem Küstenort vielleicht erwarten würde, aber gerade in seiner Einfachheit liegt etwas Malerisches. Die zerklüfteten, dicht gedrängten und pechschwarzen Hütten an der Meeresfront wirken fest entschlossen, allen Elementen zu trotzen. Sie grenzen an einen hellen Kiesstrand, dessen unzählige geschliffene Steine unter dem kornblumenblauen Himmel weiß, karamellfarben und grau schimmern, während der Sog des hungrigen Meeres sie mit sich reißt. Oh, das Meer. Es ist unruhig und mächtig, hier silbrig, dort grün-blauschwarz, bietet den Wolken trotzig-bewegt die Stirn. Die Schiffe im Hafen durchschneiden den Himmel mit ihren hohen, kreuz und quer ragenden Masten, übersät mit Männern, die sie instand halten, beladen, löschen, säubern, Lasten schleppen und sich halbtot arbeiten. Weiter draußen ist die Bucht mit einer Schar Boote gefüllt, von denen viele denselben anmutigen Schwung der Flanken und hochragende Segel haben. Ihre Masten stechen in die salzige Luft, fechten mit der unsichtbaren Brise. Lottie sagt mir, das seien die Jollen, die ihre Familie nutzt, um zu den Austernbänken hinauszusegeln und dort ihre Ernte einzubringen.

Selbst an diesem stürmischen Apriltag haben sich einige mutige Seelen an den Strand gewagt: Familien, Mädchen in Baumwollkleidern und Leinenschuhen, deren Haar wegen des Windes unter weißen Spitzenhauben nach hinten gebunden ist, unter deren Schürzen die Böen kriechen und sie wie Ballons aufblasen; junge Frauen sitzen in vertrauter Zweisamkeit schräg auf den klobigen Steinen, unter ihren knöchellangen Röcken haben sie die Beine übereinandergeschlagen, während sie mit einer Hand ihren Schal und mit der anderen den Strohhut festhalten; Jungen spielen ausgelassen gemeinsam Kricket oder werfen Steine. Wie sehr ich sie darum beneide, dass sie am Meer aufwachsen, es immer aufsuchen können, wenn ihnen der Sinn danach steht, weil es am Ende jeder Straße auf sie wartet!

Ich werde anderer gewahr, die am Strand entlanggehen: die Besucher. An einem strahlend hellen Tag wie diesem sind sie schwer auszumachen. Ihr weißblaues Licht lässt ihre gläsernen Umrisse mit dem blauen Himmel und dem grellen Sonnenlicht verschmelzen. Doch sie sind hier: ein paar Frauen und Kinder, vor allem aber Männer, Fischer, die ihre Arbeitstracht tragen und am Meer entlangschlendern, auf das sie unentwegt starren. Einer bleibt stehen, inspiziert den Himmel, dreht sich dann zu mir um und sagt: *Sie müssen die Netze einholen, ehe der Sturm losbricht.* Andere wenden mir ihr Gesicht zu, scheinen mit mir sprechen zu wollen, doch mein Geist ist ihnen verschlossen, und das wissen sie. Ich habe in letzter Zeit mehr Kontrolle über sie erlangt; mit Hilfe meiner Willenskraft kann ich sie nun mit einem Blick vertreiben. Ich möchte den Schauer heute nicht spüren, den sie verursachen. Es zieht sie immer wieder zum Wasser. Sie starren darüber hinweg, in ein Reich, das nur sie sehen können. Ich wende mich ab, und Lottie und ich setzen unseren Weg fort.

Die Straßen, die vom Bahnhof zum Haus der Crowes führen, sind eng und schlammig. Als wir um eine Ecke biegen, begegnen wir zwei Jungen mit Leinenmützen in grünen Wollpullovern, kurzen Hosen und Kniestrümpfen. Kleine, verhärmte Gesichter. Sie stehen neben einem ordentlich aufgeschichteten Muschelhaufen, und als sie uns sehen, strecken sie ihre Hände mit der Handfläche nach oben aus, und der ältere Junge sagt etwas. Ich kann die ersten beiden Worte lesen: »Gedenket des …« Das dritte ist mir jedoch ein Rätsel, und ich schaue zu Lottie. Sie macht eine abwinkende Geste, geht weiter und ruft: »Versucht es im Sommer noch mal!« Der kleinere Junge tritt in die Erde und schiebt die Hände in die Taschen. Der andere Junge hat uns bereits vergessen, er versucht es bei zwei anderen Neuankömmlingen.

»Gedenket des was?«, frage ich Lottie.

»Gedenket des Grotters. Es ist ein alter Brauch in Whitstable. Der Sage nach wurde ein Ritter aus dem Meer gerettet, der vollkommen von Austern bedeckt war. Beim Fest zu Ehren des heiligen Jakobs Ende Juli bauen die Kinder kleine Grotten aus den Schalen der Austern, in die sie nachts Kerzen stellen. Für die besten gibt es ein paar Groschen. Diese naseweisen Schlingel versuchen ihr Glück bei den Touristen im April! Ich kenne ihre Mutter, sie wird darüber nicht besonders erfreut sein.«

Wir verlassen das Wegelabyrinth und kommen auf eine breite Straße mit sauberen Gehwegen und größeren Häusern. Ich sehe, wie zwei kleine Mädchen Pferdemist von der Straße auf eine Handschaufel kehren und damit wegrennen. Ich nehme an, es ist für ihren Garten. Lottie bleibt vor einem der gepflegten weißen Häuser stehen. Ein jedes hat ein Gartentor, ein kleines Blumenbeet vor dem Haus und einen Fußabstreifer neben der Tür, den Lottie benutzt, ehe ich es ihr nachtue. Der winzige Vorgarten, in dem Narzissen und Krokusse in einem Rund um eine Stechpalme wachsen, deren Blätter so sehr glänzen, als seien sie von Hand poliert worden, ist vorbildlich gepflegt. Lottie öffnet die Haustür und geht ohne Umschweife hinein. Wir stehen in einer Nische, die von Mänteln an Haken und einem Schuhregal hinter der Tür ganz ausgefüllt wird. Am anderen Ende des Korridors entdecke ich unsere Kiste, die wir zwei Tage zuvor mit Kleidung für unseren Aufenthalt und Geschenken für die Crowes auf die Reise geschickt haben. Wir ziehen unsere Stiefel aus und legen sie auf den Haufen Schuhwerk, der vom

Bärenvater bis zum Bärenkleinkind für jeden die richtige Größe bereithält. Die Absätze sind alle mit einer Mischung aus Schlamm und Kies verschmiert. Meine blitzblanken Stiefel wirken lächerlich fehl am Platz. Plötzlich wird mir bewusst, dass meine Haare mit Nadeln hochgesteckt sind und ich eine alberne Rüschenbluse trage, und ich merke, wie ich erröte.

Ich tippe Lottie auf den Arm: »Sehe ich albern aus?«

Sie erwidert: »Du bist hier unter Freunden.«

Vier Schritte weiter haben wir das Ende des kurzen Flurs erreicht, dessen weiße Wände den schmalen Gang heller erscheinen lassen. Ich kann einen flüchtigen Blick ins Wohnzimmer werfen, das an einer Seite vom Flur abgeht, und entdecke gehäkelte Schondeckchen auf den beiden Sesseln. Vor uns liegt ein Raum, dessen Tür offen steht und aus dem feuchte Luft in den Flur dringt.

»Montag ist Waschtag«, sagt Lottie und tritt ein.

Die Luft ist dampfgeschwängert. Mrs Crowes Arme stecken bis zu den Ellbogen in einem großen Bottich auf dem Küchentisch. Unaufhörlich scheuert sie ein Kleidungsstück auf einem Waschbrett auf und ab. Hinter ihr kann ich durch die Öffnung bis in die Spülküche blicken, in der einer der Zwillinge, Clarence oder Claude, sich mit einem Wäschestampfer und einer Wanne abmüht. Der andere Zwilling und Christopher veranstalten mit verbissenem Gesichtsausdruck ein Ritterturnier, wobei ihnen Holzlöffel als Schwerter und kupferne Topfdeckel als Schilde dienen. Da er ein paar Jahre älter ist und rabiater an die Sache herangeht, gewinnt der Zwilling.

Ich habe sie alle bereits kennengelernt, jedoch nur mit den Händen, nicht mit den Augen. Mrs Crowes Haar ist dunkelbraun und wird an Scheitel und Schläfen grau. Sie hat kleine, dunkle Augen und einen scharfen Blick. Ihre Wangen sind von der Anstrengung rot, ihr Mund ist klein und hübsch. Clarence und Claude sind eineiige Zwillinge – es ist erstaunlich, zu sehen, wie sehr sie sich gleichen. Sie sind lebhafte Jungen mit funkelnden Augen. Ihre Hände sind immer in Bewegung, und sie sehen der Mutter sehr ähnlich. Christopher ist blass, hat die gleichen roten Locken wie Lottie, blaue Augen und engelhafte Züge. Er ist ein schüchterner kleiner Junge und reicht seiner Mutter erst bis zur Hüfte. Vielleicht ist ihr Vater rothaarig, blass und blauäugig. Irgendwoher müssen sie es ja haben.

Sie schauen alle im gleichen Moment auf und erblicken Lottie. Mrs Crowe schlägt vor Freude die Hände über dem Kopf zusammen, und warme, seifige Tropfen spritzen auf meine Wangen. Lottie wird von einem Dutzend Arme übermannt, die sich um sie schlingen, wobei die Kinder zuerst bei ihr sind. Ihre Mutter wischt sich zuerst die Hände an der Schürze ab, dann umarmt auch sie Lottie, und alle bilden ein Knäuel. In meinen lächerlich vielen Schichten Unterwäsche wird mir heiß. Vor lauter Neugier auf die rüschengespickte Besucherin lösen sich die Kleinen zuerst. Mrs Crowe tritt einen Schritt zurück, und als sie mich sieht, nimmt sie meine Hände in ihre. Sie sind runzelig und feucht, puterrot und zerfurcht, haben Risse, die ihr Schmerzen bereiten werden, sobald sie trocken sind. Sie zieht mich zu sich heran, drückt meine Hände und schaut mir mit großem Interesse in die Augen. Mir wird bewusst, dass sie meine Augen zum ersten Mal nach der Operation sieht.

»Sie hat schöne Augen«, sagt sie zu Lottie. »Meine Güte, sie ist ja schon eine junge Frau. Eine Schönheit!«

»Sie ist erst dreizehn, Mama.«

»Sie sieht viel älter aus«, meint Mrs Crowe. »Nehmt euch besser vor den gierigen Männern hier in Acht!« Ich begreife, dass sie keine Ahnung hat, dass ich sie verstehe. Sie nimmt meine Hand und schreibt unbeholfen hinein: »Schön, dass du hier bist.«

Ich buchstabiere: »Sie können mit mir sprechen. Ich kann jetzt von den Lippen lesen.«

Mrs Crowe bleibt der Mund offen stehen und sie schaut zu Lottie. »Stimmt das?«, sehe ich sie fragen.

Lottie antwortet: »Du kannst mit ihr sprechen, Mama. Sie wird die Antwort in deine Hand schreiben, aber du kannst ganz normal reden.«

Die Jungen beobachten das Treiben mit vor dem Bauch gefalteten Händen.

»Nein, so was!«, sagt Mrs Crowe. »Das ist eine Erleichterung! Ich habe das Fingeralphabet schon lange nicht mehr benutzt und viel vergessen. Aber die Kleinen haben etwas für dich, meine Liebe.«

Sie macht eine Geste in ihre Richtung, und sie heben alle die Arme. Sie halten die Hände mit den Handrücken nach außen in die Höhe und ziehen sie in kurzen Bewegungen immer wieder an ihre Brust, als ob sie mir bedeuten wollten, näher zu kommen. Es ist die Gebärde für »Willkommen«.

Ich beuge mich hinunter und gebe jedem einen Kuss auf die Wange, was sie erröten und kichern lässt. Ihre Haare stinken, ich rümpfe die Nase. Mrs Crowe klärt mich auf: »Das ist Rankin-Salbe, meine Liebe. Gegen Läuse. Die trägt man besser auf, wenn sie nicht rausgehen. Diese Woche haben sie Schulferien, deshalb sind sie hier und helfen mir mit der Wäsche. Wir sind eine sehr reinliche Familie, nicht wahr, Jungs? Spreche ich zu viel oder zu schnell für sie, Charlotte?«

Lottie und ich schütteln gleichzeitig den Kopf.

Ein Zwilling hält sich die Hand vor den Mund und flüstert dem anderen etwas zu.

»Es ist unhöflich, zu flüstern, Claude«, rügt Lottie.

Er lässt die Hand sinken. »Aber sie kann mich nicht hören!«, verteidigt er sich.

»Miss Golding kann erkennen, was du sagst«, tadelt ihn Mrs Crowe, »also verdeck deinen Mund nicht. Das ist ungehobelt.«

Ich nehme Mrs Crowes Hand und schreibe: »Nennen Sie mich bitte Liza.«

Danach herrscht wieder das geordnete Chaos des Waschtages. Er wird meinetwegen nicht ausgesetzt, und das würde ich auch gar nicht wollen. Lottie zieht ihren Mantel aus und hängt ihn an einen Haken. Ich tue es ihr nach, und wir rollen unsere Ärmel hoch. Mrs Crowe packt Lottie jedoch am Arm und rollt ihre Ärmel wieder herunter.

»Hört auf mit dem Unsinn. Ihr seid unsere Gäste. Macht, dass ihr rauskommt, und trefft euch mit den Männern vom Boot.«

»Wir sollten alle gemeinsam gehen!«, wirft Clarence ein. »Komm schon, Mama. Lass uns zusammen eine kurze Pause machen.«

Mrs Crowe bleibt jedoch eisern, stemmt die Hände in die Hüfte und starrt demonstrativ auf eine Stelle über dem Kamin. Wir drehen die Köpfe und sehen, dass dort eine neunschwänzige Peitsche hängt. Alle Freude verschwindet aus den Gesichtern der Jungen. Mrs Crowe gibt ihnen Seife und einen Korb voller Socken und schickt sie zum Schrubben zurück in den Hinterhof.

»Nicht, dass ich die jemals benutzen würde!«, sagt Mrs Crowe, und ich sehe anhand der Art, wie sie die Lippen bewegt, dass sie flüstert. »Aber das wissen sie ja nicht. Fort mit euch.«

Wir gehen zurück in den Flur, um unsere Stiefel zu holen. Als wir auf die Fliesen treten, sehe ich, dass sich im Türrahmen zum Wohnzimmer ein weiteres Kind zu uns gesellt hat, ein kleines Mädchen. Sie hat einen roten, lockigen Haarschopf, genau wie Christopher – sie sieht ihm sogar so ähnlich, dass ich zuerst denke, er sei es, treibe Schabernack, indem er ein Kleid trägt. Doch sie leuchtet, ist eine Besucherin. Sie möchte mir nichts mitteilen, steht einfach nur da, lächelt und hält eine Stoffpuppe in der Hand, die ihr Kleid und den Großteil ihrer Wollhaare verloren hat. Lottie geht ohne die leiseste Ahnung an ihr vorbei und zieht ihre Stiefel an, während das kleine Mädchen ganz dicht bei ihr steht und mit gesenktem Kopf auf den Boden blickt. Ich sehe, dass ihre Augen geschlossen sind. Nein, nicht geschlossen, sondern eingesunken. Unter den Lidern sind keine Augen. Sie hat sie verloren. Sie hebt den Kopf und streckt die Hand nach mir aus. Es kitzelt zart, als liege eine Daunenfeder in meiner Hand. Sie nutzt das Fingeralphabet, um mir etwas mitzuteilen. Ich muss dabei hinsehen, da ich ihre Berührungen kaum spüren kann. Ich erfasse nur die letzten Worte: … *und mir war heiß, so unglaublich heiß. Kann ich meine Tasse bekommen?*

Lottie dreht sich um, reicht mir meine Stiefel und bedeutet mir, mich zu beeilen. Ich schaue auf die Besucherin, und mir kommen die Tränen. Ich weiß, wer sie ist. Ich möchte Lottie sagen, dass ihre Schwester Constance hinter ihr steht und Durst hat, aber das geht nicht. Lottie hat mir deutlich zu verstehen gegeben, dass sie nicht an die Besucher glaubt, dass sie in ihren Augen eine Wahnvorstellung sind.

Ruh dich aus, schlage ich Constance vor. *Wir reden später miteinander.* Mit einem schwachen Lächeln verblasst sie und lässt uns allein. Während meines Aufenthalts bei den Crowes wird Lottie einiges erfahren müssen, ob sie die Wahrheit nun hören will oder nicht.

Kapitel 9

Wir erkunden Whitstable. Die von Kohle verstaubten Gassen weichen schnell den Freuden einer blühenden Küstenstadt voller Geschäfte und Essensstände, Urlauber und Einheimischer. In der frischen Seeluft liegt der durchdringende Geruch von Meeresfrüchten und Salz. Wir gehen die High Street entlang, über der feierliche Flaggen wehen. Die Straße ist voller Fahrräder, Güterwagen und Eselskarren, und ein Paar schiebt seinen großen schwarzen Kinderwagen neben der Straße, da er zu breit für den Gehsteig ist. Wir kommen an einem streng riechenden Stand vorbei, an dem ein Verkäufer mit Fez Shrimps verkauft. Ich beobachte, wie sich die Münder der Straßenhändler zu einem O formen, wenn sie lauthals ihre Ware anpreisen – zwei Männer in langen schwarzen Mänteln verkaufen Salzlecksteine von ihrem Wagen, ein anderer trägt einen Hut mit breiter Krempe, von dem Fliegenfänger voller armer, toter Tiere baumeln. Ich lese seine Lippen, als er gelassen vorübergeht: »Fliegen, Fliegen, fangt sie lebendig!« Wir drücken uns die Nasen an Schaufenstern platt, um die noblen Gegenstände im Inneren zu bewundern. Ich sehe Werbung für Strandschuhe und Badehosen und halte Lottie an, um sie darauf aufmerksam zu machen.

»Ich habe keine Badekleidung. Vater wollte nicht, dass ich sie einpacke.«

»Weshalb nicht?«

»Er hält nichts vom Baden. Er sagt, Planschen sei verderblich, da man dabei kalte Füße bekäme und einem das Blut in den Kopf steige. Außerdem bräuchte ich Ingwerwein, wenn meine Lippen blau würden, oder in Brandy getränkte Kornblumenblüten auf den Augenlidern, wenn diese sich entzündeten.«

Lottie lacht und wirft den Kopf dabei in den Nacken. Die Männer, die an uns vorbeikommen, werfen ihr Blicke zu. Mit ihrem auffallend roten Haar und den blauen Augen sticht sie einfach aus der Menge heraus. Sie strahlt eine Leichtigkeit aus, die förmlich schreit: »Es kümmert mich nicht im Geringsten, was du von mir denkst.«

»So ein Unsinn!«, entgegnet sie mit ihren Händen. »Dein Vater übertreibt. Er befürchtet ständig Krankheiten, auch bei sich selbst. Er ist kerngesund, genau wie du. Wie haben wir es denn geschafft, am Meer groß zu werden, wenn Baden so schlimm ist? Als wir Kinder waren, haben wir am Strand Feuer gemacht, uns ausgezogen und sind in Unterwäsche ins Meer gerannt, die Kleinen nackt. Die Mütter hatten keine Badeanzüge, sie sind in ihren Nachthemden ins Wasser gegangen und sahen darin aus wie riesige, schwammige Pilze.«

Ich sehe mir die Schaufensterpuppen in ihren Badesachen an.

»Vielleicht denkt Vater, dass es nicht damenhaft ist, so etwas zu tragen.«

»Wir brauchen das ohnehin nicht. Im April ist es viel zu kalt zum Baden. Wenn du jedoch am Strand kurz in einer Kabine verschwinden und deine Strümpfe ausziehen willst, um mit den Füßen im Wasser zu planschen, werde ich deinem Vater kein Wort davon erzählen.«

Wir sind Verbündete.

Vor lauter Freiheit ist mir bei meinem ersten Ausflug in die Welt ganz schwummrig. Hier in Whitstable komme ich mir vor wie ein Besucher. Wie das Sprichwort sagt: Andere Länder, andere Sitten! Wir setzen unseren Spaziergang fort und kommen an einer Schenke namens »Die Zwei Brauer« vorbei. Ich bemerke das Schild, da man von einer Seite die Rücken der trinkenden Namensgeber sieht und beim Vorbeigehen nach oben in ihre Gesichter blickt. Ein Bierwagen hat vor der Schenke haltgemacht, und Fässer werden abgeladen. Ein paar sichtlich Betrunkene kommen heraus, die stark nach Alkohol riechen und sich kaum auf den Beinen halten können. Sie fallen aus der Tür kopfüber auf den Lieferanten, der sie mit schinkendicken Armen zur Seite schiebt. Sie stehen auf und reden wütend auf ihn ein; ein hitziger Streit entwickelt sich. Lottie zieht mich weiter. Ich blicke nach hinten, sehe das Schild im Wind über den Köpfen der Streitenden wackeln und lese den Namen des Brauers: Shepherd Neame. Er ist einer von Vaters Kunden. Ich denke an Vater und den Hopfen. Ich bekomme zum ersten Mal mit, was er bewirken kann. Vater ist ein guter Mann, der Beste. Doch seine Erzeugnisse können Schande über diejenigen bringen, die sie nutzen. Er versorgt sogar den Vorsteher der Trockner der Hopfendarre und dessen Männer mit je einem Fass Bier. Meeresfrüchte zu ernten, wie die Crowes, scheint mir ein erhabeneres Geschäft zu sein, als Hopfen für Bier anzubauen, das für solch einen Rausch sorgt. Vielleicht weiß Vater doch nicht alles über Moral und Tugend.

Am Ufer mischen wir uns unter die zahllosen Spaziergänger, ein Meer aus Sonnenschirmen und Hüten, die wie die Gischt auf und ab wippen. Aus Pfeifen und Zigarren steigt weißer Rauch in die Luft. Eine gut gekleidete Frau trägt einen Schoßhund auf ihrem Pelzmuff mit sich herum. Wir gehen an einem Puppentheater vorbei, das auf einer Holzbühne aufgeführt wird. Lottie übersetzt mir den Dialog der Puppen, doch ich bitte sie aufzuhören. Für solche Dinge bin ich nun wirklich zu alt. Wir machen an einem Eiscremestand halt, und ich kaufe uns beiden Eis für je einen Penny. Ich habe noch nie so gutes Eis gegessen wie dieses – Rum und Rosinen mit Eisstückchen. Ich lecke den kleinen Glasbecher bis in den letzten Winkel aus und gebe ihn breit grinsend dem italienischen Eisverkäufer zurück, der glänzende dunkle Augen hat und mich erröten lässt. Er lächelt mich mit seinen gelben Zähnen an, wischt den Becher kurz mit seiner Schürze aus und stellt ihn wieder auf den Tresen.

»Das würde den Jungs gefallen«, sage ich zu Lottie.

Der Eisverkäufer beobachtete neugierig unsere Unterhaltung in Gebärdensprache.

»Sie wurden hier geboren«, sagt Lottie. »Für dich ist das alles neu. Für sie hingegen ist das ganz normal.«

Ich werfe dem Italiener einen Blick zu, doch er hat schon neue Kunden, hübsche junge Frauen. Für ihn bin ich nur noch Luft.

Ich frage Lottie: »Wie alt sind die Jungs?«

»Die Zwillinge sind sieben, und Christopher ist fünf.«

»Das ist ein großer Abstand zwischen dir, Clarence und Claude.«

»Ja. Ich war sieben, als Constance geboren wurde, und dreizehn, als sie starb. So alt wie du jetzt. Mama hat lange getrauert und drei Jahre lang Schwarz getragen. Ganz langsam hat sie sich erholt. Nach fünf Jahren wurde sie mit den Jungs schwanger. Sie haben ihr viel Freude gebracht, genau wie Christopher, der Constance unglaublich ähnlich sieht.«

»Ich weiß«, stimme ich zu. »Er sieht ihr sehr ähnlich.«

Lottie runzelt die Stirn. »Woher weißt du das?«

»Was?«

»Woher weißt du, dass Christopher wie Constance aussieht?«

»Ich meinte, dass er wie du aussieht.«

»Du hast das Zeichen für *ihr* gemacht. Er sieht ihr sehr ähnlich. Nicht mir. Du hast nie ein Bild von ihr gesehen.«

Sie ist misstrauisch, fast schon wütend. Trotzdem schimmert Hoffnung in ihren Augen. Ist das der richtige Zeitpunkt, es ihr zu sagen? Ich habe zu viel Angst. Ich kann nicht. Feige wende ich den Blick ab und tue so, als würde mich etwas in der Ferne interessieren.

»Komm«, sagt sie mürrisch, als ich sie wieder ansehe, ohne meinen Blick zu erwidern. »Keine Zeit zum Planschen. Die Männer werden bald hier sein.«

Wir gehen den Strand entlang dorthin, wo wir warten sollen, und setzen uns auf Holzbänke neben Menschen, die das Meer betrachten und sich fröhlich unterhalten. Ich möchte ihr zu gern von Constance erzählen. Es ist jedoch ein zu trauriges Thema für einen Tag am Meer wie diesen. Ich muss den richtigen Moment abwarten. Ich werde wissen, wenn er gekommen ist.

Wir können uns nie lange anschweigen. Das halten wir nicht aus. Lottie unterbricht die Stille, indem sie auf die Stelle am Strand zeigt, an der die Männer anlegen werden. Sie sagt, dass sie aus den Jollen in kleinere Boote umsteigen werden, um ans Ufer zu gelangen. Eine Weile starren wir in einvernehmlichem Schweigen auf das rastlose Meer. Ich denke darüber nach, dass Charlotte Crowe neben mir sitzt und dies ihr Zuhause ist, der Ort ihrer Kindheit und ihrer Familie. Sie hat ihn aufgegeben, um bei mir zu leben. Ich möchte sie etwas fragen, unterbreche jedoch nur ungern diesen friedlichen, andächtigen Moment. Das Problem bei der Gebärdensprache ist, dass man nicht gleichzeitig die Aussicht genießen kann. Ich taste nach ihrer Hand und buchstabiere auf unsere alte Art, damit wir uns unterhalten und gleichzeitig Ausschau nach den Crowe-Männern halten können: »Du musst deine Familie schrecklich vermissen, wenn du bei mir lebst.«

»Ich liebe mein Leben«, antwortet sie.

»Ich habe dich nie danach gefragt, wie es dazu kam, dass du bei uns bist. Was ist passiert?«

Lottie lässt meine Hand los, dreht sich zu mir und spricht in Gebärden weiter. Sie hat eine Geschichte zu erzählen.

»Wie jeden Sommer habe ich mit meiner Familie Hopfen geerntet. Die Austernernte ist im späten Frühling, frühen Sommer vorbei. Man muss die Austern nur regelmäßig säubern und in neue Beete schaffen. Das bietet eine gute Gelegenheit, woanders Geld zu verdienen. Unsere Familie erntet seit drei Generationen Hopfen auf eurem Gut. Wir hatten von dem taubblinden Mädchen im Herrenhaus gehört. Wir haben über Constance geredet, und es hat uns traurig gemacht. Ihr Tod war nicht lange her. Wir haben nicht erwartet, dass man der Tochter einer so reichen Familie das Fingeralphabet vorenthält. Aber es war wohl eine recht neue Erfindung zu dieser Zeit. Wir hatten Glück, dass unser ortsansässiger Pfarrherr ein gebildeter und weitgereister Mann war, der in Schulen in Übersee gearbeitet und an einem College in Amerika namens ›Perkins‹ studiert hat. Dort wird das Fingeralphabet unterrichtet, und er hat es uns beigebracht, wie du weißt.

Als ich dich durch den Hopfengarten rennen sah, habe ich deine Hand genommen, weil alle schrien und auf dich zustürmten. Ich dachte, dass sie dich einkreisen und dir Angst einjagen würden. Du warst wie ein eingesperrtes wildes Tier, und ich befürchtete, dass du dich verletzen würdest. Ich habe deine Hand genommen und buchstabiert: ›Ganz ruhig, beruhige dich.‹ Diese vier Worte, immer und immer wieder. In diesem Moment erkannte ich, dass man dir die Fingersprache nie beigebracht hatte. Dein Vater kam. Wir hatten alle großen Respekt vor ihm. Er hat uns Erntehelfer immer gerecht behandelt und gut bezahlt. Die Hütten waren sauber, und er hat alles getan, um sie ausreichend auszustatten. Ich habe gerne geholfen. Als wir dich in deinem Zimmer alleinließen und du getobt hast, wollte ich zurück zu dir. Er ließ es jedoch nicht zu. Er dachte, du würdest mir weh tun. Ich wusste aber, dass du das nicht tun würdest. Ich erklärte ihm, dass du dich verändern würdest, wenn du kommunizieren könntest, und dass es die Verzweiflung war, die dich wütend machte. Ich erzählte ihm unsere Geschichte, von Constance und dem Pfarrer. Er hörte mir sehr aufmerksam zu, ließ mich aber nicht zu dir. Er war wirklich sehr besorgt, dass du um dich schlagen würdest. Er schickte mich zurück zum Hopfen. Ich glaube auch, dass er sich nicht sicher war, ob er ein Mädchen wie mich in deine Nähe lassen sollte. Nein, nein. Es ist nicht so, wie du denkst. Er ist kein Snob, kennt jedoch seinen Platz im Leben und weiß, was für seine einzige Tochter das Beste ist. Die Wohlhabenden geben sich normalerweise nicht mit unsereins ab. Er kam jedoch einige Stunden später zu mir zurück. Ich hatte es bereits mit Mama besprochen, und sie sagte, dass ich ihm anbieten sollte, dich für die Dauer der Ernte jeden Tag zu unterrichten. Dann hätte dein Vater dir ein angemessenes Kindermädchen besorgen können, dem das Fingeralphabet beigebracht worden wäre und das dich hätte aufziehen können.

Dein Vater hatte jedoch eigene Pläne geschmiedet und bot mir Gehalt, ein Zimmer und Verpflegung an. Er sagte, er mag mich, und dass er glaube, dass ich die Einzige sei, der du vertraust. Ich erzählte ihm, dass ich eine annehmbare Ausbildung durch den Pfarrer genossen hatte, eine bessere als die meisten Kinder aus Whitstable in unserer Schule, doch ich könne nicht das Kindermädchen eines Mädchens aus dem Herrenhaus sein. Er lächelte nur freundlich und sagte, dass wir einfach abwarten sollten. Also sprach ich mit Mama, und sie versicherte mir, dass dies ein großer Fortschritt für mich wäre und ich die Chance ergreifen sollte. In jenem Monat hatten wir darüber geredet, dass ich aufgrund unseres Geldmangels eine Anstellung finden müsste. Mir graute davor, als Dienstmädchen zu arbeiten, und dies war eine viel bessere Stelle. Ich wusste, dass ich meine Familie vermissen würde – die Jungs waren damals noch klein, und ich sah sie gerne aufwachsen. Doch auf eine Anstellung wie diese hätte ein Mädchen wie ich nie zu hoffen gewagt, und ich freute mich wahnsinnig darüber, den vorgezeichneten Pfad zu verlassen und ins Herrenhaus mit all seinen Möglichkeiten einzuziehen.

Ich kam unglaublich gerne. Als ich dich dann richtig kennenlernte und Zeit mit dir verbrachte, war ich so glücklich wie zuletzt zu der Zeit, als unsere geliebte Constance noch lebte. Ich habe dich schnell sehr liebgewonnen. Mittlerweile gehörst du für mich zur Familie, Liza. Ich habe miterlebt, wie du dich von einem wilden Mädchen zu einer hübschen jungen Frau entwickelt hast, die ihr Augenlicht wiedererlangt hat und der nun die ganze Welt zu Füßen liegt. Ich kann mir vorstellen, wie du in ein paar Jahren einen Mann finden wirst, der dich verdient, dich liebt und an deiner Seite ist – deine bessere Hälfte, dein Gefährte. Dann wirst du mich nicht mehr brauchen, und das ist auch vollkommen in Ordnung. Doch es wird mir das Herz brechen, dich zu verlassen.«

All die Jahre war die Sorge in mir gewachsen, dass Lottie diejenige sein würde, die meiner überdrüssig werden, sich einen Mann suchen und mich verlassen würde. Dass sie die gleichen Ängste hat, lässt mein Herz schmerzhaft schlagen und pochen. Wir fallen uns in die Arme, weinen und lachen. Wie töricht wir sind!

»Ich werde dich nie verlassen«, sage ich. »Du bist mir das Wichtigste auf Erden. Welcher Mann sollte mich außerdem schon wollen?«

»Bist du verrückt? Hast du eine Ahnung, wie reizend du bist?«

»Aber wäre es nicht sehr umständlich für ihn, über die Gebärdensprache kommunizieren zu müssen?«

»Er kann sie lernen.«

»Es dauert aber noch Jahre, bis ich alt genug bin. Du bist als Erste an der Reihe. Hattest du noch nie einen Liebsten, Lottie? Du bist doch so hübsch.«

Lottie trocknet ihre Tränen und sammelt sich.

»Vor vielen Jahren gab es einmal einen Mann. Er war Fischer, ein guter Mann. Sein Name war Tom Winstanley.«

»Hast du ihn geliebt?«

»Ich habe ihn gemocht. Sehr sogar. Ich war an ihm interessiert. Er war ein Denker. Er hat lange Gedichte über das Meer geschrieben, das gefiel mir.«

»Was ist passiert?«

»Ach, ich weiß nicht. Er hatte irgendetwas an sich, etwas Trauriges. Er stammte aus dem Armenhaus und hatte früher Bücher gestohlen, um sich das Lesen beizubringen. Er ging bei einem Fischer in die Lehre und zog in ein Wohnheim für Lehrlinge mit rauheren Jungs. Das war eine harte Zeit für einen sensiblen Bücherwurm wie ihn, und er ist nie darüber hinweggekommen. Er hat mich mit seiner Traurigkeit angesteckt. Ich wollte mein Leben nicht damit verbringen, zu versuchen, ihm diese Traurigkeit zu nehmen. Ich spürte, dass sie nie enden würde – sie war so tief wie das Meer. Mit ihm wäre ich zum Sinken verurteilt gewesen. Also habe ich es beendet.«

»Hat er deinen Verlust beklagt?«

»Ich denke schon. Er kam öfter vorbei und bat mich, meine Meinung zu ändern. Er hat mir geschrieben, als ich zu dir zog. Es waren lange Briefe voller Hoffnung und Zureden. Meine Meinung hat sich aber nie geändert.«

»Wohnt er noch immer hier?«

»In der Nähe. Er fischt in Ramsgate nach Schollen und Glattbutten. Dort wohnt er auch. Er hat sich gut geschlagen und besitzt nun sein eigenes Boot. Gelegentlich sehe ich ihn in Whitstable. Er sieht jedes Mal weg. Geheiratet hat er nie.«

»Gab es niemand anderen für dich?«

»Bis jetzt nicht.«

»Das wird sich ändern, Lottie. Ich weiß es. Eines Tages wirst du einem gütigen, guten Mann begegnen.« Ich mache eine ausladende Geste, als ob wir ihn am Ufer auf uns zulaufen sehen könnten.

Sie schüttelt den Kopf und schaut plötzlich auf. Vom Meer kam ein Laut – die Jollen treffen ein. Vier von ihnen werden vom frischen Aprilwind in den Segeln rasch vorangetrieben. Jede schleppt ein Ruderboot hinter sich her. Wir beobachten, wie sie vor Anker gehen. Aus jeder Jolle klettern drei Männer in ihre Ruderboote und nähern sich darin dem Ufer. Der hintere Mann hat zwei Ruder, die vorderen zwei Männer je eines. Aus dieser Entfernung sind sie aufgrund ihrer ähnlichen Kleidung kaum auseinanderzuhalten: dicke Pullover, schenkelhohe Lederstiefel, Oberlippenbart, wie Vater ihn ebenfalls trägt, und Schiebermützen oder Südwester.

Lottie steht auf Zehenspitzen und winkt tüchtig mit den Armen. Zwei Männer winken zurück. Als sie sich mit kräftigen Schlägen dem steinigen Strand nähern, kann ich unter den Kopfbedeckungen ihr terrakottafarbenes Haar erkennen, das in der untergehenden Sonne glänzt. Dass die großen Augen, die sie auf uns richten, blau sind, weiß ich bereits. Der ältere Mann springt zuerst heraus, beeilt sich, um seine einzige Tochter zu begrüßen. Er wirft sein Ruder fort und kommt mit großen Schritten und einem breiten Lächeln den Strand entlang. Der Sohn – langsamer, bedächtiger, in sich hineingrinsend – verstaut die Ruder im Boot und wirft sich einen Sack über die Schulter. Er schlendert ohne große Eile hinterher, nicht mürrisch oder unverschämt, sondern ganz bei sich. Caleb.

Mr Crowe begrüßt Lottie auf die gleiche Art, wie es ihre Mutter getan hat: Er hebt sie vom Boden und wirbelt sie herum. Da er ziemlich groß ist, fällt ihm dies leicht. Lottie lacht und richtet ihr Haar. Caleb kommt an und stellt seinen Sack ab. Es ist ein seltsamer Moment, als die beiden sich ansehen, die Lage sondieren, um sicherzugehen, dass sie noch die Alten sind, dass alles in Ordnung ist. Es folgt ein flüchtiger Kuss von Lottie auf Calebs Wange, der ihren Arm drückt, während sich ihre Köpfe leicht berühren und Lottie wieder zurücktritt. Niemand sagt etwas. Ich denke daran, wie sie zusammengerollt und aneinandergedrückt im Mutterleib herangewachsen sind, Gefährten der ersten Sekunde.

Mr Crowe begrüßt mich äußerst freundlich, schüttelt mir die Hand und versucht »Hallo« hineinzuschreiben. Lottie unterrichtet beide von meinen neuen Fähigkeiten. Alle nicken, und wir verstehen uns. Caleb hebt den Sack hoch, und wir machen uns auf den Heimweg. Er und Lottie laufen hinterher und murmeln irgendetwas, das ich nicht mitbekomme. Mr Crowe spricht langsam mit mir und bewegt seine Lippen deutlich. Zwar plagt er sich ein wenig, doch ich weiß seine Bemühungen zu schätzen. Dass es länger dauert, nimmt keinen Einfluss auf die Anzahl seiner Worte, er ist sehr geschwätzig.

»Gefallen dir unsere Jollen? Hübsche Boote, oder? Sie halten einiges aus, das kann ich dir sagen. Weißt du, es ist gut, dass du im April gekommen bist. Wusstest du, dass man Austern nur an Monaten mit einem »r« im Namen essen soll? Im Mai, Juni, Juli und August sind sie nicht essbar. Bald laichen sie, und das Meer wird voll von ihrem Laich sein, das sieht aus wie Konfetti.«

Ich drehe mich zu Lottie. »Laichen?«, buchstabiere ich ihr.

»Nachwuchs bekommen«, antwortet sie mir.

Mr Crowe beobachtet uns. Er fügt hinzu: »Sie machen Babys, wenn du weißt, was ich meine. Nicht so wie wir, da sie beide Geschlechtsteile haben und es allein machen.« Er blickt zu Lottie. »Ich bin nicht unhöflich, oder? Wir reden schließlich nur über Austern.« Sein Gesicht verzieht sich vor Heiterkeit zu einer Grimasse, und wir lachen gemeinsam; sogar Caleb lächelt und schaut kopfschüttelnd zu Boden. Ich mag Mr Crowe.

Als wir zu Hause ankommen, werden wir vom Duft frisch gebackenen Brotes begrüßt. Drei große Laibe liegen neben einem goldenen Stück Butter auf dem Küchentisch. Auf Tellern häufen sich Teegebäck und Kekse. Außerdem gibt es eine riesige Obsttorte. Bisher fehlt von Constance jede Spur. Wir finden Mrs Crowe im Garten, wo sie gerade aus dem Klosetthäuschen tritt. Berge von Wäsche sind durch die Mangel gedreht worden und hängen nun schwer und festgeklammert an der Leine, die sich über den Hof spannt. Ein abgesägter Ast hält die Wäscheleine höher, damit die Wäsche im Wind hängt. Clarence dreht ein letztes Stück durch die Mangel, ein beiges Hemd mit Leinenknöpfen, die nicht von den erdrückenden Walzen beschädigt werden, da Claude das Kleidungsstück so straff wie möglich zieht. Christopher hilft, indem er Rhythmen auf die rotierenden Räder klopft, was mich nach Luft ringen lässt, da dadurch fast seine empfindlichen Finger eingeklemmt und von den Walzen zerquetscht werden. Claude schüttet graues Wasser aus einer Holzwanne über den Zaun in die Gasse, wischt sich die Stirn mit der Handfläche ab und gähnt.

Mrs Crowe ruft Claude zu: »Beeil dich! Bist du denn nicht bei Verstand?«

»Schon gut, schon gut«, antwortet er gereizt. »Ich mache es direkt, Mama. Lass nicht alles an mir aus.«

Ich kann mir nicht vorstellen, so mit Mutter und Vater zu sprechen. Mrs Crowe runzelt die Stirn in Richtung einer Nachbarin, die ihr eine Tasse heißen Tee reicht und in ihrem Hof jenseits der niedrigen Mauer, an der zwei Blechwannen neben dem Fliegenschrank hängen, gerade selbst mit der Wäsche zugange ist.

Alle lächeln, als die Crowe-Männer empfangen werden und Caleb der Hausherrin den Sack überreicht.

Sie sagt: »Normalerweise essen wir am Waschtag Aufschnitt und Eintopf oder Reste vom Sonntag. Da wir jedoch hohen Besuch haben, gibt es heute ein Austernfestmahl, Miss Liza.«

Sobald wir am Küchentisch sitzen, werden reichlich Austern herumgereicht. Die Erwachsenen nehmen sich Messer zum Enthülsen und öffnen die hartnäckigen Biester. Lottie öffnet mir meine und legt sie auf meinen Teller. Man zeigt mir, wie man sie löst und schlürft.

Mr Crowe tätschelt meinen Arm und sagt: »Manche sagen, man sollte sie im Ganzen schlucken, und andere sagen, man sollte sie genießen und kauen. Das bleibt dir überlassen.«

Alle Crowes schlucken die Austern im Ganzen, also versuche ich sie ebenfalls zu schlucken, wie Medizin. Leider bleibt die Auster in meinem Hals stecken, und ich muss beinahe würgen. Ich huste, und alle Augen richten sich auf mich. Lottie gibt mir einen Klaps auf den Rücken, und meine erste Auster landet auf dem Teller. Alle lachen, und obwohl ich nicht vollkommen gedemütigt bin, ist es mir vor Caleb doch etwas peinlich. Ich werfe ihm einen schnellen Blick zu, um meine Scham zu bestätigen. Er beobachtet mich.

»Kaue sie«, sagt er.

Das tue ich und finde es verträglicher. Die Konsistenz ist widerwärtig und der Geschmack mittelmäßig, doch die Erfahrung ist im Großen und Ganzen nicht unangenehm. Es ist in etwa so, als könne ich die Wildheit des Meeres, das Salzwasser und die Wellen in meinem Mund schmecken. Ich nehme mir eine dicke Scheibe Brot, das Mrs Crowe grob geschnitten hat, und streiche ein großes Stück selbstgemachter Butter darauf. Das Brot ist noch warm, die Butter schmilzt in meinem Mund und erfüllt mich mit Wärme und Geborgenheit. Danach probiere ich eine weitere Auster, und der neue Geschmack gefällt mir allmählich. Ich probiere noch eine und dann noch eine.

Mr Crowe sagt: »Es gibt nichts Besseres als Austern, stimmt's? Man nennt sie Küsse des Meeres.«

Ich werfe erneut einen Blick auf Caleb. Er tunkt sein Brot in den Austernsaft auf dem Teller und nimmt einen großen Bissen. Er hebt eine Muschel hoch, legt den Kopf in den Nacken und lässt die graue Fracht in seinen Mund gleiten. Ich beobachte, wie sich sein Adamsapfel hebt und senkt, als er die Auster hinunterschluckt.

Nach dem Essen sitzen wir am Feuer, und Caleb spielt Geige. Möglicherweise aus Angst, dass ich mich gekränkt fühlen könnte, weil ich daran nicht teilhaben kann, bietet er mir an, meine Hand auf den Klangkörper der Geige zu legen, um deren Schwingungen zu spüren. Ich stelle mich neben ihn, und er zeigt mir eine Stelle, an der ich sie anfassen kann, so wie ich es zu Zeiten getan habe, als ich noch blind war. Nun schließe ich meine Augen erneut, um den Rhythmus seines Spiels meinen Arm hinauf in Sehnen und Knochen wandern zu lassen. Er spielt Lieder mit sonderbaren Titeln, die Geschichten von Wanderern erzählen, wie »Captain Ward«, »Der kühne Fischer« und »Das Unglück verbannen«. Der

Tisch und die Stühle sind nach hinten geschoben worden, und ich schließe mich den anderen an, die auf den Kacheln vor dem Ofen tanzen. Ich spüre das Stampfen ihrer Füße und lasse mich vom Rhythmus lenken, in dem Mrs Crowe in die Hände klatscht. Als ich vom Tanzen genug habe, setze ich mich für eine Weile ans Feuer und sehe den Crowes zu.

Constance taucht neben mir auf. Die Crowes tanzen, Caleb spielt Geige, und sie wissen nicht, dass ihre Schwester hier ist. Sie streckt ihre Hand nach mir aus. Ich lege den Unterarm auf den Oberschenkel, als schmerze er, und öffne die Hand. Wieder spüre ich ihre zarten Finger kaum und muss ihr beim Schreiben zusehen.

Ich mag es am liebsten, wenn Charlotte kommt. Sie zieht nie an meinem Haar, wenn sie es flicht. Mama ist grob und zieht daran, aber es tut ihr danach immer leid.

Ich blicke auf und lächle, damit keiner der Crowes misstrauisch wird.

Ich frage: *Was isst du am liebsten?*

Gefüllte Pralinen. Man kann daran beinahe endlos lutschen, und wenn man in die Mitte gelangt, ist es weich und süß und traumhaft.

Lottie beobachtet mich und runzelt die Stirn. Ich lächle und nicke mit dem Kopf im Rhythmus der stampfenden Füße. Sie wendet den Blick ab. Ich habe noch eine weitere Frage an Constance.

Hattest du mit Charlotte ein Geheimnis? Etwas, von dem nur du und sie wusstet?

Constance lächelt und nickt. *Sie hatte einen geheimen Namen für mich. Sie hat ihn mir früher zur Schlafenszeit immer wieder in die Hand buchstabiert. Das war mein Schlaflied.*

Wie lautete dein geheimer Name?

Das ist Charlottes und mein Geheimnis. Niemand sonst weiß davon.

Du kannst es mir erzählen.

Ich weiß nicht.

Ich bin deine Freundin. Ich bin Charlottes Freundin. Du kannst es mir erzählen.

Es war »Tanty«. Sie hat es mir in die Hand buchstabiert: »Ich liebe Tanty, Tanty ist meine Liebe.«

Danke, sage ich. *Es ist Zeit zu gehen.*

Constance dreht sich um und verschwindet.

Ich kehre zu Caleb zurück, und er nickt mir zu, als ich die Geige wieder berühre und ihren Zauber spüre. Zwischen den Liedern fragt er mich: »Was hältst du von Musik?«

Ich deute auf seine Hand, und er öffnet seine Handfläche, damit ich darauf schreiben kann.

»Ich liebe Musik.«

»Wie kannst du sie lieben?«

»Ich spüre den Takt wie meinen Puls. Die Noten haben unterschiedliche Vibrationen. Ich spüre sie alle.«

»Kannst du ein trauriges Lied von einem fröhlichen unterscheiden?«

»Ja, durch seinen Rhythmus und den Ausdruck auf deinem Gesicht.«

»Was soll ich für dich spielen?«

»Dein Lieblingslied.«

Er schließt seine Augen einen Moment und beginnt dann zu spielen. Langsam, ganz langsam. Es wirkt fast so, als weine der Bogen, weil Caleb ihn so anmutig streicht und so voller Gefühl erzittern lässt. Ich habe keinen Zweifel daran, dass es ein sehr trauriges Lied ist. Caleb schließt die Augen und hebt die Brauen. Er atmet diese wundervolle Musik ein. Sein Gesicht ist unbewegt wie eine Skulptur, seine Augen ruhig. Alle bleiben stehen und hören zu. In ihrer Haltung und in ihren Gesichtern spiegelt sich die Melancholie des Liedes. Es ist das traurigste, das ich je gehört habe.

Als Caleb geendet hat, tippe ich ihm auf den Arm. »Wie heißt es?«

Er buchstabiert es mir: »Twa Corbies.«

»Was ist das?«

»Es ist Schottisch und bedeutet ›zwei Krähen‹. Sie beobachten einen toten Ritter in einem Graben, einen Soldaten. Niemand weiß, dass er dort liegt. Sie werden seine blauen Augen zum Abendbrot verspeisen und ihm sein goldenes Haar ausrupfen, um ihr Nest abzudichten. Über seine blanken weißen Knochen soll auf ewig der Wind wehen.«

Einer der Jungen meldet sich zu Wort, und ich sehe, wie Mr Crowe sagt: »Oh ja, Caleb, erzähle uns eine deiner Geistergeschichten. Er ist erstaunlich gut darin, Miss Liza. Setz dich zu mir, wo du ihn sehen kannst. Da kriegst du überall Gänsehaut, das kannst du mir glauben!«

Wir lassen uns vorm Feuer nieder. Caleb hat die Geige auf die Anrichte gelegt und lehnt sich gegen den Kaminsims. Die drei Jungen sitzen mit erwartungsvollen Gesichtern zu seinen Füßen.

»Einst gab es eine wunderschöne junge Frau mit goldenem Haar und großen braunen Augen, die Nell hieß. Sie arbeitete für einen Kapitular in der Kathedrale von Canterbury zu Zeiten des dicken, alten Henry VIII. Sie liebte den Kapitular und war eine ausgezeichnete Köchin. Eines Tages kam eine andere junge Frau aus den Grafschaften, um bei dem Heiligen zu leben. Sie behauptete, seine Nichte zu sein, doch Nell fand heraus, dass die Dame nie in ihrem eigenen Bett schlief. Sie folgerte, dass die beiden ein Liebespaar waren, und wurde furchtbar eifersüchtig. Nun gab es kein Halten mehr für sie. Sie spionierte die beiden in jeder freien Sekunde aus, lauschte ihrem Gelächter und quälte sich mit dem Anblick ihrer funkelnden Augen. Als sie es nicht länger aushielt, nahm sie einen großen Tontopf aus dem Regal und backte darin den prächtigsten Kuchen ihres Lebens. Als der Kapitular und die Dame davon gegessen hatten, hielten sie sich die Bäuche, rissen sich die Gedärme hinaus und bluteten aus Nasen, Ohren und Augen und all ihren anderen Körperöffnungen …«

Bei diesen Worten krümmten sich die drei kleinen Brüder vor vergnügtem Entsetzen auf dem Boden.

»Im Todeskampf hielten sie sich ein letztes Mal in den Armen. Am nächsten Morgen fanden die Mönche des Klosters die beiden mit schmerzverzerrten Gesichtern leblos auf dem Boden liegend. Der vergiftete Kuchen stand halb gegessen noch auf dem Tisch, und seine Krümel fanden sich um ihre blauen Lippen. Alle suchten nach der Köchin Nell, doch sie war fortgerannt, auf Nimmerwiedersehen verschwunden. Um einen Skandal zu vermeiden, beerdigten sie den Kapitular und seine Dame in einer geheimen Zeremonie. Jahre später wurden drei Steinmetze gerufen, um eine lockere Steinplatte im dunklen Wandel zu reparieren, einem unheimlichen Gang der Kathedrale. Was fanden sie wohl, als sie den Stein anhoben? Ein Skelett, das in die Ecke einer geheimen Gruft gedrängt lag und dessen Fleisch mit der Zeit verwest und von Würmern, Asseln und allen möglichen anderen Krabbeltieren gefressen worden war. Neben den Knochen lag die steinharte Kruste von nichts anderem als … dem vergifteten Kuchen. Hatten sie Nells Überreste entdeckt? Innerhalb eines Jahres kamen alle drei bedauernswerten Steinmetze zu Tode. Man erzählt sich, dass zwei den anderen umgebracht haben, doch niemand weiß, was sie zu solch einer grausigen Tat getrieben hat. Die mordenden Steinmetze wurden mit grobfaserigem Seil gehängt. Ihr Genick brach, und ihre Füße traten ihre armen Leben hinfort. Wer immer es wagt, den dunklen Wandel spät nachts entlangzugehen, wird, wenn er den Geist der armen streunenden Nell erblickt, verflucht und hat kein Jahr mehr zu leben. Würdet ihr es euch trauen? Würdet ihr?«

Caleb deutet auf die drei versunkenen Jungen, die aufspringen und vor ihrem großen Bruder wetteifern, wer von ihnen der Mutigste ist. »Ach, ich würde!«, sagt erst der eine, dann der andere. »Ich würde es tun! Ich habe keine Angst vor Geistern!«

Mrs Crowe gestikuliert in meine Richtung. »Was ist mit dir, Miss Liza? Möchtest du uns eine Geistergeschichte erzählen?«

Ich würde ihnen gern von der schwarzäugigen Zigeunerin erzählen, vom Weichensteller, der das verlorene Schaf nicht auf den Gleisen findet, und vom Marinesoldaten, der um Suppe bettelt. Doch ich spüre Lotties Blick auf mir ruhen und weiß, dass ich es nicht kann.

»Oh nein. Nicht ich«, antworte ich und unterstreiche dies mit einem Kopfschütteln und einem schüchternen Blick.

Caleb entfernt sich vom Feuer und wickelt Geige und Bogen in ein Stück Stoff. Er läuft zur Küchentür und hebt die Hand.

»Gute Nacht zusammen«, ruft er mit gesenktem Blick und der Geige unterm Arm.

Alle heben die Hand, und Mrs Crowe umarmt ihn, bevor er geht. Er hat das Privileg des ältesten Sohnes: ein eigenes Zimmer.

Ich denke an seine Augen. Sie sehen nicht glücklich aus.

»Ist Caleb zufrieden?«, frage ich Lottie.

»Ich glaube, er ist einfach nur müde.«

»Nicht nur in diesem Augenblick. Ich meine, ist er glücklich mit seinem Leben?«

»Was für eine Frage! Das geht dich nichts an.«

»Ja oder nein?«

Lottie mustert mich einen Augenblick lang. »Du wirst viel zu gut im Beobachten. Dir fällt viel auf, nicht wahr?«

Ich nicke. Sie blickt sich um und realisiert dann, dass wir

offen reden können, da niemand hier unsere Gebärdensprache deuten kann.

»Er sehnt sich nach Dingen außerhalb dieses Lebens, außerhalb dieses Hauses. Ich weiß nicht genau, was er sucht. Er hatte Freundinnen, doch keine war gut genug. Er ist ein ausgezeichneter Austernzüchter und schneller Hopfenarbeiter, doch beides bereitet ihm nicht besonders viel Freude. Ich glaube, wenn er könnte, würde er vor dem Ganzen fliehen, wie ein Tier aus einer Falle. Nein, er ist nicht glücklich.«

Mrs Crowe schiebt unsere Füße beiseite, um Spielzeug unter dem Sofa zu verstauen. Die Crowes haben um uns herum aufgeräumt, während wir ganz in unser Gespräch versunken waren. Wir erheben uns, um zu helfen, und werden wie immer verscheucht – Lottie und ich werden hier wie Damen behandelt. Als alles erledigt ist, werden die Jungs zusammen in ein großes Bett gebracht, und Lottie und mir wird Kakao gereicht. In Lotties altem Zimmer teilen wir uns ein Einzelbett, auf dem eine hübsche Decke ausgebreitet ist. Sie zeigt die Arche Noah. Die Decke ist verblasst und verschlissen, sicher wurde sie vor einer Generation von Hand gefertigt und hat bereits viele Betten der Crowe-Kinder gewärmt. Wir legen unsere Köpfe auf hopfen- und lavendelgefüllte Kissen. Der Duft versetzt mich zurück in heimatliche Spätsommertage, in denen ich an meinem offenen Fenster saß. Wir schmiegen uns in der Dunkelheit aneinander und schildern uns mit Hilfe des Fingeralphabets die Eindrücke vom Tag. Wir umarmen uns und küssen uns auf die Wange. Dies ist der richtige Zeitpunkt.

»Heute habe ich Constance gesehen.«

Lottie rührt sich nicht.

»Sie stand in eurem Flur. Ihre Augen waren eingesunken.«

Lottie schiebt meine Hand zur Seite und setzt sich auf. Durch die dünnen Vorhänge sickert das unheimliche grüne

Flackern der Straßenlaterne und erleuchtet ihren zerzausten Lockenkopf. Sie greift erneut nach mir und buchstabiert: »Du bist gemein.«

»Sie sieht genauso aus wie Christopher. Sie hat die gleichen blauen Augen und roten Haare.«

»Nur bösartige Kinder denken sich solch grausame Geschichten aus.«

»Ihre Lieblingssüßigkeiten waren gefüllte Pralinen. Sie mochte es, wenn du ihr Haar geflochten hast, weil du nie daran gezogen hast wie eure Mutter.«

»Das hat dir sicher Ma erzählt.«

»Du hattest einen geheimen Namen für sie. Du hast ihn ihr vor dem Einschlafen in die Hand buchstabiert. Er lautete Tanty. ›Ich liebe Tanty, Tanty ist meine Liebe.‹«

Nun kullern Lottie die Tränen über die Wangen. Sie gräbt ihren Kopf in meinen Schoß, und ich streiche ihr übers Haar, während sie weint. Sie blickt auf, an mir vorbei und sieht sich im Zimmer um.

»Ist sie gerade hier?«

Endlich glaubt sie mir.

Kapitel 10

Dienstag ist Bügeltag. Wir haben lange geschlafen. Als wir in Morgenmantel und Hausschuhen in die Küche kommen und uns den Schlaf und die getrockneten Tränen aus den Augen reiben, ist es hier so heiß und feucht wie in einem Dampfbad, doch durch die offene Tür zur Spülküche weht frischer Wind herein. Auf dem Tisch liegt eine gefaltete Decke und darauf ein graues Tuch. Mrs Crowe befeuchtet ein Hemd mit Wasser, um es bügeln zu können. Sie bearbeitet die feste Baumwolle mit einem Bügeleisen, dessen heißer Griff mit einem Stück Stoff umwickelt ist, während das andere über dem Feuer heiß wird. Sie hält das Eisen dicht an ihre Wange, schüttelt unzufrieden den Kopf und tauscht es gegen das andere aus. Alle paar Züge presst sie das neue Eisen auf ein Stück Waschseife, damit es besser gleitet. Draußen hängt die Kleidung, die sie seit dem Morgengrauen bereits gebügelt hat. Der Geruch frisch gewaschener Baumwolle liegt in der Luft.

Zum Frühstück gibt es Porridge, der in einem Topf auf dem Herd warm gehalten wird. Die Jungs haben schon gefrühstückt und spielen auf der Straße. Mr Crowe ist seit Stunden auf dem Boot und wird bald zum Frühstück erscheinen – Räucherhering für den hart arbeitenden Mann. Lottie sagt, Caleb schlafe noch. Er wird später auf der Jolle arbeiten. Sie serviert den Porridge. Wir essen am Herd, die Schalen auf dem Schoß, die Füße auf dem Flickenteppich; das Wachstuch darunter ist zerschlissen. Wir bestreuen den Porridge mit braunem Zucker und gießen kalte Milch darüber, was um den Haufen grobkörnigen, leimartigen Hafer eine Art Burggraben schafft. Ich sehe Lottie zu, wie sie die Hülsen am Rand ihrer Schüssel sammelt, und tue es ihr gleich. Der Hafer bei uns daheim ist feiner. Ich bevorzuge jedoch diesen, da er bissfester ist. Ich beobachte, wie Mrs Crowe die Räucherheringe direkt auf die heißen Kohlen legt. Der Duft gebratenen Fisches füllt den Raum. Ich denke an die gravierten Fischmesser bei uns zu Hause und überlege, welche Dinge im Leben wirklich vonnöten sind.

Als wir gegessen haben, lege ich den Löffel weg und frage: »Was haben wir heute vor?«

»Eine Bootsfahrt.«

»Wie aufregend! Wohin wollen wir?«

»Nur du, Liza. Da ich kaum Zeit allein mit meinen Eltern verbringen kann, gehen wir heute Morgen spazieren. Caleb hat angeboten, dich auf einen Bootsausflug zu den Austernbänken mitzunehmen, damit du siehst, wie die Muscheln heranwachsen. Das ist dir doch recht, oder?«

Dann legt sie den Kopf schief und signalisiert mir, dass Mr Crowe zur Haustür hereinkommt. Ich stürze in ihr Zimmer zurück, damit er mich nicht in meinem Schlafgewand sieht. Als ich mich anziehe, denke ich an den Bootsausflug mit Caleb und muss grinsen.

Wir verlassen das Haus, schlängeln uns an den Crowe-Jungs vorbei, die auf der Straße Schlagball spielen. Einer von ihnen rast nach dem Aufschlag an uns vorbei, dann jault er auf, als der Ball ihn am Rücken trifft. Caleb sagt: »Vergiss nicht, dass ich dir heute die Stelle als Caddie besorgt habe. Verlier die drei Pence auf dem Heimweg nicht und gib sie dann Mama.«

Die Jungs zeigen sich empört, vergessen das Thema aber in null Komma nichts und spielen weiter, schlagen die Bälle in die Vorgärten der Nachbarn und wieder heraus. Caleb schüttelt den Kopf und lächelt. Wortlos laufen wir zum

Strand hinunter. Ich sorge mich um meine Kleidung. Ich bin es nicht gewohnt, mich für Bootsausflüge zu kleiden, zudem habe ich nur drei Aufzüge für unseren dreitägigen Aufenthalt eingepackt. Ich habe mich für meine Schlechtwettergarderobe entschieden: die maßgeschneiderte Tweedjacke und den dazu passenden Rock. Sie sind warm und dick. Damit mein Haar nicht störend im Wind flattert, habe ich es geflochten, hochgebunden und meinen kleinsten Hut aufgesetzt, einen Strohhut, den ich zur Sicherheit mit zusätzlichen Haarklammern befestigt habe, damit er nicht wegfliegt. Caleb kommentiert mein Aussehen nicht, weshalb ich vermute, dass es ihm zusagt. Vor allem will ich ihn nicht beschämen, indem ich über irgendwelche Seile oder gar über Bord falle und er mich retten muss. In diesem Augenblick wäre ich gerne ein kräftiger Mann in Lederstiefeln und Wollpullover, der Seemannsgarn mit Caleb austauscht. Ich bin jedoch nun mal ein schmächtiges Mädchen in Tweed und muss mich damit zufriedengeben.

Wir klettern über die Steine zu den Ruderbooten, und Caleb nimmt meine Hand, um mir ins Boot zu helfen, wo ich dem Meer zugewandt auf einer Holzbank sitze. Er stößt ab, klettert ins Boot und nimmt die Ruder. Mit lässiger Leichtigkeit rudert er in Richtung der wartenden Jolle. Zwei Männer sind bereits an Bord, rauchen, lachen und kommentieren unsere Ankunft mit verstohlenen Bemerkungen, die ich aufgrund ihrer dichten Schnurrbärte nicht lesen kann. Ich habe Angst, ihnen zur Last zu fallen und dass sie tausend andere Dinge lieber täten, als ein albernes Mädchen herumzuschippern. Als wir längsseits der wippenden Jolle kommen, steht Caleb auf und nimmt erneut meine Hand. Einer der Männer auf dem Boot tippt sich an die Mütze, nickt mir zu und streckt die Hand aus, um mir an Bord zu helfen. Ich bin sehr froh, dass mein Rock weit genug ist und ich nicht stolpere wie eine Idiotin. Ich lächle den Männern zu und nicke ebenfalls – meine Art, danke zu sagen. Ihren gesenkten Blicken und ihrem zögerlichem Lächeln nach zu urteilen sind sie mir gegenüber etwas schüchtern. Caleb ist nun an Bord und bindet das Ruderboot ans Heck. Die anderen machen sich daran, das Hauptsegel zu setzen, das sich im Wind bläht, und kurz darauf geht es los.

Die Jolle ist schön. Sie hat drei Dreieckssegel absteigender Größe, die am Ende an einem langen Balken befestigt sind, der über den Bug hinausragt und den Weg durchs Wasser weist. Wir segeln fröhlich mit dem Aprilwind, und ich halte mich an der Reling fest, denn das Boot schwankt hin und her. Caleb hat mich am Bug des Bootes neben das kleinste Segel gesetzt, die Männer hingegen arbeiten am Heck. Wir kommen an einem Wald von Pfosten an, die aus dem Wasser ragen. Die Männer steuern die Jolle an den richtigen Ort.

Caleb kommt zu mir nach vorn und sagt: »Das sind unsere Austernbänke.«

Ich betrachte das Wasser und die Pfosten, die in meinen Augen alle gleich aussehen. Ich hebe die Hand und buchstabiere in seine: »Woher weißt du, welche eure sind?«

Er lächelt. »Ach, das wissen wir einfach.«

Die Männer beobachten unsere sprechenden Hände mit scheuen, unsteten Blicken. Sie wenden sich ab, heben große Netze mit hölzernen Griffen auf, die einer Reisetasche ähneln, und werfen sie über Bord. Jedes Netz ist mit einem Seil verbunden, das am Boot festgemacht ist. Wir segeln weiter, schleifen die Netze über den Meeresgrund. Bald ziehen die Männer die vollen, schweren Netze zum Boot und zerren sie mitsamt Fang aufs Deck. Ich laufe hinüber, um ihre Ausbeute zu sehen. Sie schütten die Netze aus, und ein Gemisch aus Muscheln und Meereslebewesen ergießt sich auf die Planken: Seetang und Seesterne, Herzmuscheln und Krabben, Hornschnecken und Seeigel, kleine, silberne Fische, die verzweifelt nach Sauerstoff schnappen, und Dutzende Austern. Die Männer greifen sich ein paar gestapelte Holzkörbe. Mit ihren dicken und doch flinken Fingern sortieren sie die Austern hockend in weniger als einer Minute. Manche landen in Körben, andere gehen über Bord.

Caleb sagt: »Auslese.«

Er nimmt meine Hand und buchstabiert es.

»Weißt du, manche Austern sind zu jung zum Ernten«, sagt er mit dem Mund. Er nimmt eine kleinere Auster zwischen Daumen und Zeigefinger und zeigt mir die mit perlmuttfarbenen Plättchen übersäte Muschel. »Das ist Nachwuchs. Babyauster.«

Er spricht langsam und vorsichtig, damit ich die ungewöhnlichen Worte verstehe. Er schnippt die Babymuschel über Bord und hebt eine andere Auster auf. »Diese ist fast ausgewachsen, siehst du? Man nennt sie halbreif.« Auch diese Auster geht wieder über Bord.

»Sieh dir hingegen einmal diese an. Sie ist ausgewachsen. Viel größer. Sie brauchen mindestens fünf Jahre, um Verzehrgröße zu erreichen. Man kann die Schichten auf der Unterschale zählen. Diese gelbe, die drei braunen und das rauhe Stück am Rand. Das macht fünf. Jetzt darf man sie ernten, sie ist verzehrfertig.«

Ein Mann zieht einen kleinen Hammer aus der Hosentasche und bricht einen großen Pulk Muscheln auf. Tote Muscheln gehen mit dem Abfall und den jungen Austern über Bord.

»Wir suchen die reifen Austern heraus und werfen den Rest zurück«, erklärt Caleb. »Wenn wir damit fertig sind, bringen wir sie zu den Leichtern, die in der Bucht vor Anker liegen. Die verschiffen sie dann nach Billingsgate. Cockneys werden meine Austern essen und dann zu eurer Farm stapfen und euren Hopfen ernten.«

Darüber lächeln wir.

Als die Auslese beendet ist, wiederholen die Männer den Prozess noch zwei Mal, werfen die Schleppnetze über Bord und holen sie mitsamt Fang wieder herauf. Caleb führt mich zum Bug, setzt sich mit mir hin, und wir schauen zu.

Ich nehme seine Hand und buchstabiere ihm: »Ist das Leben eines Fischers ein gutes?«

»Wir sind eher Gärtner als Fischer. Wir bauen die Austern an und hegen sie. Dann ernten wir sie.«

»Wie beim Hopfen meines Vaters.«

»Ja, so in etwa. Wir leben das Leben eines Bauern.«

»Gefällt es dir?«

Caleb wendet seinen Blick ab und lässt ihn eine Zeitlang über das Meer gleiten. Er neigt den Kopf näher zu mir, und es sieht aus, als würde er die Lippen bewegen, ohne dabei Laute von sich zu geben. Ich denke, er möchte nicht, dass die anderen Männer ihn hören.

»Manchmal halte ich eine kleine Auster in der Hand und denke: ›In fünf Jahren wird sie reif zum Ernten sein.‹ Dann sehe ich mein Leben in Fünfjahresblöcken an mir vorbeiziehen, und das hier fühlt sich wie Zeitverschwendung an.«

»Was würdest du lieber tun?«

»Ich könnte Hochsee-Schleppnetzfischerei betreiben. Das Leben eines Jägers führen.«

Dann wirft er einen Blick auf die Männer, die am anderen Ende des Bootes hockend die Muscheln lesen. Er nimmt meine Hand und buchstabiert seine nächsten Sätze langsam und mit Bedacht, wobei er meine Finger drückt, als wolle er sichergehen, dass er keinen einzigen Buchstaben verfehlt.

»Vielleicht gehe ich zur Marine. Das habe ich noch niemandem gesagt.«

»Ich werde es nicht verraten.«

Wir starren einander an.

Plötzlich steht Caleb auf und stapft zu den anderen hinüber. Er zieht ein Netz an Bord und liest diesen letzten Fang aus. Dann sind sie fertig und bereiten unsere Rückkehr vor. Die ganze Zeit sieht er mich nicht an. Wir segeln Richtung Küste, die erbsengrünen Hügel bilden einen Halbkreis um uns. Ich sehe Whitstable größer werden, während wir einlaufen, den Bahnhof voller Kohlewagen, die Docks voller Schiffe und wippender Boote, das Ufer mit Buden, Touristen und gelegentlich Drachen in der Meeresbrise. Die Stadt wirkt wie ein Wirrwarr aus Spaß, harter Arbeit, Dreck und Kandiszucker. Von Zeit zu Zeit drehe ich mich um und werfe einen Blick auf Caleb. Einer der Männer zeigt auf etwas im Wasser. Alle eilen zur Reling, reißen den Mund auf und deuten hinunter. Caleb dreht sich zu mir um, und die Angst steht ihm ins Gesicht geschrieben.

Ich erhebe mich, und er kommt auf mich zu.

»Sieh nicht ins Wasser«, sagt er.

Sofort recke ich den Hals, um zu sehen, was sich hinter ihm befindet. Er nimmt meine Hand, sagt: »Sieh weg«, und drückt dabei so fest, dass ich mich aus seinem Griff befreie. Er starrt mich an und bleibt reglos stehen.

Aber ich muss es wissen. Als ich um ihn herum zu den anderen Männern laufe, hält er mich nicht auf. In den tosenden Wellen sehe ich den Rücken eines Mannes, mit dem Kopf unter Wasser und nach unten hängenden Armen. Es ist ein Ertrunkener in einem Wollpullover – ein Fischer. Eine Welle erfasst ihn, und einer seiner Arme treibt nach oben. Seine Hand ist aufgeschwemmt, und sein Kopf dreht sich zur Seite, so dass sein Gesicht sichtbar wird. Seine Wangen und sein Kinn sind von einem schwarzen Bart bedeckt, sein schwarzes Haar klebt an der weißen Stirn, ein entsetzliches, gallertartiges Auge starrt ins Nichts.

Ich schreie auf, und die Männer starren mich an; meine fremdartige Stimme erschreckt sie. Caleb umarmt mich, hält mich fest. Wir wiegen uns im Takt der Wellen, während das Boot sich dem Ufer nähert und vor Anker geht. Er lässt mich nicht los. Ich habe den Kopf an seine Brust gepresst. Das offene Auge des Toten spukt in meinem Kopf herum. Ich habe schon Tote gesehen, jedoch nicht so. Ich habe ihre Geister gesehen, ganz, voller ätherischer Energie, Beschwerden und Wut, Verwirrung und Angst, und ihre Phosphoreszenz ließ sie viel lebendiger wirken als ihr tatsächliches, vergangenes Leben. Eine Leiche habe ich aber noch nie gesehen. Caleb lässt mich los und hilft mir, ins Ruderboot hinunterzuklettern. Die anderen Männer bleiben an Bord und rufen den Seeleuten auf anderen Booten etwas zu, und alle deuten auf den Toten. Sie sind ganz aufgebracht, als sie das Bergen der Leiche organisieren.

Caleb rudert mich zum Ufer und behält mich dabei im Auge. Am Strand steigt er aus und zieht das Boot in den Kies, nimmt meine Hand und hilft mir heraus. Ich halte seine Hand und sage: »Es geht mir gut. Ich hatte nur einen Schock, das ist alles.«

»Tut mir leid, dass du das sehen musstest.«

»Kennst du ihn?«

»Ja.«

»Wer ist er?«

»Ein Fischer. Wir alle kennen ihn seit Jahren.«

»Wie hieß er?«

»Tom Winstanley.«

Caleb bittet mich, einen Moment zu warten, während er zu ein paar Kollegen hinüberläuft. Sie sprechen über die Situation, stellen Fragen, weisen auf die Küste und beschatten ihre Augen, als hielten sie nach etwas Ausschau. Ich sehe mich um, ob Tom Winstanley bereits seine neue Gestalt als

Besucher angenommen hat und in blauweißem Licht nach seiner verlorenen Liebe sucht. Ich entdecke andere Besucher, einen Jungen, weitere Fischer und eine schlurfende alte Dame. Kein Tom. Noch nicht.

Caleb begleitet mich heim. Als wir ankommen, ist Lottie mit ihren Eltern vom Spaziergang zurückgekehrt und hat ganz rosige Wangen. Erst lächelt sie, ist froh, uns zu sehen, und neugierig auf unseren Ausflug. Dann erstirbt ihr Lächeln, als sie in Calebs Gesicht blickt, und ihr Blick fällt auf mich, fragend und ängstlich, dass mir etwas Beschämendes passiert sein könnte. Ich beobachte ihr Gesicht, während Caleb ihr die Neuigkeiten berichtet. Während er spricht, verändert sich ihr Gesichtsausdruck, als sie begreift, dass dies nichts mit ihr, uns oder diesem Haus zu tun hat, doch es trifft sie. Ihr Gesicht verrät ihren Schrecken, ihr Mitleid. Sie beißt sich auf die Unterlippe und hält sich dann die Hand vor den Mund, starrt auf den Boden. Es liegt noch etwas in ihren Augen, doch ich bin zu jung, um es zu verstehen.

Lottie fragt: »Ist er mit seinem Boot gesunken?«

»Ja. Man hat es zerschellt in der Nähe der Reculver Towers bei den Felsen gefunden. Ein Tourist, der das Kastell besichtigte, entdeckte es gestern Abend. Tom … seine Leiche ist hierhergetrieben worden.«

Mr Crowe schüttelt den Kopf. »Zerschellt? Es gab doch aber in den letzten Tagen keinen Sturm. Vorgestern Nacht ging etwas Wind, aber nicht gravierend. Außerdem ist … war … Tom ein guter Segler. Ist noch jemand umgekommen?«

»Er war allein an Bord. Es heißt, er ist allein hinausgesegelt. Sie haben das Boot an Land gezogen und nichts gefunden, weder Ausrüstung noch Köder. Er war also keinesfalls fischen.«

Alle schweigen. Die Jungs kommen aus dem Garten hereingestürzt.

»Was ist los?«, fragt Clarence.

Doch niemand antwortet.

Lottie geht auf ihr Zimmer. Ich folge ihr und schließe die Tür hinter mir. Sie sitzt auf der Bettkante und kaut an ihrem Daumennagel. Ich tippe ihren Arm an, damit sie mich ansieht. Sie sieht durch mich hindurch, durch die Wände und die engen Straßen hinab aufs Meer.

»Er war dein Tom, nicht?«

Sie nickt.

Ich weiß nicht, was ich sagen soll, um sie zu trösten. Ich weiß nicht, was sie denkt.

»Hast du ihn schon gesehen?«, fragt sie. »Seinen Geist? Ist er zu dir gekommen?«

Ich schüttle den Kopf. Sie sieht enttäuscht aus.

»Wird er bald kommen?«

»Ich weiß nicht genau, wie es funktioniert. Ich kannte bis jetzt niemanden, der gestorben ist. Ich weiß nicht, wie lange es dauert. Zwischen dem Tod und dem ersten Besuch, meine ich.«

»Sein Schiff ist bei Reculver gesunken. Wahrscheinlich ist er dort gestorben. Vielleicht ist sein Geist dort, im Wasser.«

»Ich kann sagen, dass ich bis jetzt noch keinen Besucher im Meer gesehen habe, nur am Strand. Keinen auf Booten oder im Wasser. Keinen einzigen. Ich frage mich, ob sie womöglich nicht ins Wasser können oder es einfach nicht wollen.«

»Dann ist er vermutlich auf den Klippen. Du hast mir letzte Nacht erzählt, dass Besucher dort zu bleiben scheinen, wo sie gestorben sind. Sie bewegen sich nicht weit fort. Sie sind besessen vom Gedanken an ihren Tod, also bleiben sie, wo es passiert ist.«

»Stimmt.«

Ihr Gesicht erhellt sich, als ihr eine Idee kommt.

Ich frage: »Woran denkst du?«

»Wir sollten nach Reculver gehen und nach ihm suchen.«

Mich beschleicht ein ungutes Gefühl. »Oh, Lottie. Nein.«

»Wieso denn nicht?«

»Ich habe noch nie Tote aufgesucht.«

»Du hast selbst gesagt, du kanntest niemanden, der gestorben ist. Jetzt schon.«

»Ich kannte ihn nicht.«

»Nun, ich aber«, sagt sie und richtet sich auf. Resolut und mit brennendem Blick. »Ich will ihn noch einmal sehen. Ich muss es wissen.«

»Was?«

»Was passiert ist, natürlich. Wie er starb.«

»Hältst du das für klug?«

»Das ist mir egal.«

Wir entschuldigen uns, sagen, wir machen einen Spaziergang. Lottie sagt, Herne Bay sei ungefähr fünf Meilen entfernt. Wir könnten laufen, doch mit der Eisenbahn wäre es schneller. Es ist die Londoner Linie in Richtung Ramsgate. Wenn wir uns beeilen, bekommen wir am Nachmittag eventuell noch einen Zug. Sie fragt, ob sie sich für die Tickets etwas von dem Taschengeld ausleihen kann, das Vater mir gegeben hat. Ich sage, von leihen könne keine Rede sein. Es ist mein Geschenk an sie. Wir haben Glück: In weniger als einer halben Stunde fährt ein Zug, der in Herne Bay hält, und von dort müssen wir dann drei Meilen die Küste entlang nach Reculver laufen. Wir kaufen ein paar Aal- und Fleischpasteten und Äpfel für unterwegs. Der Zug nach Ramsgate trifft ein, und Familien mit Eimern und Schaufeln steigen aus und werden von strahlenden Verwandten empfangen. Sie sind

Urlauber, froh, hier zu sein, die Reise hinter sich zu haben und frische Seeluft atmen zu können. Unser Vorhaben dagegen ist düster.

Auf der kurzen Fahrt stellt mir Lottie weitere Fragen über die Besucher. Es ist ein neues Gesprächsthema für uns. Zwar haben wir in der vergangenen Nacht darüber geredet, jedoch zum Großteil in Bezug auf Constance. Wir waren in der Hoffnung wach geblieben, sie würde uns besuchen kommen. Doch sie kam nicht, und wir schliefen ein. Lottie hat noch immer viele Fragen.

»Ich weiß, du kannst die Besucher nicht herbeirufen. Das hast du letzte Nacht erzählt, als wir von Constance sprachen.«

»Ja. Sie erscheinen einfach. Ich kann ihnen jedoch befehlen zu gehen. Sogar dauerhaft, denke ich, wenn ich das will.«

»Aber warum kommen sie zu dir? Weißt du das?«

Darüber habe ich lange und eingehend nachgedacht. »Ehrlich gesagt weiß ich es nicht. Ich glaube, ich kann sie sehen, weil man mir die Linsen entfernt hat. Das erklärt aber nicht, wieso ich mit den Besuchern Kontakt hatte, bevor ich mein Augenlicht erlangte. Ich bin zwar keine Wissenschaftlerin, aber ich vermute, dass es etwas in der Luft gibt, einen Stoff, den meine Augen sehen können. Einen Ort, an dem die Besucher leben. Sie sind immer da, aber niemand mit normalen Augen kann sie sehen. Bei einem normalen Auge verhindert die Linse dies, schützt das Auge irgendwie davor. Wenn ich meine Lesebrille trage, kann ich sie nicht sehen.«

»Wirklich?«

»Ja, sie verschwinden in dem Moment, in dem ich durch die Brille schaue.«

»Du hast gesagt, sie leuchten blau oder lila«, sagt Lottie. »Vielleicht gibt es einen Bereich des Lichts, in dem sie leben.

Einen Streifen des Regenbogens. Im blauen, indigofarbenen oder violetten.«

»Ja, die Idee gefällt mir. Geschöpfe des Lichts.«

»Du musst aber noch eine andere Begabung haben, da du mit ihnen bereits gesprochen hast, als du noch taubblind warst.«

»Ja, das ist noch mysteriöser.«

»Vielleicht ist es, weil du taubblind warst. Vielleicht hat jeder diese Fähigkeit, aber unsere Gehirne sind zu beschäftigt, um sie zu nutzen. Vielleicht ist das taubblinde Hirn nicht abgelenkt, offener für den Empfang anderer Impulse, wie beispielsweise Besucher. Vielleicht weist das normale Gehirn deren Nachrichten als nichtssagende Gedanken ab, als bedeutungslose Fantasien.«

»Das klingt sinnvoll«, sage ich.

»Das würde bedeuten, dass es jeder kann, wenn er sich nur ausreichend konzentriert«, fährt sie fort.

»Vielleicht.«

Dann kaut sie wieder an ihrem Daumennagel und starrt aus dem Fenster.

Ich will ihre Hand nehmen und sie trösten. Ich habe sie noch nie so gesehen. Ich glaube, es ist Trauer. Ich bin mir nicht sicher, ob zu den Klippen zu eilen und nach dem Geist des armen Tom Winstanley zu suchen die Lösung ist, aber sie beharrt darauf.

Dann steigen wir zu den Klippen hinauf und gehen oben entlang. Nördlich des blaugrauen Meeres liegen Essex und Suffolk, östlich Belgien und die Niederlande. Lottie kennt den Weg, da sie hier oft als Kind mit dem Pfarrer war, der sie und Caleb unterrichtet hat. Etwas erschöpft bitte ich sie, eine Pause einzulegen, damit ich mich ausruhen kann.

Lottie erzählt mir: »Hier wurden wir in Geschichte und Geographie unterrichtet. Wir haben unsere Hausaufgaben mit Kreide auf Schiefertafeln geschrieben, die immer verwischt waren, wenn wir zu Hause ankamen. Unser Lehrer sprach dauernd von der Größe des Reichs, unseren Seesiegen und tapferen Entdeckern. In seinem Esszimmer hing ein großes Porträt der Königin und im Korridor die britische Flagge, und darunter stand: ›Für Gott, die Königin und die Heimat‹. Caleb hat das in sich aufgesogen. Ich fand es schwachsinnig. Mir gefiel es, hierherzufahren, raus aus dem muffigen Unterrichtsraum, weg von Tinte und Papier. Es gefiel mir, Geographie hautnah zu erleben, statt nur darüber zu lesen. Caleb hat oft aufs Meer geschaut und gesagt, dass er eines Tages auf lange Reisen zu fremden, wundervollen Ländern gehen würde. Er sagte, er würde nach Madeira segeln und Bananen mitbringen.«

Wir gehen weiter, und nach kurzer Zeit sagt sie: »Wir sind da.«

Auf den in der Nachmittagssonne rostbraun schimmernden Klippen steht eine eindrucksvolle Ruine und scheint die Felsen zu bewachen.

»Reculver Towers«, erklärt mir Lottie. »Eine zerstörte Kirche, zwölftes Jahrhundert. Außerdem die Überreste eines Römerkastells und eines sächsischen Klosters. Hier sollten viele Geister sein.«

Ich blicke auf, und Licht umglänzt die Ruinen. Ich glaube, sie hat recht. Wenn ich hier sterben würde, würde ich in den Türmen spuken.

Im Näherkommen spähen wir über die Klippen hinab auf die Felsen und suchen nach einem Anzeichen, dass Toms Boot hier war, ein Stück Treibholz, ein Seil, irgendetwas. Doch das Meer offenbart uns nichts, es brodelt, schäumt und schlägt gegen die Felsen, ignoriert uns. Lottie sieht sich ständig um und behält mich im Auge, versucht zu sehen, was ich sehe.

»Ich sage dir Bescheid, wenn ich ihn sehe«, sage ich.

»Er hatte dunkles Haar, sehr dunkles.«

Ich will sagen: »Ich weiß. Ich habe ihn im Wasser gesehen.« Doch das scheint mir herzlos.

»Er war groß. Sehr groß. Breitschultrig und bärtig. Attraktiv. Ja, er war attraktiv.«

Wir erreichen den Fuß der Reculver Towers. Hier sind Besucher. Je mehr ich mich umschaue, desto mehr sehe ich. Sie färben die Luft blau. Auch Touristen sind hier, weltliche Besucher, die zwischen den Ruinen umherlaufen und sich sonnen, ohne sich der Anwesenheit der Geister bewusst zu sein.

»Sind hier Geister?«

»Dutzende«, sage ich und schaue mich um. Sie sind auf die unterschiedlichsten Arten gekleidet, von modernen Gewändern bis zu antiken Roben. So viele habe ich noch nie auf einem Fleck gesehen. Manche schauen mich an. Manche kommen näher, doch ich weise sie ab. Heute will ich nur mit einem sprechen. Wir gehen weiter. Ich halte Ausschau.

Lottie tippt mich dauernd an und fragt immer wieder: »Ist er hier? Siehst du ihn?«

Wir wandern eine Stunde oder länger in den Ruinen umher. Viele Besucher kommen und gehen. Ich verscheuche sie, um einen besseren Überblick zu bekommen. Frauen und Kinder zuerst, danach alte Männer. Drei Männer sind jetzt noch übrig, doch einer ist zu klein, einer zu jung, und der andere hat zu helles Haar.

»Kannst du sie fragen«, bittet Lottie, »ob sie ihn gesehen haben?«

»Sie können einander nicht sehen. Sie wissen doch nichts voneinander.«

Die drei Männer umkreisen mich und sehen mich an. Sie versuchen ein Gespräch zu beginnen. Ich ignoriere sie. Keiner von ihnen ist der Richtige. Ich schicke sie alle weg. Es wird immer später, und die Touristen gehen allmählich heim. Wir sind allein.

Lotties Blick ist umflort. Wir setzen uns und betrachten die Aussicht. Das Meer färbt sich von Saphirblau über dunkles Smaragdgrün zu metallischem Grau, und zuletzt ist es schwarz. Die Sonne ist hinter den Klippen versunken, die Luft kühler geworden. Ich sorge mich, dass keine Züge mehr fahren und wir die nahezu zehn Meilen ohne Essen nach Hause laufen müssen, in der tiefsten Nacht, während sich die Crowes schrecklich um uns sorgen. Doch darüber kann ich mit Lottie nicht sprechen. Ich bin geduldig mit ihr, so wie sie es all die Jahre mit mir war.

Als die Sonne untergegangen ist und die Finsternis hereinbricht, sagt sie: »Womöglich brauchen sie eine Weile, wenn sie gestorben sind. Bis sie ihren ersten Besuch abstatten.«

»Vielleicht.«

»Vielleicht gehen sie erst woanders hin, ehe sie zurückkommen. In so etwas wie ein Wartezimmer.«

»Vielleicht.«

»Oder sie kommen nie zurück vom Meer. Vielleicht wandern sie über die Wellen dort draußen.«

»Vielleicht«, sage ich.

»Das muss schrecklich einsam sein.«

Tom kommt nicht. Ich kann Lottie nicht helfen. Ich habe so lange aufs Meer hinausgestarrt, dass es scheint, als wäre das Land verschwunden und wir eins mit den Wellen geworden. Es fühlt sich an, als wären die Tage meiner Kindheit vorbei und die kommenden Wasser unergründlich und düster.

Kapitel 11

1899 bin ich sechzehn Jahre alt und eine junge Dame. In den vergangenen drei Jahren habe ich neben der Gebärdensprache das Lesen und Schreiben sowie die Fähigkeit, von den Lippen zu lesen, perfektioniert. Meine Bildung macht große Fortschritte. Zusammen mit Lottie befasse ich mich mit englischer Literatur, Geschichte, Geographie, Kunst, Mathematik und Naturwissenschaft. Vater glaubt, ich könne eines Tages an der Universität studieren. All dies ist wunderbar, und ich liebe es, zu lernen. Die Stimmung zu Hause hingegen wird von Tag zu Tag schlechter. Vater ist mit seinen Gedanken zunehmend beim Geschäft und der Welt jenseits des Guts. Es gibt täglich Neuigkeiten aus Südafrika: Die Lage zwischen den Republiken der Niederländer und den britischen Siedlern ist kritisch. Es ist eine komplizierte Angelegenheit, die zunächst keine Auswirkungen auf mein Leben hier in Kent hat. Ich bin jung und schere mich nicht darum, was in einem heißen Land Tausende Kilometer entfernt geschieht. Kenntnis davon habe ich nur durch Vaters Zeitungen, und ich sehe, wie er die Stirn runzelt, wenn er sie liest. Anscheinend hat er dort Geld investiert, und das macht ihm Sorgen. Es sind stets schlechte Neuigkeiten.

Vater erklärt mir, dass die holländischen Siedler schon viele Jahre vor Ort waren, ehe die Briten eintrafen. Dann gab es einen Krieg, und es gelang den Niederländern, die Kontrolle über ihre Kolonien zu behalten. In einer davon, Transvaal, wurde Gold gefunden. Großbritannien stellte einen Großteil der Ausrüstung und Fachkräfte, um es abzubauen. Davon profitierten alle, doch die britischen Siedler besitzen in den Republiken der Niederländer nur begrenzt Rechte. Manchen ergeht es ziemlich schlecht, und sie dürfen nicht wählen. Unsere Regierung fordert, dass allen Männern in Transvaal das Wahlrecht verliehen wird. Beim Versuch, eine Einigung zu erzielen, entbrannte ein großer Streit, der nach wie vor andauert. Vater sagt, die Holländer, die wir Buren nennen, sind furchtbare Flegel. Sie wollen Südafrika ganz für sich allein haben und die tüchtigen Engländer, die ihnen mit zu ihrem Reichtum verholfen haben, rausschmeißen. Im August erfahren wir, dass es keine Hoffnung mehr auf eine friedliche Einigung mit den Burenrepubliken gibt. Die Briten fliehen aus Transvaal in die britischen Kolonien, insbesondere nach Kapstadt, wo bald ein Flüchtlingschaos herrscht. Nun geht die Rede von etwas, das mir Angst macht, obwohl es so weit weg passiert: Krieg.

Vater spricht über die Männer, die das Gut verlassen, um sich der Armee anzuschließen – was soll er ohne Pflücker tun? Er ist beunruhigt, und das beunruhigt auch mich. Der Sommer rückt näher und mit ihm die Hopfenernte. Mehr denn je brauchen wir Pflücker, denn in diesem Jahr haben wir ausgezeichnete Erträge. Manchmal bringt Vater seine Sorgen mir gegenüber zum Ausdruck, doch ich weiß nicht, wie ich ihn aufmuntern kann. Seine verdrießliche Stimmung und Mutters schlechte Gesundheit fallen mir langsam zur Last. Ich sehne mich nach der klaren, hellen Seeluft, nach Whitstable. Dort fühle ich mich mehr zu Hause als irgendwo sonst. Das habe ich Vater nie erzählt. Ich kann es weder ihm noch mir selbst erklären. Ich empfinde für die Crowe-Jungs – die jüngeren –, als wären sie meine eigenen Brüder. Die gesamte Familie hat die Gebärdensprache erlernt, um sich mit mir unterhalten zu können. Dafür liebe ich sie über alles, dass sie so viel Zeit für mich und mein Wohlergehen investieren, obwohl sie mich nur zwei Mal im Jahr sehen: wenn ich sie in Whitstable besuche und wenn sie zur Hopfenernte zu uns kommen.

Sogar Caleb benutzt mir zuliebe Gebärden. Bei jedem Besuch hat er mich mit zu den Austernbänken genommen. Wir unterhalten uns. Die Männer auf dem Schiff schauen zu, können unsere Zeichen aber nicht lesen. Caleb ist unglücklich. Er erzählt mir Dinge, die er vermutlich mit niemandem sonst teilt, über sein Leben, seine Unzufriedenheit, sein Bedürfnis danach, auszubrechen. Ich schaue regungslos auf seine Gebärden. Das ist meine Art, zuzuhören. Ich höre aufmerksam zu, betrachte seine Augen, wenn sein Blick über das Meer schweift, in ein anderes Leben, das unerreichbar ist. Ich finde keine Worte, um ihm Trost zu spenden. Ich möchte ihm bloß die eine Sache gestehen, bei der ich mir ganz sicher bin: meine Gefühle für ihn. Ich habe weder mit dreizehn noch mit vierzehn oder fünfzehn den Mut dafür aufbringen können. Vielleicht traue ich mich irgendwann, wenn ich alt genug bin. Doch was würde das bringen? Er ist ein Mann, und ich bin in seinen Augen lediglich ein Kind. Er kneift mir in die Wange und zieht mich auf. Manchmal umarmt er mich zur Begrüßung oder wenn wir uns verabschieden. Er sagt, ich sei etwas Besonderes für ihn. Er sagt, er spreche mit niemandem wie mit mir und dass ihm die Gebärden helfen, sich mit Problemen auseinanderzusetzen, sie im Hier und Jetzt zu verankern. Er dankt mir für meine Diskretion. Wenn er wüsste, was ich für ihn empfinde, würde ihn das beschämen und er würde seine Geheimnisse nicht länger mit mir teilen. Also behalte ich meine Gefühle für mich und baue insgeheim Luftschlösser. Nun kennst du den wahren Grund dafür, warum ich mich so ungemein auf Besuche bei den Crowes freue.

Aber es ist nicht der einzige. Ich liebe es, dort Constance zu begegnen und Zeit mit ihr und Lottie zu verbringen. Es ist nicht immer leicht, denn Constance weint manchmal, wenn sie sich an das Fieber erinnert. Ich erzähle Lottie aber nichts davon, berichte ihr nur, wenn Constance fröhlich ist. Wir haben dem Rest der Familie nie von ihr erzählt. Lottie glaubt, es würde ihre Mutter zu sehr schockieren. Sie denkt, Mrs Crowe würde uns nicht glauben, weil sie grundsätzlich eher skeptisch ist. Davon ausgehend würde es sie lediglich wütend machen, so wie auch Lottie wütend auf mich war, bevor sie mir glaubte. Ich frage mich, ob ein Teil von Lottie immer noch daran zweifelt und nicht sicher ist, ob ich nicht lüge oder mir mit einem Trick behelfe, wenn ich ihr Constances Worte übermittle. Zumal wir bei jedem unserer Besuche nach Reculver pilgern, um nach Tom Winstanley Ausschau zu halten. Doch er hat sich noch nie dort gezeigt. Wir haben die gesamte zerklüftete Küstenregion nach ihm abgesucht, das Schiffswrack aufgesucht, waren in seiner hübschen Hütte, die nun leer steht, und haben keine Spur von ihm gefunden. Ich habe Lottie dabei erwischt, wie sie mich in ihrer Enttäuschung kritisch beäugt hat, und mich gefragt, ob sie wohl misstrauisch ist. Warum kann ich Tom nicht sehen? Darauf habe ich keine Antwort. Ich kann mir nur vorstellen, dass diejenigen, die im Meer umkommen, nicht an Land zurückkehren. In der Bucht in der Nähe des Unglücksortes sind wir sogar ein paar Mal mit dem Boot rausgefahren und haben stundenlang die Wellen abgesucht. Doch da war kein Tom. Es muss einen anderen Grund geben. Vielleicht beschließen einige Tote, nicht zurückzukehren. Es ist und bleibt mir ein Rätsel.

Sosehr ich unsere Besuche schätze, ist Whitstable nicht immer der fröhliche Ort, an den ich mich aus Kindertagen erinnere. Auch für die Crowes haben sich die Dinge zum Schlechteren entwickelt. In letzter Zeit haben sie unter sinkenden Erträgen und veränderten Besitzverhältnissen bei der Austerngesellschaft zu leiden. Sie sagen, sie sei verkauft worden. Ihnen gehören Anteile, doch nun wirtschaften sie für die Besitzer statt für sich selbst. Außerdem kam es zu drei Katastrophen. Zunächst wurde die Bucht vor Whitstable von einem Eisschild verstopft, der in der Arktis abgebrochen war. Monatelang konnten sie nicht in See stechen, und als sie schließlich wieder zu den Austernbänken gelangten, waren beinahe alle Austern verendet. Zwei Jahre später wurde die Stadt von einer riesigen Flutwelle überschwemmt, woraufhin ihr hübsches Zuhause bis zu den Sockelleisten in schmutzig braunem Brackwasser stand. Im vergangenen Jahr dann ertrank Mr Crowes Cousin, der ebenfalls Austernfischer war, mit seinem Gehilfen, als ein Dampfer ihre Jolle backbords rammte und sie zum Kentern brachte. So viel Pech in so kurzer Zeit riss beinahe die ganze Familie in den Abgrund. Lottie schickt jeden Monat den Großteil ihres Gehalts nach Hause, doch es reicht nie. Ich glaube, Caleb fühlt sich immer mehr wie ein Sklave seiner Arbeit und seiner Familie.

In diesem Sommer kommt mir eine Idee. Ich beschwöre Vater, Caleb zum Assistenten des Vorstehers der Trockner in der Hopfendarre zu befördern. Vater denkt darüber nach. Er vertraut der Familie Crowe, und Caleb hat sich in all den Jahren als guter, verantwortungsvoller Arbeiter erwiesen. Es ist ein begehrter Posten, ein großer Sprung für einen Hopfenpflücker. Er muss den ganzen Tag in der Darre bleiben, die Feuer in den Trockenöfen nähren, die richtige Menge Schwefel hinzugeben, damit der Hopfen sich golden färbt, und die Temperatur regulieren, damit er dann optimal trocknet. Der Trick dabei ist, die Pflanzen nicht ganz austrocknen zu lassen, sondern gleichmäßig anzufeuchten. Der alte Trockner ist Experte darin, zu fühlen und zu riechen, wann der richtige Trocknungsgrad erreicht ist, und es sind Fähigkeiten wie diese, die keiner technischen Hilfsmittel, sondern jahrelanger Erfahrung bedürfen, die Caleb sich aneignen könnte. Sowohl er als auch der Vorsteher tragen große Verantwortung. Beide schlafen in der Darre, da der Trocknungsprozess ständig überwacht werden muss.

Am warmen Nachmittag seines ersten Arbeitstages schleiche ich mich heimlich zur Darre und warte darauf, dass Caleb Pause macht. Lottie besucht unterdessen den Rest ihrer Familie im Hopfengarten. Ich habe mich nach dem Unterricht am Morgen umgezogen und trage nun ein neues Sommerkleid, das meine Taille betont und einen großen Halsausschnitt hat. Mein Haar habe ich ausgebürstet, und hinter meinem Ohr steckt eine blaue Satinblume. Caleb erscheint mit roten Wangen und feuchtem Haar von der Ofenhitze an der Tür der Darre. Er sieht, dass ich im Schatten eines Haselnussstrauchs auf ihn warte. Er hält inne, sieht mich an und lächelt. Ich gehe auf ihn zu: »Guten Tag, Caleb.«

»Du siehst heute sehr hübsch aus, Liza.«

»Danke. Wie ergeht es dir auf deinem neuen Posten?«

»Gut. Es läuft gut. Harte Arbeit. Heiße Arbeit.«

Er wendet den Blick ab, zieht einen Lappen aus der Tasche, wischt sich den Schweiß aus dem Gesicht und begutachtet mich: meinen Hals, mein Haar, die Blume.

Ich sage: »Ich freue mich so darüber, dass du hier bist.«

»Ich auch«, antwortet er und lächelt.

Ich schöpfe Mut aus dieser Entgegnung. »Wenn es nur immer so sein könnte. Wenn du nur immer auf unserem Gut arbeiten könntest. Dann könnten wir uns jeden Tag treffen. Und uns unterhalten.«

»Ja, das könnten wir. Wir könnten viel zusammen unternehmen.«

»Würde dich das glücklich machen, Caleb?«

»Du kennst mich, Liza. Ich bin eine rastlose Seele. Wer weiß schon, was mich glücklich machen könnte.«

Er lächelt noch immer, und ich habe das Gefühl, dass er mich necken will. Doch ich meine es ernst. Ich glaube, ich kann dich glücklich machen, ja, das kann ich. Ich sage das aber nicht.

Der Trocknungsprozess dauert einige Wochen, und ich besuche Caleb, wann immer es mir möglich ist. Da er so wenig frei verfügbare Zeit hat und ich ihn lieber ohne Lottie besuche, bieten sich nur wenige Gelegenheiten. Ich versuche, ihn mit Geschichten aus meinem Unterricht zu unterhalten, besonders über Geographie, denn ich weiß, dass ihn die große weite Welt sehr interessiert. Ich erzähle ihm von entlegenen Orten und ihren seltsamen Sitten und Bräuchen. Einmal zeige ich ihm ein Bild von einem Gemälde, *Die Kindheit von Raleigh*, das ihn vollkommen in seinen Bann zieht.

»Das bin ich«, sagt er und zeigt dabei auf das Gesicht des jungen Helden, der gebannt den Geschichten des erfahrenen Seemannes lauscht. »So war ich.«

»Ich weiß«, schreibe ich mit den Fingern.

Er antwortet auf die gleiche Art, in unserer alten Sprache, und schreibt mit rauhen Fingerspitzen in meine Handfläche: »Manchmal glaube ich, dass du mich am besten kennst, Liza.«

Er hält meine Hand und lässt sie nicht los. Er sieht mich eindringlich an, und weil wir einander so nah sind, verschwimmt sein Gesicht vor meinen Augen. Plötzlich steht er auf, und ohne mich dabei anzusehen, teilt er mir mit Gebärden mit, dass er weitermachen muss und wir uns morgen sehen. Bis zum Ende der Trocknung sind es nur noch ein paar Tage, und ich treffe ihn nicht mehr allein. Er ist in der Tat sehr beschäftigt. Dennoch fürchte ich, dass sich etwas zwischen uns verändert hat, und ich warte darauf, dass er zu mir kommt und mir alles erklärt, denn in dem Ozean, der sich zwischen uns aufgetan hat, drohe ich zu ertrinken.

Gegen Ende der Erntezeit offenbart Vater mir, dass der Vorsteher der Trockner darüber nachdenkt, sich im kommenden Jahr zur Ruhe zu setzen. Ich sehe, wie es in Vater arbeitet. Vielleicht könnte man Caleb so weit einarbeiten, dass er diesen wichtigen Posten ausfüllen kann. Er könnte das ganze Jahr über auf dem Gut bleiben und den gesamten Verarbeitungsprozess kennenlernen. Der Gedanke, dass Caleb hier arbeiten und in der Nähe wohnen könnte, ist mehr, als ich mir selbst von Aladins Wunderlampe hätte erhoffen können. Doch das erzähle ich ihm nicht. Es gelingt mir einfach nicht, mit ihm allein zu sein. Vor allem aber habe ich Angst, dass er das gar nicht will, dass er sich auf dem Gut eingesperrt fühlen wird. Doch, ach, ich möchte so sehr, dass er es will, dass er die Chance nutzt, immer dort zu sein, wo ich bin. Ich komme zu dem Schluss, dass Vater ihm den Vorschlag unterbreiten muss. Vielleicht kann er ihn davon überzeugen, was für eine großartige Gelegenheit sich da bietet, welch ein Aufstieg. Als die letzte Ladung Hopfen getrocknet werden soll, ruft Vater Caleb zu sich. Ich möchte eigentlich allein in der Nähe warten, aber Lottie ist auch da. Als sie erfährt, dass ihr Bruder zum hohen Herrn beordert wurde, ist sie neugierig, stellt mir viele Fragen, und ich kann meine Lottie nicht anlügen. Mit der Wahrheit habe ich es in dieser Trocknungsphase nicht so genau genommen, ihr verheimlicht, wie oft ich allein Zeit mit Caleb verbracht habe. Doch bisher habe ich ihr nicht ins Gesicht gelogen. Ich glaube, das könnte ich gar nicht. Also verstecken sich Lottie und ich am Ende des Korridors vor Vaters Arbeitszimmer. Als das Gespräch beendet ist, sehen wir Vater mit düsterer Miene die Treppe hinabsteigen. Caleb erscheint an der Tür, und wir stürmen auf ihn zu.

»Was ist passiert?«, fragt Lottie. Ich hänge an beider Lippen.

»Mr Golding hat mir angeboten, dauerhaft auf dem Gut zu arbeiten.«

»Und was hast du gesagt?«

»Ich habe abgelehnt.«

Ich wusste es. Ich wusste es, wollte es aber nicht glauben. Ich bin ganz durcheinander, senke den Blick. Doch dann stupst mich Lottie energisch am Arm. Sie haben weitergeredet und mir ist dabei etwas entgangen.

»Caleb hat sich verpflichtet!«, teilt mir Lottie wütend mit.

Ich kenne die Bedeutung der Gebärden, verstehe aber den Sinn dahinter nicht. Ich starre ihn an. Er schaut zu Lottie und richtet dann den Blick auf mich. Er versucht mir mit den Augen etwas mitzuteilen, doch ich kann es nicht deuten. Erst sehe ich Mitleid in ihnen, doch dann bin ich mir nicht mehr sicher, vielleicht einen inneren Konflikt? Wenn wir doch nur allein wären!

»Ich habe mich bei der Armee verpflichtet«, teilt er mir durch Gebärden mit.

»Nicht bei der Marine?« Lottie schaut mir ungläubig zu, als ich ihm diese Frage stelle.

Caleb bedient sich mir zuliebe gleichzeitig der Gebärden und des gesprochenen Wortes: »Ich werde morgen eingezogen. Ich glaube, wir laufen in ein paar Wochen aus.«

»Wohin?«, fragt Lottie ebenfalls mit Gebärden.

»Südafrika, Himmelherrgott. Was glaubst du denn?«

»Und wann zum Teufel wolltest du uns das mitteilen?«

»Das habe ich doch gerade, oder nicht?«

Ich berühre seinen Arm und sage: »Dort ist doch bis jetzt gar kein Krieg.«

Er sieht mich freundlich an. »Aber bald, Liza, bald.«

»Und was zum Teufel hat das mit dir zu tun?« Wie um den Gebärden Nachdruck zu verleihen, klatscht Lottie in die Hände.

»Es ist schließlich mein Land. Jeder Engländer muss für das Empire seine Pflicht tun. Wir können uns von den verdammten Holländern nicht herumschubsen lassen.«

»Erspar mir den Mist über die Queen und das Land. Du lügst! Du willst einfach nur abhauen.«

»Ich habe mich verpflichtet, basta. Lass mich in Ruhe, das ist Männersache!«

An seinem Gesicht, seiner Brust und seinem Hals erkenne ich, dass er schreit. Er stapft in die Hopfendarre davon. Dies ist seine letzte Nacht auf dem Gut. Was auch immer sonst in den kommenden Stunden geschieht, ich muss unbedingt mit ihm allein sprechen.

Lottie ist zu wütend, um sich mit mir oder jemand anderem zu befassen. Gedankenverloren taumeln wir aus dem Haus. Es macht uns beide ganz krank. Ich kann ihr nicht erklären, warum es mir so geht, aber ich weiß um ihre Gründe. Zwischen ihnen besteht eine besondere Verbindung, die nur Zwillinge miteinander teilen, ein Band, das mit seinem Aufbruch zerreißen würde. Sie fürchtet um sein Leben. Mir geht es genauso, aber ich muss Lottie trösten, als ob mein eigener Kummer nur ihren eigenen widerspiegelt. Als wir den Hopfengarten erreichen, werden gerade die letzten Ranken mit langen Haken und den scharfen Schneiden, die sich an ihren Spitzen befinden, von den Stangen gelöst. Die Pflücker legen sich die Pflanzen dann übers Knie, zupfen in rasender Geschwindigkeit mit Daumen und Zeigefinger die Dolden ab und lassen sie in ihre Tuchbeutel fallen. Die Crowes sind ebenfalls mit ihrer letzten Ranke zugange, die Jungs halten inne und salutieren einander, Mrs Crowe lacht, ruft den anderen Pflückern etwas zu und nickt. Sie haben von Calebs Neuigkeiten gehört. Ich hatte angenommen, Mrs Crowe würde sich Sorgen um ihren Sohn machen. Stattdessen sind sie alle unheimlich stolz darauf, dass der Älteste für sein Land in den Krieg ziehen wird. Die Jungs schreien imaginäre Buren in den Hopfengassen an.

Der Messer kommt und brüllt wie an jedem Tag zu dieser Uhrzeit: »Keine Ranken mehr!«

Mrs Crowe stupst mich an und nickt in seine Richtung. »Es gibt ja auch gar keine Ranken mehr, du blöder Trottel«, entgegnet sie ihm, und ich sehe viele andere Pflücker lachen.

Unser Messer Hodge ist ein aufgeblasener Wichtigtuer, der stolz auf seine neue Weste und unbeliebt ist. Die Pflücker werden nach Scheffeln bezahlt, und sie sagen, Hodge messe ungerecht. Er kommt zum Beutel der Crowes und scheffelt die letzten Hopfenblüten in seinen Korb.

»Nicht zusammendrücken, ja«, sagt Mrs Crowe.

Er schenkt ihr keine Beachtung und überprüft den Ertrag. Da ich seinen Mund nicht sehe, kann ich seine Worte nicht ausmachen, doch er zieht ein paar Dolden heraus, an denen noch Blätter und Zweige hängen, und hält sie vor Mrs Crowe in die Höhe als Beweis dafür, dass sie versucht hat, ihn übers Ohr zu hauen.

Ich tippe Hodge an und sage: »Es ist meine Schuld, ich habe die gepflückt, es tut mir leid.« Lottie übersetzt.

Hodge sieht zu Mrs Crowe hinüber, die die Arme vor dem Körper verschränkt und selbstgefällig lächelt. Er tippt sich an die Mütze und scheffelt weiter, drückt dabei aber die Dolden platt.

»Nicht zusammendrücken, Mr Hodge. Es sind harte Zeiten, wie Sie wissen.«

»Das stimmt, Mrs Crowe. Für uns alle.«

Sie dreht sich zu uns, schüttelt den Kopf und spricht gleichzeitig mit Gebärden und Worten: »Je früher unser Caleb in Afrika ist, desto besser. Raus aus diesem blöden Gewerbe, bei dem wir zehn Stunden täglich sechs Tage die Woche auf den Beinen sind und Dreckshopfen pflücken, und mein Mann kümmert sich in jeder freien Minute um die Austern, und trotz all der harten Arbeit haben wir nie genug Geld. Nach diesem Krieg wird Caleb ein gemachter Mann sein.«

An diesem letzten Abend der Hopfenernte findet das alljährliche Fest der Pflücker statt. Sie entledigen sich ihrer Schürzen, Hüte und Mützen, essen Huffkin-Kringel und trinken Bier. Sie tanzen und singen alte Hopfenpflückerlieder über die Arbeit, das Waschen und die Läuse.

Am früh'n Dienstagmorgen
Zieht der Buchmacher sei' Rund',
Trägt bei sich ein Säckel,
Und wirft's auf den Grund.
Er fragt: »Willst dein Geld?«
Ich nick' im Gewimmel,
Davon gibt's 'nen Schinken
Und Käse mit Schimmel.
Ich sag' eins, ich sag' zwei,
Die Hopfenpflückerei ist endlich vorbei,
Tandaradei!

Ich sehe sie um die Lagerfeuer lachen und rufen, während das letzte Licht des Tages und die Flammen tanzende Schatten über die leeren Hopfenstangen huschen lassen. Ich warte ewig auf Caleb, hoffe inständig, dass er in der letzten Nacht in der Darre eine Pause machen darf. Er kommt erst nach acht Uhr, und bei seiner Ankunft jubeln die Pflücker und stimmen patriotische Lieder an: »Söhne des Meeres«, »Tommy Atkins« und »God save the Queen«. Es gibt Musik: Caleb spielt Geige, dazu die Trommlerin wie in jedem Jahr, ein weiterer Geiger und ein Gitarrist. Caleb macht eine Pause vom Spielen und tanzt mit einigen Damen. Ich schaue ihm zu und lächle. Ich weiß, dass ich bald zu Bett gehen muss und Vater ein Dienstmädchen schicken wird, das mich holen kommt, damit ich mein Bad nehme. Doch ich möchte lieber bis zum Morgengrauen auf dem Fest bleiben. Hitze und Bewegung liegen in der Luft, ich möchte sie einsaugen.

Ich schaue Caleb beim Tanzen zu, und plötzlich dreht er sich um und läuft auf mich zu. Er lächelt und streckt die Hand aus. Ich weiß, dass ich lächeln und wie ein braves Mädchen wirken muss. Doch als er meinen Körper über den von Hopfenblättern und Zigarettenstummeln übersäten Boden schwenkt, lassen mich meine recht erwachsenen Gedanken erröten. Während wir tanzen, glaube ich wahrzunehmen, wie sich sein Körper an meinen schmiegt, wie sich seine Finger um meine legen, wenn wir uns drehen, als ob sie auf die alte Weise mit mir sprechen und mir ein Geheimnis verraten wollen. Ich verstehe sie nicht. Als der Tanz endet und ich ihn gehen lassen muss, fange ich einen brennenden Blick von ihm auf: wissend und unendlich traurig zugleich. Ich weiß nun, wie ich ihn dazu bringen werde, zu bleiben.

Ich liege im Bett, und das gesamte Haus schläft. Es ist ein Uhr. Ich gehe zum Fenster und öffne es. Der Mond steht hoch und hell am Himmel in dieser milden Septembernacht, und die Hitze aus der Hopfendarre weht bis hierher und wärmt mein Gesicht. Schnell ziehe ich mir ein einfaches Hemdkleid und einen Morgenmantel an, lasse die Haare offen. Ich schleiche mich nach unten, tapse über die kalten Fliesen durch die Küche. Ich nehme den Schlüssel, der über der Tür zur Spülküche hängt, und schlüpfe ins Freie. Das Gras ist weich und taufeucht, in der staubigen Luft liegt ein würziger, himmlischer Duft. Ich durchquere den Kräutergarten und fahre dabei mit den Händen über die wohlriechenden Pflanzen. Die Hitze und der rauchige, bittersüße Hefegeruch der trocknenden Pflanzen sind überwältigend, als ich mich der Hopfendarre nähere. Mir wird schwindelig und ich bleibe stehen, fasse mir an die Stirn und stütze mich ab.

Die Tür zu den Öfen steht offen. Ich spähe hinein und sehe den Vorsteher der Trockner, der in seinem Bett in der Ecke liegt und schläft. Die Decke hat er auf den Boden geworfen und die rote Schottenmütze über die Augen gezogen, der Kopf ist nach hinten gekippt. Ich gehe auf Zehenspitzen hinein. Calebs Bett steht auf der anderen Seite, und ich muss den Raum betreten, um ihn sehen zu können. Gedämpftes Licht dringt aus dieser Ecke des Zimmers. Er sitzt aufrecht im Bett, raucht und starrt vor sich hin. Er trägt ein weißes Hemd, das wegen der Hitze ein Stück weit aufgeknöpft ist, graue Hosen mit Hosenträgern und dreckige Stiefel. Als er mich sieht, dreht er ruckartig den Kopf. Wir starren einander an. Er sagt kein Wort. Ich bleibe regungslos stehen. Schließlich lässt er die Zigarette fallen, tritt sie mit seinem Stiefel aus und starrt ihr eine Weile hinterher. Dann sieht er mich an. Er schnürt seine Schuhe auf und zieht sie aus. Nun ist auch er barfuß. Er kommt zu mir, nimmt meine Hand, sagt dabei jedoch nichts, und auch ich verzichte auf Gebärden. Er führt mich die Holztreppe hinauf. Als die Treppe knarrt, bleiben wir stehen, und er dreht sich zum Vorsteher um, der sich jedoch nicht rührt. Wir gehen auf den Kühlboden. Die Hitze, die aus dem Trockenraum dringt, ist kaum zu ertragen. Hier oben gibt es keine Lampe, also spendet uns nur der Mond Licht, der seinen weißen Mantel über Hopfensäcke, Presse, Schaufeln, Hopfengabeln und die Trockenmatte aus Rosshaar auf den grünen Gestellen legt. Hier sind keine Besucher. Sie wissen, dass sie nicht erwünscht sind. Wir sind ganz allein.

Er bedeutet mir, mich auf einen Haufen Säcke in einer Ecke zu setzen. Er kniet neben mir nieder und wir sehen einander an. Ich lege den Kopf zurück, um sein Gesicht besser erkennen zu können. Die Welt besteht nur noch aus unseren Augen. Ich danke dem Himmel dafür, sehen zu können, dass ich meinem Liebsten in dieser Nacht in die Augen sehen kann und er in meine. Als er mich küsst, schmecke ich Tabak und Tee. Ich spüre, dass meine Zukunft, wie ich sie mir bisher vorgestellt habe, auf die Größe eines Kieselsteins schrumpft und in seine Tasche gleitet. Jetzt gehöre ich ihm.

Danach liegen wir noch sehr lange beieinander. Der Mond scheint noch immer und die Hitze strömt nach wie vor in Wellen über uns hinweg. Wir sind nass vor hitziger Liebe und der Feuchtigkeit aus dem trocknenden Hopfen. Mein Haar klebt an seiner Brust, seinem Hals und seinem Gesicht. Ich weiß, dass ich jetzt eine Frau bin. Ich frage mich, ob sein Kind wohl in mir heranwachsen wird. Ich vergrabe mein Gesicht in seinem Haar und küsse ihn wieder. Er legt mich hin und betrachtet mich.

»Ich bin wieder jung«, sagt er lächelnd.

»Bei mir wirst du jung bleiben«, schreibe ich in seine Hand.

»Das bezweifle ich nicht.«

»Wohin gehen wir? Was tun wir?«

Er runzelt die Stirn. »Jetzt? Ich muss gleich nach den Öfen sehen.«

»Nein. Morgen.«

»Morgen muss ich fort.«

Ich richte mich auf und sehe ihn mit tiefem Ernst an. Ich wische mir das Haar aus dem Gesicht und sage ihm durch Gebärden: »Du darfst nicht gehen. Afrika ist zu weit weg. Und Krieg ist gefährlich.«

»Ich muss gehen. Ich habe mich verpflichtet.«

»Aber wir haben uns doch hier ein Versprechen gegeben.«

Er setzt sich auf, reibt sich die Augen, faltet die Hände und sieht zu mir auf. »Es tut mir leid. Ich hatte nicht vor, dir dieses Versprechen zu geben.«

»Aber … ich liebe dich.«

Er lächelt, streckt die Hand aus und streichelt mit den Fingerspitzen meine Wange. »Du bist großartig.«

»Liebst du mich?«

»Ja, mein Liebling, natürlich. Aber ich habe mich verpflichtet und muss morgen aufbrechen. Heute. Diesen Morgen.«

Ich stehe in Flammen. Wütend mache ich die Gebärden, klatsche bei jeder einzelnen die Hände aneinander.

»Warum hast du dich verpflichtet? Warum willst du von mir fort?«

»Liza, es ist kompliziert.«

»Erklär es mir!«

»Du bist noch sehr jung …«

»Nicht so jung«, unterbreche ich ihn, und er lässt die eben erhobenen Hände sinken. Er nutzt keine Gebärden, sondern spricht nun mit dem Mund.

»Du bist eine junge Frau, gerade kein Kind mehr. Die Tochter meines Arbeitgebers. Ich bin nicht so naiv, zu glauben, dass wir eine Zukunft haben, du und ich, der dir nichts bieten kann.«

»Das ist mir ganz egal.«

»Aber deinem Vater und deiner Mutter nicht. Nicht einmal Lottie. Du weißt, dass ich recht habe.«

»Nein. Nein! Vater wird sich fügen, er will, dass ich glücklich bin.«

»Aber ich kann dich nicht glücklich machen.«

»Doch, das kannst du!«

»Du kennst mich. Du kennst mich gut. Du hast in meine

Seele geblickt, den unruhigen, egoistischen Mann darin gesehen. Er hat sich verpflichtet. Wenn ich hier auf dem Gut und am Meer bleibe, dann werde ich wahnsinnig, Liza. Ich werde mir ein Ende setzen, das weiß ich. Ich glaube, das hast du immer gewusst.«

»Aber jetzt ist doch alles anders. Wie kannst du jetzt gehen? Ich könnte dich nie freiwillig verlassen. Niemals. Ich habe dich immer geliebt. Als ich den ersten Brief von dir bekam, als ich das erste Mal dein Gesicht berührte, als ich dich zum ersten Mal mit eigenen Augen sah. Wie kannst du mich jetzt verlassen?«

»Vielleicht kann ich in Afrika etwas aus mir machen. Wer weiß, was die Zukunft bringt? Ich weiß nur, dass ich gehen muss. Ich werde dir schreiben, Liza.«

Wie kann er nur glauben, dass mir das genug ist? Mir fehlen die Worte, und ich suche sie in der Luft. Ich finde keine und schlage ihm auf die Brust. Sein Blick wird hart, er steht auf, zieht seine Hose an und läuft weg. Ich bleibe allein zurück, und die Nässe auf meiner Haut lässt mich frösteln. Ich ziehe mein achtlos weggeworfenes Gewand an. Er steht an der Hopfenpresse, hat die Hände in die Hüften gestemmt und starrt durch die Öffnung am Boden hinunter, an die Stelle, an der er morgen früh helfen wird, die letzte Ladung getrockneten Hopfens in Leinensäcke zu füllen. Er starrt endlos lange in dieses Loch, und ich weiß, dass sich seine mondbeschienenen Umrisse gerade in mein Gedächtnis brennen: wie er da mit nacktem Oberkörper steht, hinunter ins Erdgeschoss der Darre blickt. Seine Entscheidung bereitet mir Qualen.

Dann dreht er sich um und teilt mir durch Gebärden mit: »Ich möchte gehen.«

Ich renne von ihm weg und falle beinahe die Treppe hinunter. Ich sehe den Trockner in seinem Bett, der noch immer friedlich den Schlaf der Gerechten schläft, und ich hasse ihn dafür. Ich renne aus der Darre und durch den Kräutergarten, dessen herrliche Düfte mir jetzt den Magen umdrehen. Als ich wieder in meinem Zimmer bin, winde ich mich und weine leise in meine Laken, versuche verzweifelt, allen Seelen in diesem Haus oder auf diesem Gut die größte Enttäuschung meines Lebens zu verheimlichen. Mein Blut scheint nicht mehr zu fließen, mein Herz schlägt nur ganz langsam und tut unheimlich weh. Ich bin davon überzeugt, dass mein Geliebter mich verlassen hat und ich ihn für immer verloren habe. Es gibt keine Hoffnung mehr. Mir ist sterbenselend vor Kummer, und ich beiße ins Kissen, damit meine Tränen aufhören, das Zimmer zu überfluten. Ich rede mir ein, dass ich ihn hasse, dass ich Caleb hasse. Weil er mich verlässt, weil er nicht Himmel und Erde in Bewegung setzt, um bei mir zu bleiben. Wäre es doch noch einmal Mitternacht, ehe ich mein Zimmer verließ, vor dem Duft der Kräuter und dem kühlen Gras und der trockenen Hitze und seinem Anblick, dort, rauchend auf dem Bett, bevor er mich mit seinem blassen Gesicht ansah. Bevor ich mich an ihn verlor. Damit ich diese Nacht noch einmal durchleben könnte, jeden einzelnen Augenblick, jede Berührung und jedes Wort seiner heißen Hände, die in meine schrieben, als wir uns miteinander bewegten, Worte des Verlangens, die ich nie jemandem verraten werde, unsere geheimen Sätze, die er mir in die Hand schrieb, die mich von seiner Liebe überzeugten. Ich fürchte, dass ich nie wieder bei ihm liegen werde, dass er mich verlassen und in Afrika sterben wird; oder, wenn er es überlebt, mich für ein anderes Leben aufgibt, weil ich nur ein süßes Mädchen für ihn war, das ihn sich in dieser einen Nacht wieder jung fühlen ließ und das wie trockener Hopfen in seiner Hand zerdrückt und vom warmen Wind verweht, einfach vergessen wird.

Kapitel 12

Am 11. Oktober 1899 erklären uns die Burenrepubliken den Krieg. Caleb ist seit siebzehn Tagen fort. Am achtzehnten Tag bekomme ich meine Periode, und als das Blut sich mit dem Wasser in der Badewanne vermengt und es tiefrot färbt, weine ich bitterlich. Der Gedanke, sein Kind unter dem Herzen zu tragen, hat mir in den Tagen und Nächten seit seinem Aufbruch Trost gespendet. Doch nun bleibt nichts mehr von ihm zurück, als ob er nie mit mir geschlafen hätte.

Jeden Tag lesen wir über den Krieg. Lottie und ich haben eine Karte von Südafrika gemacht und sie an die Wand im Esszimmer gehängt. Wir verfolgen jede Schlacht, jedes Scharmützel und jede Truppenbewegung und markieren sie mit Nadeln, die weißen für uns, die schwarzen für die anderen. Wir bestellen alle Zeitungen, die uns widerstreitende Ansichten über den Krieg liefern. Wir dachten, es ginge ganz allein um die britischen Siedler, die von den Buren Uitlanders genannt werden, was so viel heißt wie Außenstehende oder Fremde. In einer Zeitung steht, dass die mangelnden Rechte und die Art, wie die Burenregierung mit den Uitlanders umgeht, der Grund für den Krieg sind. Andere Zeitungen bezeichnen das als Unsinn und behaupten, die meisten Uitlanders, vor allem die Arbeiter, scherten sich nicht um das Wahlrecht, vor allem die Aktionäre unter den Uitlanders veranstalteten all den Lärm, sie hätten die Missstände erfunden, um die Märkte ins Wanken zu bringen und die Preise zu senken. Wieder andere sagen, das Ziel des Krieges müsse es sein, ein geeintes Südafrika zu schaffen, weil nur die britische Herrschaft in die Zukunft weise und die niederländische rückschrittlich sei. In einem Leitartikel stand, dass die Niederländer keinerlei Ambitionen hätten, ganz Südafrika unter ihre Herrschaft zu bringen, wie allgemein angenommen. Es gehe nur um Geld für Reiche, die nach Kontrolle über das Gold strebten.

Lottie und ich sind verwirrt. Warum zieht Caleb in den Krieg? Warum riskieren unsere tapferen Jungs Leib und Leben und sterben sogar in diesem heißen Land, so weit von zu Hause? Vater lässt keinen Zweifel daran: Das Britische Empire muss über Südafrika herrschen, weil es besser für das Land ist, und die Holländer sollen sich verpfeifen. Die Burenrepubliken sind ein zerstückeltes Territorium von Lumpen und Bauern, die sich der britischen Macht unterwerfen werden, und bald wird alles wieder vorbei sein. Er nimmt uns nach Canterbury zum Kinematographen mit, um einen kurzen Film mit dem Titel *A Sneaky Boer* zu sehen, in dem ein tapferer britischer Soldat von einem burischen Feigling angegriffen wird, der sich durchs hohe Gras anschleicht. Ich sehe alle jubeln, als der viehische Bure erwischt wird, und manche zücken ihre Taschentücher und schwenken sie. Dann springt Lottie neben mir auf und legt die Hand aufs Herz. Weiter vorne sehe ich eine Rauchwolke. Die Betreiber haben Schauspieler ins Publikum eingeschleust, die Schüsse abgegeben haben, um die Dramatik zu steigern. Am Ende ist es so verraucht, dass wir die Leinwand nicht mehr sehen. Aufgewühlt verlassen wir den Saal und sind uns sicher, dass Caleb und unsere Jungs diese feigen Buren besiegen und zu Weihnachten wieder zu Hause sein werden.

Aber Weihnachten kommt und geht, und es ist immer noch Krieg. Im März 1900 beendet Caleb seine Ausbildung und fährt nach Afrika. Wir schreiben ihm, erhalten jedoch keine Antwort. Wochenlang sehe ich als Erste die Post durch und werde jeden Tag enttäuscht. Ich muss meine Verzweiflung verbergen. Niemand kennt die Wahrheit. Früher hätte ich mich Lottie anvertraut; sie wusste stets, was in meinem Herzen vorging. Aber das kann ich nicht mit ihr teilen. Ich habe ihr nichts von Caleb und mir erzählt, was ich für ihn empfinde, was wir getan haben. Ich glaube, sie wäre wütend auf Caleb, würde ihm vorwerfen, das Begehren eines unreifen Mädchens ausgenutzt zu haben. Ich fürchte, sie wäre eifersüchtig, und es entstünde Misstrauen. Am Ende wären wir nicht mehr miteinander befreundet. Es würde ihre Zuneigung für mich verändern, sie zerstören, austilgen. Ich kann nicht riskieren, sie zu verlieren, also beschließe ich, ihr weiterhin nichts zu sagen. Es schmerzt mich, Geheimnisse vor meiner Seelengefährtin zu haben.

Ende September kommen schließlich drei Briefe von Caleb gleichzeitig. Offenbar ist die Post dort ziemlich unzuverlässig. Aber die Briefe sind nicht nur für mich, sondern für uns beide, Lottie und mich. Natürlich. Ich könnte in diesem Haus Briefe aus Afrika weder vor Lottie noch vor sonst jemandem verbergen. Das weiß Caleb. Also gehen wir in Lotties Zimmer, und sie öffnet sie, die Ältere von uns, die Schwester. Ich lese über ihre Schulter mit, suche nach Hinweisen seiner Liebe für mich, nach einer Botschaft bezüglich unserer Zukunft.

Senekal,
Oranje-Freistaat
31. Mai 1900

Liebe Lottie, liebe Liza,
danke für Euren Brief und das Foto. Ihr seht beide sehr hübsch aus. Es tut mir leid, dass ich Euch noch nicht ausführlich geschrieben habe. Wir sind seit Monaten unterwegs, erst die Ausbildung, dann die Reise, dann mussten wir

hier alles aufbauen. Ich hoffe das jetzt mit einer Beschreibung unseres ersten größeren Einsatzes in Biddulphsberg wiedergutmachen zu können. Wir haben am Rande an ein paar Scharmützeln teilgenommen – unsere Jungs sind sehr frustriert, weil so wenig passiert –, aber dies ist die erste größere Schlacht gewesen, an der ich beteiligt war. Wie Ihr an meiner Handschrift seht, habe ich sie gut überstanden.
Ich bin in der 33. (East Kent) Kompanie, die zum 11. Imperialen Freisassen-Bataillon gehört. Das mag Euch Damen nicht viel sagen, aber es bedeutet, dass ich mehrere Männer aus Kent um mich habe. Derzeit kämpfen wir Seite an Seite mit einer bunt gemischten Schar anderer Briten, darunter die Grenadier Guards, die Scots Guards und die East Yorks. Am Montag, dem 28. Mai, zählten unsere britischen Truppen unter dem Kommando General Rundles rund 4000 Mann, und wir verließen Senekal um ein Uhr nachmittags, um etwa dreizehn Kilometer ostwärts zu marschieren. Selbst auf diesem kurzen Marsch litten manche Männer unter sehr schlechten Stiefeln und fielen mit wunden Füßen für eine Weile aus. Wir waren zu einem großen Kopje auf dem Veldt zwischen Sandspruit und Quarriekop unterwegs. (Ihr wisst wahrscheinlich inzwischen aus der Zeitung, dass das für einen Hügel in der afrikanischen Steppe steht. Kopje ist ein hübsches Wort, das »Köpfchen« bedeutet. Insgesamt eine schöne Sprache, dieses Holländisch.)
Ungefähr sechs Kilometer vor unserem Ziel schlugen wir das Nachtlager auf. Unsere Mission bestand darin, den Buren Feuer unter dem Hintern zu machen. Ich wurde umgehend beordert, an einem Außenposten Stellung zu beziehen, wo ich die ganze Nacht Wache hielt. Stundenlang schaute ich über die neblige Landschaft, wo nur der seltsame Hügel emporragt. Man könnte es als ödes Land bezeichnen, in dem die immer gleich aussehenden, quadratisch eingezäunten

Farmen und Hügelchen über weite Strecken das einzig Interessante sind, wobei sie die Einsamkeit dieser Weite nur noch mehr unterstreichen. Der Himmel hingegen ist gewaltig und beeindruckend, verändert sich stündlich und taucht das Veldt in immer neue Farben, was auf eine ganz eigene, rauhe Weise sehr anmutig ist. Manche Falter hier sind prächtig. Einer landete auf meinem Stiefel, er war riesig. Wir bekommen fremdartige Tiere wie Schlangen, Skorpione, Tausendfüßer und Eidechsen zu sehen, aber auch solche, die uns Engländern vertraut sind, wie Hasen, Kaninchen und Fasanen, durch die wir uns hier weniger fremd fühlen.
»Wecken« war am nächsten Morgen um vier Uhr, dann wurden alle Zelte zusammengepackt und verstaut, und wir saßen in der Dunkelheit auf dem Boden und aßen Frühstück. Die Sonne geht hier jedoch so früh und schnell auf, dass es helllichter Tag war, bis wir fertig waren.
Um sechs Uhr morgens am Dienstag, dem 29. Mai, setzten wir uns in Bewegung und rückten in Richtung des Kopje vor. Knapp drei Kilometer vor dem Ziel eröffneten die zwei großen Kanonen der Buren das Feuer auf die Artillerie zu unserer Linken. Wenn man den Rauch der großen Kanonen sieht, dauert es noch ungefähr zehn beunruhigende Sekunden, ehe etwas passiert. Dann hört man den Knall des Rückstoßes, dann das Heulen der Kugel, das schnell zu einem schrecklichen Schrei wird. Es macht jedoch keinen Unterschied, ob man das Ding kommen hört oder nicht, denn bis die rote Erde neben einem explodiert, hat man keine Ahnung, wo es landet. Wir marschierten den Hügel hinunter, in Richtung der Kanonen. Wir konnten niemanden sehen, wurden aber sofort wieder heftig beschossen, das Feuer schien von allen Seiten zu kommen. Kugeln surrten wie Wespen über unsere Köpfe hinweg. Weil die Buren keine Wälle bauen und zudem Mauser-Gewehre haben, die weder verräterisch knallen noch

weißen Rauch ausstoßen, ist es beinahe unmöglich, zu erkennen, von wo sie schießen. (Wir hörten später, dass die Buren ihre Stellung weiter oben auf dem Hügel gut gewählt und geplant hatten. Sie hatten Männer in einem trockenen Flussbett, andere in einem Donga – das bedeutet ausgetrockneter See – und noch mehr im hohen Gras positioniert.) Wir liefen ihnen also geradewegs in die Arme und gerieten mitten ins Kreuzfeuer. Wir erhielten den Befehl, uns hinzulegen. Wir hörten den Trompeter ein Signal blasen (ich war einen Moment lang so verwirrt, dass ich an Deinen Vater dachte, Liza, und wie sein Horn uns Pflücker zur Arbeit ruft!) und erkannten den Befehl, weiter auf die großen Kanonen zu feuern.

Wir hetzten ungefähr fünfzig Meter weiter, während der Feind unaufhörlich auf uns feuerte. Auf dem Bauch liegend schoss ich auf den Kopje. Mir ging die Munition aus. Der Kamerad neben mir – Wallis – wurde am Bein getroffen und schrie: »Sie haben mir ein Rattenloch verpasst!« Dann drehte er sich auf den Rücken und blieb reglos liegen. Ich half ihm, Mantel und Ausrüstung als Schutzdach über den Kopf zu legen, und tat dasselbe. Unsere Mäntel und unser Kochgeschirr wurden völlig zerschossen. Sie retteten uns das Leben. Fünf Stunden lagen wir so an den Boden gepresst unter Dauerbeschuss. Manche Männer trugen kurze Hosen und hatten schrecklichen Sonnenbrand in den Kniekehlen, der Blasen warf und ihnen am nächsten Tag derartige Schmerzen bereitete, dass sie nicht laufen konnten. Wallis rief immer wieder nach Wasser. Ich hatte ihm schon alles gegeben, was ich dabeihatte. Dann fing er an, darüber zu jammern, dass die verfluchten Buren all unser Gold stehlen und es dafür ausgeben würden, die neuesten Waffen aus Europa zu kaufen, und dass die Briten mit den Freistaatlern viel zu nachsichtig umgingen, die aufgeben und den Treueid auf die Krone schwören würden, um gleich am nächsten Tag

für ihre Brüder in die Schlacht zu ziehen. Alle sollten erschossen werden. Irgendwann habe ich ihm gesagt, er solle die Klappe halten. An diesem Punkt war ich mit den Nerven schon ziemlich am Ende.
Um drei Uhr nachmittags bekamen wir den Rückzugsbefehl. Wir sahen, wie einige Soldaten zurückfielen, und ich half Wallis gerade auf die Beine, als wir ein grässliches Geräusch hörten. Zuerst dachte ich, es würde wieder auf uns geschossen, denn Gewehrschüsse klingen ganz ähnlich wie brennende Bäume. Doch dann dröhnte es hinter uns laut, und ich sah, dass das Gras, in dem wir Deckung gesucht hatten, in Flammen stand. Überall um uns herum war Feuer! Einige Verwundete schleppten sich selbst durch die Flammenwand und nahmen schreckliche Verbrennungen im Gesicht in Kauf. Ich half Wallis auf die Beine, und er stützte sich auf mich, als wir hindurchstolperten. Buren kamen aus ihren Gräben und halfen verwundeten Briten durchs Feuer. Ein Bure brachte Wallis Wasser und legte zwei Mäntel um ihn, die er bei den Toten geborgen hatte. Wenn es um Verwundete geht, sind die Buren sehr fair.
In Senekal halfen sie, eine holländische Kirche in ein Krankenhaus zu verwandeln, und Wallis wurde mit den anderen Verwundeten dorthin zurückgebracht. Er wird durchkommen. Glaubt nicht alles, was Ihr in den Zeitungen über die Buren lest. Es gibt mutige, ehrenhafte Buren ebenso wie feige, ehrlose, genau wie bei allen anderen, auch bei unseren Tommys. Ich muss jedoch sagen, dass der durchschnittliche Tommy trotz seiner vulgären Ausdrucksweise und des Hangs zum Stehlen und Plündern im Angesicht von Mangel und Unannehmlichkeiten einen guten Charakter hat und bei langen Märschen, die selbst den Tapfersten einiges abverlangen, zähes Durchhaltevermögen beweist.
Sich heißblütig in die Schlacht zu stürzen ist zweifellos auf-

regend, doch die Tapferkeit, die es erfordert, weiterzumarschieren, während ringsum die Kugeln pfeifen und man vorn und hinten Männer fallen sieht, legt Zeugnis von der sturen Entschlossenheit des Tommys ab, alles zu ertragen und weiterzumachen. Wir gehen auch sehr fair mit unseren burischen Brüdern um. Nach dem Kampf verarzteten unsere Feldschere auch sie, vor allem General de Villiers, der eine Kugel in den Kiefer bekommen hatte. Am nächsten Tag vereinbarten wir eine Waffenruhe. Es ist sozusagen eine Art Krieg unter Ehrenmännern, auch wenn wir einander Sprengstoff um die Ohren werfen.

Ich blieb mit einigen anderen zurück, um die Toten zu bestatten. Wir trugen sie alle auf ein Feld, an dessen Rain ein dorniger Baum stand. Ich sah, wie ein Offizier namens Campbell einen Zettel schrieb und an den Baum heftete. Ehe wir aufbrachen, sah ich ihn mir an; darauf stand in etwa: »Diesen Baum darf niemand fällen, denn hier ruhen die, die am 29. Mai 1900 fielen.« Wie traurig, so weit weg von England in dieser trockenen Erde begraben zu liegen: wie schiffbrüchig zu sein und nie wieder heimkehren zu können. Im Schlachtengetümmel bin ich manchmal froh, noch zu leben und diesen Kampf zu führen, doch es gibt auch stillere Zeiten, in denen ich mich frage, wie es daheim den Halbreifen geht und ich mir wie ein v…r Narr vorkomme, weil ich Whitstable verlassen habe.

Bitte hebt mir die Zeitungen mit den Berichten über die Schlacht von Biddulphsberg auf. Ich habe gehört, man kann an Kiosken alte Ausgaben nachkaufen; wenn Ihr sie schon weggeworfen habt, tut das bitte. Es interessiert mich zu lesen, was für einen Unsinn sie darüber schreiben. Wir haben hier drüben ein paar englische Zeitungen bekommen und sind erstaunt über die albernen Lügen. Wir vermuten, das meiste davon wird in London erfunden.

Ich habe all meine Ausrüstung an die Buren verloren. Ich hatte ein paar wunderliche Souvenirs zusammengetragen, die Euch sicher gefallen hätten. Plünderungen sind verboten, aber bisher hatte ich eine Burenbibel gefunden, die von einer Kugel durchbohrt war, eine Freistaatenflagge und ein Schrapnellgeschoss, das ich in einer ihrer Gefechtsstellungen aufgelesen hatte, aber das ist jetzt alles weg. Ich hatte auch Euren Brief und das Foto in meinem Tornister – beides auch weg. Das tut mir sehr leid, da ich mir angewöhnt hatte, es hervorzuholen und hier an diesem heißen, seltsamen, unfruchtbaren Ort, der so weit weg ist von der kühlen Seeluft im Osten Kents, an meine Mädchen zu denken.
Alles, was Ihr mir von daheim schicken könnt, ist willkommen. Unsere Verpflegung ist ziemlich kärglich. Unlängst wurden die Rationen – wegen der eingleisigen Eisenbahn und der schlechten Waggons und Lokomotiven – auf ein halbes Pfund Rinderpastete und zwei Zwieback am Tag gekürzt. Man kann den Zwieback zerbröseln und in Wasser kochen, dann erhält man einen nahrhaften Brei, der einen satt macht. Wenn man ihn unzerkleinert isst, kann man sich die Zähne daran ausbeißen. Manchmal bringen uns die Kaffern morgens Milch, besser als Kuhmilch aus Kent. Manchmal können wir bei Bauern einkaufen, die mit Wagen vorbeikommen, oder sogar bei der Kaffernpolizei, etwa Zucker oder Tabak. Aber das ist teuer, Marmelade und Butter ebenso. Die meisten von uns können sich nur mehliges Brot leisten. Wenn wir Frischfleisch bekommen – was selten ist –, müssen wir Feuerholz sammeln und es zubereiten, was mit hängendem Magen eine Weile dauert. Gestern Abend kochten drei von uns fröhlich vor sich hin, als eine Burengranate mitten im Kochtopf landete und das Essen in alle Richtungen spritzte. Zum Glück blieben die Köche unverletzt. Wir hörten, woanders hätten Löwen ein Zelt angegrif-

fen. Selbst die Strauße sind ziemlich wild. So gefährlich ist es, hier zu essen!
Unsere Montur ist mittlerweile ziemlich geflickt und zerschlissen, und letzte Woche sah ich einen Schotten, der einen Sack als Kilt trug. Ich habe gehört, wir bekommen vielleicht bald neue Hemden und Gamaschen, aber ich finde es etwas übertrieben, dass wir das Flicken unserer Stiefel aus eigener Tasche bezahlen müssen. Ich trage nach Möglichkeit keinen Bart – manche Kameraden tragen einen und sehen aus wie Schurken –, aber mein Rasiermesser ist so stumpf, dass mir das Rasieren schwerfällt. Es wäre hilfreich, wenn Ihr ein paar leckere Fressalien und ein paar andere nützliche Kleinigkeiten schicken könntet, etwa ein neues Rasiermesser, Seife und dicke, warme Socken, denn es wird bald Winter werden (die Jahreszeiten stehen hier Kopf).
Momentan lagern wir in Zelten und Biwaks am Valsch bei Lindley. Wir haben uns die Zeit mit einem Wettbewerb vertrieben, wer die besten Wigwams bauen kann. Ich habe geholfen, einen sehr stabilen für die Messe zu bauen, wir haben einen Mimosenbaum als Fundament genommen und Trauerweidenzweige für das Dach und die Wände. Der Valsch ist ein schöner Fluss, doch gestern trübte ihn der Anblick Hunderter toter Pferde, die in einer grimmigen Prozession vorbeitrieben, offenbar flussaufwärts von Artilleriebeschuss getötet. Unmittelbar außerhalb unseres Lagers liegt im Fluss ein Inselchen, an dem die toten Pferde hängenblieben, und der Gestank gegen Mittag ist widerwärtig. Zum Glück können wir Kaffern acht Kilometer westwärts schicken, um Trinkwasser zu holen, doch kochen und waschen müssen wir mit Flusswasser, und wir fischen auch darin. Mit etwas Glück werden wir bald weiterziehen. Wir sind nicht sicher, wo es als Nächstes hingeht, aber wahrscheinlich ein Stück südwärts, wo sich unter General Prinsloo eine gro-

ße Streitmacht versammelt, mit der wir kurzen Prozess machen werden. Ich würde sagen, insgesamt schlagen wir uns gut. Wir glauben an ein geeintes Südafrika, und dazu kann es nur unter Führung des Britischen Empires kommen, das steht fest. Die Buren mögen nette Kerle sein, aber sie haben keine Ahnung, wie man ein Land verwaltet. Wir Briten müssen ihnen da ein paar Dinge beibringen, doch ich fürchte, ehe die ganze Chose hier vorbei ist, haben wir alle noch eine Lektion zu lernen.

Ich schreibe wieder, wenn ich die Zeit dazu finde. Neben all unseren Pflichten schreibe ich auch für Wallis und noch zwei andere Briefe nach Hause.

Euer Euch liebender Bruder und Freund,
Caleb

Lindley,
Oranje-Freistaat
14. Juli 1900

Meine liebsten Schätze,
noch immer keine Briefe von Euch, kein Lebenszeichen von daheim in Sicht. Ich weiß, Ihr habt inzwischen sicher alles Mögliche geschickt, aber es erreicht uns nichts. Ich hoffe, bald von Euch allen zu hören und wenigstens ein paar Socken zu bekommen, denn meine Füße werden täglich blauer. Wer weiß, wann Ihr diese Bitte lesen werdet, aber wärmere Kleidung wäre höchst willkommen, ein paar meiner alten Troyer für die Nacht oder eine Wollmütze, denn man friert schlimm am Kopf, wenn man draußen auf dem Veldt schlafen muss.

Seit meinem letzten Brief habe ich den Oranje-Freistaat durchquert und das Transvaal erreicht, wobei meine Kompanie in verschiedene Gefechte verwickelt war: Wir haben Burenaußenposten gestürmt und versprengte Kämpfer ge-

fangen genommen. Ich bin noch nicht verwundet oder tot, schätze mich also sehr glücklich. Der Krieg dauert an und reißt uns mit. Der Kriegsverlauf ändert sich. Seit seinem Beginn hat es einige größere Schlachten gegeben. Manchmal schlagen sich unsere Streitkräfte sehr gut, dann wieder bekommen wir die Hucke voll. Die Buren sind bestens organisiert und brennen für ihre Sache. Sie haben Kommandotrupps gebildet, Gruppen von Männern, die permanent in Bewegung sind, Sabotageakte begehen und sich Scharmützel mit uns liefern. Ihre Frauen und Kinder bleiben auf den Gehöften und versorgen die Männer, damit die Kommandotrupps nach Belieben kommen und gehen, Eisenbahnlinien in die Luft jagen oder blockieren oder wichtige Nachschublieferungen an unsere Männer (in denen auch eure Pakete sein könnten) verzögern oder vernichten können. Wenn wir weiterhin auf große Schlachten warten, wird dieser Krieg der kleinen Scharmützel einfach ewig weitergehen. Also muss sich etwas ändern. Unsere jüngsten Befehle lauten, die Nachschubwege der Buren-Kommandotrupps an der Wurzel zu kappen.

Das bedeutet, wir brennen ihre Gehöfte nieder. Wir ziehen übers Veldt. Manchmal weht die weiße Fahne über einem Hof, aber wenn wir dann näherkommen, schießt jemand auf uns. Manchmal steht der Hof auf der Liste der zu vernichtenden, weil die Männer zu einem der Kommandotrupps gehören, weil er die örtlichen kämpfenden Buren unterstützt hat oder einfach, weil er zu nah an einer Eisenbahnlinie oder einem Scharfschützenhinterhalt liegt. Die Bewohner sind fast immer Frauen, Mädchen und sehr kleine Jungen, weil die Jungen ab einem bestimmten Alter sich den Männern anschließen. Diese Familien haben wenig Einfluss darauf, was die Kommandotrupps vor Ort tun, also auch nicht darauf, ob ihre Gehöfte niedergebrannt werden

oder nicht. Aber manche versorgen die Männer mit Nahrung und anderem und werden daher als Rebellen gebrandmarkt. An ihnen statuieren wir Exempel, um andere davon abzuschrecken, den Kommandotrupps zu helfen. Wir hoffen, so irgendwann die Kämpfer aushungern und zur Kapitulation zwingen zu können. Doch in letzter Zeit haben wir Befehle erhalten, Gehöfte niederzubrennen, die auf keiner Liste stehen, weil jemand von oben sagt, man könne keinem Buren, egal welchen Geschlechts, trauen, da sei einer so schlimm wie der andere. Das alles mag vor ein paar Wochen fair begonnen haben, als der erste Verbrennungsbefehl kam, doch jetzt geht es nahezu willkürlich weiter.
Ich war jetzt bei mehreren Verbrennungen zugegen, und das läuft normalerweise so: Wir reiten zum Farmhaus. Die Frauen sind oft im Freien, sehen uns entgegen und machen Zeichen. Zuerst glauben sie, wie kämen wegen Erfrischungen, doch dann sagt ihnen unser Offizier, wir seien gekommen, um ihr Gehöft niederzubrennen. Das ist ein schrecklicher Moment, in dem ich meist wegschaue. Manche werden wütend und verfluchen uns oder werden hysterisch und brechen zusammen. Andere reagieren einfach niedergeschlagen und bekümmert. Wir geben ihnen kurz Zeit, um ihre Habseligkeiten aus dem Haus zu holen. Bei den schweren Möbeln helfen wir ihnen manchmal. Alles wird in einiger Entfernung vom Haus aufgestapelt, und sie stehen verloren zwischen ihrem bunt durcheinandergewürfelten Hab und Gut. Wir holen Strohbündel zum Anzünden und entzünden das Feuer. Manchmal sieht man Tommys Hühner und Enten jagen, die sie zum Essen mitnehmen wollen, während andere die Pferde und Rinder verjagen oder das Getreide zertrampeln, die Wagen wegschaffen oder auch die verbrennen. Oft exhumieren wir auch frische Gräber; ich weiß, das klingt widerlich, doch die Burinnen verstecken

darin oft Waffen und Wertsachen. Ich habe von Tommys gehört, die ausgeschickt wurden, um Getreidespeicher und sogar Schafe zu verbrennen, die sie dann in Todesqualen halbtot liegen ließen, bis sie schließlich in der Sonne verfaulten. Ihr sollt wissen, dass ich selbst das noch nicht getan habe. Manche von uns werden auf die nächste Erhebung geschickt, um Wache zu schieben. Mehr als einmal habe ich berittene Buren-Kommandotrupps gesehen, die aus der Ferne ihr Heim niederbrennen sahen – zu weit von uns entfernt, um sie angehen zu können –, nur um sich niedergeschlagen abzuwenden und davonzutrotten.

Wenn wir sicher sind, dass die Gebäude gut brennen, rücken wir ab und lassen das Häuflein Frauen zurück, die aneinandergeklammernt zusehen, wie ihr Heim niederbrennt. Einige weinen, während andere hoch erhobenen Hauptes dastehen oder uns gar mit der Faust drohen, während wir abrücken. Die Kinder betrachten das Feuer immer mit großen Augen wie wir in der Guy-Fawkes-Nacht. Ich glaube, die Kleinen haben keine Ahnung, was das Feuer für ihre Zukunft bedeutet. Sie sind nur fasziniert von dem Anblick. Ich fürchte, sie werden es bald begreifen.

Überall im Veldt sieht man Rauchsäulen aufsteigen, wenn wieder ein Gehöft in Flammen aufgeht. Wallis sagt, die männlichen Buren seien gemeine Menschen, denen die Bauernschläue ins Gesicht geschrieben steht, während Burenkinder meist brutal und Burinnen dumm und stur seien, außerdem seien sie alle Spione und hätten es nicht besser verdient. Stur sind sie zweifellos. Wenn sie mit einem reden, ist es erstaunlich, wie sicher sie sich ihres Erfolges sind. Sie sagen, sie würden ewig weiterkämpfen, niemals aufgeben und warteten nur darauf, dass wir unsere Sachen packen und heimgehen. Sie akzeptieren stillschweigend, dass das möglicherweise noch lange dauern wird, dass die Tommys bis dahin tun werden, was ihnen gefällt, dass ihre Männer monate-, vielleicht jahrelang weg sein werden und dass wir sogar ihre Häuser niederbrennen und ihre Lebensgrundlage zerstören. Aber sie glauben fest daran, dass sie am Ende siegen werden. Ich vermute, das rührt von ihrem Glauben an Gott her und daran, dass er sie beschützt. In jedem Burenhaus, das man betritt, sieht man an prominenter Stelle eine Familienbibel, und jeder Bure hat eine Bibel im Tornister oder in der Tasche.

Aber darüber hinaus geht es auch um Patriotismus. Sie glauben unerschütterlich an ihr Recht auf dieses Land. Sie haben es in hartem Kampf den Kaffern abgerungen und einen hohen Preis dafür bezahlt. Aufgeben kommt jetzt für sie nicht mehr in Frage. Diese Haltung – die man in jedem Haus und jedem Herzen findet – wird, so glaube ich, dazu führen, dass dieser Krieg noch Jahre dauern wird. Es wird sehr schwer werden, diese Menschen zu brechen. Von diesem Land wird nur noch eine Wüste bleiben. Wenn ich an die verängstigten Kinder denke, die ihr Heim niederbrennen sehen, dann vermute ich, das wird in ihnen einen tiefen, lebenslangen Hass auf die Briten schüren, den sie zweifellos an ihre Kinder und Kindeskinder und so weiter weitergeben werden. Mit brennenden Gehöften fängt es an, und wer weiß, wie es enden wird?

Ich bedaure, meinen Brief mit einem so traurigen Thema zu beenden. Doch nun, da der Spaß der ersten Schlachten verflogen ist, blicke ich in die Zukunft dieses Krieges und sehe wenig anderes als die Guerillataktik der berittenen Buren und ihre endlosen Attacken – sie sind hervorragende Schützen – und uns, wie wir über das Veldt jagen, die zusammentreiben, die wir erwischen, und das Land verwüsten, und dennoch werden uns immer Buren entwischen, weil wir sie nie alle kriegen können. So habe ich mir den Krieg nicht vorgestellt; er ist nicht, wie ihn die Zeitungen schildern. Wenn ich ein Pfund für jedes Mal bekäme, wenn sie schreiben, der Krieg werde bald vorbei sein, ich wäre Millionär, und der Krieg ginge dennoch weiter.

Ich hoffe, in Whitstable und Edenbridge ist alles in Ordnung, die Austern laichen schön, die Hopfendolden reifen in der Sonne Kents und das Leben dort ist genau, wie es immer war und bleiben wird. Darauf hoffe ich: dass bei meiner Rückkehr alles noch so sein wird wie bei meinem Aufbruch.

Hier wirbelt der Wind Staubstürme auf, und es wundert mich, dass die Buren dieses trockene Land von ganzem Herzen lieben. Doch das tun sie, und sie werden es nie aufgeben.

Wenn jemand versuchte, uns die Austernbänke abzunehmen, sie zu zermalmen oder den Golding-Hopfen zu zertrampeln und die Darre niederzubrennen, würden wir uns das einfach so gefallen lassen? Würden wir uns ergeben? Würden wir verzeihen?

In tiefer Liebe,
Euer Caleb

Garnison Frankfort,
Oranje-Freistaat
13. August 1900

Meine Lieben,

in diesem Brief habe ich Euch viel zu berichten. Ich war bei einem großen Schauspiel zugegen, das vielleicht einer meiner bleibendsten Eindrücke aus diesem Krieg sein wird: Prinsloos Kapitulation. Ich muss auch von einer persönlicheren Begegnung berichten, die meine Gefühle für diesen Krieg und seinen Preis verändert hat. Zunächst zum militärischen Teil. Mitte Juli lagen mehrere tausend Buren unter General Prinsloo bei Brandwater. Unsere Truppen umzingelten sie. Am 18. Juli waren die Briten bei Slabbert's Nek und Retief's Nek durchgebrochen. Die Schlacht in den anschließenden Tagen kostete viele Briten das Leben. Sie fand bei Eiseskälte und Regen im Tal und in den Bergen im Schnee statt. Die Buren zogen sich schnell zurück, während wir an allen Fronten immer weiter vorrückten, um ihnen die Fluchtwege abzuschneiden. Ich erreichte unter General Rundle Commando Nek, und wir sicherten dort den Ausweg, zum Glück ohne Verluste für unsere Kompanie, da die Buren nirgends zu sehen waren. Sie waren im Nebel verschwunden.

Sobald wir hörten, dass die Falle gestellt war, zogen wir los – nun, wir schlenderten eher, denn es gab keinen Grund zur Eile –, runter nach Fouriesberg, um nachzuschauen, wie viele Hummer im Topf waren. Als ich hinunterkam, wurde ich des prachtvollen Anblicks unserer Pferde gewahr, die in langen, gewundenen Reihen die Furt überquerten. Wir hörten Gerüchte, Prinsloo habe um eine sechstägige Waffenruhe gebeten, um Kriegsrat halten zu können, doch unser großer Führer habe abgelehnt, was niemanden überraschte. Die Buren saßen in der Falle, ihnen blieb nur noch ein schmaler Gebirgspass Richtung Natal. Doch das war ein britischer Stützpunkt, was sollten sie da? Auch hätten sie dann ihre Wagen zurücklassen müssen, was die Buren hassen, so sehr hängt ihr Leben an diesem einfachen Gegenstand; haben sie doch vor diesem Schlachten mit ihren Tieren, ihrem Gewehr und dem Wagen auf dem flachen Veldt gelebt, sind umhergezogen und haben sich schließlich auf einem Gehöft niedergelassen. Also kapitulierten am 29. Juli Prinsloo und 4000 Buren unter seinem Kommando bedingungslos. Wir waren alle erstaunt, wie glatt das ging. Ich glaube wirklich, diese 4000 Seelen sprachen mit einer Stimme, trotz der Wut ihrer Burengeneräle anderswo. Sie wollten einfach ihre Wagen nehmen und heimfahren.

Doch noch ging es für sie nicht nach Hause. Wir hörten, Prinsloo habe darum gebeten, man möge allen Bürgern gestatten abzuziehen, statt sie als Kriegsgefangene zu behandeln. Unser Befehlshaber, General Hunter, lehnte das natürlich ab – warum bitte sollten die kämpfenden Buren keine Kriegsgefangenen werden? Was sollte sie daran hindern, zukünftig wieder Kommandotrupps zu bilden und Tommys zu töten? Stattdessen bot General Hunter höchst großzügig an, ihren Privatbesitz und ihre persönlichen Gegenstände zu behalten, auch ihre Pferde, um darauf weiterreiten zu können, ein Großmut, wie man ihn britischen Kriegsgefangenen meines Wissens nie zuvor hat angedeihen lassen. Die eigentliche Kapitulation war ein Bild, das ich nicht mehr vergessen werde. Sie dauerte Tage. Das Tal war voller Burenwagen, die nach Fouriesberg hineinströmten. Die Buren selbst kamen in Gruppen zu Hunderten und gaben ihre Waffen ab. Man nahm ihnen die Mauser-Gewehre ab, entfernte die Munition und warf diese in ein großes Feuer, das Tag und Nacht brannte. Gelegentlich explodierte in der Hitze ein größeres Kontingent von Patronen, und schwarzer Rauch stieg auf. Die Buren waren weder stolz noch hoffärtig, weder wütend noch beschämt. Sie waren nur an ihrem Eigentum interessiert und insgesamt recht heiter. Es ist schwer, sie nicht zu mögen. Dann führte man sie nach Süden, ihrem Schicksal entgegen, in Kriegsgefangenenlager oder britische Kolonien in Übersee wie etwa Bermuda, St. Helena oder Ceylon, weit weg von daheim. Man sollte denken, die Kapitulation einer solch gewaltigen Zahl Gefangener würde bedeuten, dass das Ende des Krieges in Sicht ist, aber das bezweifle ich. Ich glaube vielmehr, es wird die anderen anspornen, noch verbissener zu kämpfen.

Am nächsten Tag übertrug mir mein vorgesetzter Offizier eine außergewöhnliche Aufgabe. Eine Frau und ihr Sohn waren Teil der sich ergebenden Burenstreitkräfte. Da sie bewaffnet war, hatte man befunden, sie habe Seite an Seite mit den Männern gekämpft. Man konnte sie nicht zusammen mit ihnen als Kriegsgefangene fortschicken, da dies für Frauen nicht vorgesehen war. Man hatte beschlossen, sie stattdessen zu verhören, da sie monatelang durch den Oranje-Freistaat gereist war und nützliche Informationen über die Truppenbewegungen der Buren haben mochte. Man sagte mir, nach dem Verhör solle sie in ein Lager für Frauen und Kinder kommen. Man verhörte sie stundenlang, und dann wurde ich gerufen, um sie abzuholen und nach Harrismith zu bringen. Dort gibt es einen Bahnhof, von dem aus wir den Zug nordwärts zu einem Lager bei Johannesburg nehmen sollten. Sie hatte darum gebeten, in dieses Lager zu kommen, weil sie glaubte, dort seien Angehörige von ihr.

Die Dame, die ich begleiten sollte, hört auf den wunderbaren Namen Mrs Uitenweerde, doch zum Glück gestattete sie mir, sie beim Vornamen zu nennen, der viel einfacher ist: Maria. Ihr Mann Hermanus (ich glaube, so schreibt man ihn, auch wenn diese Burennamen teuflisch schwer zu buchstabieren sind) ist letzten November in der Schlacht am Modder River, die sie die Twee-Rivier-Schlacht (was Schlacht der zwei Flüsse bedeutet) nennt, gefallen. Sie ist eine blutjunge Witwe, vielleicht Anfang zwanzig, und hat einen siebenjährigen Sohn namens Jurie. Sie muss sehr jung geheiratet haben. Nach dem Tod ihres Mannes verließ sie mit Jurie ihr Gehöft ein paar Meilen nördlich von Pretoria und folgte Kommandotrupps, bei denen ihr Vetter Michael kämpfte. Manchmal kehrte sie zu ihrem Gehöft zurück, um sich dann wieder dem Kommandotrupp anzuschließen. Im Juni wurde sie dieses Lebens müde und kehrte zu ihrem Gehöft zurück, nur um festzustellen, dass man es niederge-

brannt hatte. Ich bin bloß froh, dass ich das nicht war, denn ich weiß, ich habe da oben keine Gehöfte in Brand gesteckt und ganz sicher keines mit Namen Mimosafontein. Was für ein schöner Name, daran würde ich mich erinnern.

Im Juli war sie mit dem Kommandotrupp ihres Vetters als Teil von Prinsloos Streitkräften unterwegs, und so geriet sie in die Kapitulation von Fouriesberg. Natürlich hasst sie die Briten. Als sie mich zum ersten Mal sah, musterte sie mich einmal von oben bis unten, wie es Mama immer tat, wenn wir etwas angestellt hatten und sie gleich nach der neunschwänzigen Peitsche greifen würde. Maria redete zunächst nicht mit mir, sondern flüsterte nur auf Afrikaans mit ihrem Sohn. Er war ein gesprächiger kleiner Bursche, aber auch er redete nicht mit mir. Er sah mich manchmal um ihre Röcke herum an, um den Engländer im Auge zu behalten, verbarg sich aber immer wieder, wenn ich seinen Blick erwiderte oder ihm zuzwinkerte. Wir erreichten den Bahnhof in Harrismith, nachdem mir Maria, die sich dort auskannte, den Weg in höflichem Tonfall und perfektem Englisch beschrieben hatte, doch sonst sagte sie auf dem langen, holprigen Weg übers Veldt in dem kruden Planwagen, den man uns zugewiesen hatte, kein Wort zu mir.

Der Zug fuhr ein, als wir eintrafen, also suchte ich uns ein leeres Abteil, und wir stiegen ein. Wir saßen auf gegenüberliegenden Bänken. Diese Wagen bestehen aus Einzelabteilen, und der Schaffner muss sich außen auf einem gut zwanzig Zentimeter breiten Trittbrett entlangschieben, während der Zug dahineilt. Lieber er als ich. Ich legte mir den Hut über die Augen und machte ein Nickerchen. Sie hätte mit dem Kind aus dem fahrenden Zug springen müssen, um zu fliehen. Es gab keinen Speisewagen, also mussten wir bis zum nächsten Halt warten, um in einem Restaurant am Bahnsteig zu Mittag zu essen: kalte Suppe, zähes

Fleisch und so stumpfe Messer, dass man keine Butter damit schneiden konnte. Die ganze Zeit sprach weder die Frau noch ihr Sohn ein Wort mit mir. Nach dem Essen sagte sie zu dem Koch auf Englisch: »Er zahlt«, deutete auf mich und rauschte hoch erhobenen Hauptes auf den Bahnsteig hinaus. Ich war eher ihr Diener als ihr Bewacher!

Zurück im Zug beobachtete ich sie eine Weile. Sie hatte noch immer das Kinn vorgereckt und den Blick weit in die Ferne gerichtet. Ihr Sohn schlief. Ich sagte, wir würden noch mindestens zwei Tage in diesem Zug verbringen, also wäre es sicher angenehmer, sich im Gespräch die Zeit zu vertreiben. Sie sah mir direkt ins Gesicht und fragte: »Was haben Sie in England vor dem Krieg gemacht?« Ich sagte es ihr, und sie wollte wissen: »Warum zieht ein englischer Bauer wie Sie gegen uns burische Bauern in den Krieg, Tausende von Kilometern von daheim entfernt?«

Zu meiner Schande konnte ich ihr nicht ehrlich antworten. Ich wusste nicht, was ich hätte sagen sollen. Das Gespräch endete an dieser Stelle. Etwa eine Stunde später versuchte ich es erneut. Ich fragte sie, was während des Verhörs geschehen sei, und sie sagte, man habe sie ununterbrochen zum Leben der Buren befragt, was sie aßen, wie lange sie noch kämpfen würden, wie es ihnen gelungen war, die Bahngleise zu sprengen und so weiter. Dann setzte sie hinzu: »Ich habe denen nichts gesagt, und Ihnen werde ich auch nichts sagen, Khaki.« Ich sagte, ich wolle nur wissen, ob man sie gut behandelt hatte. Sie sagte, Captain Cox sei tatsächlich sehr nett zu ihr gewesen, er habe gesagt, wenn sie nicht reden wolle, könne sie niemand dazu zwingen. Er habe ihren Mut bewundert. Ich sagte ihr, ich sei froh, dass man sie gut behandelt hatte.

»Haben Sie die Buren gut behandelt?«, fragte sie.

»Ich hoffe es«, erwiderte ich.

»Haben Sie Gehöfte niedergebrannt?«
Ich wollte ihre Frage nicht beantworten und wandte den Kopf ab. Was war ich für ein Feigling! Aber meine Gefühle für meine Landsleute gewannen die Oberhand, und ich fühlte mich in der Defensive.
»Ihre Mitburen. Betreten die nicht die Häuser von Loyalisten und plündern sie, werfen die Leute hinaus, behandeln sie grob, misshandeln sie vielleicht gar? Ganz zu schweigen davon, wie Sie all die Jahre die Ureinwohner behandelt haben. Schließlich waren sie zuerst in Afrika. Wenn Ihre Mitbürger uns gefangen nehmen, ziehen sie uns die Uniformen aus und jagen uns hungernd und dürstend aufs Veldt, wo wir dann sehen müssen, wie wir klarkommen – und streifen nicht einige burische Kommandotrupps wie Banden von Gesetzlosen umher und verstümmeln die Leichen britischer Soldaten?«
»Alles Lügen!«, schrie sie, und der Junge, der mit dem Kopf in ihrem Schoß schlief, regte sich. Sie strich ihm übers Haar, und er schlief weiter.
Wir stritten lange über das Recht und Unrecht in alldem, darüber, wer wann was getan hatte, und es war klar, wir würden uns niemals einig werden. Aber am Ende verstanden wir, so glaube ich, einander besser und sahen einander mit neuen Augen.
Die Passagierzüge fahren nur tags, also machte der Zug Rast für die Nacht, als wir Volkrust erreichten. Der Junge erwachte und aß etwas Brot und Trockenfleisch, das ihm seine Mutter gab. Ich kaufte im Bahnhof noch weitere Nahrung, ehe dieser schloss, und gab Jurie etwas Milch, wofür mir seine Mutter dankte. Wir redeten die ganze Nacht hindurch, während Jurie wieder schlief. Maria erzählte mir von ihrem Leben als Kind auf ihres Vaters Hof, einem einfachen Leben mit Fleisch, Milch und Obst, bei dem sie das Wasser

aus der Erde holten, die Sonne ihr Gemüse wachsen ließ, sie alte Lieder sangen und die Bibel lasen. Ich erzählte ihr von den Austern, den Launen des Meeres und dem Duft des Hopfens. Vor Tagesanbruch schliefen wir eine Stunde oder so, dann weckte uns der Pfiff, mit dem der Zug Dampf abließ, ehe er weiter gen Johannesburg rumpelte.

Für den Rest der Reise sprachen wir auf sachlichere Weise vom Krieg. Ich erzählte ihr von Wallis und unserer Flucht vor dem Beschuss. Sie erzählte mir von ihren zahlreichen Fluchten vor britischen Soldaten oder »Khakis«, wie sie sie nennt. Sie hat für so ziemlich alle Beteiligten an diesem Krieg einen eigenen, ungewohnten Ausdruck: Uns nennt sie Khakis, Tommys oder Engelsen, ihre Männer nennt sie Bürger, die Schwarzen Hottentotten. Ihre sauerste Miene ist denjenigen ihrer Landsleute vorbehalten, die mit den Briten kollaboriert haben: Das sind die Khaki-Buren, Leute, die den Briten irgendwie geholfen haben, doch die Schlimmsten sind die Mitläufer, die sich dem Feind angeschlossen und für ihn gekämpft haben. Wenn sie so angewidert von uns spricht, kommt mir die Galle hoch, und ich will sie am liebsten schütteln. Aber ich muss bedenken, wo sie herkommt, muss ihr Vorleben in Betracht ziehen, ihre Jugend und ihren toten Mann. Dann verzeihe ich ihr den Hass. Ich hoffe nur, dass sie, indem sie sich mit mir unterhält und weil sie Captain Cox' Freundlichkeit erlebt hat, eine neue Vorstellung davon bekommt, wie ein Engländer sein kann.

Am späten Nachmittag kam der Zug in Johannesburg an. Wir saßen da und betrachteten den betriebsamen Bahnhof, die Buren und die Engländer, die Khaki-Buren und Mitläufer und Hottentotten, die ihren Geschäften nachgingen. Plötzlich beugte sie sich vor, legte die Arme um ihren Sohn und sah mich durchdringend an.

»Lassen Sie uns gehen«, sagte sie. »Lassen Sie uns abhauen.

Sie können sagen, ich hätte Sie überlistet. Sagen Sie, ich hätte behauptet, mein Sohn sei krank. Ich bin Ihnen im Gewühl des Bahnhofs entkommen. Das können Sie sagen.«

Ich erwiderte, das könne und wolle ich nicht tun. Meine Befehle lauteten, sie nach Camp Irene zu bringen, und ich würde meine Pflicht erfüllen und genau das tun. Sie flehte mich an, und auch ihr Junge flehte in vollkommenem Englisch.

»Waren Sie schon einmal in den Lagern?«, fragte sie mich verzweifelt. Ich verneinte. Sie sagte, das seien Orte des Grauens, wo Menschen verhungerten und Kinder an Kälte und grassierenden Krankheiten starben. »An diesen Orten geht der Todesengel um.«

Ich war zu schockiert, um zu antworten. Der Zug rumpelte weiter dem Lager entgegen, das jetzt nur noch 25 Kilometer entfernt lag. Ich versicherte ihr, das seien nur Gerüchte, die Buren verbreiteten, damit die Frauen sich nicht dorthin um Hilfe wandten. Ich erklärte, die Lager seien eingerichtet worden, um Flüchtlinge aufzunehmen und zu versorgen, Frauen, die durch den Krieg ihr Heim verloren hatten, ihre Männer oder ihre Lebensgrundlage, um sie davor zu bewahren, dass sich Kaffern an ihnen vergriffen, wenn sie sich allein und ungeschützt im Veldt aufhielten. Ich sagte ihr, ich habe gehört, die Lager würden effizient und gerecht von den Briten geleitet und es würde ihr dort kein Leid geschehen.

An dieser Stelle raufte sie sich das Haar und riss es sich beinahe aus.

»Wie können Sie so dumm sein?«, schrie sie und brach weinend zusammen, während Jurie ihr das Gesicht streichelte und ins Ohr flüsterte, sie zu beruhigen versuchte und mir, ihrem Häscher, Blicke puren Hasses zuwarf.

Danach redete sie nicht wieder mit mir. Als wir das Lager erreichten, brachte ich sie zum Tor. Weiße Zelte erstreckten sich in Dutzenden Reihen einen Hügel empor, die Leinwände flatterten im kalten Wind, der vom Veldt her wehte. Es sah gottverlassen aus, aber ich konnte nicht glauben, dass Ihre Ängste zutrafen. Schließlich wurde es von Briten geleitet, und wenn man sich auf die britische Zivilisation nicht mehr verlassen kann, worauf dann? Ich konnte mich von Maria und Jurie nicht verabschieden, denn sie führte ihn von mir weg, ohne sich noch einmal umzudrehen. Ich musste den Zug besteigen und nach Frankfort zurückkehren, eine Garnisonsstadt, in der die East Kents einstweilen stationiert sein werden und von der aus ich Euch jetzt diesen Brief schreibe.

Ich vertraue darauf, dass sie sich inzwischen in Camp Irene eingelebt und in ihr derzeitiges Schicksal ergeben hat. Schließlich wird sie, wenn der Krieg vorbei ist, mit ihrem Sohn ein neues Leben beginnen können. Sie ist noch jung. Es heißt, dass die, die ihr Heim verloren haben, nach dem Krieg entschädigt werden. Sie muss nur warten und sich auf bessere Zeiten freuen. Ich werde versuchen, sie zu besuchen, wenn ich kann, und mich zu überzeugen, dass es ihr gutgeht.

Ich bin nur froh, dass meine Mädchen daheim in England in Sicherheit sind.

Ich werde wieder schreiben. Es sieht nicht so aus, als wäre der Krieg bald vorbei, wenn wir hören, dass Kitchener um Proviant für ein weiteres halbes Jahr gebeten hat. Ich frage mich, ob die britische Öffentlichkeit dieses Krieges auch müde werden wird. Hätten die Buren erbitterten Widerstand geleistet und sich dann ergeben, wären wir, da bin ich mir sicher, daheim sehr populär. Bei unserer Heimkehr gäbe es Straßenfeste, und man würde die Hüte in die Luft werfen. So aber fürchte ich, das Land wird uns vergessen, und wir werden in ein oder zwei Jahren den Schwanz einziehen und nie wieder von Südafrika sprechen.

Wir sollen eine Weile hier in Frankfort bleiben. Es ist ein Ort im Nirgendwo, nur von Staubstürmen gegeißelte Dornbüsche, ein jämmerlicher Ort.
Ich liebe Euch,
Caleb

Diese Worte zu lesen, seine Stimme in ihnen zu hören, ist Freude und Leid zugleich. Lottie und ich weinen und halten einander fest, breiten die Briefe auf ihrem Bett aus und studieren sie erneut. Wieder steigen Tränen auf, als ich Passagen zum zweiten Mal lese, und mein Taschentuch wird klatschnass. Lottie tröstet und beobachtet mich. Doch sie stellt keine Fragen. Ich schätze, sie weiß von meiner starken Zuneigung zu ihm, auch ohne unser Geheimnis zu kennen. Wir sprechen über seine Erlebnisse, die Gefahr, seine veränderten Ansichten, die ihn von dem Tommy, von dem wir in den Zeitungen gelesen haben, zum nachdenklichen Mann haben werden lassen, der den Krieg in Frage stellt. Dafür bin ich stolz auf ihn. Doch ein anderes Gefühl trübt meine Gedanken und erbittert mich. Diese Frau, diese Maria. Wie er von ihr schreibt, lässt mich sie hassen. Sie tut mir zwar leid – wer würde nicht so empfinden? Ich verstehe auch, warum es Caleb so geht. Doch ich bin so eifersüchtig auf sie, dass mir das Blut in den Adern gefriert. Das sage ich Lottie natürlich nicht. Sie redet ständig davon, was für ein guter Mann ihr Bruder ist, weil er sich um diese Frau und das Kind kümmert. In diesem finsteren Augenblick verfluche ich sie und wünsche mir, dass er nie wieder in dieses Lager, zu ihr, zurückkehrt, ja dass er nie mehr an sie denkt.

Ein Besucher erscheint neben Lotties Bett. Ein alter Mann, den ich schon im Esszimmer gesehen habe, ganz in Schwarz und mit weißer Fliege; ein Butler aus der Zeit vor meiner Geburt. Er hat mir einmal verraten, dass er bei einer großen

Abendgesellschaft zusammengebrochen ist. Er ist noch immer untröstlich, dass er seinem Dienstherrn Unannehmlichkeiten bereitet hat. Er sieht mich neugierig an.

Ich wollte keine Unannehmlichkeiten bereiten.

Ich weiß.

Meine Frau war hier Haushälterin. Sie starb … wann war das noch? Sie ging einfach ins Bett, sagte, sie sei müde, und wachte nicht mehr auf. Bereitete niemandem Unannehmlichkeiten. Eine bewundernswerte Frau, findest du nicht?

Wieder vergieße ich Tränen.

Weinst du um die Toten?

Nein. Ich weine um mich.

Wie sehr habe ich mich nach Nachricht von Caleb gesehnt – und jetzt fühle ich mich miserabler denn je.

Kapitel 13

Als ich morgens mit einem Buch in der Hand die Treppe hinunterkomme, um im Garten zu sitzen und in der Frühlingssonne zu lesen, sehe ich Vater die Auffahrt heraufkommen, die Hand an die Brust gepresst. Sein Haar ist zerzaust, als wäre er schwimmen gewesen. Später erfahre ich, dass er so sehr geschwitzt hat. Sein Gesicht ist rotgolden wie das Bier, das aus seinem Hopfen gebraut wird. Ich springe zu ihm, und nach Luft ringend packt er meine Schulter. Ich spüre, wie er sein Gewicht auf mich verlagert, und wir fallen beide zu Boden. Mr Davy, der oberste Gärtner, und das Dienstmädchen Edith kommen angerannt, und wir helfen ihm auf. Ich sehe ihn sagen: »Es ist alles gut. Mir geht es gut.« Er richtet sich auf und streicht sich die Hose glatt.

»Geht es *dir* gut?«, fragt er in Gebärdensprache.

Ich nicke, und wir gehen alle zusammen, Seite an Seite, ins Haus. Er wendet sich ab und schickt uns mit einem sanften Wink fort. Wir sollen uns nicht aufregen. Doch ich sehe, dass er Mr Davy etwas zuflüstert. Ich renne zu Lottie, um ihr alles zu erzählen.

Sie sagt: »Mach dir keine Sorgen. Dein Vater wird noch steinalt.«

Aber ich habe gemerkt, dass Vater in letzter Zeit nicht mehr der Alte ist. Er sorgt sich um die diesjährige Ernte. Echte Mehltaupilze haben die Pflanzen befallen. Er war mit den Arbeitern draußen, hat das Getreide mit Schwefel besprüht, um die Schädlinge abzutöten, und Tag und Nacht überprüft, ob die Behandlung Erfolg zeigt. Seit Beginn des Krieges habe ich ihn nicht mehr so erlebt. Später geht der

Arzt in Vaters Zimmer und kommt eine Stunde lang nicht mehr heraus.

Mutter bittet mich, sie nach ihrem Nachmittagsschlaf in ihrem Zimmer aufzusuchen. Die Vorhänge sind halb zugezogen, im dämmrigen Licht lungern zwei Besucher. Ich schicke sie fort. Es sind Vaters Verwandte, für die ich gerade keine Zeit habe. Dienstmädchen Alice richtet Mutters Haar, und ich setze mich aufs Bett und sehe zu, wie die dicken, langen Zöpfe über einem Haarteil aus Rosshaar hochgesteckt werden. Mutter schaut geduldig, aber ich sehe im Spiegel, wie sie den Mund verzieht. Dann schickt sie Alice fort und wendet sich mir zu.

»Wann kann ich Vater sehen?«

»Dein Vater ist krank und darf nicht gestört werden.«

»Ist es schlimm?«

»Es ist sein Herz. Es ist müde. Er braucht viel Ruhe, dann wird es ihm wieder bessergehen.«

»Bist du sicher?«

»Ja.«

»Er muss einfach nur schlafen, dann geht es ihm wieder besser?«

»Ja. Eine Krankenschwester aus der Stadt ist auf dem Weg, um sich um ihn zu kümmern.«

»Aber ich kann mich doch um ihn kümmern. Besser als jeder andere. Ich muss es machen.«

»Nein, bei dir kommt er nicht zur Ruhe, das weißt du doch. Ihr werdet euch endlos unterhalten, und er wird sich kaum erholen. Möchtest du, dass er noch kränker wird?«

»Nein, natürlich nicht.«

»Dann musst du ihn in Ruhe lassen. In ein paar Tagen kannst du ihn sehen, wenn er sich ausgeruht hat.« Sie lächelt und bedeutet mir zu gehen.

Das tröstet mich wenig. Mutter lächelt nicht besonders

häufig, und wenn sie es tut, ist das normalerweise ein Zeichen dafür, dass sie versucht, etwas zu verbergen. Sie setzt dann ein Lächeln auf, wie eine Maske.

Nach dem Nachmittagsunterricht frage ich Lottie, ob ich eine Weile allein sein kann. Ich schleiche mich nach oben und stehe im Schatten der Bücherregale vor Vaters Zimmer. Ich wünschte, ich könnte hören, was drinnen vor sich geht. Nach einer Weile wird die Tür geöffnet und eine Frau mittleren Alters erscheint. An ihrer gestärkten, weiß-blauen Kleidung ist sie deutlich als Bezirkskrankenschwester zu erkennen. Sie trägt eine Waschschüssel, die mit einem Handtuch abgedeckt ist. Sie schließt die Tür und blickt auf.

»Oh!«, ruft sie und macht ein paar Schritte rückwärts. Sie hat nicht damit gerechnet, dass ein Mädchen sie auf dem Treppenabsatz belauert. »Fort mit dir!«, sagt sie bestimmend. »Du störst den Patienten. Verstehst du, was ich sage? Wo ist dein Kindermädchen?«

Daran, wie sich ihre Halsmuskeln beim Sprechen dehnen, erkenne ich, dass sie gleichzeitig versucht, zu flüstern und zu schreien. Ihre finstere Miene und der Verdacht, den ich in ihrem Blick zu erkennen glaube, verraten, dass sie sich daran erinnert hat, ein taubes Mädchen vor sich zu haben. Vielleicht hält sie mich für eine Idiotin.

Langsam und verächtlich teile ich ihr durch Gebärden mit: »Ich bin kein Dummkopf.« Sie starrt mich vollkommen perplex an.

Ich drehe mich um und stolziere hoch erhobenen Kopfes die Treppe hinunter. Als ich ins Freie gelange, bin ich todunglücklich. Ich möchte einfach nur Vater sehen. Niemand sagt mir irgendetwas, niemand lässt mich zu ihm. Ich kann sie nicht belauschen, wenn ich ihre Münder nicht sehe, und das wissen sie, es verleiht ihnen Macht über mich. Tief in Gedanken schlendere ich den Pfad entlang. Als ich mich der

Hopfendarre nähere, blicke ich hinauf zum Kühlboden. Wo ist Caleb jetzt? Ist ihm heiß, hat er Durst? Wird auf ihn geschossen, während er mit dem Gesicht nach unten auf sandigem Boden liegt und die afrikanische Sonne ihm die Kniekehlen verbrennt? Blutet er? Ist er tot? Ist er bei ihr? Ach, mein Liebster. Ich schüttle den Kopf, um die Bilder zu vertreiben. Es dämmert. Die magische Stunde, in der die Sonne tief am Horizont steht und alles in goldenen Glanz taucht, habe ich soeben verpasst. Die Sonne wirkt dann noch viel herrlicher als sonst, weil sie uns wenige Augenblicke später verlässt. Aus dem Augenwinkel sehe ich flüchtig einen Besucher, der aus der Seitentür der Hopfendarre tritt. Sein blauweißer Schimmer erhellt die düstere Umgebung. Ich habe noch nie so grelles Licht um einen von ihnen gesehen. Er entfernt sich immer weiter in Richtung des Hopfengartens. Dieser Gang ist mir sehr vertraut. Ich rufe ihn im Geiste: *Vater!*

Er dreht sich um. Sein Gesicht ist elfenbeinfarben, Angst spiegelt sich in seinem Blick.

Der Hopfen ist vom Schimmelpilz befallen, sagt er. *Der ist schlimmer als die verfluchten Läuse. Ich fürchte, das ist unser Waterloo, der Untergang. Was sollen wir nur tun, Liza?*

Ach, Vater! Weinend falle ich ihm vor die Füße.

Na, na, mein Kind. Mach dir keine Sorgen. Gott wird uns schützen.

Er streckt die nebelhafte Hand aus und hilft mir beim Aufstehen, seine Berührung fühlt sich so zart an wie Atemhauch an meinem Ellbogen. Ich starre ihn an. Unruhe und Unverständnis stehen ihm ins Gesicht geschrieben. Er weiß nicht, dass er tot ist wie all die anderen. Ich möchte mich abwenden und zum Haus rennen. Vielleicht ist er noch an der Schwelle zum Tod, vielleicht ist sein Geist frei, er aber noch nicht ganz gegangen. Vielleicht kann er noch gerettet werden.

Ich flehe ihn an: *Komm mit. Komm mit mir nach oben. Ich muss dir etwas zeigen.*

Nein, nein, mein Liebling. Ich muss nach den Pflanzen sehen. Es ist Zeit für ihre Behandlung. Der große Bestäuber, der von den Pferden gezogen wird, blockiert ständig. Ich muss zu Davy, er soll den neuen bestellen, den wir im Katalog gesehen haben. Er ist mit Sicherheit viel effizienter. Manchmal frage ich mich, ob das alte Verfahren, bei dem wir es noch händisch gemacht haben, nicht am besten war. Aber dann hätten wir das klebrige Zeug an den Händen und müssten sie an Hopfenblättern abreiben, erinnerst du dich?

Seine Gedanken schweifen ab, er murmelt vor sich hin, spricht vom Hopfen und der Ernte, dem Schimmelpilz und Schwefel, all den Dingen, die ihn tagaus, tagein in seinem Leben beschäftigt haben. Ich möchte ihn anschreien, ihm deutlich machen, dass all das keine Bedeutung mehr hat, doch es ist mit ihm nicht anders als mit all den anderen. Sie werden es nie verstehen.

Ich drehe mich um und renne zum Haus, reiße die Vordertür auf und rase nach oben. Mutter muss mich gehört haben, denn sie öffnet die Tür, und ich sehe im Vorbeirennen, dass sie etwas sagt. Ich stürze ins Zimmer und sehe ihn in seinem Bett liegen. Mund und Augen stehen offen. Er ist allein. Wo ist die verfluchte Schwester? Er ist allein, er ist allein gestorben. Ich renne zum Bett und werfe mich über seine steifen Beine. Ich schrecke zurück und schaue in sein totes Gesicht. Aus seinen bleichen Augen ist jegliches Leben gewichen, wie bei Tom Winstanley. Mutter tritt an meine Seite, zieht mich am Arm.

»Geh weg«, sagt sie. »Geh weg.«

Ich schüttle den Kopf: nein, nein.

Ich wische mir die Augen trocken und strecke die Hand nach seiner aus. Niemand war hier, um sie zu halten, als er ging. Ich beuge mich vor, küsse sie und sehe, wie Mutter ihm über die Augen streicht und seine Lider schließt. Nun sieht er aus, als sei er mit nach hinten geneigtem Kopf und offenem Mund eingeschlafen und schnarche, wie in einigen Nächten über einem Buch am Kamin. Doch er schläft nicht, er ist tot und für immer gegangen. Zum ersten Mal in meinem Leben verstehe ich, dass der Körper nichts als eine verzierte Eierschale ist, die aus Fleisch und Haaren besteht und so täuschend echt wirkt, dass sie uns glauben lässt, sie sei lebendig. Doch das wahre Leben befindet sich in ihrem Inneren, und seines ist nun entwichen, wandert ziellos durch den geliebten Hopfengarten. Ich werde mich nie wieder mit Vater unterhalten, jedenfalls nicht mit dem echten, der lebte und atmete und verstand, was es hieß, am Leben zu sein und zu sterben. Ich verfluche meine Gabe und hasse die Besucher dafür, dass sie wie Wahnsinnige in einem selbst erschaffenen Irrenhaus fortwährend im Kreis laufen und dass sie Vater in ihre Reihen aufgenommen haben. Ich habe schreckliche Angst davor, seinem Geist noch einmal zu begegnen.

In den darauffolgenden Wochen meide ich den Hopfengarten. Ich möchte den Besucher, der er geworden ist, nicht treffen. Aus Angst davor bleibe ich im Haus, doch hier bin ich in meinen Erinnerungen und mit meinem Elend gefangen und leide unheimlich darunter. Nach der Beerdigung sprechen wir immer weniger von Vater, und ich vermisse ihn mehr denn je. Es ist, als ob die Totenklage in meinem Herzen niemals endet. Nichts heitert mich auf, nicht einmal ein Brief von Caleb. Lottie und ich schreiben ihm, um ihn von Vaters Tod zu unterrichten, erhalten jedoch keine Antwort. Ich weiß sehr wohl, dass er dafür wahrscheinlich nichts kann. Wenn die Buren den Briefverkehr unter ihre Kontrolle gebracht haben, hat er die Post womöglich noch nicht einmal erhalten, wird sie aller Voraussicht nach auch nie bekommen, geschweige denn darauf antworten. Ich weiß das, und gebe trotzdem Caleb die Schuld dafür, dass wir nichts von ihm hören.

Einige Monate nach seinem Tod wird Vaters Testament verlesen. Mutter erbt sein Vermögen, mir hat er ebenfalls eine stattliche Summe vermacht, und Charlotte erhält dafür, dass sie sich so hingebungsvoll um mich gekümmert hat, eine großzügige jährliche Zahlung bis an ihr Lebensende, ob sie nun in Diensten der Familie Golding bleibt oder nicht. Ich bin froh darüber, dass damit der Familie Crowe geholfen ist, doch das Geld bedeutet mir gar nichts. Ich bin tief verzweifelt und stehe vollkommen neben mir. Vor lauter Schmerz habe ich Lottie von mir gestoßen. Sie versucht mit mir zu sprechen, benutzt Worte wie »Kummer« und »Trauer«, doch ich kann es ihr nicht erklären. Meine Qualen rühren nicht nur vom Verlust Vaters her, sondern ich fühle mich schuldig. Denn Caleb ist der Mann, nach dem ich mich in Wahrheit am meisten sehne. Ich trauere um ihren Bruder, verzehre mich nach ihm mehr als nach Vater, mein eigen Fleisch und Blut. Dafür hasse ich mich, aber ich kann es nicht ändern. Sie weiß davon nichts und drückt mir ihr tief empfundenes Mitgefühl aus, das ich nicht verdiene. Ich kann mit niemandem darüber reden, denn sie würden mich alle verurteilen, wenn sie es wüssten. Weder mit Mutter noch mit den Dienstmädchen habe ich je über so etwas gesprochen, und ich werde ganz gewiss nicht jetzt damit anfangen. Meine Geheimnisse habe ich immer nur mit Lottie geteilt. Alle, bis auf dieses.

Mit diesem tiefen Gefühl der Einsamkeit gehe ich eines Abends zur selben Zeit wie bei meiner letzten Begegnung mit Vater in den Hopfengarten. Er schlendert eine Hopfengasse entlang, starrt in den Himmel. Ich betrachte ihn eine

Weile, denke über die Besucher und ihre Existenz nach. Sie sind doch nur das leere Gefäß, das zurückbleibt, wenn das Leben aus uns weicht. Sie taten mir vorher schon leid, doch erst jetzt, da ich Vaters Geist betrachte, verstehe ich tief in meinem Herzen, in welcher Misere sie sich befinden. Ich rufe ihn an. Er dreht sich um, eilt zu mir und setzt dazu an, mir Dinge von größter Wichtigkeit mitzuteilen.

Adeliza, die gemeinnützigen Missionen setzen mich unter Druck. Sie wollen, dass ich die Arbeitsbedingungen der Pflücker verbessere. Das erzürnt mich. Ich finde, wir kümmern uns sehr gut um sie. Wir bringen sie in Backsteinhäusern unter, stellen Kartoffeln und Feuerholz zur Verfügung. Der Quell ist nicht allzu weit vom Gut entfernt, und das Wasser des Baches ist sauber und genießbar.

Die alten Sorgen, die alten Bedenken. Sie sind jetzt vollkommen sinnlos.

Vater, darüber möchte ich nicht sprechen.

Was ist los, mein Liebes?

Ich liebe Caleb Crowe. Ich liebe ihn seit meiner Kindheit. Nicht wie eine Schwester, sondern wie eine Frau, Vater. Wie eine Frau einen Mann liebt. Doch ich fürchte, er liebt mich nicht. Er hat mich verlassen und ist nach Afrika gegangen. Ich wusste, dass er sich verpflichtet hat und dass es schwierig gewesen wäre, dem zu entkommen. Doch ich glaube, an seiner Stelle wäre es mir gelungen, bei dem Menschen zu bleiben, den ich über alles in der Welt liebe. Ich hoffe, dass er mich noch liebt, dass er eines Tages zurückkehrt und unsere Liebe von neuem erblüht. Aber an düsteren Tagen denke ich, dass er mich nie geliebt hat, mich nur sehr gern mag und sich mit mir einließ, weil Männer das eben tun, wenn sich die Gelegenheit bietet, und dass er vielleicht ein Auge auf eine andere geworfen hat. An diesen Tagen verfluche und hasse ich ihn inbrünstig. Es zerreißt mir dann fast das Herz, auch nur an ihn zu denken.

Vater überlegt einen Augenblick, dann antwortet er: *Ich halte die ortsansässigen Pflücker stets von denen aus London und den Zigeunern fern. Vagabunden beschäftige ich nicht. Auf meinem Gut kommt es nie zu Schlägereien.*

Kannst du mich hören, Vater? Hörst du mir zu?

Natürlich. Wir sprechen über die Pflücker, nicht? Bitte, fahre fort.

Ich sehe ein, wie sinnlos es ist, sich mit dieser Hülle meines Vaters zu unterhalten. Trotzdem ist er der Einzige, dem ich mich anvertrauen kann.

Ich habe viel nachgedacht. Ich könnte mit Lottie irgendwohin fahren, wenn sie mitkommen möchte. Reisen, wie ich es immer tun wollte. Auf diese Weise könnte ich meinem Leben hier entkommen und Mutters Krankheit, dem Unbill meiner Erziehung, den ziellosen Streifzügen über das Gut, bei denen ich in Liebesromanen versinke, dem Schmerz und dem Trost, den es mir bereitet, dich zu sehen, Vater, der du so anders und doch so vertraut wirkst. Ich möchte alldem entfliehen. Deine Hinterlassenschaft ermöglicht es mir, die Welt zu sehen, die ich mit flinken Fingern auf dem Globus, den du mir schenktest, ertastet habe. Ich kann meine Enttäuschung hinter mir lassen und ein neues Leben in einem fremden Land beginnen. Was hältst du davon, Vater?

Du weißt, dass ich nur den renommierten Hausierern gestatte, ihnen Essen zu verkaufen. Außerdem können sie unsere Marken in den örtlichen Läden eintauschen. Wenn sie plausible Argumente vorbringen, erhöhe ich stets ihren Lohn. Doch wenn ich befürchten muss, dass sie ihren Vorschuss für Trinkgelage in den hiesigen Gasthäusern ausgeben, verweigere ich diesen. Ich muss ja auch an das Dorf denken. Findest du nicht?

Ich bin bereits fort. Er hat es nicht bemerkt und faselt weiter. Ich hatte gehofft, dass ich den Nebel, den die Besessenheit um sie webt, bei Vater überwinden, zu ihm durchdringen und ihn zum Zuhören animieren könnte. Er ist immerhin der erste Besucher, den ich zu Lebzeiten kannte, sogar sehr gut kannte. Doch nun bin ich überzeugt, dass mir das niemals gelingen wird, und das bringt mich zu einer Entscheidung. Am selben Tag erzähle ich Lottie von meiner Idee. Sie ist sofort Feuer und Flamme und sehr aufgeregt. Wir beratschlagen, wie wir Mutter von unseren Reiseplänen überzeugen können. Weil sie bei schlechter Gesundheit ist, erachtete Vater es als notwendig, mir bei der Verfügung über mein eigenes Geld gewisse Freiheiten einzuräumen. Daher kann uns Mutter weder körperlich noch Kraft des Gesetzes aufhalten, doch ich möchte unbedingt ihre Zustimmung. Wir überlegen, die Grand Tour durch Europa zu machen, nach Frankreich zu segeln und dann mit dem Zug nach Paris zu fahren, um dort den Eiffelturm, Notre Dame und Montmartre zu sehen. Dann soll es weiter nach Chartres gehen, wo wir das Labyrinth in der Kathedrale abschreiten wollen, anschließend möchten wir mit einem Boot auf den Kanälen Coulons fahren, danach an der Küste in La Rochelle Meeresfrüchte probieren und schließlich über die Pyrenäen nach Spanien reisen. Dort besuchen wir die Plaza Mayor in Madrid und reisen über das von El Greco gemalte Toledo in die Meseta und das Land Don Quixotes. Nach der Alhambra geht es südwärts nach Granada, zur Mezquita in Córdoba und zur Kathedrale in Sevilla. Danach werden wir weitersehen.

Wir sprechen mit Mutter, die zwar verstört reagiert, jedoch zu schwach ist, um uns davon abzubringen. Wir beginnen mit der Planung, und zum ersten Mal seit Monaten hat mein Leben wieder einen Sinn. Wir kaufen Reisekleidung und -gepäck, informieren uns über Westeuropa und planen unsere Reiseroute. Doch dann trifft ein Brief von Caleb ein. Dem Datum nach ist er Monate alt und wurde kurz nach

Vaters Tod geschrieben. Zu diesem Zeitpunkt wusste er noch nichts von den traurigen Neuigkeiten. Ich beneide ihn um seine Unwissenheit. Als ich seine makellose, geschwungene Schrift sehe, vereinen sich alle Tropfen Liebe, die ich für ihn noch in mir trage, wieder zu einem reißenden Strom. Ich muss die Augen fest zusammenkneifen, um den Tränen Einhalt zu gebieten, die vor Dankbarkeit darüber, meinen Namen aus seiner Hand zu sehen, fließen. In diesem Augenblick wird mir bewusst, dass die Reise nach Europa zwar ein Abenteuer ist, mich aber nicht von meiner Liebe zu ihm heilen kann, was auch immer in diesem Brief steht. Es ist eine Krankheit, die ich immer haben werde. Da sie seine Schwester ist, muss ich Lottie stets den Vortritt lassen, wenn ein Brief von Caleb bei uns ankommt. Doch ich strecke mich, linse ihr über die Schulter, und mein Herz pocht dabei wie verrückt. Ich klammere mich an den Gedanken, seine Liebe für mich aus diesem Brief zu lesen. Wenn ich sie auch nur in einem Wort entdecke, ein Hinweis darauf genügt, dass es sich auch nur im Entferntesten zu hoffen lohnt. Ich beginne zu lesen.

Garnison Frankfort,
Oranje-Freistaat
3. November 1900

Liebe Charlotte, liebe Adeliza,
ich würde so gern von Euch lesen, doch seit Monaten ist kein Brief angekommen. Wie geht es Euch in Kent? Freudig kann ich berichten, dass ich endlich Eure Pakete mit Schokolade und Socken, Pullovern und Nachtmützen bekommen habe, sie kamen alle gleichzeitig an. Leider ist mittlerweile Sommer, und es wird von Tag zu Tag heißer, daher werde ich sie vorerst nicht gebrauchen können. Doch vielleicht bin ich ja auch nächsten Winter noch hier, wer weiß.

Außerdem kann ich sie nachts tragen. Danke für die hübschen bestickten Taschentücher, Liza. Ich habe mir die Nase mit ihnen geputzt und sie damit ruiniert, aber dafür sind sie ja da. Vielen Dank, dass Ihr mir diesen Gefallen getan habt. Ich schreibe aus der Garnison Frankfort. Wir sind hier mindestens ein paar Wochen stationiert. Es ist ein abgelegener Ort, der ständig von den Kommandotrupps der Buren überfallen wird, was für ein wenig Abwechslung sorgt. Aufregend ist ansonsten nur die Ankunft von Vorräten. Ungefähr ein Mal im Monat trifft eine britische Wagenkolonne ein, die uns mit Zeitungen, Kleidung und zusätzlicher Ausrüstung, Munition, Rationen und Post versorgt. Manche Männer fahren mit der Kolonne fort, andere bleiben an ihrer Stelle zurück. Deshalb warten immer alle gespannt darauf, wer bleibt und wer gehen wird. Bisher gehörte ich immer zu den Bleibenden. Darüber bin ich ziemlich froh, denn so blieb ich in der Nähe des Camps Irene und wartete auf eine Gelegenheit, ihm einen Besuch abzustatten. Ich muss Euch nun etwas berichten, das Euch schockieren oder sogar anwidern mag. Einerseits bin ich mir nicht sicher, ob ich Euch die ganze Wahrheit darüber erzählen soll, da Ihr Damen und somit an Derartiges nicht gewöhnt seid. Andererseits finde ich, dass die Menschen in England wissen sollten, was genau hier vor sich geht. Ich hoffe daher, dass Ihr mir vergebt. Erinnert Ihr Euch an meine blöden Geistergeschichten, die ich immer am Feuer erzählte? Diese ist wirklich geschehen, was sie nur noch schauderhafter macht.

Vor ein paar Tagen griff unsere Patrouille eine Gruppe umherziehender burischer Frauen und Kinder auf. Wallis und ich wurden beordert, sie nach Camp Irene zu bringen. Sie waren erschöpft, sehr hungrig und einige Kinder krank. Eine Frau hatte ein mageres Neugeborenes bei sich, das augenscheinlich auf dem Veldt zur Welt gekommen war. Die gesamte Gruppe sah ziemlich zerlumpt aus. Sie hatten eine Dreckkruste auf der Haut, ihre Kleidung war zerschlissen, sie hatten sie mit Schnüren zusammengebunden. Sie trugen Handschuhe und Veldschoens (burische Schuhe) aus Schafleder. Das sah nicht im Entferntesten so aus, wie ich mich an Marias reinweiße Schürze und das glänzende Haar ihres Sohnes erinnere, obgleich sie bereits seit mehreren Wochen hier stationiert war. Diese Frauen lebten jedoch allein und hatten weder Schutz noch Vorräte. Wahrscheinlich würden wir alle so ähnlich aussehen, wenn wir viele Monate in der Wildnis verbrächten. Sie schienen einer niederen Klasse der Buren anzugehören, die lausige Vorstellungen von Sauberkeit und Gesundheit hat. Ein Kind hatte einen widerlichen Hautausschlag, der schlimm aussah und den die Mutter mit einer Paste aus Kuhdung eingeschmiert hatte. Sie schwor auf dieses Heilmittel. Wir durften ihnen nur das Nötigste an Vorräten überlassen und sollten sie dann zum Zug bringen. Wir rieten ihnen, das Krankenhaus im Camp aufzusuchen. Doch sie weinten und tobten daraufhin. Sie schrien uns an, dass sie niemals dorthin gehen würden, da das Personal aus Engländern bestünde, denen man unter keinen Umständen trauen könne. Sie waren auf der Reise in keinem guten Zustand, und ich versuchte, sie wenigstens mit Wasser zu versorgen. Wallis behandelte sie die meiste Zeit herabwürdigend. Ich musste ihn einmal beiseitenehmen und ein ernstes Wort mit ihm sprechen, als er ein Kind anschrie, das einfach nicht aufhörte zu weinen. Wallis hat genug von diesem Krieg und vor allem von den Buren. In seinen Augen sind sie verantwortlich, weil sie uns zuerst den Krieg erklärt haben und ihn jetzt endlos in die Länge ziehen. Manchmal lässt er das an ihnen aus. Wallis ist ein guter Mann und ein treuer Freund. Ich verstehe ihn, sehe das alles aber ein wenig anders.

Als wir im Camp eintrafen, wurden die Frauen fortgeschafft. Der Zug fuhr weiter, und wir wussten, dass der nächste erst in ein paar Stunden kommen würde. Wallis wollte lieber außerhalb des Lagers am Bahnhof von Irene warten. Doch ich sagte ihm, dass ich Maria finden wolle. Er gab mir deutlich zu verstehen, dass das nicht seine Zustimmung fand, und sagte Dinge über sie und burische Frauen im Allgemeinen, die ich lieber nicht schreibe. Ich glaube, er versucht mich auf seine Art zu beschützen, aber ich ließ mich nicht von meinem Plan abbringen und zog allein los. Ich fragte eine Wache, wo ich Mrs Uitenweerde und ihren Sohn finden könne. Er schaute in den Akten nach und schickte mich zu ein paar kegelförmigen Zelten in der Nähe des Krankenhauses. Ich sah, dass die Frauen, die wir hergebracht hatten, vor dem imposanten Backsteingebäude, hinter dem einige Zelte für die Patienten stehen, in eine große Streiterei verwickelt waren. Zwei Schwestern und ein Arzt versuchten, die Frauen dazu zu bringen, ihre kranken Kinder in ihre Obhut zu geben, um sich um sie zu kümmern, doch sie schüttelten die Köpfe und klammerten sich wie verrückt an ihre Kleinen. Sie wollten einfach nicht hineingehen. »Eher sterben wir!«, schrie eine Frau.
Da das Camp in militärischer Gradlinigkeit mit Reihen von je dreißig Zelten errichtet wurde, bei dem jedes Zelt und jede Reihe eine Nummer hat, war es leicht, den richtigen Ort zu finden. Das mag zwar ordentlich klingen, aber die Zelte stehen dicht aneinandergedrängt auf steinigem Boden, während die Pfade zwischen ihnen vollkommen mit Müll übersät sind. Ich stand vor einem glockenförmigen Zelt und wusste nicht so recht, wie ich meine Ankunft kundtun sollte, da man schlecht an Zeltwände klopfen kann. Ich rief ihren vollen Namen. Daraufhin öffnete sich eine Zeltklappe, und ich sah jemanden in der Öffnung. Es war ein schmales, aus-

gemergeltes Gesicht mit dunklen Ringen unten den Augen, das Gesicht einer älteren Frau. Ich fragte, ob sich Mrs Uitenweerde in diesem Zelt befinde. Der Gestank nach menschlichem Schweiß, der aus dem Zelt drang, war so stark, dass ich mir die Nase zuhalten musste. Die Frau sagte: »Ich bin es.« Sie trat hinaus und stellte sich vor mich. Beim Anblick dieser dürren Gestalt, die so verdreckt und heruntergekommen war im Vergleich zu der lebhaften Frau, die ich nur zwei Monate zuvor kennengelernt hatte, wurde mir speiübel. Sie sah um zehn Jahre gealtert aus.

»Maria«, sagte ich und stand da wie ein Idiot. Trotz ihres schwachen Zustandes stand sie aufrecht und erhobenen Kopfes vor mir, wie sie es immer getan hatte. Sie fragte mich, ob ich ihr etwas mitgebracht hatte. Ich musste verneinen und kam mir vor wie ein Narr. Warum hatte ich ihr kein Essen oder etwas anderes mitgebracht, irgendetwas? Ich kann zu meiner Verteidigung nur sagen, dass ich bis zu diesem Tag nicht wusste, wie schlecht die Lebensbedingungen in diesem Camp sind. Sie fragte mich, warum ich dann gekommen sei, also erzählte ich von den Frauen und sagte, dass ich bald gehen müsse, jedoch nach ihr sehen und mir ein Bild davon machen wollte, wie es ihr ging.

»Behandelt man Sie gut?«, fragte ich, und im selben Moment wurde mir bewusst, wie sehr ich diesen geisterhaften Schatten von Frau, der innerhalb weniger Wochen um die Hälfte geschwunden war, mit dieser Frage beleidigte.

»Kommen Sie mit«, sagte sie nur. Sie steckte den Kopf ins Zelt und sagte etwas in ihrer Sprache. Vielleicht bat sie jemanden, auf Jurie aufzupassen, während sie unterwegs war. Ich fragte, ob er gesund sei, und sie zuckte nur die Achseln. Langsam lief sie neben mir her, zeigte mir das Lager und schilderte währenddessen, was sie seit unserer letzten Begegnung hatte durchmachen müssen.

Ich fragte nach ihrer Familie im Camp, derentwegen sie dorthin gewollt hatte. Sie erzählte, dass vor ihrer Ankunft in einem Zelt ein Feuer ausgebrochen und auf andere übergesprungen war, und dass ihre Cousine in einem davon in den Flammen gefangen und später an ihren Verletzungen gestorben war. Die Neuankömmlinge seien für gewöhnlich in schlechter Verfassung, da viele gegen ihren Willen ins Camp gebracht werden und keine Vorräte mitnehmen dürfen. Die Khakis würden alle Habseligkeiten der Buren verbrennen, ehe sie aufbrechen, ihre Kleidung und ihr Bettzeug, selbst die Zelte, die die meisten Buren besitzen, da sie an ein Wanderleben gewöhnt sind. Einige britische Soldaten ermutigten die Kaffern vor Ort sogar, erst das Haus zu plündern und dann bei seiner Zerstörung zu helfen. Manche besäßen nur die Kleidung, in der sie aufgestanden seien, und andere würden sogar gezwungen, den ganzen Weg barfuß zu laufen. Einige Frauen seien nach mehreren Tagen auf der Flucht geschnappt worden und mit Schussverletzungen eingetroffen, die bis zu diesem Zeitpunkt niemand versorgt hatte.

Ich wusste, dass viele Frauen nicht freiwillig in diese Camps kommen, glaubte aber, dass es sicherer für sie sei, als allein auf dem Veldt zu bleiben, wo sie den plündernden Horden der Hottentotten ohne ihre Männer schutzlos ausgeliefert sind und keine Vorräte haben.

Maria sagte, das stimme nicht, sie hätten auf ihren Höfen genug zu essen, könnten mit Waffen umgehen und sich verteidigen. Sie glaubt, die Camps würden zum Schutz der Männer errichtet, die sich kampflos ergeben und die nun die Rache der Buren zu fürchten haben, die »Handhochreißer«, wie man sie hier nennt. »Wie können Sie nur glauben, dass wir hier sicherer sind?« Sie zeigte auf eine Reihe und öffnete die Klappe des ersten Zeltes für mich. Dort lagen Kinder so dicht aneinandergedrängt auf dem Boden wie Sardinen in einer Büchse. Sie stöhnten, schliefen unruhig, manche weinten und riefen nach ihren Müttern. Maria sagte: »Sie warten auf den Tod.« Ich fragte, was ihnen fehle. Sie erklärte mir, dass es eine Masernepidemie und auch Typhus im Camp gäbe. Andere seien Opfer der harten Bedingungen, der kalten Nächte auf dem Veldt in dünnen Zelten. Es gibt kaum Feuerholz, und nachts erfrieren die Kinder. Manche holen sich eine Lungenentzündung und werden von schrecklichen Hustenanfällen dahingerafft. Wieder andere starben schlicht an Durchfall.

Ich berichtete ihr, dass die burischen Frauen, die wir hergebracht hatten, sich weigerten, ins Krankenhaus zu gehen. Warum taten sie das, wenn ihre Kinder so krank waren? Durch eine Behandlung könnten derartige Epidemien möglicherweise verhindert werden. Ich erzählte ihr, wie dreckig die Frauen waren und welch seltsame Heilmittel sie verwendeten.

Wieder sah mich Maria an, als ob ich der dümmste Mensch auf Erden sei. »Wie soll man sich unter diesen Bedingungen sauber halten? Wir bekommen keine Seife, das Wasser ist rationiert und schmutzig, und es gibt keine Badehäuser. Der Boden vor den Latrinen ist voller S…e. Unsere Zelte stehen auf staubigem Boden und werden von mindestens zwölf Menschen bewohnt. Ständig wüten Stürme, bei denen es nur so schüttet, und der Regen dringt in unsere Zelte, in denen wir ohne Bettzeug und Betten im nassen Schlamm schlafen müssen. Angeblich gibt es Camps, in denen nur vier Leute zusammen ein Zelt bewohnen, wo es Öfen zum Backen und öffentliche Badehäuser gibt, aber wir haben hier nichts dergleichen. Fast jedes Kind, das ins Krankenhaus gebracht wird, verlässt es als Leiche. Die Schwestern mögen nett scheinen, es mag dort besseres Essen geben, doch hier grassieren unzählige Krankheiten, und niemand traut dem englischen Arzt. Es gibt hier nur einen Arzt, nur einen einzigen für Tausende Insassen. Täglich werden Menschen beerdigt, vor allem kleine Kinder. Manche verhungern.«

»Sie sind so abgemagert«, sagte ich. »Es war dumm von mir, kein Essen mitzubringen.« Ich entschuldigte mich und sagte, ich würde ihr welches schicken, sobald ich zur Garnison zurückgekehrt sei.

Sie erzählte, die Rationen seien winzig. Die Frauen, deren Männer draußen kämpfen, werden am schlechtesten behandelt. Sie bekommen sogar nur halbe Rationen. »Ich habe Glück, dass mein Mann tot ist«, sagte sie bitter. »Montags bekomme ich ein paar Pfund australisches Mehl voller Rüsselkäfer; ein wenig Kaffee, der vor allem nach Eicheln und Mais schmeckt, und etwas schwarzen Zucker, der schmeckt, als sei es das Angebrannte, das man aus dem Kochtopf gekratzt hat. Dazu eine kleine Menge grobkörniges Salz. Zwei Mal die Woche bekomme ich ein halbes Kilo Hammel, mager wie Hundefleisch, halb vergammelt und kaum genießbar. Es gibt kein Obst oder Gemüse, keine Eier oder anständiges Fleisch. Keine Milch für die Kinder, nicht mal für die Säuglinge. Einzig den kranken Kindern geben sie kondensierte Milch, und die ist mit Wasser verdünnt und oft sauer. Sehen Sie: Das ist die Milchbaracke.«

Wir waren an einer kleinen Hütte angelangt, aus der beißender Geruch drang. Ich wollte nicht hineingehen, steckte aber den Kopf zur Tür rein und sah leere Milchkannen am schmutzverkrusteten Boden liegen, auf denen schwarze Fliegen krabbelten. Unter den üblen Geruch der Milchbaracke mischte sich ein neuer, viel schlimmerer, der bald zu einem regelrechten Gestank wurde, als wir weitergingen. Der Pfad war voller schwarzer Pfützen, und als ich aufblickte, sah ich einen Graben, an dem seitlich Dutzende lächelnde

Kinder mit kleinen Schüsseln in den Händen kauerten, die alle starr nach unten schauten. Der Graben war voller Tierinnereien, die mit schwarzen Fliegen übersät waren. Zwei Männer hielten zu beiden Seiten des Loches ein mageres Schaf fest, und einer zückte ein scharfes Messer und ritzte ihm die Kehle auf. Das brachte es nicht um, aber das Blut floss in Strömen. Die Kinder sprangen hinab und hielten ihre Schüsselchen unter das Schaf, fingen das Blut auf und lachten. Ich dachte, ich müsse mich übergeben, als sie mit ihren Gefäßen und blutverschmierten Wangen zu ihren Zelten zurückwankten. Eines zerrte einen ganzen Eimer, und ein anderes trug den Kopf des Schafes, den man abgetrennt hatte, als das Blut geronnen war.

Fassungslos schaute ich zu Maria, deren Gesichtsausdruck mehr sagte als tausend Worte: Ich hatte recht. Sie hätten mich gehen lassen sollen. Sie hätten mich nie hierherbringen dürfen. Ich wandte mich ab, denn ich konnte ihr nicht länger in die Augen sehen.

»Kommen Sie«, sagte sie nur, legte die Hände auf meinen Arm und führte mich weiter, als ob ich derjenige war, der Hilfe brauchte. »Glauben Sie mir jetzt? Diese Lager wurden errichtet, um uns alle umzubringen.«

In diesem Punkt musste ich ihr widersprechen: »Das stimmt nicht.« So etwas würde ein Engländer nicht einmal denken. Was ich gesehen hatte, führte ich auf schlechte Organisation, mangelnde Weitsicht und Unkenntnis darüber, wie ein Camp von dieser Größe vernünftig zu unterhalten ist, zurück.

Sie erzählte, dass das Camp unter der Leitung eines gewissen Scholtz stand, ein Bure, der die Briten unterstützte und den alle hassten, selbst seine Mitarbeiter. Er sei ungehobelt, brutal und kleingeistig. Frauen würden lieber leiden, als zu ihm zu gehen, um Hilfe zu erbitten und seinen Beleidigun-

gen und herzlosen Ablehnungen ausgesetzt zu sein. Ich sagte, ich würde all diese Dinge meinen Vorgesetzten in der Garnison melden. »Wenn Sie meinen«, murmelte sie, als ob sie sich nicht einmal mehr vorstellen konnte, dass ihr jemand helfen würde. Ich glaube, sie war aber vor allem von unserem Rundgang erschöpft. Wir waren nun wieder an ihrem Zelt angelangt. Müde und blass stand sie davor, schaute an mir vorbei auf die Dächer der gegenüberliegenden Zelte. »Da ist noch etwas«, sagte sie. »Mich bedrückt etwas.« Sie erklärte, dass ein Wachmann zu jeder Tages- und Nachtzeit zu ihrem Zelt käme und mit ihr spazieren gehen wolle, sie sogar zwinge, Hausarbeiten für ihn zu verrichten. Währenddessen würde er sie beobachten und ihr sagen, wie schön sie sei. »Er bringt uns ein bisschen Essen oder eine Kerze und Streichhölzer, andere Kleinigkeiten, die wir benötigen, aber nie in ausreichender Menge. Er versucht, die Arme um mich zu legen, und ich verbiete es ihm. Doch er wird immer gröber und möchte mich mit in sein Zelt nehmen. Ich weigere mich jedes Mal. Sie glauben mir doch?«
Ich versicherte ihr, dass ich das tat, mich darum kümmern würde, und fragte nach seinem Namen. Ich sagte, sie solle sich keine Sorgen mehr darüber machen, ich würde mit dem Mann reden und ihn zudem melden. Außerdem würde ich ihr Essen und Vorräte für ihren Sohn schicken. Ich bat sie aber eindringlich, das Krankenhaus aufzusuchen, wenn sie oder Jurie krank werden würden. Sie nickte zwar die ganze Zeit, aber ihr Blick zeugte wieder von Ungläubigkeit, als ob das alles nur eine Geschichte wäre, ein Traum, der niemals wahr werden würde. Als ich mich von ihr verabschiedete, öffnete sie die Zeltklappe, und in der kochenden Hitze des Sommertages sah ich im Inneren Dutzende Körper dicht aneinandergedrängt auf dem Boden liegen. Jurie schlief in der Mitte, er war so dünn, dass sich seine Knochen deutlich

unter der Haut abzeichneten. Die Hitze war erdrückend, denn die Sonne brannte ohne Gnade durch das dünne Segeltuch auf die geschundenen Körper im Zelt herab, in dem keine Möbel standen, die Fliegen an den heißen Wänden emporkrochen und Fäkalien auf den Boden geleert worden waren, wie auch vor dem Zelt.

Ich flehte sie an, nicht wieder hineinzugehen. »Wohin sollte ich sonst gehen?«, erwiderte sie und verschwand im Inneren.

Ich ging umgehend zum Büro des Campvorstehers Scholtz. Ich bin zwar nur ein Gefreiter, aber ich hatte ein ernstes Wort mit ihm zu reden. Einer seiner Sekretäre sagte mir jedoch, dass er auf Dienstreise sei und ich einen Termin machen müsse. Ich fragte ihn, ob er wisse, wo die Wache sei, von der mir Maria erzählt hatte. Er fragte, worum es gehe, und ich erzählte ihm, dass eine Insassin sich über seine Annäherungsversuche beschwert habe.

Der Sekretär lachte nur. »Die burischen Frauen in diesem Camp gehören zur untersten Schicht. Man darf sie nicht so ernst nehmen. Sie misshandeln ihre Kinder und sind vom Tod besessen, tummeln sich um die Kranken und murmeln solchen Unsinn wie ›Was für ein hübsches Sterbebett das doch ist‹. Sie bleiben den ganzen Tag in ihren Zelten und haben eine ungesunde Aversion gegen frische Luft und sauberes Wasser.«

Ich versuchte zu widersprechen, wurde jedoch fortgeschickt. Niemand wollte mir sagen, wo der Wachmann war, denn die Kollegen hielten offensichtlich zusammen. Ich werde aber dorthin zurückkehren, sobald ich wieder dienstfrei bekomme. Nächstes Mal finde ich ihn. Er wird den Tag bereuen, an dem er Maria zu nahe trat.

Ich erschrecke Euch nur ungern, meine Lieben, aber ich hoffe, Ihr versteht, dass Ihr über solche Dinge Bescheid wissen müsst, ja dass ganz England davon unterrichtet werden sollte. Ich habe es nicht geglaubt, bis ich es mit eigenen Augen sah. Ihr müsst wissen, dass ich weder lüge noch übertreibe und Maria glaube. Derzeit lebe ich in dieser Garnison, verteidige sie gegen die Buren, die uns ins Visier genommen haben. Was ich gesehen habe und was ich weiß, verfolgt mich.

Je eher dieser v…e Krieg vorbei ist, desto besser. Doch was geschieht dann mit den Menschen in den Camps? Ihre Häuser sind niedergebrannt, sie sind ihrer Lebensgrundlage beraubt, ihre Männer sind tot oder in Übersee. Was bleibt den Buren, wenn wir sie schließlich endlich zufriedenlassen? Auf diese großen Fragen habe ich keine Antwort und kann nichts ausrichten, außer meinen kleinen Beitrag zu leisten. Aber ich schwöre, dass ich alles tun werde, um dieser Frau und ihrem Sohn das Leben zu erleichtern. Es ist der einzige Unterschied, den ich in diesem grenzenlosen Elend machen kann.

Ich schreibe Euch bald wieder.

In Liebe,

Caleb

Kapitel 14

Die Crowes kommen zum Herrenhaus herauf. Erst vor einer Woche ist der Brief von Caleb gekommen. Es ist März des Jahres 1901, die Narzissen erblühen, und die Schneerosen lassen die Köpfe hängen. Im Januar ist die Königin gestorben, aber wir trugen ohnehin schon Schwarz. Durchs Esszimmerfenster sehen wir Mr und Mrs Crowe, die langsam und mit ernsten Gesichtern die Auffahrt heraufkommen. Wir rennen hinaus, um sie zu begrüßen, aber Dienstmädchen Edith hat sie bereits ins Wohnzimmer geführt. Wir nehmen an, sie sind hier, um Abschied von Vater zu nehmen, auch wenn er schon seit fast einem Jahr tot ist. Wir wissen, dass sie nicht einfach so von daheim wegkönnen. Ich sehe Lotties Gesicht, und in dem Augenblick, in dem ihr Blick den ihrer Mutter trifft, weiß sie, dass etwas nicht stimmt.

»Was ist los?«, fragt sie, und Mrs Crowe fängt an zu weinen.

Mir dreht sich der Magen um, und ich denke: »Caleb. Es ist Caleb. Er ist tot.«

Mrs Crowe gibt Lottie ein Stück Papier, und Mr Crowe sagt: »Wir wissen nicht, was wir tun sollen, Liebling.«

Es ist ein Telegramm. Vor meinem geistigen Auge erscheint das Bild des Telegrammausträgers, wie er an die Tür der Crowes klopft, ganz in Rot auf seinem roten Fahrrad, Warnung, Gefahr signalisierend. Wir lesen es gemeinsam.

MR AND MRS CROWE WHITSTABLE ENGLAND =
BIN FESTGENOMMEN MORDANKLAGE KRIEGSGERICHTSPROZESS STEHT BEVOR = CALEB CROWE

Mein einziger Gedanke ist: »Er lebt, er lebt.« Ich erfasse die Tragweite der Nachricht nicht wirklich, bin nur erleichtert, dass er nicht tot ist. Lottie starrt nur unablässig auf das Papier, als sei der Text griechisch.

»Was bedeutet das?«, fragt sie ihre Eltern. »Habt ihr sonst noch etwas gehört?«

»Nein, meine Liebe«, antwortet Mr Crowe. »Mehr wissen wir nicht. Es kam gestern. Wir haben versucht, mit jemandem in der Kaserne zu sprechen, von den East Kents, aber man konnte uns nichts sagen. Es hieß, wir müssten mit der Regierung sprechen, aber wir wissen nicht, an wen wir uns wenden müssen.«

Ich klatsche in die Hände, um die allgemeine Aufmerksamkeit auf mich zu lenken. »Mutter wird das wissen«, sage ich in Gebärdensprache. »Sie hat einflussreiche Freunde. Sie wird wissen, was zu tun ist. Warten Sie hier. Ich lasse Erfrischungen kommen.«

Es ist Morgen, also wird Mutter in ihrem Arbeitszimmer sein und Briefe schreiben oder lesen. Auf der Treppe wird mir schwindelig, und ich halte mich am Geländer fest, um nicht hinzufallen. Caleb ist des Mordes angeklagt, man hat ihn festgenommen. Er sitzt im Gefängnis, wird vor Gericht gestellt werden – und was dann? Wenn er für schuldig befunden wird, wird man ihn sicher hinrichten; sie werden ihn umbringen. Endlich erfasse ich die Wahrheit in vollem Umfang. Ich frage mich, ob das etwas mit dieser Frau zu tun hat. Ist das ihre Schuld? Wilde Spekulationen rasen durch meinen Kopf. Ich klopfe an Mutters Tür und öffne sie. Sie dreht sich stirnrunzelnd um.

Wir unterhalten uns bei Sandwiches, die keiner isst, und Tee, den keiner trinkt. Die anderen benutzen Gebärden- und gesprochene Sprache gleichzeitig, um Rücksicht auf mich zu nehmen. Mutter ist großartig. »Ich bin in einem Komitee, das Burinnen in Südafrika unterstützt«, lässt sie die anderen wissen. »Dadurch habe ich Kontakte zu Offiziersfrauen, deren Männer hohe Posten in der Armee bekleiden. Eine ist die Schwester der Frau eines Generals. Ich werde ihr schreiben und sie um Hilfe bitten. Ich werde auch unseren hiesigen Parlamentsabgeordneten einladen und mich seiner Hilfe versichern. Bitte regen Sie sich nicht auf, Mr und Mrs Crowe. Zuerst müssen wir mehr wissen. Dann brauchen wir einen Rechtsbeistand für Ihren Sohn. Ich werde für seine Verteidigung aufkommen – nein, nein, keine Widerrede. Und schließlich finde ich, jemand muss dorthin fahren, um mit eigenen Augen zu sehen, was vor sich geht, um Caleb zu treffen und ihm, wenn möglich, da durchzuhelfen. Was meinen Sie?«

Schon sieht alles nicht mehr so hoffnungslos aus. Mutter wird Briefe schreiben und mit wichtigen Leuten reden. Wir gehen die Sache an. Aber eine Sache will ich tun, muss ich tun, und wenn man sie mir verbietet, werde ich mich dem widersetzen. Zunächst aber muss ich abwarten, was die Crowes sagen.

»Wir wollen zu ihm reisen, Mrs Golding, natürlich«, sagt Mr Crowe. »Es ist die Pflicht eines Vaters, seinen Sohn zu retten oder es zumindest zu versuchen. Aber ich kann die Austernbänke weder dem Verfall noch Dieben überlassen. Ich kann sie niemandem mehr anvertrauen, denn wir sind ja nicht mehr Teil einer Genossenschaft, sondern arbeiten für andere. Wir liegen mit den Schneckenzüchtern und den Schleppfischern aus Essex im Krieg, die unsere Bestände plündern. Ich kann nicht zulassen, dass meine anderen Söhne vor die Hunde gehen, während ich diesen zu retten versuche, und wenn meine Frau geht …«

»Was wird dann aus meinen Jungs?«, fragt Mrs Crowe.

»Heute passt eine Nachbarin auf sie auf, aber ich wäre monatelang in diesem gottverlassenen Land, und wer würde sich dann um sie kümmern? Mrs Golding, ich bin der festen Überzeugung, Eltern sollten ihre Kinder durchs Leben geleiten wie ein Kapitän sein Schiff. Ich habe das für all meine Kleinen immer getan, ihr ganzes Leben lang. Aber das geht über meine Kräfte. Ich weiß einfach nicht, was wir für Caleb tun können.«

Ich stehe auf, und alle schauen mich an. Es gibt einen Grund – den besten –, warum ich gehen muss, aber den darf außer Lottie niemand wissen: dass ich den Besucher des Ermordeten suchen und ihn zu dem Geständnis bewegen werde, wer ihn wirklich getötet hat. Ich werde Calebs Unschuld beweisen und ihn retten. Doch für den Augenblick muss ich gute Argumente vorschützen, um die anderen zu überzeugen. »Ich finde, Lottie sollte gehen. Wenn es ihr recht ist, begleite ich sie. Wir sind die Einzigen, die gehen können, denn Sie müssen bei Ihrer Familie bleiben und Mutter ist gesundheitlich zu angegriffen – du weißt, dass das stimmt, Mutter. Lottie und ich sind stark, jung, gesund und frei. Wir sind bereits reisefertig und werden alles in unserer Macht Stehende tun, um Caleb zu helfen. Außerdem wird man uns, zwei nette englische Damen, von denen eine taub ist, eher bemitleiden und uns rücksichtsvoll behandeln. Ich habe dank Vaters Erbe das Geld und die Mittel, um das Vorhaben zu finanzieren. Was meinst du, Lottie?«

Meine Vertraute klatscht in die Hände, und wir umarmen uns. Die Eltern sehen das mit Entsetzen und schütteln den Kopf. Doch die Logik setzt sich durch. Wenn man über die Alternativen nachdenkt, kann man wenig dagegen sagen. Wäre Vater noch am Leben, wäre er gegangen; ich hätte ihn gebeten, mitkommen zu dürfen, und er hätte es verboten. Jetzt ist er tot, und ich übernehme die Verantwortung. Vielleicht ist das ein kleiner Trost für seinen Verlust. Es ist beschlossene Sache. Lottie und ich reisen nach Afrika.

Eine Woche später wissen wir mehr. Mutters Kontakte haben sich ausgezahlt, und Calebs vorgesetzter Offizier hat uns Informationen zukommen lassen. Caleb wird beschuldigt, einen britischen Soldaten getötet zu haben. Er hat sich schuldig bekannt; mehr noch, er hat sich gestellt. Er ist momentan in der Garnison Frankfort interniert, wird aber später ins Militärgefängnis in Pretoria überstellt werden, wo in ein paar Wochen die Verhandlung stattfinden wird. Weitere Erkundigungen ergeben, dass der tote Soldat Wachmann im Camp Irene war. Man fand ihn erschossen in einem Zelt, einige seiner Habseligkeiten fehlten. Caleb hat weder Erklärungen abgegeben noch etwas zu seiner Verteidigung vorgebracht. Tatsächlich hat er seit seiner Festnahme kein Wort gesagt. Er arbeitete im Lager, und soweit man weiß, hatte er wenig mit dem Toten zu tun. Wir aber wissen es besser. Es ist, wie ich befürchtet habe. Es ist der Wachmann, mit dem sich diese Frau eingelassen hatte, er muss es sein. Ich wusste, sie würde Probleme verursachen. Was um alles in der Welt hat Caleb sich dabei gedacht? Dann wird mir klar, dass er gar nichts gedacht hat, denn wenn es um Maria ging, war sein Hirn ausgeschaltet. Diese verdammte Frau. Wir werden ihn besuchen. Wir werden die Wahrheit herausfinden und sie zum Guten oder zum Schlechten nutzen, um Caleb zu retten. Ich bin überzeugt, ihm nicht nur weiterhelfen, sondern ihn auch retten zu können. Lottie und ich werden ihn gemeinsam aus dieser Falle herausholen und ihm seine Freiheit wiedergeben. Verdammt sei diese Frau, wenn sie uns in die Quere kommt!

Mutter macht sich Sorgen und will nicht, dass ich gehe. Sie hat Vater verloren, und jetzt gehe ich weg. Ich erinnere sie daran, dass ich ohnehin verreist wäre. Dies ist eine Reise auf britisches Gebiet, an einen Ort, wo mich die Macht der britischen Armee schützen wird. Außerdem ist es für eine gute Sache. Aber sie ist meine Mutter, und alle guten Gründe zählen nicht, wenn es um mich geht. Sie begreift, dass sie mich nicht wird umstimmen können; ich werde gehen, koste es, was es wolle. Sie sieht das Leuchten in meinen Augen nach Monaten der tiefen Trauer um Vater, und vielleicht glaubt sie, es würde mir guttun. Mutter bucht unsere Passage, und Lottie und ich planen, packen, bestellen Karten von Südafrika und Stadtpläne von Pretoria und Kapstadt sowie Bücher über die Flora und Fauna, die Geschichte der Buren, der Briten in Südafrika, der Zulus und anderer afrikanischer Stämme, über die Menschen und ihre Sprachen. Wir wollen informiert ankommen, nicht vollkommen ahnungslos. Von dem Schwager der Freundin meiner Mutter, dem General, erhalten wir eine Reiseerlaubnis nach Südafrika. Man sagt uns, dort herrsche Kriegsrecht und jeder brauche eine Reiseerlaubnis. Unsere ist sehr spezifisch, ein Brief, den wir jedem vorzeigen können, den es angeht, und der besagt, dass die Damen Crowe und Golding von Kapstadt nach Pretoria reisen dürfen, um den Bruder der besagten Miss Crowe zu besuchen, der in Untersuchungshaft sitzt, und nach Abschluss dieser Angelegenheit nach Kapstadt zurückkehren dürfen.

Nun muss ich mich von Vater verabschieden. Er wird es natürlich nicht verstehen. Er versteht ja nicht einmal seine eigene Situation, von meiner ganz zu schweigen. Ich finde ihn wie immer im Hopfengarten, wo er intensiv die neuen Knospen anstarrt, die sich gerade an den ergrünenden Ranken zeigen. Es ist der Tag vor meiner Abreise.

Bisher ist alles in Ordnung, sagt er und lächelt mich an. *Die neuen Triebe sehen gesund aus, sehr gesund.*

Vater, sage ich. *Ich gehe fort.*

Nach Whitstable?

Nein, Vater. Ich fahre mit dem Schiff nach Afrika. Caleb Crowe ist in Schwierigkeiten, und Charlotte und ich gehen ihm helfen.

Er ist mit den Gedanken schon nicht mehr bei mir, sondern betastet die Knospen. *Wenn Gott es will, werden wir dieses Jahr keine Probleme bekommen.*

Eindringlicher sage ich: *Hör zu, Vater. Es ist wichtig.*

Er blickt von den Pflanzen auf und starrt mich an.

Ich sage erneut: *Ich fahre nach Afrika, Vater. Caleb ist des Mordes angeklagt, doch ich weiß, er ist unschuldig. Ich weiß es mit jeder Faser meines Körpers, genau wie seine Schwester und seine gesamte Familie. Wir wollen seine Unschuld beweisen. Wir gehen ihn befreien. Ich hoffe, ich habe deinen Segen, Vater.*

Er scheint zustimmend zu lächeln. Aber ich weiß, dass er nicht mich anlächelt, sondern die neuen Triebe.

Ich liebe dich, Vater. Auf Wiedersehen.

Auf Wiedersehen, mein Herz.

Für einen Augenblick fühle ich mich fast wie früher, als wäre Vater noch so, wie er immer war. Aber er ist nicht Vater. Ich habe mich um meinetwillen von ihm verabschiedet, nicht um seinetwillen. Ade, mein Vater.

Es wird schwerer werden, mich von Mutter zu verabschieden, denn sie ist aus Fleisch und Blut und kann mich im Gegensatz zu den Besuchern körperlich festhalten. Als sie mir am Morgen unseres Aufbruchs in die Augen sieht, hofft sie, daraus Gewissheit zu schöpfen, dass es mir gutgehen wird. Ich halte ihre Hände, küsse sie auf die Wange und sage: »Mach dir keine Sorgen um mich, Mutter. Ich muss das tun.«

»Das verstehe ich«, erwidert sie. »Du gehst den Bruder der Frau retten, die dich gerettet hat.«

»Ach, Mutter!« Ich halte sie fest umschlungen, während mir Tränen in die Augen steigen. Sie hat recht, so sehr recht, auf eine Weise, wie ich es für mich nie formuliert hätte. Doch sie kann ja nicht ahnen, dass sie gleichzeitig danebenliegt, dass meine Liebe zu Caleb über das hinausgeht, was selbst seine Schwester weiß. Außer mir und Caleb weiß das niemand. Es ist eine schmerzliche Liebe, eine Liebe des Verlustes und des Sehnens, doch sie ist mächtiger als jedes andere Gefühl.

Am Nachmittag des 7. April legen wir mit der *SS Majestic* in Richtung Kapstadt ab. Als wir Southampton verlassen, ist der Himmel bleiern und der Wind frisch. Unsere Reise wird fast einen Monat dauern. Bald schon erblicken wir die Needles. Sie sind das letzte Stück England, das wir sehen, als wir uns bettfertig machen. Wir winken den hohen Felsformationen zum Abschied, die immer kleiner werden, während die dunkle See an ihren Fundamenten nagt. Auf Wiedersehen, England. Am Morgen fahren wir in die Biskaya ein und sehen später den Leuchtturm von Ouessant, das zur Bretagne gehört. Ein Hauch von Frankreich. Dann kommt unser erster Sturm, und das Schiff schwankt so heftig, dass wir uns in unsere Kabine zurückziehen und die ganze Nacht unter Seekrankheit leiden. Als wir am nächsten Tag erwachen, ist das Meer spiegelglatt, und wir stellen fest, dass wir die Biskaya endlich hinter uns haben; dann sehen wir den Leuchtturm vor Cap Finistère und wissen, dass wir Frankreich hinter uns lassen. Wir verabschieden uns von unseren Paris-Träumen. Ein andermal. Unablässig geht es weiter, das Meer ist jetzt überraschend ruhig, gläsern und weit.

Wir nähern uns den Kanaren. Spanien und unsere Vorstellungen von Frauen mit weiten Röcken, die den Bolero und die Farruca tanzen, haben wir hinter uns gelassen, und unsere iberischen Pläne verflüchtigen sich, als der Dampfer weiter auf Afrika zuhält. Wir passieren mehrere Schiffe, darunter ein Kriegsschiff, das Verwundete nach England zurückbringt. Ich wünschte, mein Caleb wäre auf diesem Schiff, hätte das eine Schicksal erlitten, von dem ich gehofft hatte, es bliebe ihm erspart, Verwundung oder Krankheit, nur damit er nicht mit dieser Frau und ihrem gefährlichen Leben in Kontakt gekommen wäre. Ich schaue hinab auf die rastlose See und erblicke fliegende Fische, die ihr angestammtes Element verlassen und ein paar magische Momente lang so tun, als seien sie Vögel. Ich weiß, sie tun das, um Raubfischen zu entkommen. Da sind sie also, springen um ihr Leben, während wir sie als pittoresk bewundern. Was denken sie wohl von uns? Halten sie uns für ein riesiges graues Seeungeheuer, das unbeirrt durch den Ozean pflügt? Nur durch Betrachtung kann man niemals die Lebenswirklichkeit eines anderen erkennen.

Die nächsten zwei Wochen bleibe ich in meiner Kabine. Ein grippaler Infekt macht mir zu schaffen. Ich habe Fieber und Schüttelfrost, mir tun die Ohren weh, und meine Augen tränen. Ich habe schreckliche Angst, es könnte wieder Scharlach sein und ich könnte mein Augenlicht verlieren oder Schlimmeres. Ich werde hysterisch, wenn Lottie mir die Augen mit kostbarem Süßwasser auswäscht.

Ich habe Angst zu sterben. Eine Besucherin zu werden, die für immer an dieses Schiff gekettet ist oder auf dem Meer verloren geht wie Tom, dass ich meinen Caleb nie wieder sehen werde, wie die Besucher dem Augenblick verhaftet bleibe, blind und taub für alles außer diesem Tag, aber ohne jemanden wie mich, der ihnen Trost spendet – gänzlich allein. Also ziehe ich Lottie zu mir heran und schreibe ihr in die Hand, dass ich ihr etwas sagen muss.

»Du brauchst Ruhe«, sagt sie. »Keine Unterhaltungen.«

»Aber ich muss«, teile ich ihr kraftlos mit. »Als ich sechzehn war, haben Caleb und ich uns in der Nacht, bevor er in den Krieg ging, geliebt.«

»Ich weiß«, sagt Lottie. Sie tupft mir die Stirn mit einem feuchten Tuch ab.

»Woher?«

»Am nächsten Morgen war Blut auf deinem Laken, und du wolltest dich nicht von ihm verabschieden.«

»Warst du böse auf uns, Lottie?«

»Nein. Ich habe mir Sorgen gemacht.«

»Weswegen?«

»Dass er dich enttäuscht und du allein damit fertig werden musst. Vielleicht wärst du sogar schwanger geworden – denk an die Schande. Ich hoffte, dass du dich mir anvertrauen würdest. Aber ich habe verstanden, warum du es nicht getan hast. Bei Tom war es genauso. Ich habe mit niemandem darüber gesprochen.«

»Ach, Lottie. Ich wünschte, ich hätte es dir erzählt.«

»Du sagst es mir doch jetzt, und darüber freue ich mich. Aber du bist dein eigener Herr, Liza, und hast ein Recht auf Geheimnisse, wie wir alle.«

»Ich danke dir, Lottie.«

»Ruh dich jetzt aus«, sagt sie, und ich schließe die Augen.

Trotz meines Fiebers jauchzt meine Seele. Wenn ich daran denke, dass ich diese Szene in allen möglichen dramatischen Varianten durchgespielt habe – aber nie so einfach. Ich hätte wissen müssen, dass Lottie den Kern der Sache erkennen und alles richtig einordnen würde. Wie hatte ich an den felsenfesten Fundamenten unserer Freundschaft zweifeln können? Mit ihr zu sprechen ist wie nach Hause kommen.

Der Schiffsarzt behält die Ruhe und sagt uns, es handle sich nicht um Scharlach. Ich brauche Ruhe, Flüssigkeit und etwas Nahrung, wenn ich kein so hohes Fieber mehr habe. Er behält recht, und ich erhole mich. Ich habe unsere gesamte Fahrt entlang der afrikanischen Westküste verpasst, genau wie Lottie, die wie immer treu an meinem Krankenbett saß. Als ich mich wieder kräftiger fühle, ziehe ich mich an und komme eines frühen Aprilmorgens an Deck, um spazieren zu gehen. Man sagt mir, Kapstadt werde bald in Sicht kommen. Wir werden in wenigen Stunden anlegen, den Boden des Landes betreten, in dem Caleb jetzt lebt, ihm einen Schritt näherkommen.

Die Landmasse nimmt die Form Kapstadts an. Eine Stadt, hingestreckt an üppigen Hängen und überragt vom gewaltigen Tafelberg, der sich in unerschütterlicher Präsenz über ihr erhebt und dessen weiße Brauen aus dichten Wolken von einer abweisenden, stahlblauen Gebirgskette flankiert werden. Ihre Großartigkeit lässt alles, was ich in England gesehen habe, zwergenhaft erscheinen. Das ungeheure Ausmaß unserer bevorstehenden Aufgabe stürmt auf mich ein und macht mir das Herz schwer. Meine ersten Gedanken nach der Landung gelten der großen Vielfalt in dieser britischen Ecke Afrikas. Natürlich gibt es Schwarze mit einer Hautfarbe, die ich noch nie gesehen habe. Die geschmeidigen, kraftvollen Bewegungen der schwarzen Männer, die auf den Docks arbeiten, zeugen von einer Sicherheit, die ich von den Hafenarbeitern aus Whitstable kenne. Arbeiter sind scheinbar überall gleich, ungeachtet ihrer Hautfarbe. Ich sehe Schwarze in grellen, regenbogenfarbigen Gewändern, während andere Flanell-Nadelstreifenanzüge und Melonen tragen. Ich hatte angenommen, sie würden alle wie die barbarischen Wilden aus meinen Büchern aussehen. Meine Ignoranz erstaunt mich selbst.

Kapstadts grelles Potpourri zieren außerdem Malaien in orientalischer Kleidung mit hohen Schirmhüten, die darum wetteifern, unser Gepäck tragen zu dürfen. Wenn ich hören könnte, wäre dies sicher ein kakophonisches Sprachengewirr – Lottie steckt kurz die Finger in die Ohren, während wir über das Tohuwabohu lachen –, um uns Menschen mit schwarzer, brauner und bronzefarbener Haut, dazwischen vereinzelt die blassen Gesichter anderer Weißer. Lottie sagt, sie könne allerlei Sprachen hören, von europäischen bis zu etwas, das wohl Hindi ist, dazu die willkommenen englischen Rufe und Schreie unserer Landsleute, als wir uns den Straßen im Hafen nähern. Auf den Gehsteigen drängen sich britische und Kolonialsoldaten, die reden und lachen, dahinschlendern und -bummeln und Nippes kaufen; sie beißen in Wassermelonen und naschen Trauben, während sie herumspazieren, von allen Seiten belagert vom Menschenmischmasch dieser seltsamen Stadt, in der jeder schreiend versucht, die Waren anzupreisen, die sein Überleben sichern.

Mich erinnert das an die fliegenden Fische neben unserem Schiff – es ist leicht, das Exotische als malerisch zu begreifen, doch dies sind echte Menschen, die ein eigenes Leben führen, die Ängste und Hoffnungen haben wie ich, nicht nur ein Fetzen Lokalkolorit zur Erbauung englischer Damen. Daran muss ich denken, wenn ich in diesem fremden Land zurechtkommen will. In dieses pralle Leben mischen sich Tausende Besucher, die sich in der wogenden Menge bewegen und meinen Blick zu erhaschen suchen. Ach, so viele, so viele verschiedene, so viele Nationen und Milieus, die sich mischen wie Zutaten in einem dicken Menschheitseintopf, und alle wirken so verloren. Einige greifen nach mir und starren mich verzweifelt an, hoffen auf ein freundliches Gesicht, eine Stimme, die sie in ihrer Verwirrung leitet. Sie überwältigen mich, ihre blauweißen Auren leuchten, während meine ohnedies geblendeten Augen sich bemühen, mit dem bunten Chaos Afrikas zurechtzukommen. Ehe sie mit mir sprechen können, schicke ich sie fort. Sie drehen sich um und verschwinden, und ich entschuldige mich bei ihnen – ich habe heute anderes zu tun.

Ein Malaie, der uns zu einer Reihe wartender Einspänner führt, trägt unser Gepäck. Er packt unsere Gladstone-Tasche und den kleinen Blechkoffer aufs Dach, und wir steigen ein. Lottie bittet ihn, uns zum Bahnhof zu bringen, und schon sind wir unterwegs, fahren durch die anarchischen Straßen, die mit Militärlastwagen verstopft sind. Einige britische Soldaten bemerken uns und winken, einer steckt zwei Finger in den Mund und pfeift. Wir erreichen den Bahnhof und bezahlen den Mann in englischer Münze, dann bitten wir ihn, zum Bahnhof von Pretoria zu telegrafieren, wo man das Militärgefängnis verständigen soll, uns am Bahnsteig abzuholen. Kurz darauf sitzen wir im Zug nach Kimberley. In De Aar müssen wir umsteigen, dann geht es direkt weiter bis Pretoria. Hier ist Herbst, und das Klima ist recht angenehm; es weht eine kühle Brise. Doch es liegt auch eine drückende Hitze in der Luft, die definitiv fremd ist und mit einem englischen Sommer wenig zu tun hat.

Am Zugfenster zieht das Land vorbei, und ich muss an Calebs ersten Brief denken: Das flache Veldt erstreckt sich nach allen Seiten, unterbrochen nur von einem gelegentlichen Kopje mit schwarzen Steinen oder einem Dornenbusch. Kent ist ein rot-grünes Land: die Hopfendarren mit den konischen Dächern aus roten Ziegeln und die Rotsandsteinflanken, die die Grenze zum Weald bilden; das strahlende Grün der Hopfendolden und die blassgrünen Schalen der unreifen Haselnüsse. Dies ist ein gelbbraunes Land, sandig und sonnenverbrannt. Ich sehe viele Besucher, die durch die Landschaft streifen: Zulus in Lendentüchern, den Blick auf den Horizont gerichtet, holländische Tote, in deren geisterhafter Aura die weißen Hauben der Frauen hell leuchten und die mit ihren Blicken dem vorbeifahrenden Zug folgen, als sie meine Gegenwart spüren. Wir sehen Tiere umherhuschen, die wir aufgrund unseres angelesenen Wissens identifizieren können; Springböcke und Blessböcke verharren und starren das mechanische Tier an, das da durch ihr Revier schnauft. In weiter Ferne entdecken wir Affen auf den Bergen. Am Himmel kreisen Kapgeier, die uns beobachten, und einmal sehen wir Raben mit weißen Hälsen, die zwischen Aas an den Gleisen herumhüpfen.

Als wir eines Abends Rast machen, um uns zu verproviantieren, sehen wir etwas, das hektisch neben einem Busch hinter dem Bahnhofsrestaurant gräbt, und halten es für ein Erdferkel. Die Einheimischen nennen es Aardvark, ein wunderbares Wort, das am Anfang jeder Enzyklopädie stehen sollte. Das ist ein scheues, nachtaktives Tier, das davonhuscht, sobald es uns bemerkt. Wir sind Gäste hier, und es kennt uns nicht. Wie gerne würde ich das rauhe Haar auf seinem Rücken berühren und spüren, wie es die Schnauze in meine Hand stupst. Ich bin erschöpft (unserer Reise hat bisher zwei Tage und Nächte gedauert), mache mir Sorgen darum, wie es in Pretoria weitergehen soll, und werde von südafrikanischen Geistern belästigt, wo immer ich mich hinwende. Außerdem habe ich den Staub und die Schwüle satt, die so ganz anders sind als mein England mit seinem milden Klima. Aber all das Neue erfüllt mich mit Energie, meine erste Reise ins Herz einer anderen Welt; eine Erfahrung, von der ich geträumt habe, seit ich taubblind mit den Fingern über die hügelige Geographie meines ersten Globus getastet habe, seit meiner ersten Zugfahrt nach London durch die englische Landschaft. Nun bin ich hier in diesem gewaltigen Dreieck namens Afrika, und meine Sinne saugen seine Schönheit und Andersartigkeit auf. Ich bin jetzt eine echte Reisende.

Wir brauchen noch zwei Tage bis Pretoria. Bei unserer Ankunft steigen wir aus und holen unser Gepäck, das uns zwei nicht gerade vertrauenerweckende Schwarze mit roten Mützen aushändigen. Derangiert, aber voller Erwartungen stehen wir da, hoffen, dass unser Telegramm empfangen oder zumindest abgeschickt wurde.

Ich sage zu Lottie: »Wenn niemand kommt, müssen wir den Weg ins Gefängnis allein finden.«

Sie antwortet: »Wer sich in Kapstadt zurechtfindet, kann alles schaffen.«

Die beiden Schwarzen beobachten unser Gespräch in Gebärden und ahmen uns nach, indem sie sinnlos mit den Händen herumfuchteln. Dann erscheint ein britischer Soldat, der zielstrebig in unsere Richtung schreitet. Er bleibt stehen und zieht den Hut.

»Sind Sie Miss Crowe und Miss Golding? Sie müssen Charlotte sein, Calebs Schwester. Dann sind Sie Adeliza, richtig? Ich heiße Wallis. Ich bringe Sie zu Caleb. Hey, Kaffer! Komm her und trag diese Taschen, wird's bald!«

Kapitel 15

Wallis geleitet uns aus dem Bahnhof zu einem kleinen Pferdegespann, in das unser Gepäck verladen wird. Unser Kutscher ist ein Einheimischer. Wir nehmen hinten Platz, Wallis setzt sich uns gegenüber. Der Fahrer schnalzt mit der Peitsche, und das armselige Exemplar von Pony, das vor die Kutsche gespannt ist, setzt sich in Bewegung.

Wallis sieht Lottie an und sagt: »Darf ich Sie etwas fragen, Miss Crowe?« Er nickt in meine Richtung. »Kann sie mich verstehen?«

Lottie klärt ihn über meine Fähigkeiten auf.

»Was die heutzutage alles vermögen«, sagt Wallis daraufhin erstaunt. Er wendet sich mir zu und formt auf lächerlich übertriebene Weise die Worte: »Erstaunlich! Ganz erstaunlich!«

Ich antworte ihm in Gebärdensprache, und Lottie übersetzt für ihn: »Bitte sprechen Sie normal, Mr Wallis. Das macht es leichter für mich.«

Er nickt und grinst dabei. »Alles klar.«

Ich mag Wallis. Lottie ganz offensichtlich auch. Er redet die ganze Fahrt über und muss dabei den Lärm übertönen, der von den klackernden Hufen und den belebten Straßen zu uns in die Kutsche dringt.

»Seien Sie nun bitte nicht beunruhigt, meine Damen, aber ich muss Ihnen mitteilen, dass Caleb im Krankenhaus ist. Er leidet seit einem Monat an Dysenterie. Es ist so schlimm geworden, dass sie seine Verhandlung um ein paar Wochen nach hinten verschoben haben. Er schwebt nicht in Lebensgefahr, keine Angst. Aber er ist ein bisschen schwach. Es ist nicht mehr ansteckend, und er befindet sich auf dem Weg der Besserung. Ich habe Ihnen hoffentlich keine Angst eingejagt?«

Wir versichern ihm, dass das nicht der Fall ist. Ich bin froh darüber, dass Caleb in einem Krankenhausbett liegt, wo sich Schwestern um ihn kümmern, statt im Gefängnis zu sitzen, wo ihn die Wachen links liegen lassen. Ganz entscheidend ist auch, dass es uns mehr Zeit gibt, Nachforschungen anzustellen.

Wallis spricht weiter: »Inwieweit wissen Sie über seine Situation Bescheid?«

Lottie nutzt die Gebärdensprache und sagt laut: »Wir wissen, dass er inhaftiert wurde, weil man ihm einen Mord anlastet, dass es ein Wachmann in einem Camp war und dass er seit seiner Festnahme nicht darüber gesprochen hat. Stimmt das?«

»Ja, das trifft es ziemlich genau. Es gibt aber noch ein paar andere Dinge, von denen Sie vielleicht noch nicht wissen. Ich schätze, ich sollte Sie darüber informieren.«

»Geht es um diese Frau?«, frage ich.

Lottie schüttelt kurz den Kopf. Ich mache die gleichen Gebärden und füge hinzu: »Übersetze!«

Wallis legt beim Zuhören die Stirn in Falten. »Wenn Sie Maria Uitenweerde meinen, dann ja. Sie wissen von ihr?«

Lottie erzählt von Calebs Briefen.

»Ah, ja. Nun, wenn Sie mich fragen, ich glaube, sie war es. Sie hat den Wachmann getötet. Ich denke, sie hat es getan, und er hält nun den Kopf für sie hin.«

Wir blicken so schockiert, dass Wallis einwirft: »Aber das ist nur meine Meinung. Caleb will davon nichts hören.«

»Mr Wallis …«, setzt Lottie an.

»Nennen Sie mich Walter.«

»Walter, haben Sie dafür irgendwelche Beweise?«

Wir haben vor einem niedrigen Backsteingebäude angehalten. Das Pony schüttelt den Kopf und stampft mit dem Huf auf. Walter blickt sich um, ist sich dessen gewahr, dass unser teilnahmsloser einheimischer Kutscher alles mithören könnte.

»Ich habe dafür keinerlei Beweise, werte Damen. Ich weiß einfach, dass sie nichts Gutes verheißt, und habe ihr nie getraut. Caleb hingegen, na ja, er hat sie immer verteidigt. Seit ihrer ersten Begegnung und der Überstellung ins Lager sprach er ohne Unterlass von ihr und ihrem Jungen. Nachdem er dann bei seiner Rückkehr dorthin gesehen hatte, unter welchen Bedingungen sie lebte, war er vollkommen von diesem Thema besessen. Er wollte diesem und jenem schreiben und sich bei Kitchener höchstpersönlich beschweren. Doch das führte zu nichts. Jedes Mal, wenn er dienstfrei hatte, fuhr er wieder zu ihr. Ein Mal kam er sogar nicht wieder. Er fehlte eine Nacht lang unentschuldigt, das gab Riesenärger. Und dann saß er plötzlich in einer Zelle in Frankfort. Ich bat darum, ihn besuchen zu dürfen, und er sagte nichts, kein einziges Wort. Ich sagte zu ihm: ›War sie es, Crowe? Hat diese Frau dir das angetan?‹ Er schüttelte nur den Kopf und sprach weiter keinen Ton mit mir, seinem besten Freund in der Armee. Er hat mir das Leben gerettet, wissen Sie das?«

Wir nicken.

»Ich würde wirklich für ihn durchs Feuer gehen, Miss Crowe, Miss Golding. Aber ich kann ihm nicht helfen, wenn er sich nicht selbst hilft. Deshalb habe ich darauf bestanden, Sie abzuholen. Ich wollte mit Ihnen beiden sprechen, ehe Sie zu ihm gehen. Vielleicht können Sie ihn ja zur Vernunft bringen, erreichen, dass er diese Frau aufgibt.«

»Glaubt noch irgendjemand anderes, dass sie es getan hat?«, fragt Lottie.

»Sie wurde sofort beschuldigt. Jeder im Camp wusste, dass Jackson hinter ihr her war. Das war sein Name, Gefreiter Arnold Jackson. Er wollte sie einfach nicht in Ruhe lassen. Sie ist ein ziemlich hübsches Ding. Man munkelt, dass er … sie sich zu Willen machte, wissen Sie. Entschuldigen Sie, werte Damen. Verstehen Sie, was ich meine?«

Lottie nickt. Ich bin mir nicht sicher. »Meint er damit, dass Jackson sich an ihr vergangen hat?«, frage ich in Gebärdensprache. Lottie denkt einen Moment nach, dann fragt sie: »Meinen Sie, dass der Wachmann sich mit dieser Burendame eingelassen hat … gegen ihren Willen?«

Wallis nickt. »Das ist noch milde ausgedrückt. Aber ja, das behaupten sie zumindest. Als Jackson erschossen aufgefunden wurde, gingen sie schnurstracks zu ihrem Zelt und schleppten sie zur Befragung heraus. Doch Caleb war ebenfalls zugegen, hatte dienstfrei und besuchte das Camp. Er bestand darauf, dass sie sie gehen ließen, und behauptete, er hätte es getan. Er sagte, sie sollten ihn verhaften und es hätte nichts mit ihr zu tun. Sie sagte die ganze Zeit über nichts. Also mussten sie ihn letztlich beim Wort nehmen, und inhaftierten ihn.«

»Warum sollte er lügen?«, frage ich in Gebärdensprache, und Lottie übersetzt. »Warum sollte er sein Leben für sie aufgeben? Ich weiß, dass sie ihm leidtat, aber …«

Wallis schüttelt den Kopf. »Oh, es ist mehr als das, Miss. Caleb war vollkommen verrückt nach ihr. Man könnte sagen, er war von ihr besessen. Ich möchte Sie nicht schockieren, aber ich denke, es ist mir gestattet, Ihnen mitzuteilen, dass er und die Dame – nein, als solche möchte ich sie nicht bezeichnen – die Frau … Nun, ich bin ziemlich sicher, dass diese Frau und Caleb in einem gewissen *Verhältnis* standen. Mehr als einmal. Ich habe noch nie einen Mann erlebt, der so verrückt nach einer Frau war, wenn sie in keinem *Verhält-*

nis standen, und ich wette meine Krüger-Pennies darauf, dass diese Frau sich an ihm festgekrallt hatte, wenn Sie verstehen, was ich meine, werte Damen.«

Wir steigen aus der Kutsche, Wallis bezahlt den Fahrer. Er bringt uns zum Krankenhaus und führt uns den Hauptgang entlang. Beim Gehen wird mir unwohl, mir ist schwindelig von der Hitze und schlecht von den neuesten Informationen. Es war mir nicht in den Sinn gekommen. Ich hatte geglaubt, Caleb sei krank vor Mitleid, ihre durchtriebene Vorgehensweise habe sein weiches Herz zum Schmelzen gebracht. Aber ein Verhältnis? Beim Gedanken daran, dass Caleb sich mit einer anderen Frau eingelassen hat, stolpere ich und halte mir den Kopf. Lottie und Wallis packen mich. Sie stellen Fragen und machen besorgte Gesichter. Ich werde in ein Zimmer gebracht, um mich hinzusetzen, und bekomme ein Glas Wasser.

»Es ist abgekocht, Miss. Keine Sorge«, versichert mir Wallis.

Ich nippe am warmen Wasser. Lottie beäugt mich, ihr Blick zeugt von Verständnis, sie weiß, warum ich leide. Sie hatte recht damit, zu glauben, dass er mich enttäuschen würde.

»Ich möchte Caleb sehen«, teile ich ihr mit.

Wir werden auf eine Station mit vielen Betten gebracht. In jedem liegt ein Mann, der entweder schläft, sich windet oder wach ist und vor sich ins Leere starrt, als wir vorbeigehen. Einer zwinkert mir zu, und ich schaue mich weiter suchend nach Caleb um. Sie sehen alle gleich aus, haben bleiche Gesichter und strubbelige Bärte, sind in weiße Laken gehüllt. Es liegen so viele Männer in diesem Raum, dass man kaum noch Luft kriegt. An jedem Bett lungern Besucher, Soldaten, deren Verwirrung, Erschöpfung und Wut unterschiedlich groß sind. Sie reden auf mich ein, *Wo ist mein Paket von zu Hause? Kommt Mutter?* Es gibt eine Besucherin, eine Krankenschwester, deren Uniform weiß-blau schimmert, während sie nach Patienten sucht, die sie nicht finden kann. Wir bleiben vor einem Bett stehen. Ein Soldat mit dichtem Bart schläft darin. Seine Augen sind eingesunken und verschlossen, das Haar verfilzt, und die Wangenknochen stechen wie Klippen hervor. Es ist Caleb.

»Ich lasse Sie jetzt allein, meine Damen«, sagt Wallis freundlich und bringt uns zwei Stühle. »Ich warte draußen.«

Wir setzen uns und starren auf Caleb. Dann sehen wir einander an und fassen uns an den Händen. Wir müssen jetzt stark sein, deshalb zwinge ich mich, nicht mehr zu weinen, und atme tief durch. Lottie streckt behutsam den Arm aus und legt ihre zitternde Hand auf die ihres Bruders. Seine Lider flattern und öffnen sich. Erst sieht er sie, dann mich. Seine Augen glänzen, und eine dicke Träne entweicht, verliert sich in seinem Backenbart.

Ich sehe, dass er kaum die Lippen bewegt. »Meine Mädchen«, lese ich. »Meine Mädchen.«

»Geht es dir besser?«, fragt Lottie. »Wallis sagte, du hast Dysenterie. Bist du auf dem Weg der Besserung?«

»Ihr habt Wallis kennengelernt«, murmelt er, und es bilden sich Fältchen um seine Augen. Er sieht mich an, und sein Blick wird wieder ernst. Wir haben einander seit jener Nacht nicht angesehen. Als er am Morgen danach aufbrach, blieb ich in meinem Zimmer, sagte, dass es mir nicht gutginge. Wie sehr ich dies seither bereut habe.

Wir werden gestört. Ein Arzt kommt ans Bett. Er bittet darum, mit Lottie allein sprechen zu dürfen, und zieht sich mit ihr zurück. Ich bleibe. Caleb schließt die Augen. Ich streichle sein Gesicht mit den Fingerspitzen. Wieder bahnt sich eine Träne den Weg, weitere folgen. Ich wische sie mit meinem Taschentuch weg, dann halte ich seine Hand.

Für mich wird er die Augen nicht noch einmal öffnen. Ich schreibe ihm in die Hand: »Liebst du sie?«

Ich warte.

Er antwortet auf die gleiche Weise: »Ja.« Er öffnet die Augen, sie sind voller Tränen. »Es tut mir leid, Liza.«

»Gib dein Leben nicht für sie auf.«

Seine trockenen, rauhen Finger bewegen sich langsam und mühevoll über meine Handfläche. »Wir vermachen unser Leben dem, den wir lieben.«

»Wenn sie dich liebte, würde sie dich nicht opfern.«

Seine Augen sind jetzt ganz klar, sein Blick scharf. Er sagt: »Ich habe es getan. Ich habe ihn getötet.«

Wütend erwidere ich in Gebärden: »Das glaube ich nicht. Das werde ich dir niemals glauben. Wallis sagt, sie hat es getan und du beschützt sie. Aber was ist mit uns, Caleb? Was ist mit deiner Schwester, deinen Eltern und deinen kleinen Brüdern? Wenn ich dir egal bin, dann ist das eben so. Aber wirf dein Leben nicht für diese Frau weg, wenn es bessere Menschen gibt, die dich viel mehr lieben, die daran zugrunde gehen werden, dich zu verlieren. Tu ihnen das nicht an.«

Er hat mich die ganze Zeit mit loderndem Blick angesehen. Auch wenn sein Gesicht schmal und ausgemergelt ist, hat sein Körper noch Kraft, und er schafft es, sich im Bett aufzusetzen. Er richtet sich auf und antwortet in Gebärdensprache: »Ich war es. Ich habe den Dreckskerl umgebracht, weil er sie vergewaltigt hat. Und ich würde es wieder tun, für Lottie, für dich.«

»Das glaube ich dir nicht!«, erwidere ich wutentbrannt. »Ich glaube einfach nicht, dass du es warst. Du lügst, um sie zu schützen. Wallis sagt, sie macht nur Ärger. Sie ist eine Hexe, die dich behext hat!«

»Wenn du sie so gut kennen würdest wie ich …«

»Ich möchte sie gar nicht kennenlernen, und ich wünschte, *du* hättest sie nie kennengelernt. Ich wünschte, sie wäre nie geboren. Ich wünschte, sie wäre tot!«

Caleb schüttelt den Kopf, dann hält er still, kneift die Augen zusammen und sackt nach hinten an die Wand. Lottie kommt wieder ans Bett.

»Was ist denn hier los?«, fragt sie und sieht mich an.

Ich drehe mich zur Wand, versuche mich zu beruhigen.

Lottie redet vernünftig mit ihm. Ihre letzten Sätze bekomme ich mit. Sie erzählt, dass sie mit seinem Rechtsbeistand sprechen und herausfinden wird, was sie zu seiner Verteidigung beitragen kann. Der Arzt meint, es bestehe die Chance, dass er für vorübergehend unzurechnungsfähig erklärt wird. Das könnte ihm vor Gericht helfen. Sie erzählt ihm von den englischen Konserven, die wir mitgebracht haben: eingelegten Schweinebraten, gekochtes Gemüse und süße Früchte.

»Bitte iss etwas davon«, sagt sie und gibt ihm einen Kuss auf die Wange. »Dann wirst du schneller gesund. Wir kommen morgen wieder. Ruh dich aus.«

Caleb nickt erschöpft und schläft noch in der Bewegung ein. Als wir die Station verlassen, frage ich Lottie, was der Arzt gesagt hat.

»Wallis hat recht, Caleb ist auf dem Weg der Besserung. Es ist nur eine Frage der Zeit. Wenn er wieder richtige Nahrung zu sich nimmt und viel trinkt, wird er jeden Tag kräftiger werden.« Sie blickt mich eindringlich an. »Und wenn er sich schont.«

Ich weiß, dass sie meinen Schmerz versteht. Doch ebenso muss sie ihren Zwillingsbruder schützen. Sie liebt uns beide. Mir kommt ein schrecklicher Gedanke. Wenn Caleb sterben würde, wäre er für diese Frau verloren. Er würde als Besucher zurückkehren und wäre für immer mein. Genau wie Vater. Doch seit er zurückkam, hat Vater mir durch seine Verwirrung und sein unsinniges Verhalten nichts als Traurigkeit beschert. In Wahrheit bin ich auch aus England geflohen, um ihm zu entkommen. Calebs Geist wäre noch immer von dieser Frau besessen, er wäre nicht der alte, den ich vor dem Krieg kannte, vor dem Ereignis auf dem Kühlboden, ehe ich eine Frau wurde. Was ich dafür geben würde, meinen alten Vertrauten wiederzugewinnen, der mir in der Austernjolle mit seinen Fingern Geheimnisse zuflüsterte. Wenn er damals gestorben wäre, im Meer ertrunken, wäre nur seine echte, reine Liebe zu mir übrig geblieben. Andererseits wäre er vielleicht nie zurückgekehrt, wenn er im Meer zu Tode gekommen wäre, so wie Tom Winstanley. Es wäre doppelt so grausam gewesen, Caleb zu verlieren und den Besucher, der er geworden wäre, dann nie zu finden. Was wäre also eine bessere Todesart für ihn gewesen? Dann übernimmt mein Verstand wieder die Kontrolle, packt mich an den Schultern und schüttelt mich wach. Mir läuft ein Schauer über der Rücken ob meiner bösen Gedanken, und ich schüttle den Kopf, um sie daraus zu verbannen. Doch es gelingt mir nicht.

Wallis bringt uns zu unserer Unterkunft, einem kleinen Hotel – kalkgetünchte Fassade, gepflegt und mit Blumen im Vorgarten –, nicht weit vom Krankenhaus. Es wird von einem alten deutschen Ehepaar betrieben, das uns zwar höflich behandelt, aber nicht freundlich. Wenn wir versuchen, ein Gespräch mit ihnen anzufangen, antworten sie in schlechtem Englisch und entziehen sich unserer Gegenwart, sobald der Anstand es zulässt. Wallis vergewissert sich, dass unser Zimmer in Ordnung ist, und möchte gerade gehen, als Lottie ihn fragt: »Wir möchten morgen zum Camp Irene. Können Sie uns helfen?«

»Warum wollen Sie denn ausgerechnet dorthin?«, fragt Wallis verwundert. Mit seinem karamellfarbenen Haar, dem kurzgeschorenen Oberlippenbart, den schweren Tränensäcken und großen Ohren bietet er einen seltsamen Anblick. Doch er ist so herzlich, dass man schnell über sein Erscheinungsbild hinwegsieht.

Lottie sagt: »Wir möchten mit Mrs Uitenweerde sprechen.«

Wallis streicht mit der Hand mehrmals über den Bart und zupft daran, während er auf den Boden starrt und nachdenklich die Brauen zusammenzieht.

»Es tut mir leid, werte Damen, aber das ist wahrscheinlich vergebliche Mühe. Sie hat seit dem Vorfall angeblich nicht mehr gesprochen. Wenn sie für Caleb den Mund schon nicht aufmacht, wird sie es meines Erachtens für Sie erst recht nicht tun. Und was käme schon dabei heraus, wenn doch? Wenn sie die Tat begangen hat, wird sie es Ihnen mit Sicherheit nicht erzählen. Sich selbst zu belasten wäre ihr Ende.«

Ich spreche in Gebärdensprache mit Wallis. Er mag es, mir zuzusehen, und starrt dabei unentwegt auf meine Hände. Lottie übersetzt: »Wir würden es gern versuchen. Vielleicht spricht sie ja mit uns, weil wir Frauen sind und ich taub bin. Möglicherweise erbarmt sie sich unser.«

»Nun, wenn Sie darauf bestehen. Sie benötigen jedoch eine Reisegenehmigung.«

»Die haben wir«, erwidert Lottie. Wir erzählen ihm nicht, dass sie auf Reisen zwischen Pretoria und Kapstadt beschränkt ist, hoffen, uns auf Unwissenheit rausreden zu können, wenn es jemand bemerkt.

»Außerdem möchte ich mit Ihnen kommen. Mit dem Zug dauert die Reise nur eine halbe Stunde, aber das Lager ist sehr schmutzig, und wir wollen ja nicht, dass Sie sich etwas einfangen. Ich werde sie zu Ihnen hinausbringen, damit Sie am Tor mit ihr sprechen können, dort ist es nicht so gefährlich.«

Doch aus Gründen, die wir Wallis nicht mitteilen können, müssen wir unbedingt ins Camp hinein. Wenn er sich uns anschließt, ist das unmöglich. Er meint es nur gut, aber seine

Fürsorge bringt uns in eine schwierige Lage. Wie können wir ihn von seinem Plan abbringen?

»Walter«, setzt Lottie an und schenkt ihm ein reizendes Lächeln. »Wir glauben, dass wir die besten Chancen haben, irgendetwas Nützliches aus Mrs Uitenweerde herauszubekommen, wenn wir allein mit ihr sprechen, von Frau zu Frau. Wenn tatsächlich ein britischer Soldat … Hand an sie gelegt hat, ist ein anderer britischer Soldat wahrscheinlich der letzte Mensch, mit dem sie reden möchte, selbst wenn er so charmant ist wie Sie.«

In Pretoria nehmen wir den Zug und haben Glück: Niemand hält uns an, um unsere Reisegenehmigung zu kontrollieren. Wir bekommen einen ersten Eindruck vom Camp, als wir schwarze Vögel mit großen Flügeln sehen, die hoch oben am Himmel in den warmen Luftströmen ihre Kreise ziehen. Unter ihnen erscheinen reihenweise weiße Zelte. Als wir den Bahnhof verlassen, weht uns ein kühler Wind entgegen, und wir müssen unsere Hüte festhalten. Das Camp liegt auf einer Anhöhe, an der die Böen emporfegen und das Zelttuch wie Segel zum Flattern bringen. Beim Näherkommen sehen wir kaum Menschen herumlaufen, sie müssen sich in den Zelten aufhalten. Doch die Gassen, Pfade und Zwischenräume sind voller Besucher. Es sind Hunderte, fast alle noch Kinder. Sie sind so dünn, so verloren, haben ganz dunkle Augen und knochige Ärmchen, sehen erbärmlich aus und stolpern umher. Es sind so viele, dass sich ihre geisterhaften Körper beinahe überlappen, während sie unwissentlich ihre Geistbrüder und -schwestern anrempeln. Lottie spricht mit einem Wachmann, der die Stirn runzelt und den Kopf schüttelt. Ich kann den Blick nicht von den Kindern wenden. Als ich mich auf die Zelte zubewege, bemerkt mich eines von ihnen, dann werden es immer mehr, und bald bin ich von Dutzenden

Kindern umgeben, die ihre Hände nach mir ausstrecken und deren Rufe in Afrikaans schrill durch meinen Geist hallen. *Mamma, Mamma, Mamma*. Eines trägt ein Neugeborenes, das unentwegt schreit. Panik steigt in mir auf, als sie sich an mich klammern, ich ihre hauchzarte Berührung an meinem Arm und durch meinen Rock spüre, sogar an den Füßen, an denen sich diejenigen festhalten, die zu schwach zum Stehen sind. Die Frau hatte recht: An diesem Ort herrscht der Todesengel. Ich wende mich von ihnen ab und sehe, dass Lottie nickt und in das Meer aus Zelten deutet. Wir machen uns auf den Weg.

Lottie bleibt stehen und sucht meinen Blick. »Schlechte Neuigkeiten. Maria ist nicht mehr hier. Sie ist vor ein paar Tagen mit ihrem Sohn geflohen.«

Erschrocken lege ich die Hand auf den Mund. Das ist eine Katastrophe.

»Was können wir tun?«

»Der Wachmann gab mir den Hinweis, mit einer Schwester im Krankenhaus zu sprechen. Sie hat den kranken Sohn der Frau gepflegt und die beiden als Letzte gesehen. Er meint, sie könne uns vielleicht helfen.«

»Hast du ihn gefragt, wo der Soldat ermordet wurde?«

»Nein. Mir ist keine gute Ausrede eingefallen, was wir dort wollen könnten. Ich wollte erst einmal ins Camp. Möglicherweise finden wir hier jemanden, der weiß, wo.«

Wir gehen zum Krankenhaus, das genauso aussieht, wie Caleb es beschrieben hat. Durch seinen Brief hatte ich eine sehr genaue Vorstellung vom Lager, und er hat nicht übertrieben. Das Einzige, was ich seinen Worten nicht entnehmen konnte, war der üble Gestank nach Schmutz, Exkrementen, Krankheit und Tod, der wie dichter Nebel über dem Camp hängt. Die Geisterkinder umringen mich noch immer und stolpern mir hinterher. Ich sehe mich nach erwachsenen Besuchern um, kann aber nur ein paar Frauen entdecken, deren Gesichter von den hier üblichen weißen Hauben verdeckt werden. Sie wandern mit gesenkten Köpfen ziellos zwischen den Zelten umher, als ob sie auf dem Boden nach etwas Essbarem suchen. Jede frage ich: *Weißt du, wo der Soldat getötet wurde? Der britische Wachmann, der in einem Zelt erschossen wurde. Weißt du, in welchem Zelt?* Ich frage aus reiner Verzweiflung, denn ich weiß, dass sie mir nicht helfen können. Doch auf meine Fragen folgen die ihren; dass es flehentliche Bitten sind verstehe ich auch in einer fremden Sprache. Wir stehen am Eingang des Krankenhauses, und Lottie ruft hinein. Eine Schwester erscheint und mustert uns. Lottie bringt unser Anliegen vor, und die Schwester verschwindet, wird durch eine andere ersetzt. Es ist eine stämmige junge Frau in einem sauberen Kittel, die zaghaft lächelt und neugierige grüne Augen hat.

»Sprechen Sie Englisch?«, fragt Lottie.

»Natürlich«, antwortet sie. »Ich bin Mrs Dedman. Wie kann ich Ihnen helfen?«

»Das ist Miss Golding. Sie ist taub, kann aber von den Lippen lesen und beherrscht die Gebärdensprache. Ich bin Miss Crowe. Mein Bruder wird beschuldigt, hier einen britischen Wachmann getötet zu haben.«

»Oh!«, erwidert Mrs Dedman. »Sie sind seine Schwester? Sind Sie wirklich den ganzen weiten Weg aus England hierhergekommen?« Sie schenkt uns einen mitfühlenden, vielleicht auch mitleidigen Blick. »Bitte, kommen Sie mit. Ich bringe Ihnen Tee. Und nennen Sie mich bitte Henrietta.«

Sie bringt uns zu einem Zelt, in dem zwei Schwestern mit Näharbeiten beschäftigt sind und sich dabei eifrig unterhalten.

Henrietta bittet sie, uns allein zu lassen, zumindest vermute ich das, denn sie packen missmutig ihre Sachen zusammen und werfen uns im Weggehen unzufriedene Blicke zu. Wir setzen uns und bekommen heißen Tee. Henrietta beugt sich nach vorn, hat großes Interesse an unserer Geschichte. Sie stellt Fragen über das Schiff und unsere Reise, möchte wissen, wie wir Afrika finden, erkundigt sich nach meiner Taubheit, meinen Ohren und Augen und möchte wissen, wie ich mich verständlich mache. Sie ist ganz offensichtlich eine intelligente Frau, die schon sehr lange keine interessante Unterhaltung mehr geführt hat. Wir brauchen sie, daher geben wir bereitwillig Auskunft und antworten ausführlich. Irgendwann wird Lottie ungeduldig und wechselt das Thema.

»Wir sind gekommen, um Mrs Maria Uitenweerde zu finden und mit ihr über den Tod des Gefreiten Jackson zu sprechen. Wir haben jedoch gehört, dass sie das Camp verlassen hat.«

»Ja, sie ist letzte Woche mit ihrem Sohn geflohen. Sie hat ihn frühmorgens aus dem Krankenhaus geholt und sich noch in der gleichen Nacht auf den Weg gemacht. Sie sind unter dem Zaun hindurchgeschlüpft.«

»Laut dem Wachmann sind Sie die Letzte, die sie gesehen hat.«

»Nun, ich habe an diesem Morgen nach ihrem Sohn gesehen. Er war dabei, sich von einer schweren Infektion des Brustkorbs zu erholen. Er hat sie zwar überlebt, war davon aber ziemlich geschwächt. Ich sagte, er müsse noch ein paar Tage im Krankenhaus bleiben, aber sie bestand darauf, ihn mitzunehmen. Sie brachte ihn zurück in ihr Zelt, und das war das letzte Mal, dass einer der Angestellten sie zusammen sah.«

»Dann müssen andere, mit denen sie das Zelt teilten, sie aber gesehen haben. Können wir vielleicht mit ihnen sprechen? Wir müssen Mrs Uitenweerde unbedingt finden. Sie wissen vielleicht, wohin sie wollte.«

»Ich kann Ihnen ihr Zelt zeigen, aber dort wird niemand mit Ihnen sprechen. Sie müssen wissen, dass Menschen wie sie die Briten verachten. Mit mir haben sie gesprochen, weil ich Burin bin, wie sie – und doch anders. Ich kam aus der Kapkolonie hierher, um zu helfen. Ich habe niemanden im Krieg verloren, und meine Familie kämpft auch nicht. Ich bin weder königstreu noch nationalistisch gesinnt, ich hasse den Krieg einfach. Daher reden sie zwar mit mir, aber sie vertrauen mir nicht. Wenn sie mit mir nicht sprechen, werden sie das mit Ihnen erst recht nicht.«

Mir wird bewusst, wie aussichtslos diese Mission ist. Die Frau ist lange fort, unbehelligt von dannen gezogen. Wir haben den ganzen weiten Weg auf uns genommen, und sie ist einfach entwischt. Wir können uns zumindest das Zelt ansehen, in dem Jackson getötet wurde. Welchen Grund können wir angeben? Ich frage Lottie in Gebärdensprache, und sie zuckt die Achseln.

Henrietta wirft ein: »Entschuldigen Sie, dass ich Sie unterbreche, aber möglicherweise kann ich Ihnen helfen. Jurie redete darüber, als er mit Fieber im Krankenhaus lag. Die anderen Schwestern sind Engländerinnen und haben ihn nicht verstanden. Ich aber schon. Er sprach von seinem Zuhause. Ein Mal rief er den Namen seiner Farm.«

»Mimosafontein«, sagt Lottie.

»Genau! Woher wissen Sie das?«

»Mein Bruder hat es uns erzählt.«

»Er sagte, wenn sie hier rauskämen, würden sie nach Hause gehen. Zurück nach Mimosafontein. Er sprach davon, dass man es niedergebrannt hatte, sie aber zurückkehren und es wieder aufbauen würden. Er hat mir im Halbschlaf ihr Vorhaben offenbart. Er sagte, sie würden sich tagsüber im Keller verstecken und nachts an der Farm arbeiten. Ich ging davon aus, dass er die Zeit nach dem Krieg meinte.

Doch dann flohen sie und … vielleicht sind sie dorthin gegangen.«

Ich habe eine Frage und Lottie übersetzt: »Haben Sie den Briten davon erzählt?«

»Von den Plänen? Nein, die habe ich für mich behalten. Sie hatten gelitten, schon so viel gelitten. Ich wünschte ihnen viel Glück. Sie hatte ihren Mann verloren, den Vater des Jungen. Und Jackson – der Tote – war ein schlechter Mensch. Durch und durch verdorben. Ein Feigling und ein Tyrann. Und er hat sie vergewaltigt, oh ja. Mehr als einmal. Jeder hier weiß das. Es herrscht Einigkeit darüber, dass er es verdient hat. Wir haben den Schuss nicht einmal gehört, weil an diesem Tag ein schlimmer Staubsturm wütete. Wir haben uns alle versteckt, während der Wind pfiff und heulte. Von dem Mord haben wir erst erfahren, als wir sahen, dass Maria in die Kommandantur gebracht wurde. Danach hieß es, Ihr Bruder habe gestanden. Maria ging zu ihrem Zelt zurück, redete aber kein Wort mehr mit einem Angestellten. Auch nicht, als ihr Sohn krank wurde. Abgesehen von seinem Gefasel sprach auch der Junge nach dem Mord kein Wort mehr, nicht einmal mit seiner Mutter. Als er mir von der Farm erzählte, war er im Fieberwahn, und danach wirkte er, als wäre er stumm. Doch vielleicht stimmt es, was er gesagt hat. Sie könnten nach Hause gegangen sein. Wohin hätten sie auch sonst fliehen sollen?«

»Danke«, sage ich, und Lottie übermittelt die Gebärde. Ich berühre Henriettas Hand. »Warum helfen Sie uns?«, frage ich. Ich möchte es verstehen.

Henrietta sieht Lottie direkt in die Augen. »Sie sind gute Menschen, das sehe ich. Gott hat Sie geschickt, damit Sie Ihrem Bruder helfen. Ich habe ihn ein Mal getroffen. Auch er war ein guter Mensch, das konnte ich sehen. Er hat versucht, Maria und ihrem Sohn zu helfen. Vielleicht hat er Jackson erschossen, vielleicht war sie es. Niemand außer Jackson weiß, was wirklich in diesem Zelt passiert ist. Eine schreckliche Sache.«

»Dürfen wir das Zelt sehen, in dem es geschah?«, frage ich.

Henrietta schaut besorgt, neugierig und ein wenig argwöhnisch. »Wenn Sie wünschen. Glauben Sie, dass das helfen wird?«

Wir haben unsere ganz eigenen Gründe, dieses Zelt aufzusuchen, die diese Frau weder glauben noch verstehen würde.

»Wir versuchen, uns ein eindeutiges Bild der Ereignisse zu machen«, setzt Lottie nach. »Wir können für meinen Bruder sehr wenig tun, aber wenigstens können wir versuchen, der Sache auf den Grund zu gehen.«

Henrietta nickt, und ihre grünen Augen funkeln. »Wie Detektivinnen, hm?« Sie hat sich viel Zeit für uns genommen und uns sehr geholfen, aber es scheint, als genieße sie die ganze Sache auch, ein kleines Drama, das sie unterhält, bei dem für sie selbst aber nichts auf dem Spiel steht.

Wir verabschieden uns, danken ihr noch einmal und schütteln einander die Hände wie Männer.

Das Zelt befindet sich in Reihe vierzehn und hat die Nummer vier. Henrietta hat uns erzählt, dass dort eigentlich Kochausrüstung und medizinisches Gerät lagern sollten, doch die Soldaten nutzen es für Schäferstündchen. Nicht alles, was hier vorgeht, scheint in Vergewaltigungen auszuarten. Während wir Zelte abzählen, beginne ich, die Besucher fortzuschicken, die uns umlagern, Kinder, Frauen und männliche Buren. Bald sind alle Besucher fort. Als wir das kleine Zelt erreichen, spähen wir hinein. Auf der einen Seite sind ein paar leere Kisten so gestapelt, dass sie fast den Eingang blockieren.

Lottie berührt mich am Arm. »Siehst du jemanden?«, fragt sie.

»Noch nicht.«

Ich gehe um die Kisten herum. Hier ist kein Besucher. Es ist furchtbar heiß, und auf dem Boden sehe ich einen dunklen, großen Fleck, auf dem es von schwarzen Fliegen nur so wimmelt. Das muss Jacksons Blut sein. Niemand hat sich die Mühe gemacht, es aufzuwischen. Oder vielleicht hat man es bewusst als Beweismittel für den Prozess hiergelassen. Doch es gibt keine Wache, niemanden, der uns daran hindern würde, das Zelt zu betreten und uns umzusehen. Alles sehr lasch, meiner Meinung nach. Aber ihre Achtlosigkeit kommt uns zugute. Ich trete wieder ins Freie und winke Lottie herein, um ihr das Blut zu zeigen. Ich umschreite derweil das gesamte Zelt. Auch andere Zelte in der näheren Umgebung sehe ich mir genau an, suche nach dem typischen violetten Leuchten in der Luft, das das Erscheinen eines Besuchers signalisiert. Doch ich sehe nichts dergleichen. Ich würde Jackson an seiner Uniform erkennen, da ich hier nur Buren als Besucher gesehen habe, keine britischen Soldaten. Wir halten uns eine Stunde bei dem Zelt auf, schauen manchmal hinein, auch wenn uns die Hitze und die Fliegen immer wieder vertreiben; dann schreiten wir die Wege in der Umgebung ab und suchen Jackson. Ich will mit ihm reden, verlasse mich darauf, dass er, wie es die Besucher gemeinhin tun, über seine letzte Obsession sprechen wird, was uns enthüllen wird, wer ihn erschossen hat. Er ist der Schlüssel zu unserem Plan. Wir müssen Jackson finden. Aber er ist nirgends zu sehen.

»Es ist genau wie bei Tom«, sagt Lottie und wischt sich die feuchte Stirn mit einem Taschentuch ab.

»Aber seit Jacksons Tod sind Wochen vergangen«, sage ich, »und er ist nicht auf See gestorben. Sie wandern am Ort ihres Todes umher, immer. Wo mag er sein?«

Wir beschließen, unseren Suchradius zu erweitern. Bis zur Abfahrt unseres Zuges haben wir das gesamte Lager abgesucht, sind an jedem Zelt in jeder Reihe vorbeigegangen und haben in jedes Gebäude geschaut. Insassen, Krankenschwestern und Wachen haben uns skeptisch beäugt, aber keine Spur von Jackson. Der Zug wird gleich kommen, und wir müssen weg. Wir danken der Wache am Eingang für ihre Hilfe und gehen hinunter zum Bahnhof, und selbst dort schauen wir in alle Ecken und Winkel. Wir haben Jackson nicht gefunden. Schweigend und erschöpft sitzen wir im Zug zurück nach Pretoria und betrachten die südafrikanische Landschaft. Ich zücke mein Taschentuch und schneuze mich immer wieder. Ich werde den Gestank dieses Ortes einfach nicht los. Der Zug rauscht an unschuldigen Ochsen vorbei, die gemächlich Karren ziehen, und ich fühle mich an Kent im September erinnert, an unser eigenes Vieh, das die Wagen mit den frisch gepflückten Hopfendolden in ihren grünen Säcken zum Trocknen in die Darre schafft. Mir ist nach Weinen zumute, als mir klarwird, wie weit ich von zu Hause entfernt bin, und ich sehe Lottie an. Sie weint. Ich habe sie ein weiteres Mal im Stich gelassen.

»Es tut mir leid«, schreibe ich in ihre Hand.

»Es ist nicht deine Schuld.«

»Wir können die Farm aufsuchen, Wallis wird uns dabei helfen. Vielleicht haben wir Glück. Vielleicht finden wir sie dort.«

»Vielleicht«, antwortet Lottie. »Aber was bringt das schon? Wallis hatte recht. Selbst wenn wir sie finden, wird sie uns niemals helfen. Es ist womöglich das Beste, sie einfach in Ruhe zu lassen.«

»Aber es ist alles ihre Schuld.«

»Nein«, erwidert Lottie. »Es ist nicht ihre Schuld.«

Dann versinkt sie in Schweigen. Es ist, als sei ihr Herz

langsam geworden, erschöpft und gealtert durch Kummer und Sorgen. Wieder sehe ich meine Freundin leiden und kann ihr nicht helfen. Ich sitze da und denke an das Lager, einen modernen Hades, durch den die Flüsse des Leids, des Hasses und der Klage fließen, wo die Lebenden auf den Tod warten und die Toten keine Ruhe finden. Ich verfluche den Geist des Gefreiten Arnold Jackson dafür, dass er nicht da ist, die britische Armee, weil sie ihn hierhergebracht hat, die Buren für die Kriegserklärung, die raffgierigen Männer, die hinter dem afrikanischen Gold her sind, die Generäle für die Planung des Camps, die Soldaten, die Marias Farm niedergebrannt haben, Caleb dafür, dass er mich verließ und in dieses gottverlassene Land gekommen ist. Irgendjemandem muss ich ja die Schuld geben.

Kapitel 16

Erst spät kehren wir in unser Gästehaus zurück und werden von den deutschen Gastgebern mit fragenden Gesichtern begrüßt. Unsere finsteren Mienen, schmutzigen Röcke und zerzausten Frisuren müssen einen seltsamen Eindruck machen. Wir waschen uns und essen das salzige Wildbret, das sie für uns aufgehoben haben. In dieser Nacht schlafen wir beide schlecht und stehen mit dem ersten Hahnenschrei auf. Wir hoffen, Wallis früh zu treffen und von ihm den Weg zur Farm in Erfahrung bringen zu können. Nach dem Frühstück wartet er in dem kleinen Garten hinter dem Hotel auf uns, in dem er riesig und fehl am Platz wirkt. Er schaut griesgrämig und zupft an seinem Schnurrbart.

»Ist alles in Ordnung?«, fragt Lottie.

»Ich will ehrlich zu Ihnen sein. Caleb steckt in Schwierigkeiten. Gestern kam sein Rechtsbeistand ins Krankenhaus und sprach mit dem Arzt, während Sie im Camp waren. Offenbar wird er in ein paar Tagen entlassen und muss sich dann umgehend vor Gericht verantworten.«

»Aber dafür hat er doch noch gar keine Kraft«, ruft Lottie. »Er muss sich erholen.«

»Ich weiß. Er ist jedoch von einem Feldscher untersucht worden, und der behauptet, es gehe ihm gut genug und er sei in der Lage, vor Gericht zu erscheinen. Ich glaube, sie wollen es hinter sich bringen. Die ganze Angelegenheit ist ihnen peinlich. Die Zeitungen vor Ort und zu Hause sind voll davon. Der Rechtsbeistand meint, sie wollen ein Exempel an ihm statuieren und werden der Argumentation der Verteidigung, dass er es in einem Wahnzustand getan hat, womöglich nicht glauben. Es gab in seiner Vergangenheit keinerlei solche Vorfälle, verstehen Sie? Caleb Crowe ist der Inbegriff eines gefestigten Charakters. Sie wissen das ja. Der Rechtsbeistand ist folglich der Auffassung, dass es kaum Hoffnung gibt.«

Lottie schüttelt energisch den Kopf, und ich fürchte, sie fängt jeden Moment an zu weinen.

»Dann haben wir keine Zeit zu verlieren«, sage ich in Gebärden zu ihr und zwinge sie damit, sich zusammenzureißen und zu übersetzen. »Hören Sie zu, Wallis. Wir haben Neuigkeiten. Maria und ihr Sohn sind aus dem Lager geflohen.«

»Gütiger Gott!«

Wir berichten, was uns die Krankenschwester erzählt hat.

»Wir möchten auf ihrer Farm nach ihr suchen. Werden Sie uns helfen?«

»Oh, meine Damen, wenn ich das nur könnte. Ich bin nur gekommen, um Ihnen mitzuteilen, dass ich mich wieder zum Dienst in Frankfort melden muss und umgehend dorthin zurückkehren werde. Ich bin gekommen, um mich von Ihnen zu verabschieden.«

Der Gedanke, dass Wallis uns begleiten wird, hat mir Mut gemacht, doch es könnte uns auch zum Vorteil geraten, dass er nicht mitkommt. Schließlich würde sie wahrscheinlich sofort fliehen, wenn sich ein britischer Soldat ihrer Farm näherte. Oder Schlimmeres.

»Das ist kein Problem. Wir können auch allein dorthin gehen. Zuerst müssen wir jedoch herausfinden, wo die Farm liegt. Haben Sie Zeit, uns in dieser Angelegenheit behilflich zu sein, ehe Sie aufbrechen?«

Wallis sagt, er wird mit dem deutschen Ehepaar sprechen. Sie leben seit zwanzig Jahren in Pretoria und kennen wahrscheinlich die Namen sämtlicher Farmen im Umkreis. Wir erzählen ihm, dass sie kaum ein Wort mit uns wechseln.

»Sie vermieten einem gern ein Zimmer, hassen einen aber trotzdem.«

»Aber warum hassen sie uns denn?«, fragt Lottie.

»Die Deutschen stehen auf der Seite der Buren, wussten Sie das nicht? Sie verachten die Briten zutiefst. Die Buren kämpfen allesamt mit deutschen Waffen von Mauser und Krupp. Es kämpft sogar ein deutsches Freiwilligenkorps auf ihrer Seite. Die deutschen Wohlfahrtsverbände schicken den Buren Geld. Die Deutschen lieben sie. Sie halten uns Briten alle für üble Halunken, die mit den armen kleinen Buren machen, was sie wollen. Der Kaiser kann allerdings auch ein ganz schöner Rabauke sein, wenn er will. Aber machen Sie sich keine Sorgen. Mit den beiden komme ich klar. Entweder sie tun, was ich von ihnen verlange, oder sie bekommen einen Riesenärger.«

Er nimmt vor den Deutschen Haltung an, so dass sein militärischer Rang zu voller Geltung kommt, und schüchtert das Ehepaar damit ein, dass er behauptet, es handle sich um eine Angelegenheit der Armee und man würde sie in Gewahrsam nehmen, wenn sie die Lage der Farm nicht preisgäben. Das ist zwar alles nur Theater, doch sie wirken verängstigt und beschreiben ihm den Ort. Er rauscht zum Hauptquartier der Armee und kehrt unmittelbar darauf mit einer zerknitterten Karte der Umgebung Pretorias zurück. Wir suchen eine Weile und finden schließlich die Stelle, die die Deutschen beschrieben haben. Einen Teil der Strecke können wir mit dem Zug zurücklegen, dann müssen wir ein Fuhrwerk mieten, um zur Farm zu gelangen. Ich erinnere mich daran, wie meine Finger über Vaters Globus strichen, als ich noch blind war, und wie gut ich darin war, einen Staat, ein Meer oder eine Landmarke zu finden, wenn Lottie mich darum bat; ich hatte ein unglaublich gutes Gespür für Entfernungen. Das kommt mir auch jetzt noch zugute, denn seit ich sehen kann, stelle ich mir Reisen visuell vor und erkenne beim Ertasten intuitiv, wie weit der Weg ist. Während ich die Karte studiere, formt sich in meinem Geist die Route nach Mimosafontein und ich sehe sie vor meinem inneren Auge.

Wallis tut sich mit der Verabschiedung äußerst schwer. Ich glaube zu sehen, dass seine Lippen kurz zittern. Er verspricht wiederzukommen, wenn er das nächste Mal dienstfrei hat, weiß aber nicht, wann das sein wird.

»Ich werde Caleb noch einmal besuchen, bevor ich aufbreche.«

»Erzählen Sie ihm nicht, was wir vorhaben«, sage ich durch Gebärden.

»Warum nicht? Er wäre stolz darauf, dass Sie sich für ihn solch großer Strapazen aussetzen.«

»Da bin ich mir nicht so sicher«, fügt Lottie hinzu. Sie versteht, worum es mir geht. »Er wird sicherlich nicht wollen, dass wir Maria in Bedrängnis bringen. Vielleicht versucht er sogar, den Prozess zu beschleunigen, wenn er seine Rolle als Täter in Gefahr sieht. Nein, ich halte es für besser, wenn wir das erst einmal für uns behalten, Walter. Es kann unser Geheimnis sein.«

Wallis kann Lottie nichts abschlagen, zieht den Hut und deutet eine Verbeugung an. Noch in derselben Stunde sind wir auf dem Weg. Wir wissen, dass wir nach nur zwanzig Minuten in einem kleinen Dorf an der Bahnstrecke aussteigen müssen. Wallis hat uns angewiesen, den Einheimischen nur wenig Geld für das Mieten eines Fuhrwerks zu bezahlen. Wir feilschen, einigen uns schließlich auf einen Preis und bekommen dafür ein aufgewecktes Pony, das mit uns von dannen trottet. Wir werfen einen Blick auf die Karte und fahren vom Bahnhof aus auf einer unbefestigten Straße, die uns an zwei Farmen vorbei schließlich nach Mimosafontein führen soll, in Richtung Norden. Eine weite Grassavanne mit welligen Hügeln und vereinzelten Baumgruppen umgibt uns. Das Wetter ist mild und trocken. Wir fühlen uns wohl in unseren Schals und Hüten, unter denen der Wind ein paar Haarsträhnen hervorlockt. Das Land ist so weit, so ruhig und scheint unter dem endlosen Himmel doch winzig. Sein Reiz erschließt sich mir langsam. Mir kommen die niederländischen Siedler in den Sinn, wie sie mit ihren Wagen übers Land ziehen, unter dem tiefblauen Himmel eine friedliche Zukunft vor Augen.

Wir trotten voran. Lottie hat die Zügel fest im Griff, und es kommt mir so vor, als seien wir auf einem Ausflug, um Vögel zu beobachten, nicht auf der Suche nach einer Frau, die ich zutiefst verachte, auf einer Mission, bei der es um Leben und Tod geht. Als wir die erste Farm erblicken, mache ich mich auf alles gefasst. Doch es gibt keine Farm mehr. Davon übrig sind nur die verkohlten Außenmauern. Wortlos fahren wir weiter, wissen nicht, was wir den Vorwürfen, die dieses Mahnmal der Zerstörung an uns zu richten scheint, entgegensetzen sollen. Ein Stück weiter kommen wir an der nächsten Ruine vorbei. Diese Farm scheint förmlich explodiert zu sein, denn die Dachbalken liegen meterweit von den Überresten des Hauptgebäudes entfernt. Manche scheinen mit brachialer Kraft schräg in den Boden gerammt worden zu sein, ihre abgesplitterten Enden ragen als schwarze Zacken anklagend in den Himmel. Als wir daran vorbeikommen, entdecke ich einen Besucher. Es ist ein Bure mit flachem Hut, der ihm schief auf dem Kopf sitzt, und Augen, die wie Perlen funkeln. Er steht vor dem Schutt, der einmal seine Farm war, wie der Hüter der Schwelle. Mit einem von Schmutz und Zorn entstellten Gesicht kommt er auf uns zumarschiert, hebt dabei die Hand und ruft etwas in Afrikaans. Er rennt uns hinterher und kommt dem Wagen bedrohlich nahe. Auch wenn er uns nichts anhaben kann, dränge ich

Lottie, schneller zu fahren. Als wir Fahrt aufnehmen, bleibt er mit erhobener Hand stehen, als winke er uns zum Abschied. Sein Geist löst sich langsam in Luft auf, als habe er die Grenzen des Ortes erreicht, an den er nach seinem Tod gebannt ist.

Die nächste Farm ist Mimosafontein. Wir sehen sie bereits aus der Ferne. Wie die anderen ist auch sie eine Ruine. Das Hauptgebäude ist zu großen Teilen niedergebrannt, zwei Mauern stehen jedoch noch und stützen die Reste des Daches. Die niedrigen Steinmauern, die wahrscheinlich Tiere beherbergten, sind noch vollkommen intakt. Hier standen früher hohe Bäume, doch sie sind tot, wurden alle unterhalb des niedrigsten Asts gekappt. Das einstige Staubecken ist ausgetrocknet, die braune Erde aufgebrochen und rissig. Neben dem Haus wuchert Unkraut in unregelmäßig geformten Beeten, möglicherweise ein ehemaliger Blumengarten. Wir halten vor der Eingangstür an, die noch ganz ist und ein Stück offen steht; gewohnheitsmäßig klopfe ich an und sehe Lottie rufen: »Mrs Uitenweerde? Hallo, ist jemand zu Hause?«

Wir treten ein und finden einen vom Feuer halb zerstörten Boden, übersät mit verkohlten Überresten zersplitterter Möbel. Ein trauriges Klavier ist entzweigehackt worden, nutzlos steht es da, die bronzenen Saiten ragen heraus und zeigen auf die feuergeschwärzten Wände. Als wir den nächsten Raum betreten, eine Küche mit zerstörtem Herd und zertrampeltem Geschirr, das sich aus dem mit einer Axt bearbeiteten Schrank ergießt, sehen wir eine große Wildkatze auf dem Fenstersims hocken. Furchtlos betrachtet sie uns mit aufsässigem Blick. Lottie ruft: »Kusch, kusch!«, und wir stampfen und schwenken die Arme. Das ist mein Zuhause, scheint die Katze zu sagen, ist aber wie alle Katzen zu faul zum Streiten. Sie springt vom Fensterbrett und schreitet über den Hof davon.

Wir nehmen die Verwüstungen in Augenschein. Ein Kuhstall steht hinter dem Haus, und wir betreten ihn, sehen umgekippte Eimer und Strohhalme, die in der warmen Luft tanzen. Dort sind keine Kühe mehr, es gibt keine Spur der Menschen oder Tiere, die einst hier lebten und zu Hause waren. Nur Verwüstung, Vernachlässigung und der Wind, der durch die gesplitterten Balken pfeift. Aus dem Augenwinkel nehme ich eine Bewegung wahr und drehe mich rasch um, rechne mit der Wildkatze. Hinter einer Kuhbox dringt weißblaues Licht hervor. Ein kleiner Kopf taucht auf – Augen starren mich an –, dann zieht er sich zurück.

»Was ist?«, fragt Lottie, die gesehen hat, wie ich mich umdrehe.

»Ein Besucher«, antworte ich ihr in Gebärdensprache und trete vor. Ich schaue hinter die Box. Auf dem Boden kauert ein Junge. Sein Körper ist von einer schillernden Aura umgeben, als sei er gerade erst gestorben.

Hallo, sage ich zu ihm.

Bist du Engländerin?, fragt er.

Ja. Wir sind Freunde. Wir sind nicht in Begleitung.

Keine Soldaten?

Keine Soldaten. Ich bin sehr froh darüber, dass du Englisch sprichst.

Mama hat es mir beigebracht.

Stolz erhebt er sich.

»Wer ist da?«, fragt Lottie.

Ich werde deinen Namen erraten. Glaubst du, ich kann das?

Nein.

Jurie.

Woher weißt du das?

Ich weiß alles.

Kennst du den Mann?

Welchen?

Den Soldaten, der Mama weh getan hat. Er ist jetzt tot.

Ja, ich kenne ihn.

»Wer ist es, Liza?«, fragt Lottie mit Nachdruck.

»Es ist ihr Sohn, Jurie.«

Das wollte ich nicht.

Was wolltest du nicht?

Er kommt hinter der Box hervor und steht jetzt im Eingang der Scheune.

Es mir leid. Ich wollte es nicht.

Was, Jurie? Was hast du getan?

Lottie stößt mich an. Ich wirble herum und sehe eine Frau mit einer Schrotflinte, die direkt auf uns zielt und sie zwischen unseren Köpfen hin und her bewegt, den Finger am Abzug. Lottie und die Frau schreien einander an.

Ich sehe die Frau sagen: »Hände hoch! Hände hoch!«

»Maria …«, sagt Lottie.

»Halten Sie den Mund! Wer sind Sie? Sie sind Engländerinnen. Woher wissen Sie meinen Namen? Was wollen Sie?«

»Ich bin Calebs Schwester.«

Das Gewehr erstarrt. Mit weit aufgerissenen Augen starrt Maria uns an.

»Ich sehe es. Sie sind seine Zwillingsschwester. Sie sehen aus wie er. Wer ist sie? Die Taubstumme?«

Das Gewehr deutet auf mich.

»Ich bin nicht stumm«, erwidere ich empört mit Gebärden.

»Ich sagte Hände hoch! Was tun Sie hier?«

Ich muss Lottie beim Sprechen zusehen, doch es fällt mir schwer, den Blick von dem Gewehr abzuwenden.

»Mein Name ist Charlotte Crowe, und das ist Adeliza Golding. Wir sind um Calebs willen hier. Wir haben keine Waffen. Wir sind allein. Wir können Ihnen nichts tun. Können Sie bitte die Waffe senken?«

»Raus«, befiehlt sie, und wir gehorchen. Sie führt uns zu unserem Wagen und bedeutet uns, daneben stehen zu bleiben. Juries Geist ist nirgends zu sehen.

Maria steht vor dem Vordereingang ihres Hauses und senkt langsam das Gewehr. Jetzt kann ich sie richtig sehen, erkenne, wie schön sie einmal war. Sie ist dünn und ausgemergelt, barfuß, ihre Nägel sind schwarz, ihr Haar ist voller Staub, und in ihrem Rocksaum hängen die Samen wilder Pflanzen. Doch ihr Gesicht ist immer noch schön, ihre Augen sind dunkelblau, ihr Blick bezwingend. Sie erinnert mich an eine meiner Besucherinnen, die unerschrockene, wilde Zigeunerin, die ich vor vielen Jahren kennenlernte.

»Was wollen Sie hier?«

»Wir möchten mit Ihnen reden.«

»Um mich auszuliefern? Sie glauben, Sie können mich dorthin zurückbringen und ausliefern. Nur zu, probieren Sie's!« Sie hebt wieder das Gewehr.

Lottie hebt flehend die Hand. »Nein, Ehrenwort. Wir kommen in Frieden. Wir wollen nur mit Ihnen darüber reden, was passiert ist. Wir haben einen weiten Weg hinter uns, sind aus England gekommen und haben Sie jetzt endlich gefunden, und wir wollen nur mit Ihnen sprechen – bitte.«

Das Gewehr senkt sich. »Sprechen Sie weiter.«

Wir lassen die Hände sinken. Lottie beginnt: »Wir möchten mit Ihnen über das reden, was passiert ist. Mein Bruder sagt, er habe Jackson getötet. Er ist jetzt im Krankenhaus.«

Maria fragt: »Geht es ihm gut?«

»Er erholt sich von der Ruhr. Er war sehr krank. Er braucht noch Zeit, um wieder gesund zu werden. Aber sein Prozess ist vorverlegt worden, und er geht in ein paar Tagen vor Gericht. Sie wollen ihn verurteilen, Maria. Sie haben vor, ein Exempel an ihm zu statuieren. Man wird ihn erschießen.«

»Daran kann ich nichts ändern.«

»Er liebt Sie«, sage ich. »Wie können Sie ihn im Stich lassen?« Aber Lottie übersetzt nicht für mich.

»Wieso wedelt sie so dumm mit den Händen herum?«, höhnt Maria, und ich will hinüberlaufen und sie packen, sie zu Boden werfen und ihr ins unverschämte Gesicht treten.

Lottie fährt fort: »Bitte, Maria. Wir wissen beide, dass Caleb Jackson nicht erschossen hat. Er war ein böser Mann, der schlimmste von allen. Wir wissen … Wir wissen, was er Ihnen angetan hat. Wir wissen es. Es tut mir leid, Maria.«

»Es tut Ihnen leid? Leid?«, speit sie mit verzerrtem Gesicht. »Ihr törichten Engländerinnen auf eurer kleinen Überseereise, nur um in euren Krinolinen herumzustolzieren und euch um euren kostbaren Bruder zu kümmern. Was ist mit mir, meinem Mann, meiner Familie, meinem Land? Meinem Sohn?«

»Wir wissen, dass Ihr Sohn tot ist«, sage ich, und jetzt spricht Lottie für mich.

Maria senkt ihren Blick. »Sie haben das Grab gesehen.«

Wir antworten nicht.

»Er war acht Jahre alt. Er hatte das Leben noch vor sich. Ich bin am Ende, aber er hatte noch sein ganzes Leben vor sich, wenn dieser Krieg und all der Wahnsinn endlich vorbei gewesen wären. Er hatte Fieber. Ich konnte ihm nicht helfen. Ich hatte keine Arznei. Er starb schnell. Er war noch schwach vom letzten Mal und vom Marsch hierher, diesem endlosen Marsch. Ich hätte nicht weggehen sollen. Ich hätte nie hierherkommen sollen. Das ist alles meine Schuld. Mein armer Jurie! Mein armer Sohn!«

Jetzt weint sie. Ihre Tränen sind groß und schwer, sie rinnen ihr übers Gesicht, fallen zu Boden und hinterlassen Spuren.

Jurie ist da. Er starrt auf die Tür hinter Maria, dann wieder auf mich und legt den Kopf schief, als lausche er.

Hörst du etwas, Jurie?

Es klingt wie meine Mutter. Es klingt, als weine sie, ganz weit weg. Auf der anderen Seite des Veldts. Ist das meine Mutter? Weint sie?

Du kannst Leute hören?

Nur dich und Mama, andere kann ich nicht hören. Ich habe schon seit ein paar Tagen sonst niemanden mehr gehört. Nicht mehr, seit ich krank war. Nur Mamas Stimme.

Ich wusste nicht, dass du Lebende hören kannst.

Was sind Lebende?

Deiner Mutter geht es gut, Jurie. Keine Sorge.

Ag, moet nou nie huil nie, Mama. Nicht weinen.

»Was tut sie da?« Maria starrt mich an. Sie presst das Gewehr an ihre Brust. »Ist sie wahnsinnig?«

Sie weint meinetwegen. Wenn du sie siehst, sag Mama, dass es mir leidtut. Ich wollte es nicht. Es tut mir leid.

»Jurie hat ihn getötet«, teile ich Lottie mit. Sie starrt mich an. »Er sagt, es tut ihm leid und er wollte es nicht. Sag es ihr!«

Lottie sagt: »War es Ihr Sohn? Hat er auf Jackson geschossen? Es war ein Unfall, nicht wahr? Er wollte es nicht.«

Maria hebt das Gewehr. Für einen irren Augenblick glaube ich, sie will uns beide töten. Sie hat nichts zu verlieren.

»Was ist das für Hexerei? Wen sieht sie an? Was wissen Sie darüber?«

»Wenn es stimmt«, gebe ich Maria mit Hilfe von Lottie zu verstehen, »dann haben Sie nichts zu befürchten.«

»Woher wissen Sie von Jurie?« Sie schreit jetzt. Das Gewehr schwenkt sie wild zwischen uns hin und her. »Ich habe ihm versprochen, niemand würde je herausfinden, was er getan hat.«

»Aber das ist doch nicht mehr wichtig«, sagt Lottie. »Ihr Sohn ist tot.«

»Es ist nicht mehr wichtig?« Maria kneift die Augen zusammen, ihr Mund wird schmal. Ich fürchte, dass sie uns jetzt wirklich erschießen wird.

»Wir meinen, jetzt kann ihm niemand mehr etwas tun. Sie haben getan, was Sie mussten, haben ihn nach Kräften beschützt. Jetzt können Sie mitkommen und denen erklären, dass nicht Sie ihn getötet haben, auch nicht mein Bruder, sondern Ihr Sohn. Ihr Sohn ist tot, er möge in Frieden ruhen. Aber Sie können den Lebenden helfen, können Caleb retten, ihn befreien. Wenn Sie mitkommen und denen die Wahrheit sagen.«

»Sind Sie verrückt? Ich gehe nicht dorthin zurück. Die werden mich wieder einsperren und mich für meine Flucht bestrafen. Niemals gehe ich in diese Hölle zurück, niemals.«

»Aber was ist mit Caleb? Er hat Ihnen geholfen. Er wird für Sie sterben.«

»Er liebt Sie«, sage ich und möchte schreien, mich auf den Boden werfen und in die staubige Erde weinen. Ich hasse diese Frau. Ich habe Mitleid mit ihr, aber noch mehr hasse ich sie. Ich will, dass sie tut, was wir wollen, und sich dann in eine Salzsäule verwandelt und aufhört zu existieren, keinen Atemzug mehr auf dieser Welt tut.

Lottie tritt mit ausgestreckten Händen vor, bittet sie nunmehr. »Sie werden es verstehen. Sie werden in Betracht ziehen, was Ihnen widerfahren ist, was Jackson Ihnen angetan hat. Nach britischem Recht hat er ein Verbrechen begangen. Es wiegt Ihre Flucht auf. Ich garantiere Ihnen, dass Sie dafür nicht verfolgt werden. Die Mutter dieser Dame hat mächtige Freunde, sie werden dafür sorgen, dass Ihnen nichts geschieht, das verspreche ich Ihnen, Maria. Ich verspreche es beim Leben meiner Mutter.«

»Gelogen. Alles gelogen«, sagt Maria mit glasigem Blick.

»Bitte«, weint Lottie und wirft sich ihr zu Füßen. Ich kann Lotties Lippen nicht mehr sehen, aber ich weiß, sie fleht, bettelt um Calebs Leben. Sie hebt den Kopf, und ich sehe sie sagen: »Retten Sie ihn.«

Ich bin ein Dieb …

Ich sehe Jurie an. Er nagt an einem Fingernagel. Er nutzt mir jetzt nichts mehr. Er hat Jackson getötet, aber ohne Maria wird uns das niemals jemand glauben.

Geh jetzt, Jurie.

Ein Dieb ist böse. Das hat Mutter mir gesagt. Wenn du sie siehst, wirst du ihr das sagen? Ich hätte seine Sachen nicht nehmen sollen. Ich wollte kein Dieb sein. Aber ich dachte, ich könnte sie verkaufen, zumindest die Uhr und das Taschenmesser, dann hätten wir Geld gehabt und Seife, Kerzen und Essen kaufen können.

Welche Sachen? Wovon redest du, Jurie?

Die Sachen des Mannes. Ich habe sie gestohlen. Ich habe sie aus seinem Zelt geholt, nachdem es passiert war. Nachdem ich ihn mit der Pistole und dem Blut an seinem Hemd und auf dem Boden gefunden habe.

Du hast ihn gefunden?

Ja, ich war das. Er war tot. Da war so viel Blut. Wie in der Schlachtgrube. Aber er war ein Mann, ein echter toter Soldat.

Hast du ihn getötet?

Nein!

Hast du ihn erschossen, Jurie?

Nein. Wer sagt das? Das ist eine Lüge.

Deine Mama denkt, du hast ihn erschossen, Jurie. Als sie dich fand, hattest du die Waffe in der Hand.

Die wollte ich auch stehlen. Sie hat mich dabei erwischt,

und ich habe mich so geschämt. Die anderen Sachen waren in meiner Tasche, und ich habe ihr nichts, davon erzählt. Ich habe mich so geschämt, dass ich nicht sprechen konnte. Aber sie hat gesagt, sie wird es niemandem erzählen. Sie hat gesagt, sie passt auf mich auf und wir gehen fort von dort und niemand wird es je erfahren. Aber die Dinge habe ich behalten. Ich habe sie in meine Schatztruhe gelegt. Die Uhr, das Taschenmesser und das Buch.

Was für ein Buch?

Das Buch des Mannes. Er hat da reingeschrieben. Ich kann Englisch sprechen, es aber nicht lesen. Ich habe sein Buch trotzdem behalten und seinen spitzen Bleistift. Er hat am selben Tag noch hineingeschrieben, ich habe nämlich das Datum gesehen.

Als ich mich mit vor Schreck offen stehendem Mund wieder Maria zuwende, spricht sie mit Lottie, die noch immer weinend zwischen uns auf dem Boden liegt. Ich verpasse den Anfang ihres Satzes.

»… mir«, sagt sie. »Jetzt kennen Sie die Wahrheit, sie werden mich suchen kommen. Sie haben alles kaputt gemacht, indem Sie hergekommen sind. Ich wollte nur nach Hause. Aber dann kommen Sie hierher, zwei Engländerinnen, mit Ihrem Mitleid und Ihren Lügen und zerstören meine letzte Aussicht auf Frieden.«

Ich glaube, jetzt wird sie es tun. Gleich werden wir sterben. Ich klatsche in die Hände, damit Lottie zu mir hersieht.

»Frag sie, ob Jurie je zugegeben hat, Jackson getötet zu haben. Hat er es je wirklich ausgesprochen? Frag sie!«

Lottie richtet sich auf und spricht für mich.

Kalt lauscht ihr Maria. »Nein, er hat nie wieder ein Wort gesagt. Das sagte ich doch schon. Was macht das für einen Unterschied?«

»Woher wissen Sie dann, dass er es war?«, fragt Lottie.

»Ich fand ihn mit der Waffe in der Hand. Er hatte Blut an den Händen. Danach hat er nie wieder ein Wort gesagt. Als ich ihn fand, fragte ich ihn immer wieder, was geschehen war. Ich fand ihn neben der Leiche, mit dem Revolver in der Hand. Nach diesem Augenblick hat er nie wieder ein Wort zu mir gesagt, nie wieder. Ich sagte, ich würde niemals zulassen, dass ihn jemand für das, was er getan hat, bestraft, und er nickte und weinte. Ich wusste, er hatte es getan.«

»Sie irren sich!«, widerspreche ich. »Er war es nicht. Er hat Jackson bestohlen. Er hat seine Beute in seine Schatzkiste getan.«

»Was?«, schreit Lottie.

»Übersetz!«

Sie tut es. Maria runzelt die Stirn.

»Woher weiß sie das? Woher wissen Sie das? Sie können meine Lippen lesen, nicht wahr? Sie verstehen mich. Was wissen Sie über meinen Sohn?«

Was war das für ein Buch, Jurie? War es ein Tagebuch?

Ja, ich glaube. Ein Buch, in das man schreibt, mit Daten. Ganz viele Seiten.

»Maria«, sage ich, und Lottie wiederholt es laut. »Haben Sie die Schatzkiste Ihres Sohnes noch?«

»Davon wusste niemand, nicht einmal Caleb. Woher wissen Sie das, hm? Ich frage noch einmal, was ist das für eine Hexerei? Sagen Sie es mir, oder ich werde Sie töten. Ich meine es ernst, ich werde Sie beide töten. Wen haben Sie da drüben angeschaut? Sagen Sie es mir!«

Sie schreit jetzt. Ihr Finger liegt auf dem Abzug, und ich habe das Gefühl, dass ich bald selbst in das weißblaue Licht getaucht sein werde, sehr bald.

»Jurie ist hier. Ihr Sohn ist hier. Er ist ein Geist, ein Gespenst. Ich kann ihn sehen, ich kann mit ihm sprechen. Niemand weiß, dass ich das kann, nicht einmal Caleb. Nur

Charlotte. Jurie hat mir gesagt, er habe Jackson nicht getötet, ihn aber bestohlen. Deshalb hat er geweint. Er hat geglaubt, deswegen wollten Sie ihn beschützen. Er hat seine Beute in der Schatzkiste versteckt, zusammen mit einem Buch, einem Tagebuch. Haben Sie es, Maria? Wissen Sie, wo es ist?«

Maria starrt auf die Stelle neben mir. Jurie ist weggegangen, er ist mir gegenüber jetzt misstrauisch. Oder? Er dreht sich um und deutet auf etwas. Hinter dem Kuhstall ist ein kleiner Erdhügel, wie ein Maulwurfshügel. Er deutet wieder darauf.

Ich will hinübergehen, will in dieser Erde wühlen, herausfinden, was sich dort verbirgt. Aber wenn ich mich bewege, erschießt mich Maria vielleicht. Ich drehe mich um und sehe sie an.

»Jurie?«, ruft sie schwach. »Ist er hier?«

»Ja.«

Marias Gesichtszüge entgleisen. »Jurie? Wo ist er? Bringen Sie mich zu ihm.«

»Er kann Sie nicht sehen, nur mich.«

»Warum? Warum Sie?«

»Ich weiß es nicht. Das habe ich noch nie verstanden. Aber ich kann sie sehen, und sie können mich sehen und mit mir reden.«

»Was sagt er zu Ihnen?«

»Er sagte, es tut ihm leid. Er wollte kein Dieb sein. Ich soll Ihnen sagen, es tut ihm leid.«

Maria weint und lässt die Waffe fallen. Lottie oder ich sollten sie an uns nehmen. Aber wir tun es nicht. Wir sehen ihr beim Weinen zu.

»Ist er jetzt hier? Können Sie mit ihm sprechen?«

»Ja. Er ist da drüben, bei der Scheune.«

Ihre Augen suchen diesen Bereich ab, verzweifelt versucht

sie, ihren Sohn zu sehen, doch sie füllen sich mit Tränen, als sie erkennt, dass es ihr nicht gelingen wird.

»Glauben Sie mir?«, frage ich. »Glauben Sie daran, dass manche Menschen die Toten sehen können?«

»Ja«, sagt Maria, die jetzt ruhiger ist. »Das weiß ich schon immer. Meine Großmutter hat es mir erzählt. Ich wünschte, ich könnte sie auch sehen, aber das ist mir nie gelungen.«

Vielleicht gibt es andere Menschen wie Maria. Vielleicht kann ich es eines Tages auch anderen erzählen.

»Wie geht es Jurie?«, fragt sie. »Was macht er gerade?«

»Er deutet auf den Boden. Hat er dort seine Schatzkiste vergraben?«

»Ja.«

»Wir müssen sie sehen, Maria. Darin ist sein Tagebuch, Jacksons Tagebuch. Das brauchen wir.«

»Nehmen Sie, was immer Sie wollen. Nur bringen Sie mich zu meinem Sohn.«

Sie steigt über das Gewehr hinweg, kommt zu mir und bleibt vor mir stehen. Gebrochen und hilflos bittet sie mich mit flehendem Blick, ihr diesen einen Gefallen zu tun, auch wenn sie kein Recht dazu hat, höchstens das einer trauernden Mutter.

Ich nehme ihren Arm, und sie stützt sich auf mich. Langsam gehen wir zur Scheune hinüber, wo Jurie immer noch auf die Erde deutet.

Dort habe ich meine Schatzkiste vergraben, als wir ankamen. Ich habe sie dort vergraben, damit Mama sie nicht findet.

»Sagen Sie ihm, ich wusste von der Kiste«, sagt Maria. »Ich habe ihn beobachtet. Jungs führen ständig etwas im Schilde mit ihren kleinen Geheimnissen. Mir war das egal. Ich war ihm nie wegen irgendetwas böse.«

Das erkläre ich Jurie.

Du kennst meine Mama?

Ja.

Wo ist sie?

Neben mir. Du kannst sie nicht sehen.

Ist sie ein Geist?

So etwas Ähnliches.

Kannst du mit ihr reden?

Ja.

Sag ihr, sie fehlt mir.

Das werde ich.

In Gebärden gebe ich ihr zu verstehen: »Er vermisst Sie.« Irgendwie begreift sie, was ich meine, und Maria nickt, versteht, weil sie weiß, was er wohl fühlt.

»Sagen Sie ihm, ich liebe ihn. Ich werde ihn immer lieben. Eines schönen Tages werde ich sterben und zu ihm kommen. Ich will nicht, dass er hier allein ist, allein umherstreift, mich nicht sieht, sich sorgt. Kann er weiterziehen, oder muss er hierbleiben?«

Lottie kommt zu uns und übersetzt für mich.

»Ich kann ihm sagen, er soll weggehen. Das habe ich früher schon getan. Wenn ich ihnen sage, sie sollen für immer weggehen, kommen sie nie mehr zurück. Soll ich das tun?«

Maria schaut in die Luft vor uns, ihre Augen suchen etwas, das sie in diesem Leben niemals sehen werden.

»Nein, ich ertrage es nicht, ihn noch einmal zu verlieren.«

»Es ist vielleicht barmherziger. Sie sind unglücklich, wenn sie umherstreifen.«

»Nein, lassen Sie ihn bleiben.«

Ich nicke.

Maria kniet nieder und wühlt in der Erde. Sie gräbt rasch und geschickt wie ein Erdferkel. Sie hebt die Kiste aus und holt sie hoch. Dann dreht sie ein Schräubchen an der Seite, und sie geht auf. Darin sind viele Schätze: Muscheln, Kiesel, Knöpfe, zwei Pennies mit dem Kopf Krügers, eine Feder. Unter diesen Schätzen liegen die Uhr, das Taschenmesser und ein Büchlein. Marineblaues Leder mit einer Messingschließe. Maria hält es in der Hand.

Als ich danach greife, denke ich an Jackson. Warum sein Besucher nirgends zu finden war, warum er nicht an seinem Sterbeort umherwanderte, wie es alle anderen tun. Ich muss an Tom denken, unsere ergebnislose Suche nach dem traurigen Tom Winstanley, der nie zurückkam. Dann begreife ich.

»Jackson war es«, sage ich zu Lottie. »Ich glaube, das wird in dem Tagebuch stehen. Er hat sich erschossen. Deshalb ist er nicht zurückgekommen. Genau wie Tom. Es hatte nichts mit dem Meer zu tun. Es war Selbstmord. Das muss die Regel sein. Selbstmörder kehren nicht zurück.«

Lottie reißt die Augen weit auf, blickt in die Ferne – ihre Gedanken wandern durch Zeit und Raum zurück in ihre Vergangenheit, ans Meer, in ihre Jugend –, dann sieht sie mich wieder an. Sie nickt. Maria gibt mir das Buch, und ich öffne es. Winzige Seiten, für Termine und Notizen gedacht, von der ersten Kriegswoche bis zu seinem Tod mit stark geneigter Schrift gefüllt, geschrieben mit verschmiertem, grauem Bleistift. Ich schlage die letzte beschriebene Seite auf, und Lottie liest sie laut vor.

»Dies sind der letzte Wille und das Testament von Arnold Ewart Jackson. Hiermit vermache ich all meinen weltlichen Besitz meiner Mutter und meinem Vater. Ich habe keine Frau, keine Kinder und keine Geschwister. Ich hinterlasse alles meinen Eltern, die immer freundlich und gut zu mir und selbst dann noch stolz auf mich waren, wenn ich es nicht verdiente. Ich weiß, ich habe gefehlt, und mir tut es um alle leid, denen ich weh getan habe. Ich hasse diesen blutigen Krieg, und ich bin froh, dass er für mich jetzt vorbei ist. Ich bedaure, dass meine Eltern mit der Schande werden leben müssen, dass ich mich so davonstehle. Ich weiß, es ist feige.

Aber ich ertrage dieses Leben einfach nicht mehr. Ich will mich davonmachen und nichts mehr damit zu tun haben. Ich kann mit mir selbst nicht mehr leben, wenn ich also diesen Eintrag beendet habe, werde ich meinen Bleistift weglegen, meinen Revolver nehmen und mir in die Brust schießen. Am Ende denke ich an meine Eltern, deshalb werde ich mir nicht in den Mund schießen, weil das schrecklich wäre, denn ich weiß, sie werden einen offenen Sarg wollen. Das war's dann. Es ist Zeit. Lebt wohl.«

Kapitel 17

Kommen Sie mit, Maria«, sage ich in Gebärdensprache. »Begleiten Sie uns zurück.«

Ich kann nicht glauben, dass ich das tatsächlich vorschlage, doch meine Hände wollen es so.

Als Lottie übersetzt, schüttelt Maria geistesabwesend den Kopf.

Ich dränge Lottie mit einem Blick, mir zu helfen. Sie fügt hinzu: »Wir werden einen Ort finden, an dem Sie sicher sind.«

»Wir können Caleb zu Ihnen bringen.« Nun bin ich von mir selbst überrascht. Was um alles in der Welt bringt mich dazu, ihn – den Menschen, den ich am meisten liebe – derjenigen zu überlassen, die ich am meisten hasse? Doch weil ich weiß, dass es das einzig Richtige ist, schlage ich es tatsächlich vor. Sie blickt mich an, als ich es sage. An ihren Augen kann ich erkennen, dass sie mich versteht, doch ihr Blick wandert über mich hinweg, und sie sieht an mir vorbei.

Da wir die Frau schlecht an unseren Wagen binden können, müssen wir es mit Worten versuchen. Sie spricht jedoch nicht mit uns. Mit gesenktem Kopf und hängenden Armen driften ihre Gedanken davon, während ihr Blick hinter dem Kuhstall nach Jurie sucht. Wir reden auf sie ein, aber unsere Worte verhallen ungehört in der Wildnis.

Zu Lottie sage ich: »Ich fürchte, sie ist dabei, den Verstand zu verlieren.«

Als wir uns auf unserem Wagen niederlassen, bitte ich Lottie, sie noch einmal zu rufen, doch es führt zu nichts. Als wir uns auf demselben Weg, auf dem wir gekommen sind, langsam entfernen, sehe ich, wie sie uns den Rücken zukehrt und zur Farm zurückschlurft. Ich habe die Befürchtung, dass sie dort verhungern wird.

Auf dem Rückweg verfolgen uns die Gedanken an Maria, und wir wechseln kaum ein Wort. Sobald wir im Zug sind, uns Caleb nähern und von Mimosafontein immer weiter entfernen, wird unsere Bedrückung weniger. Wir sprechen darüber, wie wir unsere guten Neuigkeiten kundtun. Wen werden wir als Quelle angeben? Caleb werden wir erzählen müssen, dass wir Maria getroffen haben, doch was ist mit seinem Anwalt? Wird der Rechtsbeistand die Behörden über ihren Aufenthaltsort informieren? Das können wir nicht riskieren. Wir werden behaupten, sie habe die Farm für immer verlassen. Wie aber erklären wir Juries Beteiligung? Wir kommen zu dem Schluss, dass wir das nicht können. Wir müssen uns in unseren Ausführungen darauf beschränken, dass wir Maria gefunden haben und dass sie aus Angst vor einer Verhaftung nicht mit uns zurückkommen wollte. Wir werden behaupten, sie habe das Tagebuch unter den Habseligkeiten ihres Sohnes gefunden und uns überlassen, damit wir Caleb rehabilitieren. Auch wenn ich weiß, dass es nicht anders geht, nagt diese Lüge an mir. Caleb und alle, denen die Geschichte zu Ohren kommen wird, werden glauben, sie habe ihn von sich aus retten wollen und nur darauf gewartet, dass jemand zu ihr kam, dem sie dieses entscheidende Beweisstück in die Hand drücken konnte. Es wäre heroisch gewesen, ins Lager zurückzukehren, und man wird glauben, dass einzig ihre verständliche Furcht sie davon abhielt. Caleb wird nie erfahren, dass ich es war, dass meine Gabe das Rätsel gelöst hat, dass ich mit dem toten Jungen sprechen und dadurch den für ihn lebenswichtigen Beweis finden konnte. Dass ich sein Leben gerettet habe. Er wird all dies nie erfahren.

Wir gehen vom Bahnhof in Pretoria direkt ins Krankenhaus. Caleb sitzt angezogen und rasiert auf seinem Bett. Sein Haar ist bis über die Ohren geschoren, und seine Locken liegen nun zahm seitlich am Kopf an. Er sitzt fast senkrecht im Bett und wirkt nun viel kräftiger, worüber ich mich sehr freue. Neben ihm redet ein älterer Mann mit weißem Haar und einem Stapel Papiere ernst auf ihn ein. Sie drehen sich gleichzeitig um und sehen uns an. Calebs Augen leuchten, als er uns sieht, werden aber von der Angst vor den schlechten Neuigkeiten, die er uns mitteilen muss, getrübt. Doch zuerst haben wir ihm und dem Rechtsbeistand etwas zu erzählen. Wir holen das Tagebuch hervor, Lottie fasst kurz alles Wichtige zusammen, und der Anwalt ist vollkommen verblüfft und springt auf.

»Ich kann es nicht fassen!«, ruft er. »Was für eine phänomenale Investigation, meine Damen. Caleb, hören Sie das? Verstehen Sie es? Sie werden ein freier Mann sein! Das ist der endgültige Beweis. Damit sind Sie vollkommen entlastet, alter Freund.«

Caleb hat sehr aufmerksam zugehört, jedoch noch kein Wort gesagt. Er nimmt das Tagebuch des Gefreiten A. E. Jackson und liest den letzten Eintrag.

»Dann ist es wahr«, sagt Caleb. Er sieht uns beide an. »Ihr habt mein Leben gerettet.«

»Das haben sie, allerdings!«, frohlockt der Rechtsbeistand und verabschiedet sich mit den Worten von Caleb, dass er an Ort und Stelle auf ihn warten soll, während er das Gericht über das neue Beweisstück informiert. Er erklärt uns, dass es ein paar Tage dauern kann, bis die Echtheit des Tagebuchs überprüft und bewiesen worden ist, dass seiner Ansicht nach jedoch nichts dagegenspricht, dass die Anklage danach unverzüglich fallengelassen und der Prozess abgeblasen wird. Er schlüpft zwischen den Betten hindurch und rauscht davon, jedoch nicht ohne jeder Krankenschwester und jedem Arzt die guten Neuigkeiten mitzuteilen. Viele Hände werden geschüttelt.

Caleb lächelt schließlich und scheint endlich zu verstehen, dass sich sein Schicksal gerade zum Guten gewendet hat. Doch ich kenne seine Mimik und seine Augen sehr gut. Es fehlt etwas, irgendetwas ist noch nicht ganz richtig. Als sich die Lage beruhigt hat und Lottie den Arzt zu Calebs Gesundheitszustand befragt, spreche ich allein mit ihm.

»Wie geht es Maria?«, fragt er. »Wohin ist sie geflohen?«

»Es ging ihr nicht gut. Sie trauert sehr um Jurie. Wir haben versucht, sie mit hierherzubringen, Caleb, wirklich. Doch sie wollte einfach nicht mitkommen. Sie schien hinaus aufs Veldt zu irren, aber als wir sie das letzte Mal sahen, ging sie wieder in Richtung ihres Gehöfts. Dort könnte sie noch immer sein. Wir haben deinen Rechtsbeistand belogen. Wir wollten nicht, dass er erfährt, dass sie möglicherweise noch immer auf ihrer Farm ist. Er hätte die Behörden informieren und sie als Zeugin festnehmen können. Das wollten wir ihr ersparen. Haben wir das Richtige getan, Caleb?«

Er nimmt meine Hände, hält sie ganz fest und schaut mir tief in die Augen, wie ich es mir so oft gewünscht habe.

»Das habt ihr, Liza. Ihr habt alles richtig gemacht. Das hast du schon immer. Danke. Danke, mein Liebes. Mein liebes Mädchen.«

Dann bricht er zusammen und weint bitterlich, wie ich noch nie einen Mann habe weinen sehen. Seine glühenden Wangen brennen an meiner Hand, die er immer noch festhält, seine warmen Tränen sickern auf meine Haut, und er zerdrückt beinahe meine Finger in seiner Faust. Lottie kommt angerannt, viele Patienten drehen verdutzt die Köpfe in unsere Richtung und schauen dann wieder weg, um ihm ihre Blicke zu ersparen.

Noch in derselben Woche ist Caleb ein freier Mann. Das Gericht hat verfügt, dass Arnold Jackson »sich mutwillig selbst Schaden zugefügt hat«. Mutter und den Crowes haben wir Telegramme geschickt. Sie antworten. Aus den abgehackten Sätzen im Telegrammstil lesen wir dankbare Glückwünsche und überbordende Freude. Lottie und ich haben uns Zeit dafür genommen, Pläne zu machen. Was tun wir als Nächstes? Caleb wird bald zu seinem Regiment zurückkehren, und wir müssen weiterziehen. Doch wohin? Sollen wir nach Hause gehen oder uns in umgekehrter Reihenfolge an unsere ursprüngliche Route halten, mit dem Schiff nach Gibraltar und von dort durch Spanien bis nach Frankreich reisen, Europa entdecken, wie wir es vor einer gefühlten Ewigkeit geplant hatten? Uns fällt nichts ein, was dagegenspräche. Wir haben unsere Mission hier erfüllt und mehr erreicht, als wir uns in unseren kühnsten Träumen hätten ausmalen können. Lottie ist glücklich, das sehe ich. Sie ist zufrieden und wieder komplett – ihr geliebter Zwillingsbruder ist frei –, außerdem ist sie ganz begeistert von unseren Plänen, weiter auf Abenteuerreise zu gehen. Unsere Grand Tour ist nichts, was ich unbedingt erleben muss, doch sie kommt mir gelegen, um einer Wahrheit zu entfliehen, die ich nur schwer akzeptieren kann.

Für mich war unsere Zeit in Afrika keine nervenaufreibende Mission, sondern eine Prüfung. Ich habe sie bestanden, und doch fühle ich mich, als habe man meiner Seele zu viel abgenötigt, als sei ihr das Leben ausgesaugt worden. Ich habe meinen Liebsten gerettet und gleichzeitig genau gewusst, dass ich ihn verloren habe. Ich wusste es von dem Moment an, als ich ihn im Krankenhausbett sah und er mir sagte, dass er sie liebt. Doch als er meine Hand hielt und weinte, wurde ich seiner Dankbarkeit gewahr, seiner Liebe für mich, und ich erkannte, dass er meine Liebe in all den

Jahren ebenso akzeptiert hatte wie meine beharrliche Weigerung, sie aufzugeben. Er küsste an diesem Tag meine Hände und hörte nicht auf, sich bei mir zu bedanken. Ich glaube, was er eigentlich sagen wollte, war: »Danke, Liza, danke, dass du mich liebst.« In diesem Augenblick schien die schwere Last, die mir all die Jahre auf der Seele gelegen hatte, ein wenig leichter zu werden: mein stetes, unbändiges Verlangen nach seiner Aufmerksamkeit, seiner Zuneigung, seiner Liebe und der innige Wunsch, ihn ganz für mich zu haben. Seine Dankbarkeit befreite mich ein Stück weit davon.

Caleb werden noch zwei Wochen dienstfrei gewährt, damit er sich erholen kann. Am Morgen seiner Entlassung aus dem Krankenhaus kommt er zu uns ins Gästehaus der Deutschen.

»Ich muss nach Mimosafontein. Ich möchte die beiden Wochen nutzen, um nach Maria zu suchen. Werdet ihr mir helfen?«

Er muss nicht fragen. Dieses Mal ist die Reise zur Farm nicht so unbeschwert. Der Wind bläst stark, und wir graben unsere zerzausten Köpfe in die Schals. Caleb zieht die Krempe seiner Mütze weit herunter, doch es bringt kaum etwas. Kurz nach der zweiten Farm geraten wir in einen Sandsturm und sehen uns gezwungen, den Kopf des Ponys abzudecken und so lange unter dem Wagen auszuharren, bis er vorüber ist. Wir kauern dicht aneinandergedrängt unter einer Decke, während der sandige Wind unsere Glieder peitscht und wir die groben Körner immer wieder ausspucken müssen. Wir versuchen ruhig zu bleiben und einander Halt zu geben. Ich war Caleb seit Jahren nicht mehr so nah und bin von mir selbst überrascht. Seine Nähe zehrt nicht an mir, sondern sie gibt mir Kraft. Ich, die Einsame, das Einzelkind, das durch seine Blind- und Taubheit vom Rest der Welt abgeschottet war, traf eine Frau, die sie vor dem Abgrund rettete und sie liebte. Hier sind wir nun mit ihrem Bruder. Meinem Bruder. In diesem Moment werden wir drei unter der sturmumtosten Decke eine Familie.

Ich höre jemanden rufen. Natürlich ist es ein Besucher. Sie sind die Einzigen, die ich jemals hören werde. Unter unserer Schutzhülle kann ich nur unsere verschleierten Umrisse erkennen. Lottie und Caleb harren mit gesenkten Köpfen dem Ende des Sturms. Wieder höre ich die Stimme. Ich spüre, dass sich ein Besucher nähert. Ich hebe eine Ecke der Decke hoch, um nach ihm Ausschau zu halten. Caleb zerrt sie mit einem Ruck wieder herunter. Füße tauchen vor mir auf, die zerschlissenen Lederstiefel eines Mannes, die reglos inmitten des tobenden Sturms stehen, während das zart violett leuchtende Licht die Konturen seiner wettergegerbten Hosen umspielt. Ich schlüpfe unter der Decke hervor und stelle mich vor ihn. Es ist der Geist des Buren, den ich bereits auf unserer ersten Fahrt sah. Caleb greift nach meinem Bein. Ich mache einen Schritt weg von ihm. Der Besucher sieht fuchsteufelswild und gequält aus. So schlimm war es noch nie, nicht einmal bei der Zigeunerin. Er sieht mich an, als würde er mich jeden Augenblick am Genick packen. Sandstaub prasselt unablässig auf mich herab, reizt meine Augen. Ich schütze meinen Kopf, so gut es geht, mit dem Schal, kann mich aber kaum auf den Beinen halten. Ihm kann der Sturm nichts anhaben. Er existiert in einer anderen Sphäre, bleibt von den irdischen Kräften verschont. Er beginnt, Wortsalven in Afrikaans auf mich abzufeuern, die ich nicht verstehe. Seine Geschichte ist voller Leid und Kummer. Vielleicht sind seine Frau und seine Kinder in einem Lager, vielleicht sind sie auch tot. Während er erzählt, rauft er sich die Haare, deutet wild mit dem Arm wedelnd auf das Land, das vor uns liegt, und stößt energisch den Finger gegen mein Brustbein, was ich kaum spüre.

Hör zu, sage ich. Er hält inne.

Hör mir gut zu. Du kannst die Stimmen deiner Liebsten hören. Hörst du sie?

Er schaut erst verwirrt, dann macht sich Verachtung auf seinem Gesicht breit, und er beginnt seine Tiraden von neuem.

Hör auf, hier herumzuschreien, und hör zu. Wenn sie noch am Leben sind, wirst du sie hören.

Er schaut jetzt ganz ernst, lauscht und sieht sich misstrauisch um. Plötzlich macht er große Augen, zieht die Mundwinkel nach oben und lächelt. Ich kann ihre Stimmen nicht hören. Sie müssen noch leben. Er ruft nach ihnen, zeigt auf mich und lacht. Er stellt mir Fragen in Afrikaans. Ich glaube, er fragt, ob ich sie ebenfalls höre.

Dass du sie hören kannst, ist alles, was zählt.

Er spricht mit ihnen, erkennt aber bald, dass sie ihn nicht hören. Er ist jedoch damit zufrieden, ihnen eine Weile zu lauschen. Ich werde nie erfahren, was er gehört hat, doch welch heilende Wirkung ihre Stimmen auf ihn haben, kann ich deutlich sehen.

Caleb kommt unter dem Wagen hervor.

Möchtest du jetzt gehen? Willst du dich ausruhen?

Mein Besucher nickt. Er sieht so müde aus.

Geh jetzt. Geh für immer und kehre nie mehr zurück.

Er wendet sich dem zornigen Sturm zu, doch regt sich kein Haar an seinem Kopf. Ein letztes Mal lässt er den Blick über sein geliebtes Land streifen, dann ist er verschwunden. Caleb steht neben mir, packt mich an den Schultern und dreht mich um, damit ich von seinen Lippen lesen kann.

»Was zur Hölle machst du hier draußen?«, brüllt er und bugsiert mich wieder unter die Decke.

Lottie linst hinter ihrem Schal hervor. An meinem Blick erkennt sie, was ich gerade getan habe. Caleb ist ebenfalls wieder unter der Decke und beschwert sich, ich schaue aber nicht zu ihm hin. Lottie signalisiert mir mit gehobenen Augenbrauen, dass sie wissen will, ob es mir gutgeht. Ich nicke und lächle sanft.

Der Sturm zieht vorüber, und wir fahren weiter nach Mimosafontein. Dort finden wir Maria zusammengesunken in einer Ecke des Kuhstalls. Die beiden anderen glauben im ersten Moment, sie sei tot, ich weiß es jedoch besser. Ihre Besucherin ist nicht hier. Sie schläft nur. Als sie die Augen öffnet und Caleb sieht, lächelt sie ihn an, und ihr schmutz- und tränenverschmiertes Gesicht verändert sich, sie wird zu der Maria, in die er sich verliebt hat. Wenn ich ganz ehrlich bin, versetzt mir ihre Liebe einen Stich ins Herz, wie der stachelige Spross des wütenden Kindes von einst, das sich das Haar ausriss und jetzt vor lauter Neid fragen würde: »Warum sie? Warum nicht ich?« Doch ich habe mit einem Zwerg, nicht mit einem Riesen zu kämpfen, den ich fürs Erste unterdrücken kann, ehe ich ihn vielleicht eines Tages zähme.

Caleb legt den Arm um sie und hilft ihr dabei, sich auf den Weg zum Wagen zu machen. Als wir die Scheune verlassen, entdecke ich einen weißvioletten Schimmer und sehe Jurie, der mit den Händen in den Hosentaschen in den Sand kickt.

Hallo, sagt er.

Bist du einsam?

Ja.

Maria ist stehen geblieben. Ich schaue auf und sehe, dass sie mich anstarrt.

»Ich muss mit ihr reden«, sagt Maria zu Caleb und nickt in meine Richtung. »Allein.«

»Später«, erwidert er. »Wir haben viel Zeit.«

»Nein, jetzt. Sie weiß, warum.«

Maria blickt zurück auf den Kuhstall. Sie nickt mir zu. Ich

verstehe. Gemeinsam gehen wir in die Scheune, um aus dem Sichtfeld der anderen zu verschwinden.

Maria fragt: »Ist Jurie da?«

Ich zeige nach draußen. Dann erscheint Jurie in der Türöffnung.

Wirst du hierbleiben?, fragt er mich.

Maria sieht, dass ich ihn beobachte.

»Lassen Sie ihn frei«, bittet sie.

Ich schaue sie eindringlich an, lege die Stirn in Falten, nicke.

»Bitte, tun Sie es. Sagen Sie ihm, dass ich ihn immer lieben werde. Sagen Sie ihm Lebewohl von mir.«

Geh jetzt, Jurie. Deine Mama sagt, sie wird dich immer lieben. Sie sagt Lebewohl. Geh nun. Geh für immer und kehre nie mehr zurück.

Jurie antwortet nicht. Ein Windstoß aus dem Veldt trägt ihn mit sich davon, wie wenn man eine Kerze ausbläst.

»Ist er fort?«

Ich nicke.

»Danke«, sagt Maria.

Sie legt ihre Hände um meine.

Als wir gemeinsam zum Wagen zurückkehren, merke ich, dass Lottie mit Caleb gesprochen hat. Er stellt keine Fragen, sondern hilft Maria lediglich beim Einsteigen, wickelt eine Decke um sie und hält sie fest. Nach wenigen Minuten ist sie eingeschlafen.

Lottie und ich sitzen vorn. Niemand sagt ein Wort. Als wir die traurigen Überreste der ersten Farmruine erreichen, tippt mir jemand auf die Schulter. Caleb lächelt mich an. Maria liegt auf seinem Schoß. Sie schläft noch immer. Lottie blickt geradeaus und lenkt den Wagen.

Er spricht in Gebärden mit mir: »Warum hast du mir nie von deiner Gabe erzählt?«

»Glaubst du jetzt daran?«

»Wenn du mir sagst, dass du sie wirklich besitzt.«

»Das tue ich.«

»Dann glaube ich daran.«

Nun lächeln wir beide.

Bei unserer Rückkehr bringen wir Maria in unser Gästehaus.

»Wir haben einen Gast für Sie«, sagt Lottie zu den Deutschen. Sie mögen keine Briten, das wissen wir, aber sie brennen für die burische Sache. Sie nehmen Maria auf und werden sie beschützen. Sie werden sich um sie kümmern, bis sie wieder gesund ist. Caleb weiß, dass er zum Dienst zurückkehren und sie in seiner freien Zeit besuchen kann, und eines Tages – wer weiß, wann – wird der Krieg vorbei sein, und wenn beide überleben, wird er zweifellos zu ihr zurückkehren. Ob er dann nach England reisen, seine Familie besuchen, seine Angelegenheiten regeln wird, wissen wir nicht. Das ist seine Sache, und wie immer spricht er nicht darüber. Vielleicht wird er auch einfach nur eines Nachts aus seiner Kaserne verschwinden, und die Deutschen werden eines Morgens feststellen, dass sie fort ist. So würde ich es machen.

Nach jenem Tag, an dem wir in dem Kap-Karren aus Mimosafontein zurückgeschwankt sind, wobei Caleb und ich einander ein letztes Mal unbeobachtet zugelächelt haben, waren wir keine Sekunde mehr allein. Er verbringt seine zwei dienstfreien Wochen im Gästehaus und kümmert sich in jeder wachen Minute um Maria. Ich habe zwar meinen Frieden mit ihm gemacht, doch dieser wird auf eine ziemlich harte Probe gestellt, wenn ich sehen muss, wie hingebungsvoll er sich um sie kümmert. Aber wenn Lottie, Caleb und ich Zeit miteinander verbringen, während sie schläft – wir gehen dann spazieren und plaudern wie früher auf der Promenade von Whitstable oder zwischen den Hopfenstangen, wenn abends daheim die Pflückarbeit getan war –, dann ist das wie Balsam für meine wunde Seele. In diesen Stunden finden wir manchmal zu unserer alten Leichtigkeit zurück, sind wieder Gefährten. Während sich Maria erholt, lernen Lottie und ich sie ein wenig besser kennen und sehen, wie die Kraft in ihre umwölkten Augen zurückkehrt, bis sie wieder Calebs Bild von ihr entspricht. Wenn wir über die Besucher sprechen, die Maria faszinieren, ist da fast etwas wie Nähe zwischen uns; sie fragt mich sehr begierig über sie aus. Als wir aufbrechen wollen, unmittelbar bevor Caleb seinen Dienst wieder antreten muss, begreife ich, warum sie ihn so fasziniert hat, was vor allem an ihrem wachen, forschenden Geist liegt. Ich kann nicht behaupten, dass mir der Umgang mit ihr leichtfiele, aber ich respektiere und bewundere Maria Uitenweerde. Sie tätschelt mir die Hand, als wir uns im Gästehaus verabschieden, und formt mit den Lippen ganz klar die Worte: »Ich hoffe, wir sind jetzt wie Schwestern.«

Von Caleb verabschiede ich mich in der Öffentlichkeit; natürlich ist Lottie dabei, und selbst der gute Wallis begleitet uns an den Bahnhof von Pretoria, um Lebewohl zu sagen. Es ist ein voller Zug, und auf dem Gleis wird viel gestoßen und geschoben, wogegen Caleb und Wallis uns abschirmen, während sie uns zu unserem Waggon führen. Mir bleibt keine ruhige Minute, um Caleb in Gebärdensprache einen nachdenklichen Satz mit auf den Weg zu geben, aber in den letzten Sekunden, bevor die Männer uns verlassen, nachdem wir unsere Plätze gefunden haben, als wir uns alle schon verabschiedet haben, uns Glück und Segen gewünscht und uns versprochen haben zu schreiben, nimmt er schnell meine Hand und buchstabiert auf die alte Weise ein Wort für mich: »Entschuldigung.« Dasselbe Wort, das mir meine Mutter gelegt hat, als wir das erste Mal miteinander »sprachen«. Ich schüttle den Kopf und sehe ihn streng an, nehme seine Hand und versuche, »nein« zu buchstabieren. Das soll nicht unser letztes Wort sein, ich will kein Mitleid von ihm. Doch er dreht sich weg, verlässt den Waggon, und ich habe nicht das Gefühl, Lottie davon erzählen zu können. Stattdessen setze ich mich und starre aus dem Fenster auf das bunte Panoptikum fremden Lebens und das geisterhafte Blau der verlorenen Besucher, suche in der Menge nach Caleb, finde ihn aber nicht, während wir auf Kapstadt, unser Schiff und den dahinterliegenden Ozean zuruckeln.

Kapitel 18

Ich sitze unter dem Blütenmeer eines Kirschbaums auf einer schmiedeeisernen Bank am See, blicke auf sein glasklares Wasser und die Gemeinde Évian am Südufer. Die Alpen sind fast vollständig im morgendlichen Dunst verborgen, lassen sich nur hier und da zwischen den flüchtigen Wolken erahnen. Doch bald wird die Frühlingssonne aufgehen, den Nebel verdunsten lassen und den Blick auf die erstaunlichen Felsformationen freigeben, uraltes Gestein, das aus der rastlosen Erde in den Himmel ragt. Am Rande des Sees treiben Dutzende Besucher einsam und ziellos umher; sie fixieren einen Punkt jenseits der Berge oder beäugen mich neugierig. Seit unserer Ankunft habe ich mit vielen von ihnen gesprochen. In Afrika habe ich unschätzbare Dinge über die Besucher gelernt. Wenn ich mich jetzt mit einem Besucher unterhalte, erzähle ich ihm, dass er vielleicht die Stimmen seiner Liebsten hört, wenn er aufmerksam lauscht. Manchen gelingt es, und es freut sie unheimlich. Es wirkt auf ihre Rastlosigkeit wie Balsam, was ihre Not insgesamt lindert. Dann frage ich stets: *Möchtest du weiterziehen?* Wenn das der Fall ist, kann ich ihnen helfen. Viele willigen ein, und jedes Mal spüre ich, wie sich die Spannung löst, wenn sich ihre Seelen mit einem Seufzen verflüchtigen, ähnlich der kühlen Luft nach einem Gewitter. Nach einer langen und anstrengenden Reise können sie endlich ruhen.

Ich ziehe den Schal enger um meine Schultern. Lausanne regt sich langsam, der Bäckerjunge rauscht mit einem Korb voller warmer, schweizerischer Backwaren, die er auszuliefern hat, auf seinem Fahrrad vorbei. Nach der langen Nacht ist es in den Restaurants noch ruhig, ihre weißen Fensterläden sind wie müde Augen am Morgen noch geschlossen. Auch Lottie schlummert noch in unserem pistaziengrünen Zimmer im Château D'Ouchy in meinem Rücken. Vielleicht bleiben wir eine Weile. Wir haben Genf erkundet, die Städtchen entlang des Seeufers, das hübsche Morges mit seinen blumenreichen Parks, das idyllische Vevey, in dem Boutiquen entlang schattiger Arkaden zum Einkaufsbummel einladen, und das Château de Chillon mit seinem schauderhaften Kerker, das von Scharen verzagter Besucher frequentiert wird. Vielen dort habe ich geholfen. Über all das erheben sich die Alpen. So still, so unerschütterlich blicken sie mit ihrem granitenen Antlitz in erhabener Ewiggleichheit hinab auf ihr Spiegelbild in der gläsernen Oberfläche des Genfer Sees. Ich komme mir sehr klein vor.

Ich sitze allein am See, um einen Brief zu lesen, den ich gestern Abend erhalten habe. Der Portier überreichte ihn mir, als Lottie in unserem Zimmer war, und als ich die Handschrift sah, steckte ich ihn ein und behielt ihn für mich. Ich habe ihn bis jetzt nicht geöffnet, weil ich im letzten Jahr viel aufgeben musste. Nun möchte ich dieses eine Geschenk ganz für mich allein. Ein Brief von Caleb. Der erste Brief von ihm aus Afrika, der nur an mich adressiert ist. In den letzten Monaten hat er stets mit uns beiden kommuniziert. Calebs Regiment East Kent wurde im Mai 1901 nach Hause geschickt, als sie ihren Dienst getan hatten. Wallis arbeitet in Kent wohl wieder als Maler und Dekorateur. Caleb hat sich entschlossen, in Afrika zu bleiben, und Maria ist wieder wohlauf und bei ihm in Pretoria. Der Krieg hinterlässt auch im neuen Jahr eine Spur der Verwüstung. Die burischen Bittereinders kämpfen unermüdlich weiter, wie Caleb vorhergesagt hatte. Derweil setzen wir fröhlich unsere Grand Tour fort, von Spanien über Frankreich, Italien und Österreich bis in die

Schweiz. Caleb und Maria sind nach Mimosafontein zurückgekehrt. Sie verbringen ihre Tage mit dem Wiederaufbau, jäten, bohren Brunnen und ziehen Gräben, säen und hüten die Schafe. Er ist wieder Bauer. Endlich hat er eine Heimat gefunden, die er sich selbst aufbauen kann, Stein um Stein. Letzten Januar schrieb er uns, dass Maria ein Kind erwartet. Lottie freut sich darauf, Tante zu werden. Es ist schön, aus seinen Briefen an Lottie und mich so gute Neuigkeiten zu erfahren. Doch dieser Brief geht nur an mich. Es ist der erste seit dem vor fast einem Jahrzehnt, als ich ein Kind mit einer Puppe war, das gerade schreiben gelernt hatte und von Austern und dem Meer las. Mein Brillenetui liegt in meinem Schoß. Ich setze die Lesebrille auf und stelle wie immer fest, dass daraufhin die Besucher verschwinden. Jetzt bin ich allein.

Mimosafontein,
Transvaal
23. Februar 1902

Ich schreibe Dir, Liza, weil es schon lange überfällig ist. Ich wollte Dir noch einmal sagen, wie leid es mir tut. Ich weiß, ich habe Dir das in Pretoria in die Hand geschrieben, doch ich habe in Deinen Augen gesehen, dass Du meine Entschuldigung nicht angenommen hast. Doch ich sage es trotzdem erneut, denn ich meine es vollkommen ernst. Es tut mir leid, dass ich Dich als Mädchen liebte und Dich zu meiner Vertrauten machte. Es tut mir leid, wenn Dir meine Abwesenheit Kummer bereitet hat. Meine einzige Entschuldigung waren immer Dein Liebreiz, Dein langes Haar, das hinter Dir herwehte, wenn Du bei unseren Spielen durch die Hopfenreihen ranntest, und Deine tiefen Augen, die in mich hineinzuschauen schienen, als wir auf meinem Boot Gebärden austauschten, Deine Hand auf dem Korpus meiner Geige, wenn ich für Dich spielte. Das Wunder, dass Du sehen lerntest, machte Dich entzückender denn je, und als Du endlich eine Frau warst, hätte es eines viel besseren Mannes bedurft, als ich einer bin, um Dir zu widerstehen. Als wir unser Geheimnis wahrten, konnte ich Dir nicht allein schreiben, sosehr ich es auch gewünscht hätte. Ich liebte Dich, Liza, ich liebte Dich inniglich. Aber ich war ein unglücklicher, selbstsüchtiger Mann. Ich sah in Afrika eine Chance, zu entkommen, und nutzte sie. Ich sehnte mich schon seit Jahren danach.

Ich hätte in jener Nacht vor meinem Aufbruch nicht mit Dir schlafen sollen. Es war falsch, und ich bedauere die Gefühle, die es in Dir wie in mir geweckt hat. Ich quälte mich viele Monate lang, und in manchen Nächten auf der Wacht, wenn ich sah, wie die Hagelstürme des Sommers über das Veldt auf uns zukamen, durchlebte ich jeden Augenblick jener Nacht noch einmal, jede Berührung und jedes Wort, das wir einander in die Hände flüsterten. Ich liebte Dich als Mann, wusste aber, dass ich es nicht über mich bringen würde, bei Dir zu bleiben, mich um Dich zu kümmern, wie Du es verdient hattest, mit Dir zu leben. Auch wenn mich Deine Schönheit, die in Dir als junger Frau gerade erst erblühte, in ihren Bann schlug, als Du zu mir in die Darre kamst, hätte ich Dich zurück in Dein Zimmer bringen und Dir eine gute Nacht wünschen sollen. Doch wie gesagt, ich war selbstsüchtig und tat, was ich wollte, und pfiff auf die Konsequenzen.

Ich bin die Liebe und Hochachtung nicht wert, die Du immer für mich empfunden hast. Ich bin weder geheimnisvoll noch tiefgründig. Es gibt keine verborgenen Urgründe, die Du entdecken könntest, nur ein langweiliges Innenleben, das Dir niemals gefallen könnte. Ich versuche nicht, Dich vor den Kopf zu stoßen und so zu tun, als sei ich ein schlechter Kerl. Ich weiß, das würdest Du auch nicht glauben. Aber ich sage Dir, der Mann, den Du geliebt hast, könnte ein Wunschbild gewesen sein, nicht der hundsgewöhnliche Kerl, der ich in Wirklichkeit bin. Du musst mir glauben, dass Du zu gut für mich warst, niemals umgekehrt. Erst Maria durchschaute mich, erkannte sofort alle Schwächen, jeden Riss in meiner Fassade, jede Lüge, mit der ich mich und meine Familie täuschte. Sie duldete keine Lügen, keinen Unsinn, keine Sentimentalitäten. Darin war sie Lottie ähnlicher als jede andere Frau, die ich je kannte. Deine Liebe wird mir aufgrund ihrer Reinheit immer die süßeste bleiben. Doch ich kann die Lüge nicht leben, ich sei der Mann, für den Du mich hieltest. Du bist außergewöhnlich, nicht ich. Du besitzt die Gabe, hast sie genutzt, um mich zu retten. Ich kann Dir nie genug für das danken, was Du für mich getan hast. Ich kann Dir die Reichtümer nie zurückerstatten, die Du mir geschenkt hast. Ich fürchte, meine Dankbarkeit wird uns immer ebenso sehr entzweien, wie sie uns eint.

Nun, da ich in vollem Umfang weiß, was Du für mich getan, für mich riskiert hast, möchte ich es erneut sagen: Danke, dass Du mir das Leben gerettet hast. Ich möchte Dir auch danken, dass Du Juries Geist geholfen, ihn befreit hast. Mit diesem reinen, anständigen Akt hast Du gleichzeitig Marias trauernde Seele befreit. Maria dankt Dir aus ganzem Herzen für Deine Güte. Ich werde Dich dafür immer lieben, für Deine Liebe zu mir und meiner Familie, für Deine Fürsorge für Maria und für Dich selbst in all Deiner Einzigartigkeit und Deinem wunderbaren Wesen. Ich weiß so sicher, wie Du es nie wissen wirst, dass Du der Welt Deinen Stempel aufdrücken und Großes erreichen wirst.

Ich hoffe, Du bist glücklich, Liza, ich wünsche es Dir aus tiefstem Herzen.

Ich liebe Dich, für immer.

Caleb

Kapitel 19

Am 1. September 1903 bin ich zwanzig Jahre alt. Daheim ist es fast Zeit für die Hopfenernte. Nach der Pflege der Pflanzen, der Schädlings- und Krankheitsbekämpfung ergibt die ganzjährige Fürsorge der Männer der Golding-Hopfenfarm Dutzende starker, grüner Ranken voller zarter Dolden. In Whitstable ist Partridge Day, der Tag, an dem die Austernfischer ihre Arbeit wieder aufnehmen. Dann laichen die Austern, und die Männer können ernten. Die Auster, eine weiche, kaltblütige Molluske ohne Fuß, die sich nicht aus eigener Kraft fortbewegen kann, hat ihre Reise in der Konfettiwolke des Laichs begonnen, um dann auf den Meeresgrund zu sinken und sich an eine Schale oder einen anderen harten Gegenstand zu hängen. Sand kann sie ersticken, schwere See sie leicht zerstören, und wenn sie auf Schlamm oder Seegras fällt, wird sie sofort sterben. Wenn sie überlebt, wächst sie, grau wie das Meer ringsum. Die Crowes und die übrigen Austernfischer kümmern sich täglich um diesen Nachwuchs, vom Laich über die Brut und das Jungtier bis zur ausgewachsenen Auster. Wie der Mensch sein Land bestellt, sein Vieh hütet und der Entschlossenheit dieser Pflanzen Vorschub leistet, hilft die Sorgfalt ihrer Züchter diesen Lebewesen gegen alles, was sie vernichten will. Etwas an diesen Wesen – der Hopfensaat, dem Austernlaich – ist entschlossen, zu überleben. Ich respektiere den Hopfen und die Auster für ihre Zähigkeit.

Die Holländer gingen nach Afrika. Sie bekämpften die Eingeborenen und setzten sich fest, krallten sich an das Land, das sie für sich beanspruchten, wie eine Auster an das

Substrat. Sie bauten ihre Höfe und eroberten eine neue Welt für sich und ihre Nachfahren. Es wurde Gold gefunden, und die Briten kamen. Es war nur natürlich, dass dann um das Land gekämpft wurde. Die Schwarzafrikaner, die sahen, wie sich diese beiden Nationen im Kampf um die rote Erde die Schädel einschlugen, griffen in den Kampf ein oder verhungerten, während das Land vor die Hunde ging. Nun ist der Krieg vorbei, denn letztes Jahr am 31. Mai wurde der Vertrag von Vereeniging unterzeichnet. Die Briten hatten gewonnen und besitzen jetzt die Kolonien. Zehntausende Buren, Schwarzafrikaner und Briten sind gefallen, verhungert oder Opfer von Krankheiten geworden. Südafrika ist vom Krieg gezeichnet, seine Höfe sind niedergebrannt, die Felder versalzen und die Menschen von Verlust und Kummer geprägt. Manche sind lieber ins Exil gegangen. Manche, wie Maria und ihr Caleb, sind geblieben, um sich ein neues Leben aufzubauen. Sie haben ein Kind, ein kleines Mädchen namens Elizabeth, und arbeiten schwer, um etwas zu ernten, womit sie sie ernähren können. Es sieht nicht gut für sie aus, aber sie lassen sich nicht unterkriegen.

Ich war einst ein Tier mit Menschenkörper, aber unzivilisiertem Geist. Charlotte fand mich und streckte die Hand nach mir aus, nahm meine und erlöste mich. Sie verbrachte zahllose Stunden im Gespräch mit mir, vernachlässigte ihre eigenen Bedürfnisse und Wünsche, opferte mir Zeit und schuf Platz für mich in ihrem Leben. Zusammen erschlossen wir Formen, Zeichen, Buchstaben und Wörter, um aus diesem Tier eine Person zu schaffen, die sich benennen konnte. Wir kultivierten mein Wesen, jäteten meinen leeren Geist und säten dort die Saat der Sprachen, die gedieh und blühte. Ich liebte diese Frau, meinen Vater, meine Mutter; und ich liebte einen Mann. Er erwiderte auf seine Weise meine Liebe. Liebe kann eine Art Besessenheit sein, der Wunsch, Geist und Körper eines anderen zu besitzen, willkommen, wenn sie erwidert wird, doch eine Invasion, wenn nicht. Ich rettete sein Leben, und er verbringt es mit einer anderen, einer Frau, die sich gegen die Seuchen und Krankheiten des Krieges behauptet hat, die schwere Verluste und großes Leid erfuhr und überdauerte, und nun haben sie dieses süße Kind. Meine Unterweisung, meine Liebe und meine Familie haben mich zu der belesenen, gebildeten Erwachsenen gemacht, die heute am Bug dieses großen Schiffes steht und sich von der salzigen Luft die Stirn kühlen lässt, während wir den Atlantik überqueren, den Wind im Haar wie eisige Finger.

Lottie und ich sind an Bord der *RMS Carpathia*, eines schönen, nagelneuen Schiffs mit vier turmhohen Masten und sauber vertäuten, strahlend weißen Rettungsbooten. Der Service ist erstklassig, die Mannschaft steif und höflich, das Essen schmackhaft und erschwinglich. Wir sind unterwegs nach Boston, in die Heimat des Perkins-Blindeninstituts. Dorthin war der freundliche Pfarrer und Lehrer der Crowes damals vor all den Jahren gereist und hatte das Fingeralphabet mit zurückgebracht. Er gab es Constance, und ihre Schwester vermittelte es mir. Ich korrespondiere schon seit einer Weile mit der Schule. Auch wenn sie nur die Blinden im Namen führt, weil mit ihnen alles begann, kümmert sie sich auch um Taube und Taubblinde. Seit die Lehrer an der Perkins von meiner Ausbildung durch Lottie gehört haben – zuerst als Taubblinde mit dem Fingeralphabet, dann als Taube mit der Gebärdensprache –, sind sie sehr daran interessiert, uns zu treffen und eine Weile als Lehrerinnen zu beschäftigen, sei es für blinde, taube oder taubblinde Schüler. Ich hoffe, mein Schreiben zu verbessern, und lese viel. Eines Tages will ich studieren. Ich freue mich, Leidensgenossen – Taube – und frühere Leidensgenossen – Taubblinde – zu treffen. Ich glaube, diesen jungen Leuten helfen zu können und dass es mein frühes Anderssein wettmachen wird, wenn ich mit meinesgleichen zusammen bin.

Ich frage mich, wie es sein wird, die ersten taubblinden Kinder zu treffen. Ich habe noch nie viel Zeit mit anderen Wahrnehmungsbehinderten verbracht. Mein ganzes Leben lang war ich von Hörenden und Sehenden umgeben. Ich erinnere mich, wie sehr ich mich meiner verschleierten Augen schämte, als ich blind war, und später, als Taubblinde, meiner Geräusche und Grimassen. Wird es auch mir peinlich sein, wenn ich diese taubblinden Kinder in der Perkins sehe und ihnen voller Mitleid begegne? Ich schäme mich dieses Gefühls. Ich erinnere mich gut, wie es mich damals grämte, als ich mir Calebs Blicke vorstellte. Ich habe hart daran gearbeitet, meine Blindismen unter Kontrolle zu bekommen. Sobald ich sehen konnte, verabscheute ich mein früheres Ich. Es wäre ehrlich zu sagen, dass ich das taubblinde Kind, das ich gewesen war, manchmal bemitleidete und manchmal hasste. Ich hoffe, bei der Begegnung mit diesen anderen kann ich tief aus meinem Inneren die Erinnerung daran hervorholen, wie es war, dieses Kind zu sein: ohne Angst, ich zu sein – durch das hohe Gras zu rennen, Kakao zu trinken –, daran, dass das Fehlen dieser beiden Sinne mich nicht ausmachte. Ich hoffe, dass mein Verständnis in mir den Wunsch wecken wird, mich diesen Kindern zuzuwenden und ihnen zu helfen wie Lottie mir. Sie fühlte sich nicht abgestoßen, schreckte nicht zurück, sondern umarmte mich und sah in mir den Menschen, der ich wirklich war. Das hoffe auch ich zu erreichen.

Viele Jahre lang war meine Taubblindheit so etwas wie ein Monster aus den Mythen. Mein Ziel war es, sie zu überwinden. Jedes Monster hat eine Schwäche, die der Held ausnutzt, um zu obsiegen. In meinen finstersten Erinnerungen sehe ich mich in meiner frühen Kindheit als blindes Monster, das durch die Wildnis wütet. Aber nicht meine Behinderung hielt mich dort gefangen. Es war meine Unwissenheit. Sobald ich die Sprache entdeckt hatte, war der Bann gebrochen, und ich nahm Menschengestalt an. Man muss nicht sehen und hören können, um ganz Mensch zu sein – das bedarf nur der Kommunikation. Nicht meine Blindheit und Taubheit waren meine Feinde, das Monster war meine mangelnde Verbindung zur Außenwelt, meine Isolation. Ich war ein Fisch auf dem Trockenen. Die Alltagswelt umgab mich, war aber nicht meine Heimat. Ich musste mein Medium finden. Ich fand es durch Worte. Wie für uns alle war das wahre Medium mein Geist.

In der Zeit ›Davor‹ war mein Geist ein unbewohntes Haus. Die Wände waren intakt, die Tür war offen, aber es war leer, weder Möbel noch Teppiche, weder Vorhänge noch Nippes, keine Erinnerungen, keine Bilder, die auf so etwas wie ein Leben hindeuteten. Der kalte Wind wehte hindurch, und seine Augenfenster starrten blind ins Nichts. Es war eine verfallene Burenfarm, die leere Hülle eines Besuchers. Nur meine Besucher spukten mit ihrer unsichtbaren, stummen Präsenz darin herum. Dann kam Charlotte zu mir, und Sprache erfüllte das Haus mit dem Stoff, aus dem das Leben gemacht ist. Genau wie Caleb und Maria ihre Farm auf den verkohlten Grundmauern Mimosafonteins so wieder errichteten, wie sie einst vor der Katastrophe gewesen war, als Heim einer Familie voller Lachen, nutzte mein Geist den Nachhall von fast zwei Jahren Sprache, die ich vor meinem katastrophalen Fieber gehört und gesprochen hatte. Als ich die Sprache fand, redeten meine Besucher mit mir. Geister von Stimmen, die ich gehört hatte, bevor meine Ohren Schaden nahmen, brachten ihre Worte zum Ausdruck. Es heißt, ein Mann, der ein Bein verliert, spürt es dennoch jucken. So war es auch mit meinem Gehör: Phantomklänge. Das hielt mein Gespür für Klang am Leben. Als ich wieder sehen konnte, verließ ich das Land der Taubblinden und betrat ein buntes neues, das angefüllt war mit unvorstellbaren Schätzen, dem berauschenden Spiel von Formen und Licht, der neuen Freude der »Augenmusik«, wie Mr Wordsworth sie so treffend genannt hat.

Doch ich bleibe taub und werde es immer sein. Die Taubheit ist mein Land, meine Heimat. Trotz meiner Errungenschaften ist mir klar, dass andere, die meinesgleichen nicht gewohnt sind, mich als unzulänglich erachten und davon ausgehen, dass die Gebärdensprache notwendigerweise der gesprochenen unterlegen ist, rudimentär, eine Pantomime. Wenn man mich lässt, erkläre ich, wie viel mehr sie ist als die Summe ihrer Teile, dass ihre Zeichen für die einzelnen Wörter nicht starr und in Stein gemeißelt sind, sondern mit ihren ständigen Bewegungen und Pausen der Musik näherstehen als dem Sprechen. Sprache ist eindimensional, bewegt sich linear durch die Zeit; Gebärden sind vierdimensional, drei ihrer Dimensionen beziehen sich auf den Körper des Anwenders: Form, Position und Bewegung der Hand, und die vierte ist die Zeit. Wer die Gebärdensprache anwendet, weiß, wie komplex der Einsatz des ganzen Arms, des Handgelenks und der Finger sowie die feinen Nuancen der Augensignale, der Mimik und der Kopfbewegung sind und wie spezifisch sie zur Bedeutungsbildung beitragen. Was die fehlbenannte Kunst des Lippenlesens angeht, so ahnen nur wenige, wie schwierig es ist, aus Gesichtsausdruck, Blick, Kopfneigung und Faltenbildung etwas herauszulesen, wenn ich Sprechenden »zuhöre«.

Ich lerne weiter meine Sprachen und entwickle meine Fertigkeiten. Schon bevor ich diese Tricks lernte, war ich jedoch eine Person. Ein Mensch, der etwas empfand und einen Willen besaß, existierte und überlebte. Ich denke an die fliegenden Fische zurück, die ich auf dem Weg nach Afrika sah, an die Eingeborenen, die ich beobachtete, mit denen ich aber nie sprach. Ich versuchte nie zu ergründen, was in ihren Köpfen vorging. Meine Entschuldigung war meine Unerfahrenheit mit ihresgleichen, mit ihrer Gesellschaft, und die Tatsache, dass ich anderes zu tun hatte. Doch diese Schwarzafrikaner, die ich ignorierte, wurden im gesamten Verlauf der Geschichte von Leuten wie mir verteufelt und ignoriert, man hat auf ihnen herumgetrampelt und sie für Schwachköpfe gehalten. So erging es einst auch mir – dem taubblinden Tier, dem schwachsinnigen Kind, das als Wilde geboren war und immer eine Wilde bleiben würde. Doch sie irrten sich. Wir alle irren uns, wenn wir andere abstempeln. Ich habe das Glück, dass mich eine junge Frau fand, kein emotionsloser Wissenschaftler, der mich hinter Glas hielt – wie das Insekt im Marmeladenglas eines Kindes –, um mich zu studieren, mich zu beeinflussen, zu einem besseren Menschen zu machen, wie der Kolonist den Eingeborenen.

Lottie liebte mich und wollte zu mir durchdringen. Das war alles. Indem sie mich erreichte, fand sie auch ihre Schwester wieder. Ich sah zum ersten Mal meine Besucher. Lottie übermittelte mir Botschaften aus der Welt der Hörenden, und ich brachte ihr Nachricht von den Geistern ins Land der Lebenden. Meine Lottie und ich, wir sind Weltenwanderer. Jeder Mensch vermag zu denken, zu sprechen und zu empfinden. In jedem wachen Augenblick versuchen wir, die Botschaften unserer Sinnesorgane mit dem in Einklang zu bringen, was unser Geist daraus macht, wobei wir uns mühelos auf das Terrain des Abstrakten begeben und es wieder verlassen. Die Schritte, die ich in dieser Welt getan habe, meine Reisen durch Dunkelheit und Stille und meine Stippvisiten in der Sphäre der Besucher – all diese Formen der Zeitreise haben mich gelehrt, nie etwas vorauszusetzen, sondern immer zu beobachten, mit Anteilnahme zu überprüfen, das oft verborgene Wesen zu ergründen, das uns zu denen macht, die wir sind.

Das Schiff nähert sich der Neuen Welt. Ich bin hingerissen vom ersten Anblick kleiner Inseln vor der amerikanischen Küste, die auftauchen und wieder verschwinden, bis sie schließlich eine Küste bilden. Lottie tritt neben mich, legt mir meinen Schal um die Schultern. Unser Einlaufen in den Hafen von Boston ist ein Angriff auf alle Sinne, wie es Häfen immer sind: Schwellen zwischen Wasser und Land, zwischen Ländern, Staaten und Kulturen. Wie erwartet, drängen sich Scharen neuer Besucher auf den Docks. Eine violettweiße Gestalt nach der anderen dreht sich neugierig zu mir um. Sie haben auf mich gewartet. Ich habe weder Mitleid mit ihnen, noch finde ich sie lästig, ich denke nur darüber nach, wie ich ihnen helfen kann, in aller Stille ihren Frieden zu finden. Wenn sie hingegen an etwas Unerledigtem festhängen, frage ich mich, wie ich den Lebenden helfen kann, wenn ich für sie übersetze, als Botin agiere, um alte Wunden zu heilen, Geheimnisse aufzudecken und Zweifel und Kummer zu besiegen. In den alten Geschichten wechseln die Helden zwischen zwei Welten hin und her, der gewöhnlichen ihrer Heimat und der besonderen des Abenteuers. Erst wenn sie gelernt haben, beide zu beherrschen, sind sie frei zu leben.

Vor meinem Aufbruch aus England habe ich Mutter von den Besuchern erzählt. Sie wollte nett sein, mir glauben. Aber ich musste es ihr beweisen, wie damals Lottie. Es gibt nicht viele wie Maria oder Caleb, die es sofort akzeptieren, es eigentlich schon immer gewusst haben. Mutter ist Skeptikerin. Ich führte sie hinunter in den Hopfengarten und suchte dort Vater, während Mutter geduldig dasaß. Ihr Blick verriet Besorgnis. War ihr Mädchen letztlich doch wahnsinnig? Vater kam und murmelte vergnügt Dinge über das Wetter vor sich hin.

Der Wind im Westen ist für alle am besten.

Ich wandte mich an Mutter und bat sie zu sprechen, ein Gedicht zu rezitieren, ein Lied zu singen oder eine Geschichte zu erzählen – aber es musste etwas sein, das Vater kannte, etwas über ihn oder eine gemeinsame Erinnerung. Sie schaute ängstlich. Doch sie tat es mir zuliebe. Ich sah, wie sich ihr Mund bewegte. Sie sang ein Lied. Ich kannte es nicht. In den ersten Zeilen ging es um Verliebte und um Blumen, um die Begegnung zwischen Mädchen und Jungen. Ich stellte mir Vater und Mutter vor, wie sie vor einem Lebensalter gewesen waren, vor den Fehlgeburten und dem Blut, vor mir.

Vater, sagte ich. *Horch. Horch.*

Er hielt inne, blieb zwischen zwei geneigten Reihen von Hopfenranken stehen, deren grüne Blätter im Wind wehten, als seien sie lebendig. Seine Arme hingen schlaff herunter, und auch sein sonst so angespanntes Gesicht erschlaffte. Ich hatte ihn nicht mehr so ruhig gesehen, seit er gestorben war. Er hörte sie, er lauschte Mutter.

Evangeline?, fragte er. *Evangeline, meine Liebe?*

Sie ist hier, Vater. Sie singt für dich. Was ist das für ein Lied? Welche Erinnerungen verbindest du damit, Vater?

Wir sind im Varieté. Ich habe sie an unserem ersten Abend ohne Anstandsdame dorthin eingeladen. Sie war noch nie dort gewesen, schließlich stammte sie aus viel besseren Verhältnissen als ich, der Bauernsohn. Aber ich hatte große Aussichten, verstehst du? Die Leute sagten, mein Großvater würde sein letztes Hemd verlieren, wenn er diese Hopfenplantage kaufte, aber es zahlte sich aus, und mein Vater wurde wie du in wohlhabende Verhältnisse geboren.

Erzähl mir von Mutter, von Evangeline, von der Nacht im Theater.

Sie war das schönste Mädchen im Saal. Wir saßen in der größten Loge, was mich ein halbes Wochentaschengeld gekostet hatte. Einige Lieder waren ganz schön gewagt. Sie errötete.

Hast du ihr ins Ohr geflüstert, Vater?

Oh, ja. Ich wollte ihr nahe sein. Ich beugte mich hinüber und sagte, sie habe mich dazu angeregt, das Gedicht »Evangeline« von Longfellow zu lesen, nach dem sie benannt wurde. Ich sagte zu ihr: »Durchstreifen wir nicht die Wildnis auf der Suche nach Liebe. Wir haben sie hier gefunden. Wir haben einander gefunden.« Wie standen ihr da die Tränen in den Augen, wie tastete ihre Hand nach meiner, und wie küssten wir uns! Da wussten wir es.

Danke, Vater. Danke.

Ich erzählte Mutter die Geschichte. Sie weinte, genau wie Lottie damals. Sie stellte mir den ganzen Nachmittag über Fragen, grübelte die ganze Nacht. Am nächsten Tag hatte sie sich damit abgefunden. Wir sprachen über Vater, über alle Besucher, darüber, wie sie umherwandern und wie ich ihnen helfen kann, Frieden zu finden.

»Adeliza, du wirst bald weggehen, und wer weiß, für wie lange. Du hast mir verraten, wie dich die Anwesenheit deines Vaters tröstet, aber auch traurig macht, weil er nie wieder der Mann sein wird, der er einst war. Ich gebe zu, zuerst habe ich mir eine Zukunft vorgestellt, in der wir nach deiner Rückkehr in die Hopfenfelder gehen werden, um seine Gesellschaft zu genießen. Doch jetzt ist mir klar, dass das falsch wäre. Seine Zeit auszudehnen, ihm seine Ruhe zu verwehren, weil es uns zupasskommt. Auch würde ich deine Rückkehr dann nicht nur um deinetwillen herbeisehnen, sondern auch, um Neues von ihm zu hören. Dies ist ebenso falsch. Abgesehen von der warmen Erinnerung, die, wie ich hoffe, immer in deinem Herzen wohnt, sollte dich nichts an diesen Ort oder an mich binden. Wir müssen uns von ihm verabschieden, Adeliza.«

Das taten wir noch am selben Tag.

Ich liebe dich, Vater. Du musst jetzt für immer gehen. Lebewohl.

Mutter sagte: »Leb wohl, Edwin.«

Er wandte sich ab und war fort, so wie alle anderen. Keine Angst mehr um Erträge, Regen, Schimmel und Läuse. Der Hopfen stand in stillem Schweigen.

Mutter fragte mich: »Die fünf Kinder, die ich vor dir empfing, Liza. Sie sind in mir gestorben. Sind sie … hier? Sprechen sie mit dir?«

»Nein, Mutter. Ich habe sie nie gehört. Ich habe oft an sie gedacht. Ich kann mir nur vorstellen, dass unsere Seelen erst richtig zum Leben erwachen, wenn wir die Schwelle dieser Welt überqueren.«

»Das tröstet mich. Aber vielleicht sind sie da und schweigen nur. An einem Ort ohne Sprache, wo sie nicht mit dir reden können.« Sie sah hinab auf ihren Bauch und legte ihre Hand darauf.

»Ich glaube, ich würde sie spüren. So war es, ehe ich sehen konnte. Aber ich kann meine Hand auf deine legen, so ungefähr, und sie bitten zu gehen, in Frieden zu ruhen. Möchtest du das, Mutter?«

Sie nickte, und wir schlossen die Augen, beteten für diese fünf strahlenden kleinen Seelen und nahmen Abschied von ihnen.

Wenige Tage später brachen Lottie und ich auf. Mutter wünschte uns eine gute Reise.

Sie sagte in Gebärdensprache: »Ich hoffe, du findest, was du suchst.«

Daran muss ich immer wieder denken. Was suche ich? Es ist menschlich zu reisen, zu forschen, fremde Länder zu besuchen. Es gilt, eine Welt zu entdecken, wir sind alle Besucher auf Erden, die hier eine Weile wandeln, ihre Spuren hinterlassen – wie wenn ich mit den Fingerspitzen über Vaters Globus streiche – und dann weiterziehen. Doch Abenteuer können ihre Bedeutung verlieren, wie bei Caleb, der seinem Leben entfloh, um in Afrika Abenteuer zu erleben, aber nur die Unmenschlichkeit des Krieges zu sehen bekam und stattdessen eine Heimat fand. Nach dem Abenteuer blicken wir zurück nach Hause oder finden eine Heimat, oder wir schaffen uns eine. Ist es nicht das, wonach wir alle suchen? Die Auster, die sich ans Substrat klammert, das Paar, das die Farm wieder aufbaut, die Besucher, die immer und immer wieder den Tag ihres Todes erleben. Wir tragen diese Ahnung von Heimat mit uns herum, ein unverzichtbarer Trost. Ich freue mich auf mein Leben, auf die grünen Felder und roten Wüsten des Wissens und dieses neue, zwanzigste Jahrhundert, das vor uns liegt.

Für den Augenblick ist Lottie mein Zuhause. Vielleicht wird sie hier in Amerika eine neue Heimat finden, vielleicht auch ich. Oder mein Zuhause erwartet mich am gewohnten Ort, umgrenzt von überwucherten Mauern und dem Hefegeruch sterbenden Hopfens. Am Ende wollen wir alle nur nach Hause.